CB063130

Outros títulos de literatura da Jambô

Dungeons & Dragons
A Lenda de Drizzt, Vol. 1 — Pátria
A Lenda de Drizzt, Vol. 2 — Exílio
A Lenda de Drizzt, Vol. 3 — Refúgio
A Lenda de Drizzt, Vol. 4 — O Fragmento de Cristal
A Lenda de Drizzt, Vol. 5 — Rios de Prata
A Lenda de Drizzt, Vol. 7 — Legado
Crônicas de Dragonlance, Vol. 1 — Dragões do Crepúsculo do Outono
Crônicas de Dragonlance, Vol. 2 — Dragões da Noite do Inverno

Tormenta
A Deusa no Labirinto
A Flecha de Fogo
A Joia da Alma
Trilogia da Tormenta, Vol. 1 — O Inimigo do Mundo
Trilogia da Tormenta, Vol. 2 — O Crânio e o Corvo
Trilogia da Tormenta, Vol. 3 — O Terceiro Deus
Crônicas da Tormenta, Vol. 1
Crônicas da Tormenta, Vol. 2

Outras séries
Dragon Age: O Trono Usurpado
Espada da Galáxia
Profecias de Urag, Vol. 1 — O Caçador de Apóstolos
Profecias de Urag, Vol. 2 — Deus Máquina

Para saber mais sobre nossos títulos,
visite nosso site em www.jamboeditora.com.br.

CRÔNICAS
Volume Três

DRAGÕES do
Alvorecer da Primavera

Margaret Weis & Tracy Hickman

Poesia original por Michael Williams
Capa por Matt Stawicki
Arte interna por Jeffrey Buttler
Tradução por Gilvan Gouvêa

DUNGEONS & DRAGONS®
Crônicas Vol. 3 — Dragões do Alvorecer da Primavera

©2003 Wizards of the Coast, LLC. Todos os direitos reservados.
Dungeons & Dragons, D&D, Dragonlance, Wizards of the Coast
e seus respectivos logos são marcas registradas de Wizards of the Coast, LLC.

Título Original: Chronicles Vol. 3 — Dragons of Spring Dawning
Tradução: Gilvan Gouvêa
Revisão: Ana Cristina Rodrigues e Rogerio Saladino
Diagramação: Guilherme Dei Svaldi e Vinicius Mendes
Editor-Chefe: Guilherme Dei Svaldi

Equipe da Jambô: Guilherme Dei Svaldi, Rafael Dei Svaldi, Leonel Caldela, Dan Ramos, Diego Alves, Elisa Guimarães, Felipe Della Corte, Freddy Mees, Guiomar Soares, J. M. Trevisan, Karen Soarele, Mariana Bortoletti, Maurício Feijó, Vinicius Mendes.

Rua Coronel Genuíno, 209 • Porto Alegre, RS
CEP 90010-350 • Tel (51) 3391-0289
contato@jamboeditora.com.br • www.jamboeditora.com.br

Todos os direitos desta edição reservados à Jambô Editora. É proibida a reprodução total ou parcial, por quaisquer meios existentes ou que venham a ser criados, sem autorização prévia, por escrito, da editora.

1ª edição: outubro de 2020 | ISBN: 978858365131-4

Dados Internacionais de Catalogação na Publicação

W426d Weis, Margaret
        Dragões do alvorecer da primavera / Margaret Weis e Tracy Hickman; tradução de Gilvan Gouvêa. — Porto Alegre: Jambô, 2020.
        416p. il.

        1. Literatura norte-americana. I. Tracy, Hickman. II. Gouvêa, Gilvan. III. Título.

                                              CDU 869.0(81)-311

*Para Angel e Curtis,
meus filhos, minha esperança e minha vida.*
— Tracy Raye Hickman

Para o Commons Bridge Group, Universidade de Missouri, 1966-70: Nancy Olson, Bill Fisher, Nancy Burnett, Ken Randolph, Ed Bristol, Herb, o fritador, em memória de Bob Campbell e John Steele, que morreram no Vietnã, e para o resto daquele grupo maravilhoso de amigos que não combinavam, dedica-se com carinho este livro sobre amigos.
— Margaret Weis

Kitiara, de todos os dias, esses dias
são embalados no escuro e na espera, em arrependimento.
As nuvens obscurecem a cidade enquanto escrevo isso,
retardando o pensamento e a luz do sol, enquanto as ruas
pendem entre o dia e a escuridão. Eu esperei
além de toda decisão, além do coração nas sombras
                                                    para dizer isso.
            Nas ausências, você ficou
mais bonita, mais venenosa, você era
uma essência de orquídeas na noite flutuante,
onde a paixão, como um tubarão levado pela corrente sanguínea,
mata quatro sentidos, preservando apenas o paladar,
curvando-se, encontrando o próprio sangue,
uma ferida pequena no início, mas, enquanto o tubarão se liberta
a barriga se rasga no túnel da garganta comprida.
        E sabendo disso, a noite ainda parece rica,
um desafio de desejos que terminam em paz,
eu ainda faria parte desses atrativos,
e, em meus braços, eu receberia a escuridão,
abençoada e renomeada pelo prazer;
                                                mas a luz,
a luz, minha Kitiara, quando o sol
decora as calçadas cheias de chuva e o óleo
das lâmpadas apagadas sobe na água ensolarada,
dividindo a luz em arco-íris! Levanto
e, embora a tempestade tome conta da cidade,
Penso em Sturm, Laurana e nos outros,
mas em Sturm principalmente, que pode ver o sol
diretamente através do nevoeiro e das nuvens. Como eu poderia
abandoná-los?
                            E assim, na sombra,
e não a sua sombra, mas no cinzento ansioso
esperando a luz, eu cavalgo a tempestade para longe.

O Eterno

Veja, Berem. Há um caminho aqui... Que estranho. Sempre caçamos nessa floresta e nunca o vimos.

— Não é tão estranho. O fogo queimou um pouco dos arbustos, só isso. Provavelmente é só uma trilha de animais.

— Vamos segui-la. Se for uma trilha de animais, talvez encontremos um cervo. Estamos caçando o dia inteiro e não conseguimos nada. Odeio voltar para casa de mãos vazias.

Sem esperar minha resposta, ela se vira para a trilha. Dando de ombros, eu a sigo. Está agradável ficar ao ar livre hoje, o primeiro dia quente após o frio intenso do inverno. O sol está quente no pescoço e nos ombros. Andar pela floresta queimada é fácil. Sem cipós para prender. Sem arbustos para rasgar sua roupa. Raios, provavelmente da tempestade que caiu no final do outono passado.

Mas andamos por muito tempo e começo a cansar. Ela está errada... Isso não é um rastro de animais. É um caminho feito pelo homem, e antigo. Não é provável que encontremos caça. Da mesma forma que tem sido o dia todo. O *incêndio, depois o inverno rigoroso: os animais estão mortos ou desaparecidos. Não haverá carne fresca esta noite.*

Mais caminhada. O sol está alto no céu. Estou cansado, com fome. Não há sinal de ser vivo.

— *Vamos voltar, irmã. Não há nada aqui...*

Ela para, suspirando. Está com calor, cansada e desanimada, posso dizer. E muito magra. Ela trabalha demais, fazendo o trabalho de mulheres e homens. Caçando quando deveria estar em casa, recebendo propostas de pretendentes. Ela é bonita, acho. As pessoas dizem que somos parecidos, mas sei que estão errados. É só que somos tão próximos... Mais próximos do que outros irmãos e irmãs. Mas tivemos que ser próximos. Nossa vida tem sido tão difícil...

— *Acho que você tem razão, Berem. Eu não vi nenhum sinal... Espere... Olhe ali na frente. O que é aquilo?*

Eu vejo um brilho forte e cintilante, uma miríade de cores dançando na luz do sol... Como se todas as joias de Krynn estivessem amontoadas em uma cesta.

Os olhos dela se arregalam.

— *Talvez sejam os portões do arco-íris!*

Rá! Ideia estúpida de menina. Eu rio, mas me vejo correndo para a frente. É difícil alcançá-la. Embora eu seja maior e mais forte, ela é rápida como um cervo.

Chegamos a uma clareira na floresta. Se um raio atingiu esta floresta, aqui deve ter sido onde ele caiu. A terra ao redor está arrasada. Percebo que houve uma construção aqui no passado. Colunas quebradas e arruinadas se projetam do chão enegrecido como ossos partidos saindo da carne em decomposição. Uma sensação opressiva paira sobre o lugar. Nada cresce aqui, nem cresceu por muitas primaveras. Eu quero sair, mas não consigo...

Diante de mim está a visão mais linda e maravilhosa que já tive na minha vida, nos meus sonhos... Um pedaço de uma coluna de pedra, incrustada de joias. Não sei nada sobre pedras preciosas, mas posso dizer que estas são incrivelmente valiosas! Meu corpo começa a tremer. Correndo para frente, me ajoelho ao lado da pedra afetada pelo fogo e limpo a sujeira.

Ela se ajoelha ao meu lado.

— *Berem! Que maravilha! Você já viu algo assim? Joias tão bonitas em um lugar tão horrível.* — *Ela olha em volta e eu a sinto tremer.* — *Imagino o que isso aqui seria. Há uma sensação tão solene neste lugar, uma sensação sagrada. Mas uma sensação maligna também. Deve ter sido um templo antes do Cataclismo. Um templo para os deuses do mal... Berem! O que está fazendo?*

Pego minha faca de caça e começo a lascar a pedra em torno de uma das joias... Uma joia verde radiante. É tão grande quanto meu punho e brilha mais forte do que o sol reluzindo nas folhas verdes. A rocha ao seu redor sai facilmente sob a lâmina da minha faca.

— Pare com isso, Berem! — *Sua voz é estridente.* — É... é profanação! Este lugar é sagrado para algum deus! Eu sei!

Posso sentir o cristal frio da pedra preciosa, que queima com um fogo verde interno. Ignoro os protestos dela.

— Ora! Você disse antes que eram os portões do arco-íris! Você está certa! Encontramos nossa fortuna, como diz a velha história. Se este lugar era sagrado para os deuses, eles devem tê-lo abandonado anos atrás. Olhe ao redor, não passa de entulho! Se o quisessem, deveriam ter cuidado dele. Os deuses não se importarão se eu pegar algumas dessas joias...

— Berem!

Uma ponta de medo em sua voz. Ela está mesmo assustada! Menina tola. Está começando a me irritar. A pedra preciosa está quase livre. Consigo mexê-la.

— Veja, Jasla. — *Estou tremendo de emoção. Mal posso falar.* — Não temos nada para sobreviver... por causa do inverno rigoroso e do incêndio. Essas joias renderão dinheiro suficiente no mercado em Gargath para que possamos sair deste lugar miserável. Vamos para uma cidade, talvez Palanthas! Você queria ver as maravilhas de lá...

— Não! Berem, eu proíbo! Você está cometendo sacrilégio!

A voz dela é severa. Eu nunca a vi assim. Por um momento, hesito. Afasto-me da coluna de pedra quebrada com seu arco-íris de joias. Também estou sentindo algo assustador e maligno neste lugar. Mas as joias são tão bonitas! Quando eu as encaro, brilham e cintilam ao sol. Nenhum deus está aqui. Nenhum deus se importa com elas. Nenhum deus sentirá falta delas, nessa coluna antiga, desmoronando e quebrada.

Estendo a mão para tirar a joia da pedra com minha faca. É um verde tão forte, brilhando tanto quanto o sol da primavera através das folhas novas das árvores...

— Berem! Pare!

Sua mão agarra meu braço, suas unhas cravam em minha carne. Isso dói... Fico com raiva e, como às vezes acontece quando fico com raiva, uma névoa obscurece minha visão e sinto um inchaço sufocante dentro de mim. Minha cabeça lateja até parecer que meus olhos precisam sair de suas órbitas.

— Me deixe em paz! — *Ouço uma voz estridente... a minha!*

Eu a empurro...
Ela cai...
Tudo acontece tão devagar. Ela está caindo para sempre. Eu não queria... Eu quero pegá-la... Mas não consigo me mexer.
Ela cai contra a coluna quebrada.
Sangue... Sangue...
— Jas — Eu sussurro, levantando-a em meus braços.
Mas ela não me responde. O sangue cobre as joias. Elas não brilham mais, assim como os olhos dela. A luz se foi.
E, então, o chão se abre. Colunas se erguem do solo enegrecido, espiralando no ar. Uma grande escuridão surge e sinto uma dor horrível e ardente no peito...

— Berem!

Maquesta estava na proa, encarando seu timoneiro.

— Berem, eu avisei. Um vendaval se aproxima. Quero que o navio fique protegido. O que está fazendo, parado aí, olhando para o mar? Está treinando para quê? Ser um monumento? Mexa-se, seu idiota! Não pago salários para estátuas!

Berem se assustou. Seu rosto empalideceu e ele se encolheu diante da irritação de Maquesta de uma maneira tão miserável que a capitã do Perechon sentiu como se estivesse descontando sua raiva em uma criança indefesa.

Isso é tudo o que ele é, lembrou-se cansada. Embora devesse ter cinquenta ou sessenta anos e fosse um dos melhores timoneiros com quem ela já navegara, mentalmente ele ainda era uma criança.

— Desculpe, Berem — disse Maq, suspirando. — Eu não queria gritar com você. É que a tempestade... me deixa nervosa. Pronto, pronto. Não me olhe assim. Como eu gostaria que você pudesse conversar! Eu gostaria de saber o que estava acontecendo nessa sua cabeça, se é que acontece algo aí. Bem, deixa pra lá. Cumpra seus deveres, depois desça. É melhor se acostumar a ficar parado no ancoradouro por alguns dias até que o vendaval acabe sozinho.

Berem sorriu para ela. O sorriso simples e inocente de uma criança.

Maquesta sorriu de volta, balançando a cabeça. Então, apressou-se, seus pensamentos ocupados em preparar seu amado navio para enfrentar o vendaval. Pelo canto do olho, viu Berem arrastando-se para baixo e logo se esqueceu dele quando seu imediato veio a bordo para relatar que encontrara a maioria da tripulação e quase um terço dela estava tão bêbada que seria inútil...

Berem estava deitado na rede pendurada nos aposentos da tripulação do navio. A rede balançou violentamente quando os primeiros ventos do vendaval atingiram o Perechon, ancorado no porto de Naufrágio, no Mar de Sangue de Istar. Colocando as mãos, que pareciam jovens demais no corpo de um humano de cinquenta anos, embaixo da cabeça, Berem olhou para o lampião que balançava nas pranchas de madeira acima.

— *Veja, Berem. Há um caminho aqui... Que estranho. Sempre caçamos nessa floresta e nunca o vimos.*

— *Não é tão estranho. O fogo queimou um pouco dos arbustos, só isso. Provavelmente é só uma trilha de animais.*

— *Vamos segui-la. Se for uma trilha de animais, talvez encontremos um cervo. Estamos caçando o dia inteiro e não conseguimos nada. Odeio voltar para casa de mãos vazias.*

Sem esperar minha resposta, ela se vira para a trilha. Dando de ombros, eu a sigo. Está agradável ficar ao ar livre hoje, o primeiro dia quente após o frio intenso do inverno. O sol está quente no pescoço e nos ombros. Andar pela floresta queimada é fácil. Sem cipós para prender. Sem arbustos para rasgar sua roupa. Raios, provavelmente da tempestade que caiu no final do outono passado.

Livro Um

1
Fuga da escuridão para a escuridão.

O oficial do exército dracônico desceu as escadas do segundo andar da Hospedaria Brisa Salgada. Já passava da meia-noite. A maioria dos clientes da pousada fora para a cama há muito tempo. O único som que o oficial ouvia era o bater das ondas da Baía de Sangue nas rochas abaixo.

Quando chegou ao patamar, o oficial lançou um olhar rápido e afiado ao redor do salão comunal que se estendia abaixo. Estava vazia, exceto por um draconiano esparramado em uma mesa, roncando em um estupor bêbado. As asas do homem-dragão tremiam a cada ronco. A mesa de madeira rangia e balançava embaixo dele.

O oficial sorriu amargamente, depois continuou descendo as escadas. Estava usando a armadura de escamas de aço copiada da armadura de escamas de dragão dos Senhores dos Dragões. Seu elmo cobria a cabeça e o rosto, dificultando a visão de seus traços. Tudo o que era visível sob a sombra projetada pelo elmo era uma barba marrom avermelhada que o marcava, racialmente, como humano.

Ao pé da escada, o oficial parou, perplexo ao ver o estalajadeiro ainda acordado e bocejando sobre os livros de contabilidade. Depois de um leve aceno de cabeça, o oficial parecia prestes a sair da hospedaria sem falar, mas o estalajadeiro o deteve com uma pergunta.

— Você está esperando a Senhora esta noite?

O oficial parou e deu meia volta. Mantendo o rosto desviado, ele puxou um par de luvas e começou a colocá-las. O tempo estava de um frio amargo. A cidade marítima de Naufrágio estava sob as garras de uma tempestade de inverno que jamais experimentara em seus trezentos anos de existência nas margens da Baía de Sangue.

— Neste clima? — O oficial do exército dracônico bufou. — Improvável! Nem mesmo dragões podem vencer esses ventos fortes!

— Verdade. Não é uma noite adequada para homens ou feras — concordou o estalajadeiro. Ele olhou astutamente para o oficial do dragão. — Então, que assuntos o fazem sair nesta tempestade?

O oficial do exército dracônico fitou o estalajadeiro com frieza.

— Não vejo por que seria da sua conta aonde vou ou o que faço.

— Não quis bisbilhotar — disse logo o estalajadeiro, levantando as mãos como se quisesse evitar um golpe. — Mas, se a Senhora voltar e sentir sua falta, ficarei feliz em dizer onde você pode ser encontrado.

— Isso não será necessário — o oficial murmurou. — Eu... deixei uma nota... para ela... explicando minha ausência. Além disso, volto antes do amanhecer. Eu... só preciso respirar. Só isso.

— Não duvido disso! — O estalajadeiro riu. — Você não sai do quarto dela há três dias. Melhor dizendo, três noites! Certo, não fique nervoso — falou ao ver o oficial corar furiosamente sob o elmo. — Admiro o homem que consegue satisfazê-la por tanto tempo! Para onde ela foi?

— A Senhora foi chamada para lidar com um problema no oeste, em algum lugar perto de Solamnia — respondeu o oficial, fechando o rosto. — Eu não perguntaria mais sobre os assuntos dela se fosse você.

— Não, não — o estalajadeiro respondeu, apressado. — Com certeza, não. Bem, eu desejo uma boa noite. Qual é o seu nome? Ela nos apresentou, mas não consegui entender.

— Tanis — o oficial disse, com voz abafada. — Tanis Meio-Elfo. E uma boa noite para você.

Acenando a cabeça com frieza, o oficial deu um puxão final nas luvas. Envolvendo-se na capa, abriu a porta da hospedaria e saiu para a tempestade. O vento entrou na sala, apagando velas e agitando os papéis do estalajadeiro. Por um momento, o oficial lutou com a porta pesada enquanto o estalajadeiro praguejava, procurando as contas espalhadas. Finalmente, o oficial conseguiu fechar a porta com força, deixando a hospedaria quieta e quente mais uma vez.

O estalajadeiro viu o oficial passar pela janela da frente, a cabeça inclinada contra o vento, a capa esvoaçando atrás dele.

Outra figura também observava o oficial. No instante em que a porta se fechou, o draconiano bêbado levantou a cabeça, os olhos negros e reptilianos brilhando. Discretamente, se levantou da mesa com passos rápidos e certos. Pisando de leve sobre os pés com garras, esgueirou-se até a janela e olhou para fora. Esperou por alguns momentos e abriu a porta, sumindo na tempestade.

Pela janela, o estalajadeiro viu o draconiano seguir na mesma direção do oficial do exército dracônico. Indo até ela, espiou pelo vidro. Estava vazio e escuro lá fora, os braseiros altos de ferro com piche flamejante que iluminavam as ruas noturnas crepitando e tremulando ao vento e à chuva forte. Mas o estalajadeiro pensou ter visto o oficial do exército dracônico virar uma rua que levava à parte principal da cidade. Esgueirando-se atrás dele e se mantendo nas sombras, ia o draconiano.

Balançando a cabeça, o estalajadeiro acordou o atendente da noite, que cochilava em uma cadeira atrás da mesa.

— Estou sentindo que a Senhora chegará esta noite, com ou sem tempestade — disse o estalajadeiro ao atendente sonolento. — Me acorde se ela chegar.

Tremendo, olhou para a noite do lado de fora mais uma vez, vendo em sua mente o oficial andando pelas ruas vazias de Naufrágio com a figura sombria do draconiano deslizando atrás dele.

— Pensando melhor — murmurou o estalajadeiro. — Me deixe dormir.

A tempestade fechou Naufrágio naquela noite. As tavernas que ficavam abertas até o amanhecer atravessar as janelas sujas estavam trancadas e fechadas contra o vendaval. As ruas estavam desertas, ninguém aventurando-se no vento que poderia derrubar um homem e penetrar até nas roupas mais quentes com seu frio cortante.

Tanis caminhava rápido, a cabeça baixa, ficando perto dos prédios escuros que quebravam a força total do vendaval. Sua barba logo ficou cheia de gelo. O granizo batia dolorosamente em seu rosto. O meio-elfo tremia de frio, amaldiçoando o metal gelado da armadura dracônica contra sua pele. Olhando às vezes para trás, observava para ver se sua saída da hospedaria despertara algum interesse incomum. Mas a visibilidade estava reduzida a quase nada. Granizo e chuva rodopiavam ao seu redor, de modo que ele mal podia ver prédios altos surgindo na escuridão, muito menos qualquer outra coisa. Depois de um tempo, percebeu que era melhor se concentrar em encontrar o caminho pela cidade. Logo ficou tão entorpecido pelo frio que não se importava se alguém o estivesse seguindo ou não.

Ele não estava na cidade de Naufrágio há muito tempo; quatro dias, para ser exato. E a maior parte desses dias passara com ela.

Tanis bloqueou o pensamento de sua mente enquanto encarava as placas da rua através da chuva. Sabia para onde estava indo apenas vagamente. Seus amigos estavam em uma estalagem em algum lugar na beira da cidade, longe do cais, longe das tavernas e bordéis. Por um momento, se perguntou em desespero o que faria se ficasse perdido. Não ousava perguntar sobre eles...

Então, ele a encontrou. Tropeçando pelas ruas desertas, escorregando no gelo, quase chorou de alívio quando viu a placa balançando violentamente com o vento. Nem conseguia se lembrar do nome, mas agora a reconhecia: os Molhes.

"Nome estúpido para uma hospedaria," pensou, tremendo tanto com o frio que mal conseguia segurar a maçaneta. Abrindo a porta, foi empurrado para dentro pela força do vento e, com esforço, conseguiu fecha-la atrás de si.

Não havia atendente de plantão, não naquele lugar decadente. Sob a luz fumegante da lareira imunda, Tanis viu um pedaço de uma vela sobre a mesa, aparentemente para a conveniência dos hóspedes que cambaleavam para dentro tarde da noite. Suas mãos tremiam e ele mal conseguia bater na pedra. Depois de um momento, forçou os dedos endurecidos pelo frio a trabalhar, acendeu a vela e subiu as escadas com sua luz fraca.

Se tivesse virado e olhado pela janela, teria visto uma figura sombria se esconder em um pórtico do outro lado da rua. Mas Tanis não olhou pela janela atrás de si, pois seus olhos estavam na escada.

— Caramon!

O guerreiro se sentou na mesma hora, a mão alcançando a espada por reflexo antes mesmo de se virar para o irmão.

— Ouvi um barulho lá fora — sussurrou Raistlin. — O som de uma bainha batendo em uma armadura.

Caramon sacudiu a cabeça, tentando aliviar o sono, e saiu da cama com a espada na mão. Andou devagar em direção à porta até que também pôde ouvir o barulho que despertara seu irmão de sono leve. Um homem de armadura caminhava pelo corredor do lado de fora de seus quartos. Então, Caramon pôde ver o brilho fraco da luz de vela debaixo da porta. O som da armadura retinindo parou do lado de fora do seu quarto.

Segurando a espada, Caramon fez um gesto para o irmão. Raistlin assentiu e voltou para as sombras. Seus olhos estavam abstratos. Estava lembrando de uma magia. Os gêmeos trabalhavam bem juntos, combinando magia e aço para derrotar seus inimigos.

A luz de vela embaixo da porta tremia. O homem devia estar passando a vela para a outra mão para pegar a espada. Estendendo o braço lenta e silenciosamente, Caramon puxou o ferrolho na porta. Esperou um momento. Nada aconteceu. O homem estava hesitando, talvez se perguntando se era o quarto certo. "Ele descobrirá em breve," Caramon pensou consigo mesmo.

Caramon abriu a porta repentinamente. Contornando-a, agarrou a figura escura e a puxou para dentro. Com toda a força de seus braços musculosos, o guerreiro jogou o homem de armadura no chão. A vela caiu, sua chama se extinguindo na cera derretida.

Raistlin começou a entoar uma magia para prender sua vítima em uma substância pegajosa, semelhante a uma teia.

— Espere! Raistlin, pare! — O homem gritou. Reconhecendo a voz, Caramon agarrou seu irmão, sacudindo-o para interromper a concentração da sua magia

— Raist! É o Tanis!

Estremecido, Raistlin saiu de seu transe, os braços caindo frouxos ao lado do corpo. Começou a tossir, segurando o peito.

Caramon lançou um olhar ansioso para seu gêmeo, mas Raistlin o afastou com um aceno de mão. Caramon se virou para ajudar o meio-elfo a se levantar.

— Tanis! — ele gritou, quase tirando o seu fôlego com um abraço entusiasmado. — Onde você estava? Estávamos muito preocupados. Por todos os deuses, você está congelando! Aqui, vou acender o fogo. Raist — Caramon se virou para o irmão. — Tem certeza de que está bem?

— Não se preocupe comigo — Raistlin sussurrou. O mago sentou cama, ofegando. Seus olhos brilhavam dourados à luz da lareira enquanto encarava o meio-elfo, que se aconchegou agradecido ao lado do fogo. — É melhor você chamar os outros.

— Certo. — Caramon foi na direção da porta.

— Eu colocaria uma roupa primeiro — comentou Raistlin causticamente.

Corando, Caramon correu de volta para sua cama e pegou uma calça de couro. Vestindo-a, jogou uma camisa por cima e saiu para o corredor, fechando a com cuidado porta atrás de si. Tanis e Raistlin puderam ouvi-lo bater suavemente na porta do casal da Planície. Ouviram a resposta ríspida de Vento Ligeiro e a explicação apressada e animada de Caramon.

Tanis olhou para Raistlin, viu os estranhos olhos de ampulheta do mago focados nele com um olhar penetrante e, desconfortável, virou-se para o fogo.

— Onde você esteve, Meio-Elfo? — Raistlin perguntou em sua voz suave e sussurrante.

Tanis engoliu o seco.

— Fui capturado por um Senhor dos Dragões — disse, recitando a resposta que preparara. — O Senhor pensou que eu era um de seus oficiais e me pediu para acompanhá-lo até suas tropas, que estão estacionadas fora da cidade. Claro, tive que fazer o que ele pedia ou poderia desconfiar. Por fim, hoje à noite, consegui fugir.

— Interessante — Raistlin tossiu a palavra.

Tanis olhou para ele com atenção.

— O que é interessante?

— Nunca ouvi você mentir antes, Meio-Elfo — Raistlin disse baixinho. — Acho... muito... fascinante.

Tanis abriu a boca, mas, antes que pudesse responder, Caramon retornou, seguido por Vento Ligeiro, Lua Dourada e Tika, bocejando sonolenta. Correndo até ele, Lua Dourada abraçou Tanis.

— Meu amigo! — disse, segurando-o com força. — Estávamos tão preocupados...

Vento Ligeiro segurou Tanis pela mão, seu rosto normalmente severo relaxado em um sorriso. Com gentileza, ele segurou a esposa e a tirou do abraço de Tanis, mas apenas para tomar o lugar dela.

— Meu irmão! — Vento Ligeiro disse em Que-Shu, o dialeto do povo da Planície, abraçando o meio-elfo com força. — Temíamos que você estivesse capturado! Morto! Não sabíamos...

— O que aconteceu? Onde você estava? — Tika perguntou ansiosa, avançando para abraçar Tanis.

Tanis olhou para Raistlin, mas ele estava deitado no travesseiro duro, com os olhos estranhos fixos no teto, aparentemente desinteressado em qualquer coisa que estivesse sendo dita.

Limpou a garganta, incomodado e muito consciente da escuta de Raistlin, Tanis repetiu sua história. Os outros a seguiram com expressões de interesse e simpatia. Ocasionalmente, fizeram perguntas. Quem era esse Senhor? Qual o tamanho do exército? Onde ele estava localizado? O que os draconianos estavam fazendo em Naufrágio? Estavam mesmo procurando por eles? Como Tanis escapou?

Tanis respondeu todas as perguntas de forma loquaz. Quanto ao Senhor, não tinha o visto muito. Não sabia quem ele era. O exército não era grande. Estava localizado fora da cidade. Os draconianos estavam procurando por alguém, mas não eram eles. Estavam procurando por um humano chamado Berem ou algo assim.

Tanis deu uma olhada rápida em Caramon, mas o rosto do grandão não ofereceu nenhum reconhecimento. Tanis respirou mais fácil. Caramon não se lembrava do homem que viram remendando a vela no Perechon. Não se lembrava ou não entendera o nome do homem. De qualquer maneira, tudo estava bem.

Os outros assentiram, absorvidos em sua história. Tanis suspirou aliviado. Quanto a Raistlin... bem, não importava o que o mago pensava ou dizia. Os outros acreditariam em Tanis e não em Raistlin, mesmo que o meio-elfo alegasse que o dia era noite. Raistlin sabia disso, sem dúvida, e foi por isso que não lançou dúvidas sobre a história de Tanis. Sentindo-se infeliz e esperando que ninguém perguntasse mais nada que o forçasse a mergulhar cada vez mais fundo em mentiras, Tanis bocejou e gemeu como se estivesse exausto. Lua Dourada levantou-se na mesma hora, com o seu rosto suave preocupado.

— Sinto muito, Tanis — ela disse gentilmente. — Fomos egoístas. Você está com frio e cansado e nós mantivemos você conversando. E precisamos acordar de manhã cedo para embarcar no navio.

— Droga, Lua Dourada! Não seja tola. Não vamos embarcar em nenhum navio neste vendaval — Tanis rosnou.

Todos olharam para ele com espanto, até Raistlin se levantou. Os olhos de Lua Dourada estavam escuros de dor, o rosto em linhas rígidas, lembrando ao meio-elfo que ninguém falava com ela naquele tom. Vento Ligeiro estava ao lado dela, uma expressão preocupada no rosto. O silêncio ficou desconfortável. Finalmente, Caramon pigarreou com estrondo.

— Se não pudermos sair amanhã, tentaremos no dia seguinte — disse ele confortavelmente. — Não se preocupe, Tanis. Os draconianos não sairão nesse clima. Estaremos a salvo...

— Eu sei. Desculpem — ele murmurou. — Eu não queria gritar com você, Lua Dourada. Esses últimos dias... foram estressantes. Estou tão cansado que não consigo pensar direito. Vou para o meu quarto.

— O estalajadeiro deu para outra pessoa — disse Caramon para depois acrescentar apressado. — Mas você pode dormir aqui, Tanis. Fique com a minha cama...

— Não, vou me deitar no chão. — Evitando o olhar de Lua Dourada, Tanis começou a desafivelar a armadura dracônica, os olhos fixos nos seus dedos trêmulos.

— Durma bem, meu amigo — disse Lua Dourada suavemente.

Ouvindo a preocupação em sua voz, ele podia imaginá-la trocando olhares compassivos com Vento Ligeiro. Houve o toque da mão do homem das Planícies em seu ombro, dando um tapinha de simpatia. Então, eles saíram. Tika saiu também, fechando a porta atrás de si depois de murmurar boa noite.

— Aqui, deixa eu te ajudar — Caramon ofereceu, sabendo que Tanis, desacostumado a usar armadura de placas, teria dificuldade em controlar as fivelas e tiras intrincadas. — Posso pegar algo para você comer? Beber? Um pouco de vinho quente?

— Não — disse Tanis, cansado, agradecido por tirar a armadura e tentando não se lembrar de que, em poucas horas, teria que colocá-la de novo. — Eu só preciso dormir.

— Aqui, pelo menos, pegue meu cobertor — insistiu Caramon, vendo que o meio-elfo estava tremendo de frio.

Tanis aceitou o cobertor com gratidão, embora não soubesse ao certo se tremia de frio ou pela violência de suas emoções turbulentas. Deitado, se envolveu no cobertor e na sua capa. Então, fechou os olhos e se concentrou em deixar sua respiração regular, sabendo que a "mãezona" Caramon nunca dormiria até ter certeza de que ele estava descansando confortavelmente. Logo, ouviu Caramon ir para a cama. O fogo ardia baixo, a escuridão caiu. Depois de um momento, ouviu o ronco estrondoso dele. Na outra cama, podia ouvir a crise de tosse de Raistlin.

Quando teve certeza de que os dois gêmeos estavam dormindo, Tanis se espreguiçou, colocando as mãos embaixo da cabeça. Ficou acordado, encarando a escuridão.

Era quase de manhã quando a Senhora dos Dragões chegou à Hospedaria Brisa Salgada. O atendente da noite logo percebeu que a Senhora estava de mau humor. Abrindo a porta com mais força do que os ventos, ela olhou furiosa para a hospedaria, como se seu calor e conforto fossem ofensivos. De fato, parecia estar em harmonia com a tempestade lá fora. Foi ela que fez as velas tremularem, em vez do vento uivante. Foi ela que trouxe a escuridão para dentro. O atendente tropeçou com medo, mas os olhos da Senhora não estavam nele. Kitiara estava olhando para um draconiano, que estava sentado à mesa e sinalizou, por um piscar quase imperceptível nos olhos reptilianos escuros, que algo estava errado.

Atrás da horrenda máscara dracônica, os olhos da Senhora se estreitaram e sua expressão ficou fria. Por um momento, ela ficou na porta, ignorando o vento frio que soprava pela hospedaria, agitando a capa ao seu redor.

— Suba — disse por fim para o draconiano.

A criatura assentiu e a seguiu, os pés com garras batendo no chão de madeira.

— Posso fazer alguma... — começou o atendente noturno, encolhendo-se quando a porta se fechou com um estrondo.

— Não! — Kitiara rosnou. Com a mão no punho da espada, passou pelo homem trêmulo sem olhar e subiu as escadas até o seu quarto, deixando o homem recuar, abalado, em sua cadeira.

Mexendo na chave, Kitiara abriu a porta. Ela deu uma olhada rápida pelo quarto.

Estava vazio.

O draconiano esperava atrás dela, pacientemente e em silêncio.

Furiosa, Kitiara puxou as dobradiças da máscara dracônica com força e a arrancou. Jogando-a na cama, falou por cima do ombro.

— Entre e feche a porta!

O draconiano fez como ordenado, fechando a porta suavemente.

Kitiara não se virou para encarar a criatura. Com as mãos nos quadris, olhou para a cama amarrotada.

— Então, ele se foi. — Era uma afirmação, não uma pergunta.

— Sim, Senhora — disse o draconiano em sua voz sibilante.

— Você o seguiu, como ordenei?

— Claro, Senhora — o draconiano se curvou.

— Onde ele foi?

Kitiara passou a mão pelos cabelos escuros e encaracolados. Ela ainda não tinha se virado. O draconiano não podia ver o rosto dela e não fazia ideia de que emoções estava escondendo, se havia alguma.

— Uma hospedaria, Senhora. Perto da periferia da cidade. Chamada de os Molhes.

— Outra mulher? — A voz da Senhora estava tensa.

— Acho que não, Senhora. — O draconiano escondeu um sorriso. — Acredito que ele tenha amigos lá. Tivemos relatos de estranhos abrigados na hospedaria, mas como não combinavam com a descrição do Homem da Joia Verde, não os investigamos.

— Alguém está lá agora, vigiando?

— Certamente, Senhora. Você será informada no mesmo instante se ele, ou qualquer outro, deixar o prédio.

A Senhora ficou em silêncio por um momento, depois virou. Seu rosto estava frio e calmo, embora extremamente pálido. Mas havia uma série de fatores que poderiam ter explicado sua palidez, pensou o draconiano. Era um longo voo desde a Torre do Alto Clerista, havia rumores de que seus exércitos foram derrotados lá e que a lendária Lança do Dragão reaparecera, junto com os orbes do dragão. Além disso, havia o fracasso dela em encontrar o Homem da Joia Verde, tão desesperadamente procurado pela Rainha das Trevas e avistado em Naufrágio. A Senhora tinha muitas coisas com que se preocupar, pensou o draconiano entretido. "Por que se preocupar com um homem?" Ela tinha amantes em abundância, a maioria deles muito mais encantadora, muito mais ansiosa para agradar do que aquele meio-elfo temperamental. Bakaris, por exemplo...

— Você fez bem, — Kitiara disse por fim, interrompendo as reflexões do draconiano. Tirando a armadura com uma falta de pudor descuidada, ela acenou com a mão negligente. Quase parecia ela mesma de novo. — Você será recompensado. Agora, saia.

O draconiano se curvou novamente e saiu, os olhos encarando o chão. Mas ela não enganou a criatura. Quando saiu, o homem-dragão viu o olhar da Senhora cair sobre um pedaço de pergaminho repousando sobre a mesa. O draconiano vira esse pergaminho ao entrar. A criatura notou que estava coberto com uma escrita élfica delicada. Quando o draconiano fechou a porta, escutou um som estridente, o som de uma peça de armadura sendo lançada com toda a força contra uma parede.

2

Perseguição.

O vendaval acabou na manhã seguinte. O som da água pingando monotonamente dos beirais incomodava a cabeça dolorida de Tanis, quase o fazendo desejar pelo retorno do vento estridente. O céu estava cinzento e baixo. Seu peso de chumbo pressionava o meio elfo.

— Os mares estarão agitados — disse Caramon com sabedoria. Tendo ouvido ansiosamente as histórias do mar contadas por William, o estalajadeiro da Porco e Apito em Porto Balifor, Caramon se considerava um especialista em assuntos náuticos. Nenhum dos outros o contestou, nada sabendo sobre o mar. Apenas Raistlin encarou Caramon com um sorriso debochado quando seu irmão, que havia estado em barcos poucas vezes na vida, começou a falar como um velho lobo do mar.

— Talvez não devêssemos sair... — começou Tika.

— Vamos sair. Hoje — Tanis disse sério. — Nem que precisemos nadar, estamos partindo de Naufrágio.

Os outros se entreolharam, depois olharam para Tanis. De pé, observando pela janela, ele não viu as sobrancelhas levantadas ou os ombros encolhidos, apesar de estar ciente de todos.

Os companheiros estavam reunidos no quarto dos irmãos. Ainda demoraria mais uma hora para amanhecer, mas Tanis os acordou assim que ouviu o vento cessar seu uivo selvagem.

Ele respirou fundo, depois se virou para encará-los.

— Desculpem. Sei que pareço arbitrário — disse ele. — Mas há perigos que conheço e que não posso explicar agora. Não há tempo. Tudo o que posso dizer é: nunca em nossas vidas estivemos em mais perigo do que estamos neste momento nesta cidade. Devemos sair, e agora.

Sentiu um tom histérico escapar em sua voz e parou. Houve silêncio.

— Claro, Tanis — disse Caramon, inquieto.

— Estamos todos prontos — acrescentou Lua Dourada. — Podemos sair assim que você quiser.

— Vamos então — disse Tanis.

— Preciso pegar minhas coisas — Tika vacilou.

— Vá. Seja rápida — Tanis disse a ela.

— E-eu vou ajudá-la — Caramon ofereceu em voz baixa.

O grandalhão, vestido com a armadura roubada de um oficial do exército dracônico assim como Tanis, e Tika saíram rapidamente, esperando ganhar tempo suficiente para ficarem sozinhos por alguns minutos, deixando Tanis furioso por impaciência. Lua Dourada e Vento Ligeiro também saíram para recolher suas coisas. Raistlin permaneceu no quarto, sem se mexer. Ele tinha tudo o que precisava levar consigo: as bolsas com seus preciosos componentes de magias, o Cajado de Magius e o precioso orbe do dragão, escondido dentro de uma bolsa discreta.

Tanis podia sentir os olhos estranhos de Raistlin perfurando-o. Era como se Raistlin pudesse penetrar na escuridão da alma do meio-elfo com a luz cintilante de seus olhos dourados. Mesmo assim, o mago não disse nada. "Por quê?" Tanis pensou com raiva. Ele quase gostaria de ser questionado por Raistlin e ouvir suas acusações. Quase gostaria da chance de se soltar e dizer a verdade, mesmo sabendo quais seriam as consequências.

Mas Raistlin ficou calado, exceto por sua tosse incessante.

Em alguns minutos, os outros voltaram para o quarto.

— Estamos prontos, Tanis — disse Lua Dourada em voz baixa.

Por um momento, Tanis não conseguiu falar. "Direi a eles," ele decidiu. Respirando fundo, se virou. Viu seus rostos, viu confiança; a crença nele. Eles o estavam seguindo sem questionar. Não podia decepcioná-los. Não conseguia abalar essa fé. Era tudo o que eles tinham para se apegar. Suspirando, engoliu as palavras que estava prestes a dizer.

— Certo — ele disse com rispidez e foi em direção à porta.

Maquesta Kar-Thon despertou de um sono profundo por uma batida na porta de sua cabine. Acostumada a ter o sono interrompido o tempo todo, ela acordou quase imediatamente e pegou suas botas.

— O que foi? — ela gritou.

Antes que a resposta viesse, já estava sentindo o navio, avaliando a situação. Um olhar através da vigia mostrou que os ventos fortes sumiram, mas, pelo movimento da embarcação, percebeu que o mar estava agitado.

— Os passageiros estão aqui — gritou uma voz que reconheceu como a de seu imediato.

"Marinheiros de água doce" ela pensou amargamente, suspirando e deixando cair a bota que estava arrastando.

— Mande eles embora — ela ordenou, deitando novamente. — Não vamos navegar hoje.

Parecia haver algum tipo de briga acontecendo lá fora, pois ela ouviu a voz de seu imediato aumentar com raiva e outra voz gritando de volta. Cansada, Maquesta se levantou. Seu imediato, Bas Ohn-Koraf, era um minotauro, uma raça que não é conhecida por seu temperamento descontraído. Ele era excepcionalmente forte e conhecido por matar sem provocação... um dos motivos que o levara ao mar. Em um navio como o Perechon, ninguém fazia perguntas sobre o passado.

Abrindo a porta da cabine, Maq correu para o convés.

— O que está acontecendo? — questionou em sua voz mais severa enquanto seus olhos passavam da cabeça bestial de seu imediato para o rosto barbudo do que parecia ser um oficial do exército dracônico. Mas ela reconheceu os olhos castanhos levemente puxados do barbudo e o encarou com um olhar frio.

— Eu disse que não vamos navegar hoje, Meio-Elfo, e falei sério...

— Maquesta — disse Tanis rapidamente — preciso falar com você!

— Ele começou a passar pelo minotauro para alcançá-la, mas Koraf o agarrou e o puxou para trás. Atrás de Tanis, um oficial do exército dracônico rosnou e deu um passo à frente. Os olhos do minotauro brilhavam ansiosos quando ele habilmente puxou um punhal da larga faixa de cor berrante em sua cintura.

A tripulação acima do convés se reuniu no mesmo instante, esperando uma briga.

— Caramon... — Tanis avisou, estendendo a mão com força.

— Kof...! — Maquesta repreendeu com um olhar zangado, para lembrar o seu imediato que eram clientes pagantes e que não deveriam ser tratados de maneira grosseira, pelo menos enquanto a terra estivesse à vista.

O minotauro fez uma careta, mas o punhal desapareceu tão rapidamente quanto apareceu. Koraf se virou e se afastou com desdém, a tripulação murmurando em decepção, mas ainda alegre. Esta prometia ser uma viagem interessante.

Maquesta ajudou Tanis a se levantar, estudando o meio-elfo com o mesmo escrutínio que aplicava a um homem que desejava se tornar membro da tripulação. Viu que o meio-elfo mudara drasticamente desde que o vira apenas quatro dias antes, quando ele e o grandalhão fizeram a barganha pela passagem a bordo do Perechon.

"Parece que ele passou pelo Abismo e voltou. Provavelmente com algum tipo de problema" determinou com tristeza. "Bem, não vou tirá-lo disso! Não colocando meu navio em risco". Ainda assim, ele e seus amigos pagaram metade da passagem. E ela precisava do dinheiro. Hoje em dia, era difícil para um pirata competir com os Senhores...

— Venha para minha cabine — disse Maq de forma rude, mostrando o caminho para baixo.

— Fique com os outros, Caramon — disse o meio-elfo ao companheiro. O grandalhão assentiu. Olhando sombriamente para o minotauro, Caramon voltou para ficar com o resto dos companheiros, que estavam em silêncio, amontoados ao redor de seus poucos pertences.

Tanis seguiu Maq até sua cabine e se espremeu para dentro. Duas pessoas já lotavam a pequena saleta. O Perechon era um navio projetado para navegação ligeira e manobras rápidas. Ideal para os negócios de Maquesta, que tinha a necessidade de entrar e sair dos portos com rapidez, descarregando ou recolhendo cargas que não eram necessariamente dela para buscar ou entregar. Às vezes, ela aumentava sua renda pegando um navio mercante recheado saindo de Palanthas ou Tarsis, abordando-o antes que percebesse o que estava acontecendo. Então, era embarcar rapidamente, saquear e fugir.

Ela também era perita em ultrapassar os enormes navios dos Senhores Dragões, embora fizesse questão de deixá-los em paz. Entretanto, agora os navios dos Senhores eram vistos com frequência "escoltando" os navios mercantes. Maquesta perdera dinheiro em suas duas últimas viagens, uma das razões pelas quais se rebaixara a transportar passageiros, algo que nunca faria em circunstâncias normais.

Removendo o elmo, o meio-elfo se sentou à mesa, ou melhor, caiu, pois não estava acostumado ao movimento de balanço do navio. Maquesta permaneceu de pé, se equilibrando com facilidade.

— Bem, o que você quer? — ela exigiu, bocejando. — Eu disse que não podemos navegar. Os mares estão–

— Nós precisamos — disse Tanis, interrompendo-a.

— Olha — Maquesta disse pacientemente (lembrando-se de que ele era um cliente pagante). — Se você está com algum tipo de problema, não é da minha conta! Não vou arriscar meu navio ou minha tripulação...

— Não eu — interrompeu Tanis, olhando Maquesta atentamente, — você.

— Eu? — Maquesta disse, recuando, espantada.

Tanis cruzou as mãos sobre a mesa e olhou para elas. A inclinação e a agitação do navio ancorado, combinados com sua exaustão dos últimos dias, deixaram-no enjoado. Vendo a tonalidade verde tênue de sua pele sob a barba e as sombras escuras sob os olhos vazios, Maquesta imaginou ter visto cadáveres que pareciam melhores que esse meio-elfo.

— O que quer dizer? — perguntou com firmeza.

— E-eu fui capturado por um Senhor dos Dragões... há três dias, — começou Tanis, falando em voz baixa, encarando suas mãos. — Não, acho que "capturado" é a palavra errada. E-Ele me viu vestido assim e presumiu que eu era um dos seus homens. Tive que acompanhá-lo de volta ao acampamento. Estive lá, no acampamento, nos últimos dias, e descobri algo. Eu sei por que o Senhor e os draconianos estão fazendo buscas em Naufrágio. Eu sei o que... quem... eles estão procurando.

— Sim? — Maquesta perguntou, sentindo o medo subir devagar como uma doença contagiosa. — Não é o Perechon–

— Seu timoneiro. — Tanis finalmente a encarou. — Berem.

35

— Berem! — Maquesta repetiu, atordoada. — Pelo que? O homem é mudo! Um idiota! Um bom timoneiro, talvez, mas nada além disso. O que ele poderia ter feito para que os Senhores dos Dragões o procurassem?

— Não sei — disse Tanis, cansado, lutando contra sua náusea. — Não consegui descobrir. Não sei se eles sabem! Mas têm ordens de encontrá-lo a todo custo e trazê-lo vivo para... — Ele fechou os olhos para evitar as lâmpadas oscilantes — a Rainha das Trevas...

A luz do amanhecer lançou raios vermelhos inclinados sobre a superfície revolta do mar. Por um instante, ela reluziu na pele negra de Maq, um brilho como fogo veio de seus brincos dourados que pendiam quase até os ombros. Nervosa, ela passou os dedos pelos cabelos pretos bem cortados. Maquesta sentiu um nó na garganta.

— Vamos nos livrar dele! — Ela murmurou com firmeza, levantando-se da mesa. — Vamos colocá-lo em terra. Posso encontrar outro timoneiro...

— Escute! — Segurando o braço de Maquesta, Tanis a agarrou com força, a forçando a parar. — Já devem saber que ele está aqui! Mesmo se não souberem e o pegarem, não fará diferença. Quando descobrirem que ele esteva aqui, neste navio... e descobrirão, acredite em mim; existem maneiras de fazer até um mudo falar... prenderão você e todos neste navio. Prenderão ou se livrarão de você.

Ele soltou o braço dela, percebendo que não tinha forças para segurá-la.

— É o que eles fizeram no passado. Eu sei. O Senhor me disse. Aldeias inteiras destruídas. Pessoas torturadas, assassinadas. Qualquer pessoa com quem este homem tenha contato está condenada. Eles temem que qualquer segredo mortal que ele carregue seja repassado e não podem permitir isso.

Maquesta se sentou.

— Berem? — sussurrou baixinho, incrédula.

— Eles não puderam fazer nada por causa da tempestade — disse Tanis, cansado. — E o Senhor foi chamado para Solamnia, alguma batalha por lá. Mas a... o Senhor voltará hoje. E então... — ele não pôde continuar. Sua cabeça caiu sobre as mãos enquanto um tremor invadia seu corpo.

Maquesta o observou cautelosamente. Seria verdade? Ou ele estava inventando tudo isso para forçá-la a levá-lo para longe de algum perigo? Observando-o debruçar-se miseravelmente sobre a mesa, Maquesta praguejou baixinho. A capitã do navio era uma juíza astuta de pessoas. Precisava ser, a fim de controlar sua tripulação rude, mas eficaz. E ela sabia que o meio-elfo não estava mentindo. Pelo menos, não muito. Suspeitava que havia coisas que ele não estava contando, mas essa história sobre Berem, por mais estranha que parecesse, tinha o toque da verdade.

Tudo fazia sentido, ela pensou desconfortável, xingando a si mesma. Ela se orgulhava de seu julgamento, seu bom senso. No entanto, havia ignorado a estranheza de Berem. Por quê? Os lábios dela se curvaram em escárnio. Ela gostava dele, admitiu. Era como uma criança, alegre, inocente. Portanto, ela ignorara a falta de vontade de desembarcar, o medo de estranhos, a ânsia de trabalhar para uma pirata mesmo se recusando a participar do saque que coletavam. Maquesta sentou por um momento, sentindo o seu navio. Olhando para fora, viu o sol dourado cintilar nas cristas espumantes, depois o sol desapareceu, engolido pelas nuvens cinzentas. Seria perigoso tirar o navio, mas se o vento estivesse bom...

— Prefiro estar em mar aberto — ela murmurou, mais para si mesma do que para Tanis. — do que presa como um rato na praia.

Decidida, Maq se levantou rapidamente e dirigiu para a porta. Ouviu Tanis gemer. Virando-se, ela o olhou com pena.

— Vamos, Meio-Elfo — disse Maquesta, com alguma gentileza. Ela colocou os braços ao redor dele e o ajudou a se levantar. — Você se sentirá melhor no convés, ao ar livre. Além disso, você precisa dizer a seus amigos que isso não será uma "viagem oceânica relaxante". Você sabe o risco que está assumindo?

Tanis concordou. Apoiando-se pesadamente em Maquesta, ele atravessou o convés.

— Você não está me contando tudo, isso é um fato, — Maquesta disse baixinho enquanto chutava a porta da cabine e ajudava Tanis a subir as escadas até o convés principal. — Aposto que Berem não é o único que o Senhor está procurando. Mas sinto que esta não é a primeira tempestade que você e seu grupo enfrentaram. Só espero que sua sorte continue!

O Perechon se projetou para o alto mar. Navegando sob vela curta, o navio fazia pouco progresso, lutando por cada centímetro que ganhava. Felizmente, o vento ladeou. Soprando constantemente do sudoeste, estava os levando direto para o Mar de Sangue de Istar. Por estarem indo para Kalaman, a noroeste de Naufrágio, rodeando o cabo de Nordmaar, estavam um pouco fora do caminho. Mas Maquesta não se importava. Ela queria evitar a terra o máximo possível.

Disse a Tanis que havia até a possibilidade de que pudessem navegar para o nordeste e chegar a Mithras, terra natal dos minotauros. Embora alguns minotauros lutassem nos exércitos dos Senhores, em geral ainda não haviam jurado lealdade à Rainha das Trevas. Segundo Koraf, os minotauros queriam controlar o leste de Ansalon em troca de seus serviços. E o controle do leste acabara de ser entregue a um novo Senhor dos Dragões, um hobgoblin chamado Toede. Os minotauros não gostavam de humanos ou elfos, mas, a essa altura, também não tinham utilidade para os Senhores. Maq e sua tripulação haviam se abrigado em Mithras antes. Lá ficariam em segurança novamente, pelo menos por um tempo.

Tanis não estava feliz com esse atraso, mas seu destino não estava mais em suas mãos. Pensando nisso, o meio-elfo olhou para o homem que estava sozinho no centro de um turbilhão de sangue e chamas. Berem estava no leme, guiando o timão com mãos firmes e seguras, o rosto vazio, indiferente, despreocupado.

Olhando fixamente para a frente da camisa do timoneiro, pensando que talvez tivesse percebido um leve brilho verde. Que segredo sombrio batia no peito onde, meses atrás em Pax Tharkas, vira a joia verde brilhante embutida na carne do homem? Por que centenas de draconianos estavam perdendo seu tempo procurando por aquele homem enquanto a guerra ainda pendia na balança? Por que Kitiara estava tão desesperada por encontrar Berem que desistiu do comando de suas forças em Solamnia para supervisionar a busca em Naufrágio só pelo boato de que ele havia sido visto lá?

"Ele é a chave!" Tanis se lembrou das palavras de Kitiara. "Se o capturarmos, Krynn cairá sob o poder da Rainha das Trevas. Não haverá força no mundo capaz de nos derrotar!"

Tremendo e com o estômago nauseado, Tanis encarou o homem com assombro. Berem parecia tão separado de tudo, além de tudo, como se os problemas do mundo não o afetassem. Seria um idiota, como Maquesta disse? Tanis pensou. Lembrou-se de Berem como o vira por alguns breves segundos no meio do horror de Pax Tharkas. Lembrou do olhar no rosto do homem ao permitir que o traidor Eben o levasse embora, em uma tentativa desesperada de escapar. A expressão em seu rosto não fora de medo, monotonia ou indiferença. Fora o quê? Resignação! Isso! Como se soubesse o destino que o esperava e seguisse em frente de qualquer maneira. De fato, assim que Berem e Eben chegaram aos portões, centenas de toneladas de rochas caíram em cascata do mecanismo de bloqueio de portões, enterrando-os sob pedregulhos que apenas um dragão conseguiria levantar. Ambos os corpos foram perdidos, claro.

Ou, pelo menos, o corpo de Eben se perdeu. Apenas algumas semanas depois, durante a celebração do casamento de Lua Dourada e Vento Ligeiro, Tanis e Sturm viram Berem novamente... vivo! Antes que pudessem pegá-lo, o homem desapareceu na multidão. E não o viram novamente. Até Tanis o encontrar três, não, quatro, dias antes, costurando calmamente uma vela neste navio.

Berem conduzia o navio em seu curso, o rosto cheio de paz. Tanis se inclinou no costado do navio e vomitou.

Maquesta não disse nada sobre Berem à tripulação. Para explicar a partida repentina, disse apenas que recebera a notícia de que o Senhor dos Dragões estava interessado demais no seu navio e que seria prudente ir para o mar aberto. Nenhum tripulante a questionou. Eles não gostavam dos Senhores e, de qualquer forma, já estavam em Naufrágio há tempo suficiente para a maioria deles ter perdido todo o seu dinheiro.

Tanis também não revelou a seus amigos o motivo de sua pressa. Todos ouviram a história do homem com a joia verde e, embora fossem educados demais para dizer (exceto Caramon), Tanis sabia que pensavam que ele e Sturm haviam tomado brindes demais no casamento. Não perguntaram por que estavam arriscando suas vidas no mar agitado. A fé nele era completa.

Sofrendo de crises de enjoo e despedaçado pela culpa, Tanis se curvou miseravelmente no convés, olhando para o mar. Os poderes curativos de Lua Dourada ajudaram a se recuperar um pouco, embora houvesse pouco que clérigos pudessem fazer pelo tumulto em seu estômago. Mas o tumulto em sua alma estava além da ajuda dela.

Estava sentado no convés, observando o mar, sempre temendo ver as velas de um navio no horizonte. Talvez por estarem mais descansados, os outros foram pouco afetados pelo movimento irregular do navio desbravando a água agitada, exceto um banho devido a uma onda alta ocasional quebrando no costado.

Até Raistlin parecia bastante confortável, o que deixou Caramon impressionado. O mago estava sentado afastado dos outros, agachado sob uma vela que um dos marinheiros havia montado para ajudar a manter os passageiros tão secos quanto possível. O mago não estava doente. Ele nem tossia muito. Apenas parecia perdido em pensamentos, seus olhos dourados brilhando mais do que o sol da manhã que cintilava por trás das nuvens de tempestade.

Maquesta deu de ombros quando Tanis mencionou seus medos de perseguição. O Perechon era mais rápido que os navios imensos dos Senhores. Conseguiram sair do porto com segurança, os únicos outros navios conscientes da sua partida eram de piratas como eles. Nessa irmandade, ninguém fazia perguntas.

O mar ficou mais calmo, ficando plano sob a brisa constante. Durante todo o dia, as nuvens de tempestade ficaram suspensas baixas e ameaçadoras, apenas para serem dissipadas pelo vento refrescante. A noite estava limpa e estrelada. Maquesta conseguiu adicionar mais velas. O navio voava sobre as águas. Pela manhã, os companheiros acordaram para uma das vistas mais terríveis de toda Krynn.

Eles estavam na borda externa do Mar de Sangue de Istar.

O sol era uma enorme bola dourada equilibrada no horizonte ao leste quando o Perechon navegou pela primeira vez nas águas vermelhas como as vestes do mago, vermelhas como o sangue que manchava seus lábios quando ele tossia.

— É um nome adequado — disse Tanis a Vento Ligeiro enquanto estavam no convés, olhando para a água vermelha e escura. Não conseguiam ver muito à frente. Uma tempestade perpétua pairava no céu, cobrindo a água em uma cortina cinza-chumbo.

— Eu não acreditei — disse Vento Ligeiro solenemente, balançando a cabeça. — Ouvi William contar sobre isso, escutei suas histórias de dragões marinhos que engolem navios e de mulheres com rabos de peixe em vez de pernas. Mas isso... — O bárbaro das Planícies balançou a cabeça, olhando inquieto a água cor de sangue.

— Acha que este é mesmo o sangue de todos aqueles que morreram em Istar quando a montanha de fogo atingiu o templo do Rei-Sacerdote? — Lua Dourada perguntou baixinho, aproximando-se do marido.

— Que absurdo! — Maquesta bufou. Atravessando o convés para se juntar a eles, seus olhos se moviam constantemente para ter certeza de estar tirando o proveito máximo de seu navio e sua tripulação.

— Vocês andaram ouvindo William de novo! — Ela riu. — Ele gosta de assustar os marinheiros de água doce. A água fica com a cor do solo no fundo. Lembrem-se, não é sobre a areia que estamos navegando, como a do fundo do oceano. Aqui costumava ser terra firme... a capital de Istar e o rico campo ao seu redor. Quando a montanha de fogo caiu, dividiu a terra. As águas do oceano correram para dentro, criando um novo mar. Agora, a riqueza de Istar está muito abaixo das ondas.

Maquesta olhou por cima do parapeito com olhos sonhadores, como se pudesse penetrar na água agitada e ver a riqueza da cidade perdida reluzente abaixo. Ela suspirou de forma saudosa. Lua Dourada olhou com repulsa para a capitã do navio, seus próprios olhos cheios de tristeza e horror ao pensar na terrível destruição e perda de vidas.

— O que mantém o solo agitado? — Vento Ligeiro perguntou, franzindo a testa para a água vermelho-sangue. — Mesmo com o movimento das ondas e das marés, o solo pesado deveria assentar mais.

— Falou a verdade, bárbaro. — Maquesta olhou com admiração o homem das Planícies alto e bonito. — Mas seu povo é agricultor, pelo que ouvi dizer, e conhece muito sobre o solo. Se você colocar a mão na água, poderá sentir a poeira da terra. Supostamente, existe um turbilhão no centro do Mar de Sangue que gira com tanta força que arrasta o solo do fundo. Mas, se isso é verdade ou outra das histórias do Cara de Porco, não posso dizer. Eu nunca o vi, nem ninguém com quem eu tenha navegado, e olha que navego por essas águas desde criança, aprendendo meu ofício com meu pai. Nunca conheci ninguém tolo o suficiente para navegar na tempestade que paira sobre o centro do mar.

— Como chegaremos a Mithras, então? — Tanis rosnou. — Ela fica do outro lado do mar de sangue, se seus mapas estiverem corretos.

— Podemos chegar a Mithras navegando para o sul, se formos perseguidos. Caso contrário, podemos contornar a margem ocidental do mar e navegar pela costa norte até Nordmaar. Não se preocupe, Meio-Elfo. — Maq acenou com a mão de forma pomposa. — Pelo menos você pode dizer que viu o Mar de Sangue. Uma das maravilhas de Krynn.

Virando-se para a popa, Maquesta foi chamada pelo cesto da gávea.

— Ao convés! Vela a oeste! — o vigia gritou.

Instantaneamente, Maquesta e Koraf pegaram as lunetas e as voltaram para o horizonte ocidental. Os companheiros trocaram olhares preocupados e se reuniram. Até Raistlin deixou seu lugar sob a vela de proteção e atravessou o convés, olhando para o oeste com seus olhos dourados.

— Um barco? — Maquesta murmurou para Koraf.

— Não — o minotauro resmungou em sua forma grosseira do comum. — Uma nuvem, tvez. Vem rápido, Muito. Mais rápido que qualquer nuvem que eu já vi.

Agora todos podiam perceber as manchas de escuridão no horizonte, manchas que cresciam ainda mais enquanto observavam.

Então Tanis sentiu uma dor aguda dentro de si, como se tivesse sido perfurado por uma espada. A dor era tão rápida e real que ele ofegou, segurando Caramon para não cair. Os outros o encararam com preocupação, Caramon passando o braço grande em volta do amigo para apoiá-lo.

Tanis sabia o que voava na direção deles.

E ele sabia quem os liderava.

3

A escurîdão crescente.

Uma revoada de dragões, — disse Raistlin, ficando ao lado de seu irmão. — Cinco, creio eu.

— Dragões! — Maquesta respirou. Por um momento, ela agarrou o corrimão com mãos trêmulas, depois se virou. — Abrir todas as velas!

A tripulação olhou para o oeste, olhos e mentes presos ao terror que se aproximava. Maquesta levantou a voz e gritou a ordem novamente, seus únicos pensamentos em seu amado navio. A força e a calma em sua voz penetraram nos primeiros sentimentos fracos do medo dracônico tomando conta da tripulação. Instintivamente, alguns saíram para cumprir suas ordens, depois outros seguiram. Koraf também ajudou com seu chicote, batendo rapidamente em qualquer um que não se movesse rápido o suficiente para obedecer. Em instantes, as grandes velas foram abertas. Os cabos rangeram ameaçadores, o cordame emitiu uma melodia chorosa.

— Fique perto da borda da tempestade! — Maq gritou para Berem. O homem assentiu devagar, mas era difícil dizer pela expressão vaga em seu rosto se ele ouvira ou não.

Parecia que sim, pois o Perechon pairava perto da tempestade perpétua que envolvia o Mar do Sangue, deslizando pela superfície das ondas, impulsionado pelo vento cinza da neblina da tempestade.

Era uma navegação imprudente e Maq sabia disso. Se um mastro caísse, uma vela se rompesse, um cabo partisse, eles ficariam desamparados. Mas era preciso correr o risco.

— Inútil — Raistlin comentou friamente. — Você não pode fugir dos dragões. Olha, veja como se aproximam rápido. Você foi seguido, Meio-Elfo. — Ele se virou para Tanis. — Você foi seguido quando saiu do acampamento... ou isso... — a voz do mago sibilou. — Ou você os levou até nós!

— Não! Eu juro... — Tanis parou.

O draconiano bêbado! Tanis fechou os olhos, praguejando para si mesmo. Claro, Kit teria deixado um vigia! Ela não confiava nele mais do que nos outros homens que compartilhavam sua cama. Como ele foi um idiota egoísta! Acreditando que era especial para ela, acreditando que ela o amava! Ela não amava ninguém. Era incapaz de amar...

— Eu fui seguido! — Tanis disse com os dentes cerrados. — Vocês precisam acreditar em mim! E-eu posso ter sido um tolo. Não achei que me seguiriam naquela tempestade. Mas não traí vocês! Eu juro!

— Acreditamos em você, Tanis, — disse Lua Dourada, ficando ao lado dele, olhando Raistlin com raiva pelo canto dos olhos.

Raistlin não disse nada, mas seu lábio se curvou em desdém. Tanis evitou seu olhar, virando para observar os dragões. Eles podiam ver as criaturas claramente agora. Podiam ver a envergadura enorme das asas, as longas caudas serpenteando atrás, as patas cruéis com garras sob os imensos corpos azuis.

— Tem alguém cavalgando um — Maquesta informou sombriamente, com a luneta no olho. — Usando máscara com chifres.

— Um Senhor dos Dragões — Caramon afirmou sem precisar, todos eles sabiam muito bem o que essa descrição significava. O grandalhão deu um olhar sombrio para Tanis. — É melhor você nos contar o que está acontecendo, Tanis. Se este Senhor pensava que você era um soldado sob seu próprio comando, por que o trabalho de segui-lo e vir atrás de você?

Tanis começou a falar, mas suas palavras vacilantes foram submersas por um rugido agonizado e inarticulado; um rugido de medo misturado com terror e raiva que era tão bestial que arrancou os dragões dos pensamentos de todos.

Veio de perto do leme do navio. Com as mãos nas armas, os companheiros se viraram. Os membros da tripulação interromperam seu trabalho frenético, Koraf parou no mesmo instante, seu rosto bestial torcido de espanto quando o som estridente ficou mais alto e mais temeroso.

Apenas Maq manteve o controle.

— Berem, — ela chamou, começando a correr pelo convés, seu medo causando uma visão repentina e horrível em sua mente. Ela saltou pelo convés, mas já era tarde demais.

Com um olhar de terror insano em seu rosto, Berem ficou em silêncio, encarando os dragões que se aproximavam. Então, ele rugiu novamente, um uivo trêmulo de medo que gelou até o sangue do minotauro. Acima dele, as velas estavam infladas ao vento, o cordame firmemente esticado. Sob todas as velas que podia suportar, o navio parecia pular sobre as ondas, deixando um rastro de espuma branca para trás. Mas ainda assim, os dragões aproximavam-se.

Maq quase o alcançara quando, balançando a cabeça como um animal ferido, Berem girou o timão.

— Não! Berem! — Maquesta esgoelou-se.

O movimento repentino de Berem fez o navio pequeno virar tão rápido que quase o afundou. O mastro da mezena estalou com a tensão quando o navio adernou. Cordame, mortalhas, velas e homens despencaram no convés ou caíram no Mar de Sangue.

Agarrando Maq, Koraf arrastou-a para longe do mastro que caía. Caramon pegou o irmão nos braços e o jogou no convés, cobrindo o corpo frágil de Raistlin com o seu, enquanto o emaranhado de cordas e madeira lascada caía sobre eles. Os marinheiros caíram no convés ou bateram contra as anteparas. Lá de baixo, ouviam o som da carga se soltando. Os companheiros se agarraram às cordas ou ao que conseguissem, aguentando em desespero, enquanto parecia que Berem destruiria o navio. As velas batiam como as asas de pássaros mortos, o cordame afrouxava, o navio afundava impotente.

Mas o timoneiro habilidoso, embora aparentemente louco de pânico, ainda era um marinheiro. Por instinto, manteve o timão preso com firmeza em vez de girando livre. Lentamente, levou o navio de volta ao vento com o cuidado de uma mãe pairando sobre uma criança moribunda. Lentamente, o Perechon se endireitou. As velas que estavam fracas e sem vida pegaram o vento e encheram. O Perechon virou e seguiu seu novo curso.

Foi só então que todos a bordo perceberam que afundar no mar teria sido uma morte mais rápida e fácil, quando uma mortalha cinzenta de névoa varrida pelo vento tomou conta do navio.

— Ele está louco! Está nos levando para a tempestade sobre o Mar de Sangue! — Maquesta disse com voz rouca, quase inaudível, enquanto se levantava. Koraf foi em direção a Berem, o rosto torcido em um rosnado e uma malagueta na mão.

— Não! Koraf! — Maquesta ofegou, agarrando-o. — Talvez Berem esteja certo! Pode ser a nossa única chance! Os dragões não ousam nos seguir até a tempestade. Berem nos meteu nisso, ele é o único timoneiro que temos com alguma chance de nos tirar daqui! Se pudermos continuar nos arredores...

Um relâmpago rasgou a cortina cinza. As névoas se separaram, revelando uma visão horrível. Nuvens negras rodopiavam no vento estrondoso, relâmpagos verdes estalavam, carregando o ar com o cheiro acre de enxofre. A água vermelha revirava e batia. Ondas borbulhavam na superfície, como espuma na boca de um homem moribundo. Ninguém conseguiu se mexer por um instante. Só podiam observar, sentindo-se insignificantes e pequenos contra as forças terríveis da natureza. Então, o vento os atingiu. O navio balançou e girou, arrastado pelo mastro caído e quebrado. A chuva caiu, repentina, granizo batendo no convés de madeira, a cortina cinza se fechando mais uma vez.

Sob as ordens de Maquesta, os homens subiram no alto para recolher as velas restantes. Outro grupo se esforçou desesperadamente para soltar o mastro quebrado que balançava sem controle. Os marinheiros atacaram com machados, cortando as cordas, deixando-o cair na água vermelho-sangue. Livre do peso do mastro que se arrastava, o navio endireitou-se devagar. Embora ainda jogado pelo vento, sob velas reduzidas, o Perechon parecia capaz de superar a tempestade mesmo sem um mastro.

O perigo imediato quase expulsara os pensamentos sobre dragões de suas mentes. Agora que parecia que iriam viver mais alguns momentos, os companheiros se viraram para encarar a chuva cinzenta e forte.

— Vocês acham que os despistamos? — perguntou Caramon. O grande guerreiro estava sangrando devido a um corte violento na cabeça. Seus olhos mostravam dor. Mas sua preocupação era toda com o irmão.

Raistlin cambaleava ao lado dele, sem ferimentos, mas tossindo tanto que mal conseguia ficar de pé.

Tanis balançou a cabeça soturnamente. Olhando em volta para ver se alguém estava ferido, ele fez um sinal para que o grupo continuasse junto. Um por um, tropeçaram pela chuva, agarrando-se às cordas até ficarem reunidos ao redor do meio-elfo. Todos olhavam de volta para o mar agitado.

A princípio, não viram nada. Era difícil ver a proa do navio através da chuva e do mar agitado pelo vento. Alguns marinheiros chegaram a comemorar, achando que os despistaram.

Mas Tanis, com os olhos voltados para o oeste, sabia que nada menos que a morte impediria a busca da Senhora. De fato, a comemoração dos marinheiros mudaram para gritos de choque quando a cabeça de um dragão azul subitamente cortou as nuvens cinzentas, seus olhos ardentes brilhando vermelhos com ódio, sua boca cheia de presas escancarada.

O dragão voou ainda mais perto, suas asas grandes firmes mesmo atingidas por rajadas de vento, chuva e granizo. Uma Senhora dos Dragões estava sentada nas costas do dragão azul. A Senhora não tinha arma, Tanis viu contrariado. Ela não precisava de armas. Ela pegaria Berem e seu dragão destruiria o resto deles. Tanis baixou a cabeça, nauseado por saber o que viria, por saber que ele era o responsável.

Ele olhou para cima. Havia uma chance, pensou freneticamente. Talvez ela não reconhecesse Berem... e não ousasse destruir a todos por medo de machucá-lo. Voltando o olhar para o timoneiro, a esperança selvagem de Tanis morreu logo no início. Parecia que os deuses estavam conspirando contra eles.

O vento abriu a camisa de Berem. Mesmo através da cortina cinza da chuva, Tanis podia ver a joia verde incrustada no peito do homem brilhar mais forte que o relâmpago verde, um farol terrível iluminando através da tempestade. Berem não percebeu. Ele nem viu o dragão. Seus olhos olhavam vidrados na tempestade enquanto conduzia o navio cada vez para mais dentro do Mar de Sangue de Istar.

Apenas duas pessoas viram a joia brilhante. Todos os outros estavam presos ao medo dracônico, incapazes de desviar o olhar da enorme criatura azul que pairava acima deles. Tanis viu a joia, como ele já vira antes, meses atrás. E a Senhora dos Dragões a viu. Os olhos atrás da máscara de metal foram atraídos pela gema brilhante e então encontraram os de Tanis enquanto o meio-elfo estava no convés agitado pela tempestade.

Uma rajada súbita de vento atingiu o dragão azul. Ele virou um pouco, mas o olhar da Senhora nunca vacilou. Tanis viu um futuro horrível naqueles olhos castanhos. O dragão mergulharia sobre eles e apanharia Berem em suas garras. A Senhora regozijaria sua vitória por um momento longo e agonizante, ordenaria que o dragão destruísse a todos...

Tanis viu isso em seus olhos tão claramente como vira a paixão neles alguns dias antes, quando a segurou em seus braços.

Sem tirar os olhos dele, a Senhora dos Dragões levantou uma mão enluvada. Poderia ter sido um sinal para o dragão mergulhar sobre eles; poderia ter sido um adeus a Tanis. Ele nunca soube pois, naquele momento, uma voz estilhaçada gritou acima do rugido da tempestade com um poder inacreditável.

— Kitiara! — Raistlin berrou.

Empurrando Caramon de lado, o mago correu em direção ao dragão. Deslizando no convés molhado, suas vestes vermelhas chicoteavam sobre ele no vento que soprava mais forte a cada momento. Uma rajada repentina arrancou o capuz da sua cabeça. A chuva reluzia em sua pele de cor metálica, seus olhos de ampulheta brilhavam dourados na escuridão crescente da tempestade.

A Senhora dos Dragões agarrou sua montaria pela crina de espinhos ao longo de seu pescoço azul, puxando o dragão tão bruscamente que Skie rugiu em protesto. Ela ficou rígida, em choque, seus olhos castanhos se arregalaram atrás do elmo dracônico enquanto olhava para o meio-irmão frágil que criara desde pequeno. Seu olhar se moveu um pouco quando Caramon ficou ao lado de seu gêmeo.

— Kitiara? — Caramon sussurrou com uma voz abafada, o rosto pálido de horror enquanto observava o dragão pairando acima deles, cavalgando nos ventos da tempestade.

A Senhora virou a cabeça mascarada mais uma vez para olhar para Tanis, depois seus olhos foram para Berem. Tanis prendeu o fôlego. Viu o tumulto na alma dela refletido naqueles olhos.

Para conseguir Berem, ela teria que matar o irmãozinho que aprendera tudo o que sabia sobre espadas com ela. Teria que matar seu irmão gêmeo frágil. Teria que matar um homem que ela já amou. Então Tanis viu os olhos dela ficarem frios e ele balançou a cabeça em desespero. Não importava. Ela mataria seus irmãos, ela o mataria. Tanis se lembrou de suas palavras:

"Capture Berem e teremos toda a Krynn a nossos pés. A Rainha das Trevas nos recompensará além de tudo o que sempre sonhamos!"

Kitiara apontou para Berem e liberou o dragão. Com um grito cruel, Skie se preparou para mergulhar. Mas o momento de hesitação de Kitiara se mostrou desastroso. Ignorando-a por completo, Berem levara o navio cada vez mais fundo no coração da tempestade. O vento uivou, rompendo o cordame. As ondas bateram na proa. A chuva cortava como facas e pedras de granizo começaram a se acumular no convés, cobrindo-o de gelo.

De repente, o dragão estava com problemas. Uma rajada de vento o atingiu, depois outra. As asas de Skie batiam freneticamente enquanto rajadas e mais rajadas o castigavam. O granizo tamborilava em sua cabeça e ameaçava rasgar as asas de couro. Somente a vontade suprema da sua mestre impedia Skie de fugir da tempestade perigosa e de voar para a segurança dos céus mais calmos.

Tanis viu Kitiara gesticular furiosamente em direção a Berem. Viu Skie fazer um esforço valente para chegar mais perto do timoneiro.

Uma rajada de vento atingiu o navio. Uma onda quebrou sobre eles. A água caiu em cascata ao redor, espumando branca, derrubando homens e os jogando pelo convés. O navio inclinou. Todos se agarraram ao que podiam, cordas, redes, qualquer coisa, para não serem levados ao mar.

Berem lutou contra o timão, que parecia uma coisa viva, pulando em suas mãos. As velas se partiram em duas, homens desapareceram no Mar de Sangue com gritos aterradores. Então, devagar, o navio se endireitou de novo, a madeira rangendo com a tensão. Tanis olhou para cima rapidamente.

O dragão e Kitiara se foram.

Livre do medo dracônico, Maquesta entrou em ação, determinada mais uma vez a salvar seu navio moribundo. Gritando ordens, ela correu para frente e esbarrou em Tika.

— Para baixo, marinheiros de água doce! — Maquesta gritou furiosamente para Tanis acima do vento da tempestade. — Pegue seus amigos e desça! Você está nos atrapalhando! Usem minha cabine.

Entorpecido, Tanis assentiu. Agindo por instinto, como se estivesse em um sonho sem sentido cheio de escuridão uivante, ele levou todos para baixo.

O olhar assombrado de Caramon perfurou seu coração quando o grandalhão passou por ele, carregando seu irmão. Os olhos dourados de Raistlin o fitaram como chamas, queimando sua alma. Passaram por ele, tropeçando com os outros na pequena cabine que tremia e balançava, jogando-os como bonecas de pano.

Tanis esperou até que todos estivessem em segurança dentro da pequena cabine, depois se apoiou contra a porta de madeira, incapaz de se virar, incapaz de encará-los. Ele vira o olhar assombrado nos olhos de Caramon quando o grandalhão passou, vira o brilho exultante nos olhos de Raistlin. Ouviu Lua Dourada chorando baixinho e desejou poder morrer ali sem precisar encará-la.

Mas isso não aconteceria. Lentamente, ele se virou. Vento Ligeiro estava ao lado de Lua Dourada, o rosto sombrio e pensativo enquanto se apoiava entre o teto e o convés. Tika mordeu o lábio, as lágrimas escorrendo pelo rosto. Tanis ficou junto à porta, de costas contra ela, olhando silenciosamente para os amigos. Por longos momentos, ninguém disse uma palavra. Tudo o que se podia ouvir era a tempestade, as ondas batendo no convés. A água gotejava sobre eles. Estavam molhados, com frio e tremendo de medo, tristeza e choque.

— S-sinto muito — começou Tanis, lambendo os lábios cobertos de sal. Sua garganta doía, mal conseguia falar. — E-eu queria contar a vocês...

— Então foi lá que você esteve nesses quatro dias — disse Caramon em voz baixa e suave. — Com a nossa irmã. Nossa irmã, a Senhora dos Dragões!

Tanis abaixou a cabeça. O navio inclinou sob seus pés, o jogando de forma cambaleante até a mesa de Maquesta, que estava presa ao chão. Ele se segurou e lentamente se empurrou de volta para encará-los. O meio-elfo sofrera muita dor em sua vida, de preconceito, da perda, de facas, flechas, espadas. Mas não achava que poderia suportar essa dor. O olhar de traição nos olhos deles corria através de sua alma.

— Por favor, vocês precisam acreditar em mim... — "Que coisa estúpida para dizer!" pensou de forma turbulenta. "Por que deveriam acreditar em mim! Não fiz nada além de mentir para eles desde que voltei." — Tudo bem — começou novamente. — Sei que vocês não têm nenhum motivo para acreditar em mim, mas pelo menos me ouçam! Eu estava andando por Naufrágio quando um elfo me atacou. Vendo este traje... — Tanis fez um gesto para a armadura dracônica. — ... pensou que eu fosse um oficial do dragão. Kitiara salvou minha vida, depois me reconheceu. Pensou que eu tinha me juntado ao exército dracônico! O que eu poderia dizer? Ela... — Tanis engoliu em seco e passou a mão no rosto. — Ela me levou de volta para a hospedaria e... e... — Engasgou, incapaz de continuar.

— E você passou quatro dias e noites nos braços amorosos de uma Senhora dos Dragões! — Caramon disse, sua voz aumentando em fúria. Levantando, ele apontou um dedo acusador para Tanis. — Depois de quatro dias, você precisava descansar um pouco! Então, lembrou de nós e veio garantir que ainda estávamos esperando por você! E estávamos! Como o bando de estúpidos confiantes...

— Certo, eu estava com Kitiara! — Tanis gritou, subitamente zangado. — Sim, eu a amava! Não espero que entendam, nenhum de vocês! Mas nunca traí vocês! Juro pelos deuses! Quando ela partiu para Solamnia, foi a primeira chance que tive de escapar e a aproveitei. Um draconiano me seguiu, aparentemente sob as ordens de Kit. Posso ser um tolo. Mas não sou um traidor!

— Rá! — Raistlin cuspiu no chão.

— Escute, mago! — Tanis rosnou. — Se eu traí vocês, por que ela ficou tão chocada ao ver vocês dois, seus irmãos? Se traí vocês, por que não enviei alguns draconianos para a hospedaria para pegá-los? Eu poderia, a qualquer momento. Também poderia tê-los enviado para buscar Berem. É ele quem ela quer. É ele quem os draconianos estão procurando em Naufrágio! Eu sabia que ele estava neste navio. Kitiara me ofereceu o governo de Krynn se eu contasse a ela. Essa é a importância dele. Tudo o que eu precisava fazer era levar Kit até ele e a própria Rainha das Trevas teria me recompensado!

— Não nos diga que não pensou nisso! — Raistlin sibilou.

Tanis abriu a boca, depois ficou em silêncio. Sabia que sua culpa estava tão nítida em seu rosto quanto a barba que nenhum elfo verdadeiro poderia ter. Ele engasgou, depois colocou a mão sobre os olhos para bloquear o rosto deles.

— E-eu a amava — disse ele, desconsolado. — Todos esses anos. Não quis ver o que ela era. E mesmo quando eu soube, não pude evitar. Você ama... — Seus olhos foram para Vento Ligeiro. — E você... — voltando-se para Caramon. O barco voltou a se inclinar. Tanis agarrou a lateral da mesa quando sentiu o convés virar sob seus pés. — O que vocês teriam feito? Por cinco anos, ela esteve nos meus sonhos! — Ele parou. Eles estavam calados. O rosto de Caramon estava estranhamente pensativo. Os olhos de Vento Ligeiro estavam em Lua Dourada.

— Quando ela se foi... — continuou Tanis, a voz baixa e cheia de dor. — Deitei na cama dela e me odiei. Vocês podem me odiar agora, mas não podem me odiar tanto quanto eu detesto e desprezo o que me tornei! Pensei em Laurana e...

Tanis ficou em silêncio, levantando a cabeça. Enquanto conversava, percebeu o movimento do navio mudando. O resto também olhou ao redor. Não era preciso um marinheiro experiente para notar que não estavam mais dando voltas descontroladamente. Estavam seguindo em um movimento suave para frente, um movimento de alguma forma mais ameaçador, porque era muito sobrenatural.

Antes que alguém pudesse se perguntar o que isso significava, uma batida forte quase rachou a porta da cabine.

— Maquesta disse para subirem! — Gritou Koraf com a voz rouca.

Tanis lançou um olhar rápido para os amigos. O rosto de Vento Ligeiro estava sombrio; seus olhos encontraram os de Tanis e se mantiveram, mas não havia luz neles. O homem das Planícies há muito desconfiava de todos os que não eram humanos. Somente após semanas de perigos enfrentados ele passou a amar e confiar em Tanis como irmão. Tudo isso fora destruído? Tanis olhou para ele com firmeza. Vento Ligeiro abaixou o olhar e, sem dizer uma palavra, passou por Tanis. Depois parou.

— Você está certo, meu amigo — disse, olhando para Lua Dourada que estava se levantando. — Eu amo. — Sem outra palavra, ele se virou abruptamente e subiu no convés.

Lua Dourada olhou para Tanis enquanto seguia o marido e ele viu compaixão e compreensão naquele olhar silencioso. Ele desejava entender e ser tão clemente.

Caramon hesitou, depois passou por ele sem falar ou olhar. Raistlin seguiu em silêncio, virando a cabeça, mantendo os olhos dourados em Tanis a cada passo do caminho. Havia um toque de alegria naqueles olhos dourados? Há muito tempo sem ter confiança dos outros, Raistlin estaria feliz por finalmente estar acompanhado na ignomínia? O meio-elfo não tinha ideia do que o mago poderia estar pensando. Então Tika passou por ele, dando um tapinha no seu braço. Ela sabia o que era amar...

Tanis ficou sozinho por um momento na cabine, perdido em sua própria escuridão. Com um suspiro, seguiu seus amigos.

Assim que colocou os pés no convés, percebeu o que acontecera. Os outros estavam olhando para o lado, com rostos pálidos e tensos. Maquesta andava de um lado para o outro, balançando a cabeça e xingando fluentemente em seu próprio idioma.

Ao ouvir Tanis se aproximar, ela o encarou, com ódio em seus olhos negros.

— Você nos destruiu — disse com veneno. — Você e o timoneiro amaldiçoado pelos deuses!

As palavras de Maquesta pareciam redundantes, uma repetição de palavras ressoando em sua própria mente. Tanis começou a se perguntar se ela falara ou se ele estava ouvindo a si mesmo.

— Fomos apanhados pelo turbilhão.

4

"Meu irmão..."

O Perechon avançou, deslizando sobre a água tão levemente quanto um pássaro. Mas era um pássaro de asas cortadas, subindo a maré de um ciclone aquático em uma escuridão vermelho-sangue.
A força terrível aplainava a água do mar até parecer vidro pintado. Um rugido oco e eterno avolumava-se nas profundezas sombrias. Até as nuvens de tempestade circulavam infinitamente acima, como se toda a natureza estivesse presa no turbilhão, movendo-se com sua própria destruição.

Tanis agarrou a amurada com mãos doloridas de tensão. Encarando o coração sombrio do redemoinho, não sentiu medo ou terror, apenas uma sensação estranha e entorpecida. Não importava mais. A morte seria rápida e bem-vinda.

Todos a bordo do navio condenado ficaram em silêncio, os olhos arregalados com o horror do que viam. Ainda estavam a alguma distância do centro; o redemoinho tinha quilômetros e quilômetros de diâmetro. A água corria suave e rapidamente. Acima e ao redor deles, os ventos ainda uivavam, a chuva ainda batia em seus rostos. Mas isso não importava. Eles não percebiam mais. Tudo o que viam foi que estavam sendo carregados inexoravelmente para o centro da escuridão.

Essa visão assustadora foi suficiente para tirar Berem de sua letargia. Após o primeiro choque, Maquesta começou a gritar ordens frenéticas. Perplexos, os homens as executaram, mas seus esforços foram inúteis. Velas abertas contra o vento giratório se rasgaram; cordas se partiram, jogando homens gritando na água. Por mais que tentasse, Berem não conseguia virar o navio ou libertá-lo das garras temíveis da água. Koraf acrescentou sua força ao manuseio do timão, mas poderiam muito bem ter tentado impedir o mundo de girar.

Então, Berem desistiu. Ele encolheu os ombros. Ficou olhando para as profundezas rodopiantes, ignorando Maquesta, ignorando Koraf. Tanis viu que seu rosto estava calmo; a mesma calma que Tanis se lembrava de ter visto no rosto de Berem em Pax Tharkas, quando pegou a mão de Eben e correu para aquela parede mortal de pedras em queda. A joia verde em seu peito brilhava com uma luz estranha, refletindo o vermelho sangue da água.

Tanis sentiu uma mão forte agarrar seu ombro, sacudindo-o em seu horror arrebatado.

— Tanis! Onde está Raistlin?

Tanis se virou. Por um momento, olhou para Caramon sem reconhecimento, depois deu de ombros.

— O que isso importa? — murmurou amargamente. — Deixe-o morrer onde quiser

— Tanis! — Caramon pegou seus ombros e o sacudiu. — Tanis! O orbe do dragão! A magia dele! Talvez possa ajudar...

Tanis acordou.

— Por todos os deuses! Você está certo, Caramon!

O meio-elfo olhou em volta rapidamente, mas não viu sinal do mago. Um calafrio tomou conta. Raistlin era capaz de ajudá-los ou de ajudar a si mesmo! Tanis se lembrou tenuemente da princesa élfica Alhana dizendo que os orbes do dragão foram imbuídos por seus criadores mágicos com um forte senso de autopreservação.

— Para baixo! — Tanis gritou. Saltando para a escotilha, ele ouviu Caramon correndo atrás.

— O que é isso? — Vento Ligeiro falou da amurada.

Tanis gritou por cima do ombro.

— Raistlin! O orbe do dragão. Não venha. Deixe Caramon e eu lidarmos com isso. Você fica aqui, com eles.

— Caramon... — Tika gritou e começou a correr, mas Vento Ligeiro a pegou e segurou. Dando ao guerreiro um olhar angustiado, ela ficou em silêncio, recostando-se na amurada.

Caramon não percebeu. Ele mergulhou à frente de Tanis, seu corpo enorme se movendo notavelmente rápido. Descendo pela escada do convés, Tanis viu a porta da cabine de Maquesta aberta, balançando nas dobradiças com o movimento do navio. O meio-elfo entrou correndo e parou de repente, logo após a porta, como se tivesse colidido de frente com uma parede.

Raistlin estava no centro da cabine pequena. Ele acendeu uma vela em uma lamparina presa à antepara. A chama fazia o rosto do mago brilhar como uma máscara de metal, seus olhos ardendo com fogo dourado. Nas suas mãos, Raistlin segurava o orbe do dragão, o prêmio de Silvanesti. Ela crescera, Tanis percebeu. Agora estava do tamanho de uma bola de criança. Uma miríade de cores rodava dentro dela. Tanis ficou tonto ao vê-las e desviou o olhar.

A frente de Raistlin estava Caramon, o rosto do grandalhão tão branco quanto seu cadáver visto por Tanis no sonho de Silvanesti, quando o guerreiro estava morto a seus pés.

Raistlin tossiu, apertando o peito com uma mão. Tanis avançou, mas o mago ergueu os olhos rapidamente.

— Não se aproxime de mim, Tanis! — Raistlin ofegou através dos lábios manchados de sangue.

— O que está fazendo?

— Estou fugindo da morte certa, Meio-Elfo! — O mago riu de forma desagradável, a risada estranha que Tanis ouvira apenas duas vezes antes. — O que você acha que estou fazendo?

— Como? — Tanis perguntou, sentindo um medo estranho tomar conta de si enquanto fitava os olhos dourados do mago e os via refletir a luz rodopiante do orbe.

— Usando minha magia. E a magia do orbe do dragão. É bastante simples, embora provavelmente esteja além da sua mente fraca. Agora tenho o poder de canalizar a energia do meu corpo físico e a energia do meu espírito em uma só. Vou me tornar pura energia... luz, se quiser pensar dessa maneira. E, ao me tornar luz, posso viajar pelos céus como os raios do sol, retornando a este mundo físico quando e onde quiser!

Tanis balançou a cabeça. Raistlin estava certo... O pensamento estava além dele. Ele não conseguiu entender, mas a esperança surgiu em seu coração.

— O orbe pode fazer isso por todos nós? — Ele exigiu.

— Possivelmente — respondeu Raistlin, tossindo, — mas não tenho certeza. Não vou arriscar. Sei que eu posso escapar. Os outros não são da minha conta. Você trouxe seus companheiros a essa morte vermelho-sangue, Meio-Elfo. Você que os tire daqui!

A raiva correu através de Tanis, substituindo seu medo.

— Pelo menos, seu irmão... — ele começou, irritado.

— Ninguém — disse Raistlin, estreitando os olhos. — Afaste-se.

Uma raiva insana e desesperada revirou a mente de Tanis. De alguma forma, ele faria Raistlin ouvir a razão! De alguma forma, todos eles usariam essa magia estranha para fugir! Tanis sabia o suficiente sobre mágica para perceber que Raistlin não ousava lançar uma magia agora. Ele precisaria de toda sua força para controlar o orbe do dragão. Tanis deu um passo à frente e viu um brilho prateado na mão do mago. Do nada, aparentemente, aparecera uma pequena adaga de prata, escondida há muito tempo no pulso do mago por uma tira de couro habilmente projetada.

Tanis parou, seus olhos encontrando os de Raistlin.

— Tudo bem, — disse Tanis, respirando pesadamente. — Você me mataria sem pensar duas vezes. Mas não machucará seu irmão. Caramon, impeça-o!

Caramon deu um passo em direção a seu gêmeo. Raistlin levantou a adaga de prata como um alerta.

— Não faça isso, meu irmão — ele disse baixinho. — Não chegue mais perto.

Caramon hesitou.

— Vá em frente, Caramon! — Tanis disse com firmeza. — Ele não vai machucá-lo.

— Conte para ele, Caramon — sussurrou Raistlin. Os olhos do mago nunca deixaram os do irmão. Suas pupilas de ampulheta dilataram, a luz dourada tremulou perigosamente. — Conte para Tanis o que sou capaz de fazer. Você se lembra. Eu também. Está em nossos pensamentos toda vez que olhamos um para o outro, não é, meu querido irmão?

— Do que ele está falando? — Tanis indagou, apenas ouvindo apenas parcialmente. Se pudesse distrair Raistlin... pular nele...

Caramon empalideceu.

— As Torres da Alta Magia... — ele hesitou. — Mas somos proibidos de falar disso! Par-Salian disse–

— Isso não importa agora, — Raistlin interrompeu em sua voz fraca. — Não há nada que Par-Salian possa fazer comigo. Uma vez que eu tenha o que me foi prometido, nem mesmo o grande Par-Salian terá o poder de me enfrentar! Mas isso não é da sua conta. Isto é.

Raistlin respirou fundo, depois começou a falar, seus olhos estranhos ainda no irmão gêmeo. Escutando apenas partes, Tanis se aproximou, seu coração batendo forte na garganta. Um movimento rápido e o mago frágil desmoronaria... Então, Tanis se viu preso e restrito pela voz de Raistlin, obrigado a parar por um momento e ouvir, quase como se Raistlin estivesse tecendo uma magia ao seu redor.

— O último teste na Torre da Alta Magia, Tanis, foi contra mim mesmo. E eu falhei. Eu o matei, Tanis. Eu matei meu irmão — A voz de Raistlin estava calma. — Pelo menos, achei que fosse Caramon. — O mago deu de ombros. — Pelo o que vi, foi uma ilusão criada para me ensinar as profundezas do meu ódio e da minha inveja. Pensaram que assim limpariam as trevas da minha alma. O que realmente aprendi foi que não tinha autocontrole. Como não fazia parte do verdadeiro Teste, meu fracasso não contou contra mim... exceto para uma pessoa.

— Eu o assisti me matar! — Caramon chorou miseravelmente. — Eles me fizeram assistir para que eu o entendesse! — A cabeça do grandalhão caiu em suas mãos, seu corpo convulsionou com um calafrio. — Eu entendo! — Ele soluçou. — Entendi então! Desculpe! Apenas não vá sem mim, Raist! Você é tão fraco! Precisa de mim...

— Não mais, Caramon — Raistlin sussurrou com um suspiro suave. — Eu não preciso mais de você!

Tanis olhou para os dois, enojado de horror. Ele não podia acreditar nisso! Nem mesmo vindo de Raistlin!

— Caramon, vá em frente! — ordenou com voz rouca.

— Não o faça se aproximar de mim, Tanis — disse Raistlin, sua voz suave, como se lesse os pensamentos do meio-elfo. — Garanto que sou capaz disso. O que busquei por toda a minha vida está ao meu alcance. Não deixarei nada me impedir. Olhe para o rosto de Caramon, Tanis. Ele sabe! Eu o matei uma vez. Posso fazer isso de novo. Adeus, meu irmão.

O mago colocou as duas mãos no orbe do dragão e o segurou contra a luz da vela flamejante. As cores rodopiavam agitadas no orbe, ardendo intensamente. Uma poderosa aura mágica cercou o mago.

Lutando contra seu medo, Tanis enrijeceu seu corpo para fazer uma última tentativa desesperada de impedir Raistlin. Mas não conseguiu se mexer. Ele ouviu Raistlin recitando palavras estranhas. A luz reluzente e giratória ficou tão brilhante que penetrou em sua cabeça. Cobriu os olhos com as mãos, mas a luz queimou através de sua carne, chamuscando seu cérebro. A dor era intolerável. Ele tropeçou para trás contra a batente da porta, ouvindo Caramon gritar de agonia ao seu lado. Ouviu o corpo do grandalhão cair com um baque.

Então, tudo ficou quieto, a cabine mergulhou na escuridão. Tremendo, Tanis abriu os olhos. Por um momento, não viu nada além da imagem de um globo vermelho gigante impressa em seu cérebro. Depois, seus olhos se acostumaram à escuridão fria. A vela pingava, cera quente caindo no chão de madeira da cabine, formando uma poça branca perto de onde Caramon estava deitado, frio e imóvel. Os olhos do guerreiro estavam arregalados, encarando fixamente o nada.

Raistlin se fora.

Tika Waylan estava de pé no convés do Perechon, olhando o mar vermelho-sangue e tentando evitar o choro. "Você deve ser corajosa," dizia a si mesma. "Você aprendeu a lutar bravamente na batalha. Caramon disse isso. Agora, você deve ser corajosa sobre isso. Pelo menos, estaremos juntos no final. Ele não pode me ver chorar."

Mas os últimos quatro dias foram desanimadores para todos eles. Com medo de serem descobertos pelos draconianos que invadiam Naufrágio, os companheiros permaneceram escondidos na hospedaria imunda. O desaparecimento estranho de Tanis foi aterrorizante. Eles estavam desamparados, não ousaram fazer nada, nem mesmo perguntar sobre ele. Então, por longos dias, foram forçados a ficar em seus quartos e Tika teve que ficar perto de Caramon. A tensão de forte atração um pelo outro, uma atração que eles não eram capazes de expressar, era uma tortura. Ela queria abraçar Caramon, sentir os braços dele ao seu redor, o corpo forte e musculoso pressionado contra o dela.

Caramon queria a mesma coisa, ela tinha certeza. Às vezes, ele a olhava com tanta ternura nos olhos que ela desejava se aconchegar perto dele e compartilhar o amor que sabia estar no coração do grande homem.

Isso nunca ocorreria, não enquanto Raistlin pairasse perto de seu gêmeo, agarrado a Caramon como uma sombra frágil. Repetia várias vezes as palavras de Caramon, ditas a ela antes que chegassem a Naufrágio.

"Meu compromisso é com meu irmão. Eles me disseram, na Torre da Alta Magia, que sua força ajudaria a salvar o mundo. Eu sou sua força, sua força física. Ele precisa de mim. Meu primeiro dever é com ele e, até que isso mude, não posso assumir outros compromissos. Você merece alguém que a coloque em primeiro lugar, Tika. E por isso, deixarei você livre para encontrar alguém assim."

"Mas eu não quero mais ninguém," Tika pensou com tristeza. E então, as lágrimas começaram a cair. Virando-se rapidamente, ela tentou escondê-las de Lua Dourada e Vento Ligeiro. Eles entenderiam mal, pensariam que estava chorando de medo. Não, o medo de morrer era algo que ela conquistara há muito tempo. Seu maior medo era o de morrer sozinha.

"O que estão fazendo?" ela se perguntava freneticamente, enxugando os olhos com as costas da mão. O navio estava sendo carregado cada vez mais perto daquele terrível olho escuro. Onde estaria Caramon? "Eu vou encontrá-los," ela decidiu. Com ou sem Tanis.

Então, ela viu Tanis sair lentamente da escotilha, meio arrastando, meio apoiando Caramon. Um olhar para o rosto pálido do guerreiro e o coração de Tika parou de bater.

Ela tentou chamar, mas não conseguia falar. No seu grito inarticulado, entretanto, Lua Dourada e Vento Ligeiro se viraram de onde estavam observando o turbilhão impressionante. Vendo Tanis cambalear sob seu fardo, Vento Ligeiro correu para ajudar. Caramon andava como um homem embriagado, os olhos vidrados e sem visão. Vento Ligeiro segurou Caramon no momento em que as pernas de Tanis cederam completamente.

— Estou bem — disse Tanis baixinho, em resposta ao olhar preocupado de Vento Ligeiro. — Lua Dourada, Caramon precisa de sua ajuda.

— O que foi, Tanis? — O medo de Tika deu-lhe voz. — Qual o problema? Onde está Raistlin? Ele... — Ela parou. Os olhos do meio-elfo estavam escuros com a lembrança do que vira e ouvira abaixo.

— Raistlin se foi — disse Tanis brevemente.

— Foi? Para onde? — Tika perguntou, procurando loucamente, como se esperasse ver o corpo na água turbulenta cor de sangue.

— Ele mentiu para nós — respondeu Tanis, ajudando Vento Ligeiro a colocar Caramon em uma massa de corda enrolada. O guerreiro não disse nada. Não parecia vê-los, nem nada ao redor; apenas olhava sem ver o mar vermelho-sangue. — Lembra como ele insistia em ir a Palanthas para aprender a usar o orbe do dragão? Ele já sabe como usar o orbe. E agora ele se foi... para Palanthas, talvez. Acho que não importa mais. — Olhando para Caramon, balançou a cabeça em tristeza, depois se virou abruptamente e caminhou até a amurada.

Lua Dourada colocou suas mãos gentis sobre o grandalhão, murmurando seu nome tão suavemente que os outros não conseguiam ouvi-lo acima do vento. Contudo, ao toque dela, Caramon estremeceu, depois começou a tremer com violência. Tika se ajoelhou ao seu lado, segurando a mão dele na sua. Ainda olhando para a frente, Caramon começou a chorar silenciosamente, as lágrimas escorrendo pelo rosto de olhos arregalados e vidrados. Os olhos de Lua Dourada brilhavam com suas próprias lágrimas, mas ela acariciou sua testa e continuou chamando como uma mãe chama uma criança perdida.

Com a expressão severa e sombria de raiva, Vento Ligeiro se juntou a Tanis.

— O que aconteceu? — perguntou o homem das Planícies, sério.

— Raistlin disse que... não posso falar sobre isso. Não agora! — Tanis balançou a cabeça, tremendo. Debruçado sobre a amurada, olhou para a água escura abaixo. Praguejando baixinho em élfico, idioma que o meio-elfo raramente usava, ele apertou a cabeça com as mãos.

Entristecido pela angústia de seu amigo, Vento Ligeiro colocou a mão nos ombros caídos do meio-elfo para confortá-lo.

— Então, no final, é isso o que acontece, — disse o homem das Planícies. — Como previmos no sonho, o mago se foi, deixando seu irmão morrer.

— E como vimos no sonho, eu falhei com vocês, — Tanis murmurou, sua voz baixa e trêmula. — O que foi que eu fiz? Isto é minha culpa! Eu causei esse horror a nós!

— Meu amigo — disse Vento Ligeiro, emocionado ao ver o sofrimento de Tanis. — Não cabe a nós questionar os caminhos dos deuses.

— Malditos sejam os deuses! — Tanis berrou violentamente. Erguendo a cabeça para encarar o amigo, ele bateu com o punho fechado na amurada do navio. — Fui eu! Minha escolha! Quantas vezes durante aquelas noites em que ela e eu estávamos juntos e a tive em meus braços, quantas vezes disse a mim mesmo que seria tão fácil ficar lá, com ela, para sempre! Não posso condenar Raistlin! Somos muito parecidos, ele e eu. Ambos destruídos por uma paixão que tudo consome!

— Você não foi destruído, Tanis — disse Vento Ligeiro. Segurando os ombros do meio-elfo em suas mãos fortes, o homem das Planícies, o rosto duro, forçou Tanis a encará-lo. — Você não foi vítima de sua paixão, como o mago. Se fosse, teria ficado com Kitiara. Você a deixou, Tanis...

— Eu a deixei — Tanis disse com amargura. — Saí furtivamente como um ladrão! Eu deveria tê-la confrontado. Deveria ter dito a ela a verdade sobre mim! Ela teria me matado, mas você estaria seguro. Você e os outros poderiam ter escapado. Como minha morte seria mais fácil..., mas não tive coragem. Agora, eu levei todos nós a isso — disse o meio-elfo, libertando-se das mãos de Vento Ligeiro. — Eu falhei... não apenas comigo mesmo, mas todos vocês.

Ele olhou ao seu redor. Berem ainda estava no leme, segurando o timão inútil em suas mãos, aquele olhar estranho de resignação em seu rosto. Maquesta ainda lutava para salvar seu navio, gritando comandos acima do uivo do vento e do rugido profundo emitido das profundezas do turbilhão. Mas sua tripulação, atordoada pelo terror, não obedecia mais. Alguns choravam. Alguns xingavam. A maioria não fazia barulho, mas olhava horrorizada o redemoinho gigantesco que os puxava inexoravelmente para a vasta escuridão das profundezas. Tanis sentiu a mão de Vento Ligeiro mais uma vez tocar seu ombro. Quase com raiva, ele tentou se retirar, mas o homem das Planícies foi firme.

— Tanis, meu irmão, você fez a escolha de percorrer esta estrada na Hospedaria do Lar Derradeiro em Consolação, quando veio ajudar Lua Dourada. No meu orgulho, eu teria recusado sua ajuda e eu e ela teríamos morrido. Por você não se afastar de nós em nossa necessidade, trouxemos ao mundo o conhecimento sobre os deuses antigos. Trouxemos cura. Trouxemos esperança. Lembra do que a Mestre da Floresta nos disse? Não lamentamos por aqueles que cumprem seu propósito na vida. Cumprimos nosso propósito, meu amigo. Quem sabe quantas vidas tocamos? Quem sabe essa esperança não leve a uma grande vitória? Para nós, ao que parece, a batalha terminou. Que assim seja. Deitamos nossas espadas apenas para que outros possam pegá-las e lutar.

— Suas palavras são bonitas, homem das Planícies — retrucou Tanis. — mas me diga, com sinceridade. Você pode olhar para a morte e não sentir amargura? Você tem tudo pelo que viver, Lua Dourada, os filhos que ainda não nasceram...

Um espasmo rápido de dor cruzou o rosto de Vento Ligeiro. Ele virou a cabeça para esconder, mas Tanis, observando-o de perto, viu a dor e de repente entendeu. Ele estava destruindo aquilo também! O meio-elfo fechou os olhos em desespero.

— Lua Dourada e eu não íamos contar. Você já tinha o suficiente com o que se preocupar. — Vento Ligeiro suspirou. — Nosso bebê nasceria no outono — ele murmurou. — No momento em que as folhas das copadeiras ficam vermelhas e douradas, como eram quando Lua Dourada e eu entramos em Consolação naquele dia, carregando o cajado de cristal azul. Naquele dia, o cavaleiro Sturm Brightblade nos encontrou e nos levou para a Hospedaria do Lar Derradeiro...

Tanis começou a soluçar, soluços profundos que rasgavam seu corpo como facas. Vento Ligeiro abraçou o amigo e o apertou com força.

— As copadeiras que conhecemos estão mortas agora, Tanis — continuou ele em voz baixa. — Teríamos mostrado à criança apenas tocos queimados e apodrecidos. Mas agora, a criança verá as copadeiras como os deuses queriam que fossem, em uma terra onde as árvores vivem para sempre. Não sofra, meu amigo, meu irmão. Você ajudou a trazer o conhecimento dos deuses de volta ao povo. Você deve ter fé nesses deuses.

Tanis gentilmente se afastou de Vento Ligeiro. Não conseguia encontrar os olhos do homem das Planícies. Olhando para sua própria alma, Tanis a viu se contorcer e entortar como as árvores torturadas de Silvanesti. Fé? Ele não tinha fé. O que os deuses eram para ele? Ele tomou as decisões. Jogou fora tudo o que já tivera valor em sua vida... sua terra élfica, o amor de Laurana. Tinha chegado perto de jogar fora a amizade também. Somente a lealdade forte de Vento Ligeiro, uma lealdade muito inapropriada, impediu o homem das Planícies de denunciá-lo.

O suicídio é proibido para os elfos. Eles o consideram blasfêmia, sendo o presente da vida o mais precioso de todos. Mas Tanis olhou para o mar vermelho-sangue com antecipação e saudade.

"Que a morte venha rapidamente," ele rezou. "Deixe essas águas manchadas de sangue se fecharem sobre minha cabeça. Deixem-me esconder em suas profundezas. E, se existirem deuses, se vocês estiverem me ouvindo, peço apenas uma coisa: evitem que Laurana saiba sobre a minha vergonha. Eu causei dor a muitos..."

Mas, enquanto sua alma respirava essa oração, que antecipava ser sua última sobre Krynn, uma sombra mais escura que as nuvens de tempestade caiu sobre ele. Tanis ouviu Vento Ligeiro berrar e Lua Dourada gritar, mas suas vozes se perderam no rugido da água quando o navio começou a afundar no coração do turbilhão. Vagarosamente, Tanis ergueu a cabeça e viu os olhos vermelhos ardentes de um dragão azul brilhando através das nuvens negras. Nas costas do dragão, estava Kitiara.

Relutantes em desistir do prêmio que lhes daria uma vitória gloriosa, Kit e Skie abriram caminho pela tempestade. Agora, o dragão mergulhava direto para Berem, com as garras perversas estendidas. Os pés do homem poderiam estar pregados no convés. Em um desamparo de sonâmbulo, ele olhou para o dragão que mergulhava.

Entrando em ação, Tanis se jogou no convés enquanto a água vermelho-sangue rodopiava ao seu redor. Ele acertou Berem no estômago, derrubando o homem para trás no momento em que uma onda quebrou sobre eles. Tanis agarrou-se em algo que não tinha certeza do que era, e se pendurou no convés que se inclinava embaixo dele. O navio se aprumou. Quando olhou, Berem havia sumido. Acima dele, ouviu o dragão urrar de raiva.

E Kitiara gritou por cima da tempestade, apontando para Tanis. O olhar ardente de Skie se voltou para ele. Erguendo o braço como se pudesse afastar o dragão, Tanis fitou os olhos enfurecidos da fera que lutava loucamente para controlar seu voo nos ventos fortes.

"Esta é a vida," o meio-elfo se viu pensando, vendo as garras do dragão acima de si. "Esta é a vida! Viver, ser levado deste horror!" Por um instante, Tanis se sentiu suspenso no ar quando o fundo sumiu do seu mundo. Ele estava ciente apenas de balançar a cabeça descontroladamente, gritando de forma incoerente. O dragão e a água o atingiram ao mesmo tempo. Tudo o que ele podia ver era sangue...

Tika se agachou ao lado de Caramon, seu medo da morte perdido com sua preocupação por ele. Mas Caramon nem sentia a sua presença. Ele olhava para a escuridão, com lágrimas escorrendo pelo rosto, as mãos fechadas em punhos, repetindo duas palavras várias vezes em uma litania silenciosa.

Em uma lentidão onírica agonizante, o navio se equilibrava na beira da água agitada, como se a própria madeira da embarcação hesitasse, com medo. Maquesta se juntou ao navio frágil em sua luta final e desesperada pela vida, emprestando sua própria força interior, tentando mudar as leis da natureza apenas pela força de vontade. Mas foi inútil. Com um tremor final de partir o coração, o Perechon deslizou pela borda na escuridão rodopiante e estrondosa.

A madeira rachou. Os mastros caíram. Homens foram arremessados, gritando, do convés inclinado enquanto a escuridão vermelho-sangue sugava o Perechon em sua boca aberta.

Depois que tudo se foi, duas palavras permaneceram como uma oração.

"Meu irmão..."

5

O cronista e o mago.

Astinus de Palanthas estava sentado em seu escritório. Sua mão guiava a caneta de pena que segurava em rabiscos firmes e uniformes. A escrita arrojada e nítida fluindo daquela caneta poderia ser lida com clareza mesmo à distância. Astinus preencheu uma folha de pergaminho com rapidez, raramente parando para pensar. Ao observá-lo, tinha-se a impressão de que seus pensamentos fluíam de sua cabeça direto para a caneta e para o papel, tão rápido escrevia. O fluxo só era interrompido quando ele mergulhava a pena na tinta, mas isso também se tornou um movimento tão automático para Astinus que o interrompia tão pouco quanto o pingo de um "i" ou o traço de um "t".

A porta do seu escritório abriu. Astinus não levantou os olhos de seus escritos, embora a porta não se abrisse com frequência enquanto estava envolvido em seu trabalho. O historiador podia contar o número de vezes em seus dedos. Um desses momentos fora durante o Cataclismo. Isso perturbara sua escrita, ele recordou, lembrando com nojo a tinta derramada que arruinara uma página.

A porta se abriu e uma sombra caiu sobre sua mesa. Mas não houve som, embora o corpo pertencente à sombra respirasse como se estivesse prestes a falar. A sombra vacilou, a enormidade absoluta de sua ofensa fazendo o corpo tremer.

"É Bertrem," Astinus observou enquanto anotava tudo, arquivando as informações para referência futura em um dos muitos compartimentos de sua mente.

"Neste dia, na data acima, na Hora Pós-Vigia mais 29, Bertrem entrou no meu escritório."

A pena continuou seu avanço constante sobre o papel. Chegando ao final de uma página, Astinus levantou-a suavemente e a colocou em cima de pedaços semelhantes de pergaminho empilhados em ordem na ponta de sua mesa. Mais tarde naquela noite, quando o historiador terminasse seu trabalho e se retirasse, os Estéticos entrariam no estúdio com reverência, como os clérigos entravam em um santuário, e recolheriam as pilhas de papel. Cuidadosamente, eles os levariam para a grande biblioteca. Lá, os pedaços de pergaminho cobertos com a caligrafia firme e arrojada seriam ordenados, categorizados e arquivados nos livros gigantes chamados *Crônicas, Uma História de Krynn*, por Astinus de Palanthas.

— Mestre... — falou Bertrem com uma voz trêmula.

"Neste dia, na data acima, na Hora Pós-Vigia mais 30, Bertrem falou", Astinus anotou no texto.

— Lamento incomodá-lo, Mestre — disse Bertrem fracamente. — Mas um jovem está morrendo à sua porta.

"Neste dia, na data acima, na Hora da Tranquilidade menos 29, um jovem morreu à nossa porta."

— Obtenha o nome dele — disse Astinus sem levantar os olhos ou fazer uma pausa na escrita. — Para que eu possa gravá-lo. Esteja certo quanto à grafia. E descubra de onde ele é e sua idade, se ele tiver condições.

— Eu tenho o nome dele, Mestre, — respondeu Bertrem. — É Raistlin. Ele vem da cidade de Consolação, na terra de Abanassínia.

"Neste dia, na data acima, na Hora da Tranquilidade menos 28, Raistlin de Consolação morreu..."

Astinus parou de escrever. Ele olhou para cima.

— Raistlin... de Consolação?

— Sim, Mestre — respondeu Bertrem, se curvando diante dessa grande honra. Foi a primeira vez que Astinus o olhou diretamente, embora Bertrem estivesse na Ordem dos Estéticos e morando na grande biblioteca há mais de uma década. — Você o conhece, Mestre? Foi por isso que tomei a liberdade de perturbar o seu trabalho. Ele pediu para vê-lo.

— Raistlin...

Uma gota de tinta caiu da pena de Astinus no papel.

— Onde ele está?

— Nos degraus, Mestre, onde o encontramos. Achamos que talvez um desses novos curandeiros que ouvimos falar, aqueles que adoram a Deusa Mishakal, possa ajudá-lo...

O historiador olhou irritado para a mancha de tinta. Pegando uma pitada de areia branca e fina, aspergiu-a com cuidado sobre a tinta para secá-la e não manchar outras folhas que mais tarde seriam colocadas sobre ela. Então, abaixando o olhar, Astinus voltou ao seu trabalho.

— Nenhum curandeiro pode curar a doença desse jovem — observou o historiador com uma voz que poderia ter vindo das profundezas do tempo. — Mas traga-o para dentro. Dê-lhe um quarto.

— Para dentro da biblioteca? — Bertrem repetiu com espanto profundo. — Mestre, ninguém nunca foi admitido, exceto os da nossa ordem...

— Eu o verei no final do dia, se tiver tempo — continuou Astinus como se não tivesse ouvido as palavras do Estético. — Quer dizer, se ele ainda estiver vivo.

A pena passou rapidamente pelo papel.

— Sim, Mestre — Bertrem murmurou e saiu da sala.

Fechando a porta do escritório, o Estético correu pelos corredores frios e silenciosos de mármore da antiga biblioteca, os olhos arregalados com a maravilha dessa ocorrência. Suas roupas grossas e pesadas varriam o chão atrás dele, a cabeça raspada brilhava com suor enquanto corria, desacostumado a um esforço tão extenuante. Os outros de sua ordem o olharam espantados quando passou pela entrada da biblioteca. Vislumbrando rapidamente através do painel de vidro colocado na porta, ele podia ver o corpo do jovem nas escadas.

— Fomos ordenados a trazê-lo para dentro, — disse Bertrem aos outros. — Astinus verá o jovem esta noite, se o mago ainda estiver vivo.

Um a um, os Estéticos se entreolharam em um silêncio chocado, imaginando qual destino aquilo indicava.

"Estou morrendo."

A informação era amarga para o mago. Deitado na cama da cela fria e branca onde os Estéticos o colocaram, Raistlin amaldiçoou seu corpo fraco e frágil, amaldiçoou os testes que o destruíram, amaldiçoou os deuses que o infligiram a ele. Amaldiçoou até não ter mais palavras para lançar, até estar exausto demais para pensar. Então, ele se deitou sob os lençóis de linho branco que eram como panos sinuosos e sentiu seu coração palpitar dentro do peito como um pássaro preso.

Pela segunda vez em sua vida, Raistlin estava sozinho e assustado. Ele esteve sozinho apenas uma vez antes, durante aqueles três dias tortuosos de Testes na Torre da Alta Magia. E mesmo então, será que estivera sozinho? Não achava isso, embora não se lembrasse claramente. A voz... a voz que falava com ele às vezes, a voz que nunca conseguira identificar, mas parecia conhecer... Sempre conectava a voz com a torre. Ela o ajudou lá, como o ajudou desde então. Por causa dessa voz, sobrevivera à provação.

Mas não sobreviveria mais, ele sabia. A transformação mágica pela qual passara colocou uma pressão muito grande em seu corpo frágil. Conseguiu, mas a que custo!

Os Estéticos o encontraram encolhido em suas vestes vermelhas, vomitando sangue nas escadas. Ele conseguiu ofegar o nome de Astinus e o seu próprio quando perguntaram. Então, perdeu a consciência. Quando acordou, estava ali, naquela cela monástica fria e estreita. E, ao acordar, veio o conhecimento de que estava morrendo. Ele pedira mais do seu corpo do que era capaz de dar. O orbe do dragão poderia salvá-lo, mas não tinha mais força para fazer sua mágica. As palavras para atrair seu encantamento desapareceram de sua mente.

"Sou fraco demais para controlar seu tremendo poder," percebeu. "Se souber uma vez que perdi minha força, ele me devoraria."

Não, havia apenas uma chance para ele, os livros dentro da grande biblioteca. O orbe do dragão prometera a ele que esses livros continham os segredos dos magos antigos, grandes e poderosos que nunca mais teriam iguais em Krynn. Talvez lá pudesse encontrar os meios para prolongar sua vida. Ele precisava falar com Astinus! Precisava ter acesso à grande biblioteca, gritara com os Estéticos complacentes. Mas eles apenas assentiram.

— Astinus o verá — disseram eles. — Esta noite, se ele tiver tempo.

"Se ele tiver tempo!" Raistlin praguejou violentamente. "Se eu tiver tempo!" Ele podia sentir as areias de sua vida correndo por entre os dedos e, agarrando-as como podia, não conseguia detê-las.

Olhando com pena, sem saber o que fazer por ele, os Estéticos trouxeram comida para Raistlin, mas ele não conseguia comer. Não conseguia nem engolir o remédio amargo que aliviava a tosse. Furioso, mandou os idiotas para longe. Depois, recostou-se no travesseiro duro, vendo a luz do sol atravessar sua cela. Fazendo todo o seu esforço para se agarrar à vida, Raistlin se forçou a relaxar, sabendo que essa raiva febril o queimaria. Seus pensamentos foram para o irmão.

Fechando os olhos, Raistlin imaginou Caramon sentado ao seu lado. Quase podia sentir os braços de Caramon ao seu redor, erguendo-o para que pudesse respirar mais facilmente. Podia sentir o cheiro familiar de suor, couro e aço. Caramon cuidaria dele. Caramon não o deixaria morrer...

"Não," Raistlin pensou como em um sonho. "Caramon está morto agora. Todos estão mortos, os tolos. Preciso cuidar de mim." De repente, sentiu que estava perdendo a consciência de novo. Lutou desesperadamente, mas foi uma batalha perdida. Fazendo um esforço final e supremo, enfiou a mão trêmula no bolso do manto. Seus dedos se fecharam ao redor do orbe do dragão, encolhido até o tamanho de uma bola de gude, enquanto afundava na escuridão.

Ele acordou com o som de vozes e percebendo de que alguém estava na cela com ele. Lutando através de camadas de escuridão, Raistlin se esforçou até a superfície de sua consciência e abriu os olhos.

Era noite. A luz vermelha de Lunitari olhou através de sua janela, uma mancha de sangue cintilante na parede. Uma vela queimava ao lado de sua cama e, em sua luz, viu dois homens em pé sobre ele. Um que ele reconheceu como o Estético que o descobria. O outro? Parecia familiar ...

— Ele acorda, Mestre — disse o Estético.

— Assim ele o faz — observou o homem imperturbável. Abaixando-se, estudou o rosto do jovem mago, depois sorriu e anuiu para si mesmo, quase como se alguém que esperava houvesse finalmente chegado. Era um olhar peculiar e não passou despercebido por Raistlin ou pelo Estético.

— Eu sou Astinus — o homem falou. — Você é Raistlin de Consolação.

— Eu sou. — A boca de Raistlin formou as palavras, sua voz era pouco mais que um coaxar. Olhando para Astinus, a raiva de Raistlin voltou ao se lembrar da observação insensível do homem de que o veria se tivesse tempo. Quando Raistlin olhou para o homem, ficou arrepiado. Nunca vira um rosto tão frio e insensível, totalmente desprovido de emoção e paixão humanas. Um rosto intocado pelo tempo...

Raistlin ofegou. Lutando para se sentar, com a ajuda do Estético, ele olhou para Astinus.

Percebendo a reação de Raistlin, Astinus comentou.

— Você me olha de forma estranha, jovem mago. O que você vê com seus olhos de ampulheta?

— Vejo... um homem... que *não* está morrendo... — Raistlin só podia falar através de esforços dolorosos para respirar.

— Claro, o que você esperava? — o Estético repreendeu, gentilmente apoiando o moribundo nos travesseiros de sua cama. — O Mestre estava aqui para relatar o nascimento do primeiro em Krynn e, portanto, estará aqui para relatar a morte do último. Assim fomos ensinados por Gilean, Deus do Livro.

— Isso é verdade? — Raistlin sussurrou.

Astinus deu de ombros.

— Minha história pessoal não tem importância em comparação com a história do mundo. Agora fale, Raistlin de Consolação. O que você quer de mim? Volumes inteiros estão passando enquanto eu perco meu tempo em conversa fiada com você.

— Eu peço... Eu imploro... um favor! — As palavras eram arrancadas do peito de Raistlin e saíram manchadas de sangue. — Minha vida... é medida... em horas. Deixe-me... passá-las... em estudo... na grande biblioteca!

A língua de Bertrem bateu no céu da boca, chocado com a temeridade do jovem mago. Olhando com medo para Astinus, o Estético aguardou a recusa contundente que, com certeza, deveria arrancar a pele daquele jovem temerário de seus ossos.

Momentos longos de silêncio passaram, interrompidos apenas pela respiração difícil de Raistlin. A expressão no rosto de Astinus não mudou. Por fim, respondeu com frieza.

— Faça como quiser.

Ignorando o olhar chocado de Bertrem, Astinus virou-se e caminhou em direção à porta.

— Espere! — A voz de Raistlin era rouca. O mago estendeu a mão trêmula quando Astinus parou. — Você me perguntou o que eu vi quando olhei para você. Agora, pergunto a mesma coisa. Eu vi o olhar em seu rosto quando se inclinou sobre mim. Você me reconheceu! Você me conhece! Quem sou eu? O que você vê?

Astinus olhou para trás, o rosto frio, vazio e impenetrável como mármore.

— Você disse que viu um homem que não estava morrendo, — o historiador disse ao mago suavemente. Hesitou por um momento, deu de ombros e mais uma vez se virou. — Eu vejo um homem que está.

E, com isso, saiu pela porta.

Supõe-se que Você que segura este Livro em suas mãos passou com êxito nos Testes em uma das Torres da Alta Magia e que demonstrou Sua Capacidade de exercer Controle sobre um Orbe do Dragão ou outro Artefato Mágico aprovado (consulte o Apêndice C) e, ademais, Você demonstrou Capacidade Comprovada ao lançar as Magias...

— Sim, sim, — murmurou Raistlin, examinando às pressas as runas que rastejavam como aranhas pela página. Lendo impacientemente a lista de magias, chegou à conclusão.

Tendo completado estes Requisitos para a Satisfação de Seus Mestres, Entregamos em Suas Mãos este Grimório. Assim, com a Chave, Você desbloqueia Nossos Mistérios.

Com um grito de raiva inarticulada, Raistlin empurrou o grimório com sua encadernação azul noturna e suas runas de prata de lado. Com a mão trêmula, ele pegou o encadernado azul noturno seguinte na enorme pilha que acumulara ao seu lado. Um acesso de tosse o forçou a parar. Lutando para respirar, temeu por um momento que não pudesse continuar.

A dor era insuportável. Às vezes, desejava afundar no esquecimento, acabar a tortura com a qual convivia diariamente. Fraco e tonto, deixou sua cabeça afundar na mesa, embalada em seus braços. Descanso, descanso doce e indolor. Uma imagem de seu irmão veio à sua mente. Lá estava Caramon na pós-vida, esperando por seu irmão. Raistlin podia ver os olhos tristes de seu irmão gêmeo, sentir sua pena...

Raistlin respirou fundo e se forçou a sentar. "Encontrar Caramon! Estou ficando tonto," ele zombou de si mesmo. "Que absurdo!"

Umedecendo os lábios cobertos de sangue com água, Raistlin pegou o grimório azul-noturno seguinte e o puxou para si. Suas runas prateadas brilhavam à luz das velas, sua capa, gelada ao toque, era igual à capa de todos os outros grimórios empilhados ao seu redor. Era a mesma do grimório que ele possuía, o grimório que conhecia de cor, o grimório do maior mago que já viveu, Fistandantilus.

Com as mãos trêmulas, Raistlin abriu a capa. Seus olhos febris devoraram a página, lendo os mesmos requisitos... Apenas os magos no topo da Ordem tinham a habilidade e o controle necessários para estudar as magias ali registradas. Aqueles que tentassem ler as magias sem isso não veriam nas páginas nada além de bobagens.

Raistlin cumpria todos os requisitos. Provavelmente era o único mago de Manto Branco ou Vermelho em Krynn, com a possível exceção do grande Par-Salian, que poderia dizer isso. No entanto, quando olhou para a escrita dentro do livro, não passava de rabiscos sem sentido.

Assim, com a Chave, Você desbloqueia Nossos Mistérios...

Raistlin berrou, um som fino e choroso interrompido por um soluço sufocado. Com raiva e frustração amargas, ele se jogou sobre a mesa, espalhando os livros no chão. Freneticamente, suas mãos arranharam o ar e ele gritou de novo. A magia que ele fora muito fraco para invocar veio agora em sua raiva.

Passando do lado de fora da grande biblioteca, os Estéticos trocaram olhares de medo ao ouvir aqueles gritos terríveis. Então, ouviram outro som. Um som de crepitação seguido por uma explosão de trovão. Eles encararam a porta em alerta. Um deles colocou a mão na maçaneta e a girou, mas a porta estava bem trancada. Então, um apontou e todos recuaram quando uma luz medonha acendeu sob a porta fechada. O cheiro de enxofre flutuou para fora da biblioteca, apenas para ser levado por uma grande rajada de vento que atingiu a porta com tanta força que poderia tê-la dividido em duas. Mais uma vez, os Estéticos ouviram aquele lamento borbulhante de raiva e, depois, correram pelo corredor de mármore, chamando avidamente por Astinus.

O historiador chegou e encontrou a porta para a grande biblioteca presa por um feitiço. Ele não ficou muito surpreso. Com um suspiro de resignação, pegou um pequeno livro do bolso de seu manto e, então, se sentou em uma cadeira, começando a escrever em sua cursiva rápida e fluente. Os Estéticos se amontoaram perto dele, alarmados com os sons estranhos que emanavam da sala trancada.

Um trovão estrondou e retumbou, sacudindo as próprias fundações da biblioteca. A luz brilhava ao redor da porta fechada tão constantemente que poderia ser dia dentro da sala, em vez da hora mais escura da noite. Os uivos e silvos de uma tempestade de vento se misturaram aos gritos estridentes do mago. Houve pancadas e golpes, os sons farfalhantes de pedaços de papel girando em uma tempestade. Línguas de fogo tremulavam por debaixo da porta.

— Mestre! — um dos Estéticos gritou de terror, apontando para as chamas. — Ele está destruindo os livros!

Astinus balançou a cabeça e não parou de escrever.

Então, de repente, tudo ficou em silêncio. A luz vista sob a porta da biblioteca se apagou, engolida pela escuridão. Hesitante, os Estéticos se aproximaram da porta, inclinando a cabeça para ouvir. Nada podia ser ouvido de dentro, exceto um ruído leve de farfalhar. Bertrem colocou a mão na porta. Ela cedeu à sua pressão suave.

— A porta se abre, mestre, — disse ele.

Astinus se levantou.

— Voltem aos seus estudos, — comandou os Estéticos. — Não há nada que vocês possam fazer aqui.

Curvando-se silenciosamente, os monges deram à porta um último olhar assustado e, depois, seguiram apressados pelo corredor, deixando Astinus sozinho. Ele esperou alguns momentos para ter certeza de que se foram e abriu lentamente a porta da grande biblioteca.

O luar prateado e vermelho atravessava as pequenas janelas. As fileiras ordenadas de prateleiras que continham milhares de encadernados se estendiam na escuridão. Alcovas contendo milhares de pergaminhos cobriam as paredes. O luar brilhava sobre uma mesa, enterrada sob uma pilha de papéis. Havia uma vela acesa no centro da mesa, um grimório azul-noturno aberto ao lado, a luz da lua brilhando em suas páginas brancas como ossos. Outros grimórios estavam espalhados pelo chão.

Olhando em volta, Astinus franziu a testa. Faixas escuras marcavam as paredes. O cheiro de enxofre e de fogo era forte dentro da sala. Papéis giravam no ar parado, caindo como folhas após uma tempestade de outono sobre um corpo caído no chão.

Entrando na sala, Astinus fechou a porta cuidadosamente e a trancou atrás de si. Então, se aproximou do corpo, passando pela massa de pergaminhos espalhada no chão. Não disse nada, nem se curvou para ajudar o jovem mago. Parado ao lado de Raistlin, ele o olhou pensativo.

Mas, ao se aproximar, as roupas de Astinus roçaram a mão estendida de cor metálica. Com esse toque, o mago levantou a cabeça. Raistlin encarou Astinus com os olhos já escurecendo com as sombras da morte.

— Você não encontrou o que procurava? — Astinus perguntou, olhando para o jovem com olhos frios.

— A Chave! — Raistlin ofegou através dos lábios brancos manchados de sangue. — Perdida... no tempo!... Tolos! — Sua mão em forma de garra apertou, a raiva era o único fogo que queimava nele. — Tão simples! Todos sabiam... ninguém a gravou! A Chave... tudo que eu preciso... perdida!

— Então, assim termina sua jornada, meu velho amigo, — disse Astinus sem compaixão.

Raistlin levantou a cabeça, seus olhos dourados brilhando febrilmente.

— Você realmente me conhece! Quem sou eu? — ele exigiu.

— Não é mais importante, — disse Astinus. Virando, ele começou a sair da biblioteca.

Houve um berro agudo atrás dele, uma mão agarrou sua túnica, arrastando-o até parar.

— Não me dê as costas como você deu para o mundo! — Raistlin desdenhou.

— Dar as costas para o mundo... — o historiador repetiu baixo e devagar, movendo a cabeça para encarar o mago. — Dar minhas costas para o mundo! — A emoção raramente desfigurava a superfície da voz fria de Astinus, mas agora a raiva atingia a calma plácida de sua alma como uma pedra lançada na água parada.

— Eu? Dar as costas para o mundo? — A voz de Astinus ressoou pela biblioteca como o trovão ressoara anteriormente. — Eu sou o mundo, como sabe, velho amigo! Eu nasci inúmeras vezes! Eu tive incontáveis mortes! A cada lágrima derramada... as minhas escorriam! A cada gota de sangue derramada... o meu era drenado! Toda agonia, toda alegria que já sentida foi compartilhada por mim!

— Sento com minha mão na Esfera do Tempo, a esfera que você criou para mim, velho amigo, e viajo por toda a extensão deste mundo narrando sua história. Cometi os atos mais sombrios! Fiz os sacrifícios mais nobres. Sou humano, elfo e ogro. Sou homem e mulher. Tive filhos. Matei crianças. Vi-o como você era. Vejo-o como você é. Se pareço frio e insensível, é porque é assim que sobrevivo sem perder minha sanidade! Minha paixão está nas minhas palavras. Quem lê meus livros sabe o que é ter vivido a qualquer momento, em qualquer corpo que já andou neste mundo!

A mão de Raistlin afrouxou seu aperto no manto do historiador e ele caiu fracamente no chão. Sua força estava desaparecendo rápido. Mas o mago se apegou às palavras de Astinus, mesmo ao sentir a frieza da morte agarrar seu coração. "Eu devo viver, só mais um momento. Lunitari, me dê apenas mais um momento," ele rezou, chamando o espírito da lua do qual os magos de Manto Vermelho tiravam sua magia. Alguma palavra estava chegando, ele sabia. Alguma palavra que o salvaria. Se pudesse aguentar!

Os olhos de Astinus brilharam quando ele olhou para o moribundo. As palavras que lançou contra ele estiveram reprimidas dentro do cronista por incontáveis séculos.

— No último dia perfeito — disse Astinus, a voz trêmula. — os três deuses se unirão: Paladine em seu Esplendor, a Rainha Takhisis em suas Trevas e, finalmente, Gilean, Senhor da Neutralidade. Nas mãos deles, cada um tem a Chave do Conhecimento. Eles colocarão essas Chaves sobre o grande Altar e, sobre o Altar, também serão colocados meus livros... a história de todo ser que viveu sobre Krynn ao longo do tempo! E então, finalmente, o mundo estará completo...

Astinus parou, horrorizado, percebendo o que ele dissera, o que fizera.

Mas os olhos de Raistlin não o viam mais. As pupilas de ampulheta estavam dilatadas, a cor dourada ao seu redor brilhava como chamas.

— A Chave... — Raistlin sussurrou exultante. — A Chave! Eu sei... Eu sei!

Tão fraco que mal conseguia se mexer, Raistlin enfiou a mão na pequena bolsa discreta que pendia do cinto e retirou o orbe do dragão do tamanho uma bola de gude. Segurando-o na mão trêmula, o mago encarou-o e com olhos que estavam rapidamente escurecendo.

— Eu sei quem você é, — Raistlin murmurou com seu último suspiro. — Eu o conheço agora e suplico... venha em meu auxílio, como quando veio em meu auxílio na Torre e em Silvanesti! Nossa barganha está selada! Salve-me e você se salvará!

O mago desabou. Com seus cabelos brancos e ralos, sua cabeça pendia no chão, os olhos com a visão amaldiçoada fechada. A mão que segurava o orbe ficou mole, mas seus dedos não relaxaram. Ela segurava o orbe firmemente, um aperto mais forte que a morte.

Pouco mais do que um monte de ossos vestidos com roupas vermelhas de sangue, Raistlin permaneceu imóvel entre os papéis que cobriam a biblioteca devastada pela magia.

Astinus encarou o corpo por longos momentos, banhado pela luz arroxeada das duas luas. Então, com a cabeça baixa, o historiador deixou a biblioteca silenciosa, fechando e trancando a porta atrás de si com mãos que tremiam.

Voltando ao escritório, o historiador ficou sentado por horas, com um olhar sem ver a escuridão.

6

Palanthas.

— Estou dizendo, era o Raistlin!

— E eu estou dizendo, mais uma de suas histórias de elefante peludo, anel de teletransporte, plantas que vivem no ar e eu vou torcer esse hoopak no seu pescoço! — Flint retrucou com raiva.

— Era muito Raistlin — retrucou Tasslehoff, baixinho, enquanto os dois caminhavam pelas ruas largas e reluzentes da bela cidade de Palanthas. O kender sabia por longa associação o quanto poderia forçar o anão e o limiar de irritação de Flint estava muito baixo nos últimos dias.

— E também não vá incomodar Laurana com suas histórias loucas — ordenou Flint, adivinhando corretamente as intenções de Tas. — Ela já tem problemas suficientes.

— Mas...

O anão parou e olhou severamente para o kender por baixo das sobrancelhas brancas e espessas.

— Promete?

Tas suspirou.

— Oh tudo bem.

Não seria tão ruim se ele não tivesse certeza de ter visto Raistlin! Ele e Flint estavam passando pelos degraus da grande biblioteca de Palanthas quando os olhos aguçados do kender avistaram um grupo de monges aglomerado em volta de algo deitado nos degraus. Quando Flint parou por um momento para admirar uma peça particularmente refinada de pedra trabalhada por anões em um prédio do lado oposto, Tas aproveitou a oportunidade de subir silenciosamente as escadas para ver o que estava acontecendo.

Para sua surpresa, ele viu um homem que se parecia com Raistlin, pele metálica dourada, roupas vermelhas e tudo mais, sendo erguido da escada e carregado para dentro da biblioteca. Mas quando o kender animado atravessou a rua, pegou Flint e puxou o anão resmungão de volta, o grupo sumira.

Tasslehoff chegou até a porta, batendo nela e exigindo entrar. Mas o Estético que respondeu pareceu tão horrorizado pela ideia de um kender entrando na grande biblioteca que o anão escandalizado puxou Tas para longe antes que o monge pudesse abrir a boca.

Como promessas são muito nebulosas para kenders, Tas pensou em contar a Laurana, mas depois lembrou do rosto da elfa, ultimamente abatido e arrasado pela dor, preocupação e falta de sono, e o kender de coração mole decidiu que talvez Flint estivesse certo. Se fosse Raistlin, deveria estar ali em algum assunto secreto e não agradeceria se eles aparecessem sem serem convidados. Mesmo assim...

Soltando um suspiro, o kender continuou, chutando pedras e olhando pela cidade mais uma vez. Valia muito a pena olhar Palanthas. A cidade já era lendária mesmo durante a Era do Poder por sua beleza e graça. Não havia outra cidade em Krynn que pudesse se comparar a ela, pelo menos no pensamento humano. Construída em um padrão circular como uma roda, o centro era, literalmente, o eixo central da cidade. Todos os edifícios principais oficiais estavam localizados ali e as grandes escadarias e colunas graciosas eram de tirar o fôlego em sua grandiosidade. Desse círculo central, avenidas amplas saíam na direção dos oito pontos principais da bússola. Pavimentadas com pedras sob medida (trabalho anão, claro) e alinhadas com árvores cujas folhas eram como rendas douradas o ano todo, essas avenidas levavam ao porto marítimo ao norte e aos sete portões da Muralha da Cidade Velha.

Até esses portões eram obras-primas da arquitetura, cada um guardado por minaretes gêmeos cujas torres graciosas subiam mais de noventa metros no ar. A própria Muralha Velha fora esculpida com desenhos complexos, contando a história de Palanthas durante a Era dos Sonhos. Além da Muralha da Cidade Velha, estava a Cidade Nova. Cuidadosamente planejada para estar em conformidade com o projeto original, a Cidade Nova se estendia da Muralha da Cidade Velha no mesmo padrão circular e com as mesmas avenidas largas e arborizadas. Contudo, não havia muralhas ao redor da Cidade Nova. Os palantianos não gostavam particularmente de muralhas (as muralhas arruinavam o projeto geral) e nada na Cidade Velha ou Nova jamais era construído naqueles dias sem antes consultar o projeto geral, tanto dentro quanto fora. A silhueta de Palanthas no horizonte à noite era tão agradável aos olhos quanto a própria cidade, com uma exceção.

Os pensamentos de Tas foram bruscamente interrompidos por um cutucão de Flint.

— Qual é o seu problema? — o kender questionou, encarando o anão.

— Onde estamos? — Flint perguntou de modo emburrado, com as mãos nos quadris.

— Bem, nós estamos... — Tas olhou em volta. — Ahm... quer dizer, acho que estamos... então, novamente, talvez não. — Ele encarou Flint com um olhar frio. — Como foi que você nos perdeu?

— EU! — o anão explodiu. — *Você* é o guia! *Você* é o leitor de mapas. *Você* é o kender que conhece esta cidade como se conhecesse sua própria casa!

— Mas *eu* estava pensando — disse Tas, orgulhoso.

— Com o quê? — Flint rugiu.

— Estava pensando profundamente — disse Tas em um tom magoado.

— Eu... ah, esqueça — Flint resmungou e começou a olhar de um lado para o outro da rua. Ele não gostou muito da aparência das coisas.

— Isso certamente parece estranho — disse Tas alegremente, ecoando os pensamentos do anão. — É tão vazio, nada como as outras ruas de Palanthas. — Olhou ansiosamente as fileiras de edifícios vazios e silenciosos. — Eu imagino...

— Não — disse Flint.

— De forma alguma. Vamos voltar pelo caminho que viemos...

— Ah, qual é! — Tas disse, descendo a rua deserta. — Só um pouquinho, para ver o que há por aqui. Você sabe que Laurana nos disse para olhar os arredores, inspecionar as forte-forta-isso aí que vocês falam.

— Fortificações — murmurou Flint, seguindo o kender com relutância. — E elas não estão por aqui, sua porta. Este é o centro da cidade! Ela quis dizer as muralhas ao redor da cidade.

— Não há muralhas nos arredores da cidade, — disse Tas, triunfante. — Não na Cidade Nova, quero dizer. E, se é o centro, por que está abandonado? Acho que deveríamos descobrir.

Flint bufou. O kender estava começando a fazer sentido, um fato que fez o anão balançar a cabeça e se perguntar se talvez não devesse se deitar em algum lugar fora do sol.

Os dois caminharam por vários minutos em silêncio, entrando cada vez no coração da cidade. De um lado, a apenas alguns quarteirões de distância, estava a mansão palaciana do Lorde de Palanthas. Eles podiam ver seus pináculos imponentes daqui. Mas, à frente deles, nada era visível. Estava tudo perdido na sombra...

Tas olhou pelas janelas e enfiou o nariz nas portas dos prédios por onde passavam. Ele e Flint foram até o final do quarteirão antes que o kender falasse.

— Sabe, Flint — disse Tas, inquieto, — todos esses prédios estão vazios.

— Abandonados, — disse Flint em voz baixa. O anão pôs a mão no machado de guerra, assustado e nervoso com o som da voz estridente de Tas.

— Há uma sensação estranha sobre esse lugar — disse Tas, se aproximando do anão. — Eu não tenho medo, sabe...

— Eu tenho — disse Flint enfaticamente. — Vamos sair daqui!

Tas olhou para os prédios altos de cada lado deles. Estavam bem conservados. Aparentemente, os palantianos eram tão orgulhosos de sua cidade que até gastavam dinheiro mantendo construções vazias. Havia lojas e habitações de todos os tipos, estruturalmente sólidas, claro. As ruas estavam limpas, sem lixo nem detritos. Mas estava tudo deserto. "Essa já foi uma área próspera", pensou o kender. "Bem no coração da cidade. Por que não era agora? Por que todos saíram?" Aquilo lhe dava uma sensação "estranha" e não havia muitas coisas em Krynn que davam sensações "estranhas" a um kender.

— Não tem nem ratos! — Flint murmurou. Segurando o braço de Tas, ele puxou o kender. — Já vimos o suficiente.

— Ah, vamos lá — disse Tas. Puxando o braço, ele lutou contra a sensação estranha e, endireitando os ombros pequenos, voltou a seguir pela calçada. Não tinha avançado um metro quando percebeu que estava sozinho. Parando exasperado, olhou para trás. O anão estava parado na calçada, olhando-o com raiva.

— Eu só quero ir até aquele bosque de árvores no final da rua — disse Tas, apontando. — Veja, é apenas um bosque comum de carvalhos comuns. Provavelmente um parque ou algo assim. Talvez possamos almoçar...

— Eu não gosto deste lugar! — Flint disse teimosamente. — Isso me lembra da... da... Floresta Sombria... aquele lugar onde Raistlin falou com as coisas assustadoras.

— Ah, você é a única coisa assustada aqui! — Tas disse irritado, determinado a ignorar o fato de que isso o lembrava da mesma coisa. — Estamos em plena luz do dia. No centro de uma cidade, pelo amor de Reorx...

— Então, por que está esse frio congelante?

— É inverno! — gritou o kender, agitando os braços. Ele se calou imediatamente, olhando assustado para o modo estranho que suas palavras ecoavam pelas ruas silenciosas. — Você vem? — Ele perguntou em um sussurro alto.

Flint respirou fundo. Carrancudo, agarrou seu machado de batalha e marchou pela rua em direção ao kender, lançando um olhar cauteloso para os prédios, como se a qualquer momento um espectro pudesse saltar sobre ele.

— Não é inverno — o anão murmurou pelo canto da boca. — Exceto aqui.

— A primavera ainda é daqui a algumas semanas, — Tas respondeu, contente por ter algo para discutir e afastar a mente das coisas estranhas que seu estômago estava fazendo... dando nós e coisas do tipo.

Mas Flint se recusou a discutir... um mau sinal. Silenciosamente, os dois desceram a rua vazia até chegar ao fim do quarteirão. Lá, os prédios terminavam abruptamente em um bosque de árvores. Como Tas dissera, parecia apenas um bosque comum de carvalhos, embora certamente fossem os carvalhos mais altos que o anão ou o kender já viram nos seus longos anos explorando Krynn.

Mas, quando os dois se aproximaram, eles sentiram a sensação estranha de arrepio se tornar mais forte até ficar pior do que qualquer frio que já experimentaram, até mesmo do que o frio da geleira na Muralha de Gelo. Foi pior porque ele vinha de dentro e não fazia sentido! Por que estaria tão frio naquela parte da cidade? O sol estava brilhando. Não havia nuvens no céu. Mas logo seus dedos estavam dormentes e rígidos. Flint não conseguia mais segurar seu machado de guerra e, com as mãos trêmulas, foi forçado a colocá-lo de volta em seu suporte. Os dentes de Tas batiam, ele perdeu toda a sensação em suas orelhas pontudas e tremia violentamente.

— V-vamos s-sair d-aqui... — gaguejou o anão pelos lábios azuis.

— E-estamos a-apenas p-parados na s-sombra de um p-prédio. — Tas quase mordeu a língua. — Q-quando a g-gente f-ficar na l-luz do s-sol, v-vamos e-esquentar.

— N-nenhum f-fogo em K-K-Krynn vai e-esquentar i-isso! — Flint respondeu violentamente, pisando duro para forçar a circulação nos seus pés.

— S-só m-mais a-alguns m-metros... — Tas continuou com coragem, mesmo que seus joelhos batessem. Mas ele foi sozinho. Virando, viu que Flint parecia paralisado, incapaz de se mover. A cabeça dele estava inclinada e a barba tremia.

"Eu deveria voltar," pensou Tas, mas não conseguiu. A curiosidade que fez mais do que qualquer coisa no mundo para reduzir a população kender continuava impelindo-o para frente.

Tas chegou à beira do bosque de carvalhos e, lá, seu coração quase falhou. Os kender normalmente são imunes à sensação de medo, então apenas um kender poderia ter chegado tão longe. Mas, Tas ficou vítima do terror mais irracional que já experimentara. E o que estivesse causando isso estava localizado dentro daquele bosque de carvalhos.

"São árvores comuns," Tas disse para si mesmo, tremendo. "Eu conversei com espectros na Floresta Escura. Enfrentei três ou quatro dragões. Quebrei um orbe do dragão. Apenas um bosque comum de árvores. Eu fui prisioneiro no castelo de um mago. Vi um demônio do Abismo. Apenas um bosque de árvores comuns."

Lentamente, falando consigo mesmo, Tasslehoff avançou através dos carvalhos. Ele não foi longe, nem passou pela fileira de árvores que formava o perímetro externo do bosque. Porque agora podia ver o coração do bosque.

Tasslehoff engoliu em seco, virou e correu.

Ao ver o kender correndo em sua direção, Flint sabia que era O Fim. Algo horrível sairia daquele bosque. O anão girou tão rapidamente que tropeçou nos pés e caiu esparramado na calçada. Correndo até ele, Tas pegou o cinto de Flint e o ergueu. Os dois dispararam pela rua, o anão correndo para salvar a própria vida. Quase podia ouvir passos gigantescos batendo atrás dele. Mas não se atreveu a virar. Visões de um monstro babando o fizeram correr até que seu coração parecesse explodir de seu corpo. Finalmente, chegaram ao fim da rua.

Estava quente. O sol brilhava.

Podiam ouvir as vozes de pessoas reais e vivas vindo das ruas lotadas do outro lado. Flint parou, exausto, ofegando. Olhando com medo de volta para a rua, ficou surpreso ao ver que ainda estava vazia.

— O que foi? — perguntou ao conseguir falar acima das batidas do seu coração.

O rosto do kender estava pálido como a morte.

— U-uma torre... — Tas engoliu em seco.

Os olhos de Flint arregalaram.

— Uma torre? — o anão repetiu. — Eu corri tudo isso, quase me matando, e estava correndo de uma torre! Não creio que a torre estivesse perseguindo você, ou estava? — As sobrancelhas grossas de Flint se uniram de forma alarmante.

— N-não — Tas admitiu. — Ela apenas ficou lá. Mas foi a coisa mais horrível que já vi na minha vida — declarou o kender solenemente, estremecendo.

— Deve ser a Torre da Alta Magia, — disse o Lorde de Palanthas à Laurana naquela noite, quando entraram na sala de mapas do belo palácio na colina com vista para a cidade. — Não é de admirar que seu amiguinho estivesse aterrorizado. Estou surpreso que ele tenha chegado até o bosque Shoikan.

— Ele é um kender, — respondeu Laurana, sorrindo.

— Ah, sim. Bem, explicado. Isso é algo que eu não havia considerado, sabe. Contratar kenders para fazer o trabalho ao redor da Torre. Temos que pagar os preços mais ultrajantes para que os homens irem até aqueles prédios uma vez por ano e os manterem em bom estado. Mas... — O Lorde pareceu abatido. — Não acho que os moradores da cidade ficariam satisfeitos em ver uma quantidade considerável de kenders nos arredores.

Amothus, Lorde de Palanthas, andava pelo chão de mármore polido da sala do mapa, as mãos cruzadas atrás das vestes oficiais. Laurana caminhava ao lado dele, tentando não tropeçar na bainha do vestido longo e esvoaçante que os palantianos insistiram para que usasse. Eles foram encantadores, oferecendo o vestido de presente. Mas ela sabia que ficaram horrorizados ao ver uma princesa dos Qualinesti desfilando em uma armadura manchada de sangue e marcada pela batalha. Laurana não teve escolha senão aceitar; não podia ofender os palantianos, com quem ela contava. Mas sentia-se nua, frágil e indefesa sem a espada ao lado e o aço ao redor do corpo.

E sabia que eram os generais do exército palantiano, os comandantes temporários dos Cavaleiros Solâmnicos e os outros nobres, conselheiros do Senado da Cidade, que a faziam se sentir frágil e indefesa. Todos a lembravam a cada olhar que, para eles, era uma mulher brincando de ser um soldado. Certo, ela se sairam bem. Travara sua pequena guerra e vencera. Agora, de volta à cozinha...

— O que *é* a Torre da Alta Magia? — Laurana perguntou abruptamente. Depois de uma semana de negociações com o Lorde de Palanthas, ela aprendera que, embora fosse um homem inteligente, seus pensamentos tendiam a vagar por regiões inexploradas e precisava de orientação constante para manter o tópico central.

— Ah, sim. Bem, você pode vê-la desta janela, se realmente quiser... — O Lorde parecia relutante.

— Eu gostaria — Laurana disse friamente.

Dando de ombros, Lorde Amothus se desviou do caminho e levou Laurana a uma janela que ela já percebera, pois estava coberta por cortinas grossas. As cortinas sobre as outras janelas da sala estavam abertas, revelando uma vista deslumbrante da cidade em qualquer direção que se olhasse.

— Sim, é por isso que eu mantenho essas fechadas — o Lorde disse com um suspiro em resposta à pergunta de Laurana. — Também é uma pena. Esta já foi a vista mais magnífica da cidade, de acordo com os registros antigos. Mas isso foi antes da Torre ser amaldiçoada...

O Lorde afastou as cortinas com a mão trêmula, o rosto sombrio de tristeza. Assustada com essa emoção, Laurana olhou com curiosidade e, depois, respirou fundo. O sol estava se pondo atrás das montanhas cobertas de neve, riscando o céu de vermelho e roxo. As cores vibrantes brilhavam nos edifícios brancos puros de Palanthas, enquanto o mármore translúcido raro do qual foram construídos capturava a luz que desaparecia. Laurana nunca imaginou que tal beleza pudesse existir no mundo dos humanos. Rivalizava com sua amada terra natal, Qualinesti.

Seus olhos foram atraídos para uma escuridão dentro do brilho cintilante de pérola. Uma torre solitária subia ao céu. Ela era alta; embora o palácio estivesse situado em uma colina, o topo da torre ficava apenas ligeiramente abaixo da sua linha de visão. Feita de mármore preto, destacava-se em contraste com o mármore branco da cidade ao seu redor. Antes sua superfície brilhante era enfeitada pelos minaretes que ela viu, embora estivessem desmoronando e quebrados. Janelas escuras, como órbitas vazias, olhavam o mundo sem enxergar. Uma cerca a rodeava. A cerca também era preta e, no portão dela, Laurana viu algo tremulando. Por um momento, pensou que era um pássaro enorme, preso ali, pois parecia vivo. Mas quando estava prestes a chamar a atenção do Lorde, ele fechou as cortinas com um calafrio.

— Sinto muito — ele se desculpou. — Não aguento mais. Chocante. E pensar que convivemos com isso há séculos...

— Eu não acho tão terrível — Laurana disse sinceramente, seus olhos lembrando a vista da Torre e a cidade ao seu redor. — A Torre... parece certa de alguma forma. Sua cidade é muito bonita, mas, às vezes, é uma beleza tão fria e perfeita que nem percebo mais. — Olhando pelas outras janelas, Laurana ficou mais uma vez encantada com a vista, como ficou quando entrou pela primeira vez em Palanthas. — Mas, depois de ver isso, essa falha em sua cidade, ela faz com que a beleza se destaque em minha mente... se me entende...

Era óbvio pela expressão confusa no rosto do Lorde que ele não entendeu. Laurana suspirou, olhando as cortinas fechadas com um fascínio estranho.

— Como a Torre foi amaldiçoada? — Ela perguntou.

— Foi durante o... oh, ora veja, aqui está alguém que pode contar a história muito melhor do que eu — disse Lorde Amothus, olhando para cima em alívio quando a porta se abriu. — Não é uma história que eu goste de contar, para ser bem honesto.

— Astinus da Biblioteca de Palanthas — anunciou o arauto.

Para surpresa de Laurana, todos os homens na sala se levantaram respeitosamente, até os grandes generais e nobres. "Tudo isso," ela pensou, "por um bibliotecário?" Então, para seu espanto ainda maior, o Lorde de Palanthas, todos os seus generais e todos os nobres se curvaram quando o historiador entrou. Laurana também se curvou, por cortesia confusa. Como membro da casa real de Qualinesti, ela não deveria se curvar diante de ninguém em Krynn, a menos que fosse seu próprio pai, Orador dos Sóis. Mas, ao se se endireitar e estudar aquele homem, sentiu repentinamente que se curvar a ele fora mais adequado e apropriado.

Astinus entrou com tanta tranquilidade e confiança que ela acreditava que ele manteria a compostura na presença de toda a realeza de Krynn e também do paraíso. Parecia ser de meia-idade, mas havia uma qualidade eterna nele. Seu rosto poderia ter sido esculpido no mármore de Palanthas e, a princípio, Laurana foi repelida por sua qualidade fria e sem paixão. Então, viu que os olhos escuros do homem literalmente brilhavam com vida, como se iluminados por dentro pelo fogo de mil almas.

— Você está atrasado Astinus — disse Lorde Amothus agradavelmente, embora com um respeito notável. Ele e seus generais permaneceram em pé até o historiador sentar, Laurana notou, assim como os Cavaleiros de Solamnia. Quase dominada por uma reverência incomum, ela se afundou na sua cadeira à enorme mesa redonda coberta de mapas que ficava no centro da grande sala.

— Eu tinha negócios a tratar — respondeu Astinus com uma voz que poderia ter soado de um poço sem fundo.

— Ouvi dizer que você foi incomodado por uma ocorrência estranha. — O Lorde de Palanthas ficou vermelho de constrangimento. — Eu realmente preciso me desculpar. Não temos ideia de como o jovem foi encontrado em uma situação tão assustadora na sua escada. Se tivesse nos avisado! Poderíamos ter removido o corpo sem problemas–

— Não foi problema — Astinus disse abruptamente, olhando para Laurana. — O assunto foi tratado de forma adequada. Tudo está no fim, agora.

— Mas... ahm... e quanto aos... ahm... restos? — Lorde Amothus perguntou, hesitante. — Sei o quão doloroso isso deve ser, mas há certos decretos de saúde que o Senado aprovou e gostaria de ter certeza de que tudo foi cuidado...

— Talvez eu deva sair — Laurana disse friamente, levantando-se. — Até esta conversa terminar.

— O que? Sair? — O senhor de Palanthas a encarou vagamente. — Você acabou de chegar...

— Acredito que nossa conversa é angustiante para a princesa élfica — observou Astinus. — Como você deve se lembrar, meu senhor, os elfos têm uma grande reverência pela vida. A morte não é discutida de maneira insensível entre eles.

— Oh, pelos céus! — Lorde Amothus corou profundamente, erguendo-se e segurando a mão dela. — Eu imploro seu perdão, minha querida.

Absolutamente abominável da minha parte. Por favor, me perdoe e sente-se novamente. Um pouco de vinho para a princesa... — Amothus chamou um criado, que encheu o copo de Laurana.

— Vocês estavam discutindo sobre as Torres da Alta Magia quando entrei. O que você sabe sobre as Torres? — Astinus perguntou, seus olhos encarando a alma de Laurana.

Tremendo com aquele olhar penetrante, ela tomou um gole de vinho, lamentando tê-las mencionado.

— Acho que devíamos voltar aos negócios — ela disse fracamente. — Estou certa de que os generais estão ansiosos para voltar para suas tropas e eu...

— O que você sabe sobre as Torres? — Astinus repetiu.

— Eu... não muito — Laurana vacilou, sentindo-se como se estivesse de volta à escola sendo confrontada por seu tutor. — Tive um amigo, quero dizer, um conhecido que fez os testes na Torre da Alta Magia em Wayreth, mas ele é...

— Raistlin de Consolação, creio eu — Astinus disse, imperturbável.

— Ora, sim! — Laurana respondeu, assustada. — Como...

— Sou um historiador, jovem. É da minha conta saber — respondeu Astinus. — Vou contar a história da Torre de Palanthas. Não considere uma perda de tempo, Lauralanthalasa, pois a história está ligada ao seu destino. — Ignorando o olhar chocado, ele apontou para um dos generais. — Você aí, abra a cortina. Você está bloqueando a melhor vista da cidade, como acredito que a princesa observou antes de eu entrar. Esta é, então, a história da Torre da Alta Magia de Palanthas.

— Minha história deve começar com o que ficou conhecido, em retrospectiva, como as Batalhas Perdidas. Durante a Era do Poder, quando o Rei-Sacerdote de Istar passou a se assustar com tudo, ele deu um nome a seus medos... os magos! Ele os temia, temia o vasto poder deles. Não o entendia e isso se tornou uma ameaça para ele.

— Foi fácil virar a população contra os magos. Embora muito respeitados, sempre foram alvo de desconfiança, principalmente porque permitiam, entre suas fileiras, representantes dos três poderes do universo, os Mantos Brancos do Bem, os Mantos Vermelhos da Neutralidade e os Mantos Negros do Mal. Pois, diferente do Rei-Sacerdote, eles entendiam que o universo se equilibra entre esses três e que perturbar o equilíbrio é um convite à destruição.

— E assim, as pessoas se levantaram contra os magos. As cinco Torres da Alta Magia foram os alvos principais, pois nessas Torres os poderes da Ordem estavam mais concentrados. E eram nessas Torres que os jovens magos vinham fazer os Testes... aqueles que ousavam. Pois as Provações são árduas e, pior, perigosas. De fato, o fracasso significa uma coisa: morte!

— Morte? — repetiu Laurana, incrédula. — Então Raistlin...

— Arriscou sua vida para fazer o teste. E quase pagou o preço. Contudo, isso não tem importância. Por causa dessa penalidade mortal pelo fracasso, rumores sombrios foram espalhados sobre as Torres da Alta Magia. Em vão, os magos tentavam explicar que esses eram apenas centros de aprendizado e que cada jovem mago arriscava sua vida de bom grado, entendendo o propósito por trás disso. Também eram nas Torres que os magos mantinham seus grimórios e pergaminhos, seus instrumentos de magia. Mas ninguém acreditou neles. Histórias de cerimônias, rituais e sacrifícios estranhos espalharam-se entre o povo, promovidas pelo Rei-Sacerdote e seus clérigos para seus próprios fins.

— Chegou o dia em que a população se levantou contra os magos. E, apenas pela segunda vez na história da Ordem, os Mantos se uniram. A primeira vez foi durante a criação dos orbes do dragão, que continham as essências do bem e do mal, unidas pela neutralidade. Depois disso, seguiram caminhos separados. Agora, aliados contra uma ameaça em comum, eles se reuniram mais uma vez para proteger os seus.

— Os próprios magos destruíram duas das Torres, em vez de permitir que as turbas as invadissem e se intrometessem naquilo que estava além de sua compreensão. A destruição dessas duas Torres destruiu o campo ao seu redor e assustou o Rei-Sacerdote, pois havia uma Torre da Alta Magia localizada em Istar e uma em Palanthas. Quanto à terceira, na Floresta de Wayreth, poucos se importavam com o que acontecia lá, pois estava longe de qualquer centro da civilização.

— Então, o Rei-Sacerdote abordou os magos com uma demonstração de piedade. Se eles deixassem as duas Torres em pé, ele os deixariam se retirar em paz, levando seus livros, pergaminhos e instrumentos mágicos para a Torre da Alta Magia em Wayreth. Tristemente, os magos aceitaram sua oferta.

— Mas por que não lutaram? — Laurana interrompeu. — Eu vi Raistlin e... e Fizban quando estão com raiva! Nem consigo imaginar como seriam magos verdadeiramente poderosos!

— Ah, mas pare e pense, Laurana. Seu jovem amigo, Raistlin, ficou exausto lançando algumas magias menores. E, uma vez que uma magia é lançada, ela desaparece da memória para sempre, a menos que ele leia seu grimório e a estude uma vez mais. Isso é válido até para os magos de nível mais alto. É assim que os deuses nos protegem daqueles que, de outra forma, poderiam se tornar poderosos demais e aspirar à própria divindade. Os magos devem dormir, devem ser capazes de se concentrar, devem dedicar tempo ao estudo diário. Como suportariam multidões sitiantes? Além disso, como eles iriam destruir seu próprio povo?

— Não, eles sentiram que tinham que aceitar a oferta do Rei-Sacerdote. Até os Mantos Negros, que pouco se importavam com a população, viram que seriam derrotados e que a própria magia poderia ser perdida do mundo. Eles se retiraram da Torre da Alta Magia em Istar e, quase imediatamente, o Rei-Sacerdote se mudou para ocupá-la. Então, abandonaram a torre aqui, em Palanthas. E a história desta Torre é terrível.

Astinus, que narrava sem expressão em sua voz, subitamente ficou solene, seu rosto pesando.

— Bem, eu me lembro daquele dia — disse ele, falando mais consigo mesmo do que com aqueles em volta da mesa. — Eles trouxeram seus livros e pergaminhos para mim, para serem guardados na minha biblioteca. Pois havia muitos, muitos livros e pergaminhos na Torre, mais do que os usuários de magia podiam levar para Wayreth. Eles sabiam que eu os guardaria e os protegeria. Muitos dos grimórios eram antigos e não podiam mais ser lidos, pois estavam vinculados a magias de proteção, magias para quais a Chave... fora perdida. A Chave...

Astinus ficou em silêncio, ponderando. Então, com um suspiro, como se afastasse pensamentos sombrios, continuou.

— O povo de Palanthas se reuniu ao redor da Torre quando o mais alto da Ordem, o Mago dos Mantos Brancos, fechou os portões delgados da Torre e os trancou com uma chave de prata. O Lorde de Palanthas o observava ansiosamente. Todos sabiam que o Lorde pretendia se mudar para a Torre como fizera seu mentor, o Rei-Sacerdote de Istar. Seus olhos se demoravam avidamente na Torre, pois lendas das maravilhas internas, bondosas e malignas, espalhavam-se por toda a terra.

— De todos os belos edifícios de Palanthas — murmurou Lorde Amothus. — a Torre da Alta Magia era considerada a mais esplêndida. E agora...

— O que aconteceu? — Perguntou Laurana, sentindo frio enquanto a escuridão da noite tomava a sala, desejando que alguém chamasse os criados para acender as velas.

— O Mago começou a entregar a chave de prata ao Lorde — continuou Astinus em uma voz profunda e triste. — De repente, um dos Mantos Negros apareceu em uma janela nos andares superiores. Enquanto as pessoas olhavam horrorizadas para ele, ele gritou, "Os portões permanecerão fechados e os corredores vazios até o dia em que o mestre do passado e do presente retornar com poder!" O mago maligno saltou, atirando-se aos portões. Enquanto os espinhos de prata e ouro perfuravam os mantos negros, ele lançou uma maldição sobre a Torre. Seu sangue manchou o chão, os portões de prata e ouro murcharam, retorceram-se e ficaram escuros. A torre cintilante de branco e vermelho desvaneceu-se em pedra cinza-gelo, seus minaretes negros desmoronando.

— O Lorde e o povo fugiram aterrorizados e, até hoje, ninguém ousa se aproximar da Torre de Palanthas. Nem mesmo os kenders — Astinus sorriu brevemente — que não temem nada neste mundo. A maldição é tão poderosa que afasta todos os mortais...

— Até que o mestre do passado e do presente retorne — Laurana murmurou.

— Ora! O homem estava louco — Lorde Amothus bufou. — Nenhum homem é mestre do passado e do presente, a menos que seja você, Astinus.

— Eu não sou mestre! — Astinus disse em tons tão vazios e ressonantes que todos na sala o encararam. — Lembro-me do passado, registro o presente. Eu não procuro dominar nenhum deles!

— Louco, como eu disse. — O Lorde deu de ombros. — E agora somos forçados a suportar essa vista escabrosa da Torre, porque ninguém consegue viver ao redor dela ou se aproximar o suficiente para derrubá-la.

— Acho que derrubá-la seria uma pena — Laurana disse suavemente, olhando para a Torre pela janela. — Ela pertence a este lugar...

— De fato, jovem — respondeu Astinus, olhando-a de forma estranha.

As sombras da noite se aprofundaram enquanto Astinus falava. Logo, a Torre estava envolta em trevas enquanto as luzes brilhavam no resto da cidade. "Palanthas quer brilhar mais do que as estrelas," pensou Laurana, "mas uma mancha redonda de escuridão sempre permanecerá no seu centro."

— Tão triste e trágico — ela murmurou, sentindo que precisava dizer alguma coisa, já que Astinus estava olhando diretamente para ela. — E aquilo, aquela coisa escura que eu vi tremulando, presa à cerca... — Ela parou, horrorizada.

— Louco, louco — repetiu lorde Amothus, sério. — Sim, é o que restou do corpo, ou assim supomos. Ninguém foi capaz de se aproximar o suficiente para descobrir.

Laurana estremeceu. Colocando as mãos na cabeça dolorida, ela sabia que essa história nefasta a assombraria por noites e desejou nunca a ter ouvido. "Ligada ao destino dela!" Com raiva, tirou o pensamento de sua mente. Isso não importava. Ela não tinha tempo para isso. Seu destino parecia sombrio o suficiente sem acrescentar contos de pesadelo infantis.

Como se estivesse lendo seus pensamentos, Astinus se levantou de repente e pediu mais luz.

— Pois — ele disse friamente, olhando para Laurana. — O passado está perdido. Seu futuro é seu. E temos muito trabalho a fazer antes do amanhecer.

7

Comandante dos Cavaleiros da Solamnia.

Primeiro, preciso ler um comunicado que recebi de Lorde Gunthar há poucas horas. — O Lorde de Palanthas retirou um pergaminho das dobras de suas vestes finas de lã e o estendeu sobre a mesa, alisando-o cuidadosamente com as mãos. Inclinando a cabeça para trás, ele o observou, tentando colocá-lo em foco.

Laurana mordeu o lábio, impaciente, certa de que era a resposta a uma mensagem que ela havia pedido a Lorde Amothus que enviasse a Lorde Gunthar dois dias antes.

— Está amassado — disse Lorde Amothus, pedindo desculpas. — Os grifos que os senhores élficos nos emprestaram tão gentilmente... — Ele fez uma reverência para Laurana, que se curvou para trás, suprimindo o desejo de arrancar a mensagem de sua mão. — Não conseguem aprender a carregar esses pergaminhos sem amassá-los. Ah, agora consigo entender. "De Lorde Gunthar para Amothus, Lorde de Palanthas. Saudações." Homem encantador, Lorde Gunthar. — O Lorde olhou para cima. — Ele esteve aqui apenas no ano passado, durante o festival da Alvorada da Primavera, que, a propósito, acontece em três semanas, minha querida. Talvez você aprecie nossas festividades...

— Eu adorarei ficar, meu Lorde, se algum de nós estiver aqui em três semanas — disse Laurana, apertando as mãos com força embaixo da mesa, em um esforço para manter a calma.

Lorde Amothus piscou, depois sorriu com indulgência.

— Certamente. Os exércitos dracônicos. Bem, continuando a leitura. "Sinto-me verdadeiramente triste ao saber da perda de muitos de nossos Cavaleiros. Encontremos conforto no conhecimento de que morreram vitoriosos, combatendo esse grande mal que escurece nossas terras. Sinto uma tristeza pessoal ainda maior pela perda de três de nossos melhores líderes: Derek Crownguard, Cavaleiro da Rosa, Alfred MarKenin, Cavaleiro da Espada, e Sturm Brightblade, Cavaleiro da Coroa." — O Senhor se virou para Laurana. — Brightblade. Era seu amigo, não é, minha querida?

— Sim, meu lorde — murmurou Laurana, abaixando a cabeça, deixando os cabelos dourados esconderem a angústia nos olhos. Fazia pouco tempo desde que eles enterraram Sturm na Câmara de Paladine, sob as ruínas da Torre do Alto Clerista. A dor de sua perda ainda machucava.

— Continue lendo, Amothus — Astinus ordenou friamente. — Não posso me afastar muito tempo dos meus estudos.

— Claro, Astinus — disse o Lorde, corando. Ele voltou a ler, apressado. — "Esta tragédia deixa os Cavaleiros em circunstâncias incomuns. Primeiro, conforme entendo, a Cavalaria agora é composta principalmente por Cavaleiros da Coroa, a ordem mais baixa de Cavaleiros. Isso significa que, embora tenham passado nos testes e tenham conquistado seus escudos, todos são jovens e inexperientes. Para a maioria, essa foi sua primeira batalha. Também nos deixa sem comandantes adequados, pois, de acordo com a Providência, deve haver um representante de cada uma das três Ordens dos Cavaleiros no comando."

Laurana podia ouvir o leve tilintar da armadura e o chocalhar das espadas enquanto os cavaleiros presentes se mexiam desconfortavelmente. Eles eram líderes temporários até essa questão de comando ser resolvida. Fechando os olhos, Laurana suspirou. "Por favor, Gunthar," ela pensou, "que sua escolha seja sábia. Muitos morreram por manobras políticas. Que isso seja o fim!"

"Portanto, indico, para ocupar a posição de liderança dos Cavaleiros de Solamnia, Lauralanthalasa da casa real de Qualinesti..." O Lorde fez uma pausa por um momento, como se não tivesse lido corretamente. Os olhos de Laurana se arregalaram enquanto o encarou, chocada e sem acreditar. Mas ela não ficou mais chocada do que os próprios cavaleiros.

Lorde Amothus contemplou vagamente para o pergaminho, lendo-o outra vez. Então, ouvindo um murmúrio de impaciência de Astinus, ele continuou.

— "Que é a pessoa mais experiente atualmente em campo e a única com conhecimento de como usar as lanças do dragão. Atesto a validade desta Ordem pelo meu selo. Lorde Gunthar Uth Wistan, Grão-Mestre dos Cavaleiros de Solamnia, e assim por diante." — O Lorde olhou para cima. — Parabéns, minha querida, ou talvez eu deva dizer "general".

Laurana ficou sentada, imóvel. Por um momento, ficou tão cheia de raiva que pensou que iria sair da sala. Visões nadaram diante de seus olhos, o cadáver sem cabeça de Lorde Alfred, o pobre Derek morrendo de loucura, os olhos sem vida e cheios de paz de Sturm, os corpos dos cavaleiros que morreram na Torre dispostos em uma fileira...

E agora, *ela* estava no comando. Uma elfa da família real. Segundo os padrões élficos, nem tinha idade para sair da casa do pai. Uma menina mimada que fugiu de casa para "perseguir" seu namoradinho de infância, Tanis Meio-Elfo. Aquela menina mimada crescera. Medo, dor, grande perda e grande tristeza, ela sabia agora que, de certa forma, estava mais velha que seu pai.

Virando a cabeça, viu Sir Markham e Sir Patrick trocando olhares. De todos os Cavaleiros da Coroa, esses dois serviam a mais tempo. Ela sabia que os dois homens eram soldados valentes e homens honrados. Ambos lutaram bravamente na Torre do Alto Clerista. Por que Gunthar não escolheu um deles, como ela própria recomendara?

Sir Patrick se levantou, o rosto sério.

— Eu não posso aceitar isso — disse ele em voz baixa. — A Dama Laurana é uma guerreira valente, de fato, mas nunca comandou homens no campo.

— Você já, jovem cavaleiro? — Astinus perguntou, imperturbável.

Patrick corou.

— Não, mas isso é diferente. Ela é uma mulh...

— Ah, sério, Patrick! — Sir Markham riu. Ele era um jovem despreocupado e descontraído, um contraste surpreendente com o severo Patrick. — Cabelo no peito não faz de você um general. Acalme-se! É só política. Gunthar fez uma jogada sábia.

Laurana corou, sabendo que ele estava certo. Ela era uma escolha segura até Gunthar ter tempo de reconstruir a Cavalaria e se firmar como líder.

— Mas não há precedentes para isso! — Patrick continuou discutindo, evitando os olhos de Laurana. — Estou certo de que, de acordo com a Providência, as mulheres não são permitidas na Cavalaria...

— Você está errado, — Astinus declarou categoricamente. — E há precedentes. Na Terceira Guerra dos Dragões, uma jovem foi aceita na Cavalaria após a morte de seu pai e seus irmãos. Ela se tornou Cavaleira da Espada e morreu honrosamente em batalha, velada por seus irmãos de ordem.

Ninguém falou. Lorde Amothus parecia muito envergonhado, quase se escondera embaixo da mesa quando Sir Markham fez referência aos peitos peludos. Astinus olhou friamente para Sir Patrick. Sir Markham brincava com seu copo de vinho, olhando uma vez para Laurana e sorrindo. Depois de uma breve luta interna, visível em seu rosto, Sir Patrick se sentou, franzindo a testa.

Sir Markham levantou seu copo.

— À nossa comandante.

Laurana não respondeu. Ela estava no comando. "Comando de quê?," ela se perguntou amargamente. Os restos esfarrapados dos Cavaleiros de Solamnia que foram enviados para Palanthas. Das centenas que navegaram, não mais do que cinquenta sobreviveram. Eles conquistaram uma vitória... mas a que custo terrível? Um orbe de dragão destruído, a Torre do Alto Clerista em ruínas...

— Sim, Laurana — disse Astinus. — Eles a deixaram para juntar os pedaços.

Ela o encarou surpresa, assustada com o homem estranho que falava com seus pensamentos.

— Eu não queria isso — ela murmurou através dos lábios dormentes.

— Não acredito que nenhum de nós por aqui estivesse rezando por uma guerra — observou Astinus causticamente. — Mas a guerra chegou e, agora, você deve fazer o possível para vencê-la. — Ele se levantou. O Lorde de Palanthas, os generais e os Cavaleiros se levantaram em respeito.

Laurana permaneceu sentada, com os olhos nas mãos. Sentiu Astinus olhando para ela e, teimosa, recusou-se a encará-lo.

— Você precisa ir, Astinus? — Lorde Amothus perguntou, lamentando.

— Preciso. Meus estudos esperam. Já estou longe há muito tempo. Vocês têm muito o que fazer agora, muitas coisas mundanas e chatas. Não precisam de mim. Vocês têm sua líder. — Ele fez um movimento com a mão.

— O quê? — Laurana disse, pegando seu gesto pelo canto do olho. Ela o encarou e seus olhos foram para o Lorde de Palanthas. — Eu? Você não pode estar falando sério! Só estou no comando dos Cavaleiros...

— O que a torna comandante dos exércitos da cidade de Palanthas, se assim o desejarmos — disse o Lorde. — E se Astinus a recomenda...

— Eu não — Astinus disse sem rodeios. — Não posso recomendar ninguém. Eu não moldo a história... — Ele parou de repente e Laurana ficou surpresa ao ver a máscara em seu rosto escorregar, revelando pesar e tristeza. — Quero dizer, eu me esforcei para não moldar a história. Às vezes, até eu falho... — Ele suspirou, depois recuperou o controle, recolocando a máscara. — Fiz o que vim fazer, dando a vocês um conhecimento do passado. Pode ou não ser relevante para o seu futuro.

Ele se virou para sair.

— Espere! — Laurana gritou, levantando. Ela começou a dar um passo em direção a ele, depois vacilou quando os olhos frios e severos encontraram os dela, proibitivos como pedra sólida. — Você... você vê... tudo o que está acontecendo, enquanto ocorre?

— Vejo.

— Então, poderia nos dizer, onde estão os exércitos dracônicos, o que estão fazendo...

— Ora! Você sabe disso tão bem quanto eu. — Astinus virou-se novamente.

Laurana lançou um rápido olhar ao redor da sala. Ela viu o lorde e os generais a observando, entretidos. Sabia que estava agindo como aquela menina mimada de novo, mas precisava ter respostas! Astinus estava perto da porta e os criados abrindo-a. Lançando um olhar desafiador para os outros, Laurana deixou a mesa e caminhou rapidamente pelo piso de mármore polido, tropeçando na bainha do seu vestido com a pressa. Ouvindo, Astinus parou na porta.

— Tenho duas perguntas — disse ela suavemente, aproximando-se dele.

— Sim — ele respondeu, fitando os olhos verdes dela. — Uma na sua cabeça e outra no seu coração. Faça a primeira.

— Ainda existe um orbe do dragão?

Astinus ficou em silêncio por um momento. Mais uma vez, Laurana viu dor em seus olhos quando seu rosto sem idade pareceu subitamente velho.

— Sim — ele disse por fim. — Posso dizer isso. Ainda existe um. Mas está além da sua capacidade de usar ou encontrar. Tire-o dos seus pensamentos.

— Tanis estava com ele — Laurana persistiu. — Isso significa que ele o perdeu? Onde... — Ela hesitou, pois era a pergunta em seu coração. — onde ele está?

— Tire isso dos seus pensamentos.

— Como assim? — Laurana sentiu um calafrio pela voz gélida do homem.

— Eu não prevejo o futuro. Vejo apenas o presente quando ele se torna o passado. Assim o vejo desde o início dos tempos. Vi o amor que, pela disposição de sacrificar tudo, trouxe esperança ao mundo. Vi o amor que tentou superar o orgulho e o desejo de poder, mas falhou. O mundo está mais escuro por esse fracasso, mas é apenas como uma nuvem que ofusca o sol. O sol... O amor ainda permanece. Por fim, vi o amor perdido nas trevas. Amor inapropriado, incompreendido, porque o amante... ou a amante... não conhecia seu próprio coração.

— Você fala por enigmas — Laurana disse com raiva.

— Será? — Astinus perguntou. Ele se curvou. — Adeus, Lauralanthalasa. Meu conselho para você é: concentre-se no seu dever.

O historiador saiu pela porta.

Laurana ficou olhando para ele, repetindo suas palavras, "amor perdido nas trevas". Era um enigma ou ela sabia a resposta e simplesmente se recusava a admitir para si mesma, como Astinus sugeriu?

"Deixei Tanis em Naufrágio para tratar de assuntos na minha ausência". Kitiara dissera essas palavras. Kitiara, a Senhora dos Dragões. Kitiara, a humana que Tanis amava.

De repente, a dor no coração de Laurana, a dor que estava lá desde que ouvira Kitiara dizer aquelas palavras, desapareceu, deixando um vazio frio, um vazio de trevas como as constelações perdidas no céu noturno. "Amor perdido nas trevas." Tanis estava perdido. Era isso o que Astinus estava tentando dizer. Concentre-se nos seus deveres. Sim, ela se concentraria em seus deveres, já que era tudo o que restava.

Virando-se para encarar o Lorde de Palanthas e seus generais, Laurana jogou a cabeça para trás, os cabelos dourados brilhando à luz das velas.

— Eu assumirei a liderança dos exércitos — disse ela, com uma voz quase tão fria quanto o vazio em sua alma.

— *Isso* é trabalho em pedra! — declarou Flint, satisfeito, pisando nas ameias da Muralha da Cidade Velha sob seus pés. — Os anões construíram isso, não há dúvidas. Veja como cada pedra foi cortada com precisão cuidadosa para se encaixar perfeitamente na parede, sem que haja duas iguais.

— Fascinante — disse Tasslehoff, bocejando. — Os anões construíram a torre que nós–

— Não me lembre! — Flint retrucou. — E os anões não construíram as Torres da Alta Magia. Elas foram construídos pelos próprios magos, que as criaram a partir dos próprios ossos do mundo, erguendo as pedras do solo com sua magia.

— Isso é maravilhoso! — Tas respirou, acordando. — Como eu queria estar lá. Como...

— Não é nada — continuou o anão em voz alta, encarando Tas. — comparado ao trabalho dos pedreiros anões, que passaram séculos aperfeiçoando sua arte. Agora, olhe para esta pedra. Veja a textura das marcas do formão...

— Lá vem Laurana — disse Tas, agradecido pelo fim da aula sobre arquitetura anã.

Flint parou de olhar a parede de pedra para ver Laurana caminhar na direção deles, vindo por um grande corredor escuro que dava para a muralha. Estava vestida mais uma vez com a armadura que usara na Torre do Alto Clerista; o sangue fora limpo do peitoral de aço decorado com ouro e os amassados estavam consertados. Seus longos cabelos cor de mel caíam por baixo do elmo de plumas vermelhas, brilhando na luz de Solinari. Ela caminhava devagar, com os olhos no horizonte oriental, onde as montanhas eram sombras escuras contra o céu estrelado. A luz da lua também tocava seu rosto. Olhando para ela, Flint suspirou.

— Ela mudou, disse ele baixinho a Tasslehoff. — E elfos nunca mudam. Lembra de quando a conhecemos em Qualinesti? No outono, há seis meses. No entanto, poderiam ser anos...

— Ela ainda não superou a morte de Sturm. Faz apenas uma semana — disse Tas, com seu rosto travesso de kender extraordinariamente sério e pensativo.

— Não é só isso. — O velho anão balançou a cabeça. — Teve algo a ver com o encontro que teve com Kitiara, na muralha da Torre do Alto Clerista. Foi algo que Kitiara fez ou disse. Maldita! — o anão praguejou com força. — Eu nunca confiei nela! Nem mesmo nos velhos tempos. Não me surpreendeu vê-la nos trajes de um Senhor dos Dragões! Eu daria uma montanha de moedas de aço para saber o que disse a Laurana e apagou a luz da elfa. Ela parecia um fantasma quando a tiramos da muralha, depois que Kitiara e seu dragão azul foram embora. Aposto minha barba — murmurou o anão, — que tinha a ver com Tanis.

— Não posso acreditar que Kitiara é uma Senhora dos Dragões. Ela foi sempre... sempre ... — Tas procurou por palavras. — Bem, divertida!

— Divertida? — disse Flint, as sobrancelhas contraídas. — Talvez. Mas fria e egoísta também. Ah, ela era encantadora o suficiente quando queria. — A voz de Flint afundou em um sussurro. Laurana estava chegando perto o suficiente para ouvir. — Tanis nunca viu isso. Ele sempre acreditou que havia algo mais embaixo da superfície da Kitiara. Pensava que só ele a conhecia, que ela se cobria com uma casca dura para esconder um coração terno. Rá! Ela tinha tanto coração quanto essas pedras.

— Quais são as novidades, Laurana? — Tas perguntou alegremente quando a elfa se aproximou.

Laurana sorriu para seus velhos amigos, mas, como disse Flint, não era mais o sorriso inocente e alegre da donzela élfica que caminhara sob as árvores de Qualinesti. Agora seu sorriso era como um sol fraco em um céu frio de inverno. Iluminava, mas sem calor, talvez porque não houvesse mais calor nos olhos dela.

— Sou a comandante dos exércitos, — disse, sem rodeios.

— Para... — começou Tas, mas sua voz sumiu ao ver o rosto dela.

— Não há porque me parabenizar — Laurana disse amargamente. — O que eu comando? Um punhado de cavaleiros, presos em um bastião arruinado a quilômetros de distância nas Montanhas Vingaard e mil homens nas muralhas desta cidade. — Ela fechou o punho enluvado, os olhos no céu oriental que começava a mostrar o mais leve brilho da luz da manhã. — Deveríamos estar lá fora! Agora! Enquanto o exército dracônico ainda está disperso e tentando se reagrupar! Poderíamos derrotá-los facilmente.

Mas, não, não ousamos sair para as Planícies, nem mesmo com as lanças do dragão. Para que elas serviriam contra dragões em voo? Se tivéssemos um orbe de dragão...

Ela ficou em silêncio por um momento, depois respirou fundo. Seu rosto endureceu.

— Bem, não temos. Não adianta pensar nisso. Então, ficaremos aqui, nas ameias de Palanthas, e esperaremos a morte.

— Certo, Laurana — Flint protestou, pigarreando bruscamente, — talvez as coisas não estejam tão sombrias. Existem muralhas boas e sólidas ao redor desta cidade. Mil homens podem defendê-la facilmente. Os gnomos com suas catapultas protegem o porto. Os cavaleiros guardam a única passagem pelas Montanhas Vingaard e enviamos reforços. E temos as lanças do dragão, pelo menos algumas, e Gunthar enviou notícias que mais estão a caminho. Então, não podemos atacar dragões em voo? Eles vão pensar duas vezes sobre voar por cima das muralhas...

— Não é suficiente, Flint! — Laurana suspirou. — Ah, claro, podemos deter os exércitos dracônicos por uma semana, duas semanas, talvez até um mês. Mas então o quê? O que acontecerá conosco quando eles controlarem a terra ao nosso redor? Tudo o que podemos fazer contra os dragões é nos esconderemos em pequenos refúgios. Em breve, este mundo não será nada além de pequenas ilhas de luz cercadas por vastos oceanos de escuridão. E então, uma a uma, a escuridão engolirá a todos nós.

Laurana repousou a cabeça sobre a mão, descansando contra a parede.

— Quando foi a última vez que você dormiu? — Flint perguntou, sério.

— Eu não sei — ela respondeu. — Meu período desperto e de sono ficam se misturando. Estou caminhando em um sonho na metade do tempo e dormindo na realidade na outra metade.

— Durma um pouco agora — disse o anão no que Tas chamava de voz de avô. — Já vamos deitar. Nossa vigia está quase acabando.

— Não posso — Laurana disse, esfregando os olhos. A lembrança do sono fez com que percebesse de repente como estava exausta. — Vim dizer que recebemos relatos de que dragões foram vistos voando para o oeste sobre a cidade de Kalaman.

— Então, é nessa direção que estão seguindo — disse Tas, visualizando um mapa em sua cabeça.

— Relatos de quem? — perguntou o anão, desconfiado.

— Dos grifos. Agora, não faça cara feia. — Laurana sorriu levemente ao ver a repulsa do anão. — Os grifos têm nos ajudado bastante. Se os elfos não contribuírem com mais nada nesta guerra além dos seus grifos, já terão feito muito.

— Grifos são animais burros — afirmou Flint. — E confio neles tanto quanto confio em um kender. Além disso... — o anão continuou, ignorando o olhar indignado de Tas. — não faz sentido. Os Senhores não enviam dragões para atacar sem que os exércitos os apoiem...

— Talvez os exércitos não sejam tão desorganizados quanto ouvimos. — Laurana suspirou, cansada. — Ou talvez tenham enviado os dragões simplesmente para causar o máximo de caos que puderem. Desmoralizar a cidade, destruir o campo circundante. Eu não sei. Veja, a notícia se espalhou.

Flint olhou em volta. Os soldados de folga ainda estavam em seus lugares, olhando para o leste as montanhas cujos picos cobertos de neve estavam ficando delicadamente rosados no amanhecer. Falando em voz baixa, eles se juntaram a outros, acabando de acordar e ouvir as novidades.

— Era o que eu temia — Laurana suspirou. — Isso começará um pânico! Avisei Lorde Amothus para manter a novidade em silêncio, mas os palantianos não estão acostumados a ficar quietos! Ali, o que eu foi que disse?

Olhando para baixo na muralha, os amigos podiam ver as ruas começando a se encher de pessoas... Meio vestidas, sonolentas, assustadas. Observando-os enquanto corriam de casa em casa, Laurana podia imaginar os rumores sendo espalhados.

Ela mordeu o lábio, seus olhos verdes arderam de raiva.

— Agora vou ter que tirar homens das muralhas para levar essas pessoas de volta para suas casas. Não posso deixá-las nas ruas quando os dragões atacam! Vocês homens, venham comigo! — Gesticulando para um grupo de soldados próximos, Laurana se apressou. Flint e Tas a observaram desaparecer escada abaixo, indo para o palácio do Lorde. Logo, viram patrulhas armadas se espalhando pelas ruas, tentando levar as pessoas de volta para suas casas e reprimir a onda crescente de pânico.

— Está adiantando horrores! — Flint bufou. As ruas estavam ficando mais cheias a cada momento.

Mas Tas, de pé sobre um bloco de pedra, olhando por cima da muralha, balançou a cabeça.

— Não importa! — sussurrou em desespero — Flint, veja...

O anão subiu correndo para ficar ao lado de seu amigo. Os homens já estavam apontando e gritando, agarrando arcos e lanças. Aqui e ali, a ponta prateada e farpada de uma lança de dragão podia ser vista, brilhando à luz das tochas.

— Quantos? — Flint perguntou, forçando os olhos.

— Dez — Tas respondeu devagar. — Duas revoadas. Dragões grandes. Talvez os vermelhos, como vimos em Tarsis. Não consigo ver a cor deles contra a luz do amanhecer, mas consigo ver cavaleiros neles. Talvez um Senhor. Talvez Kitiara... Caramba — disse Tas, surpreendido por um pensamento repentino. — Espero poder falar com ela desta vez. Deve ser interessante ser uma Senhora...

Suas palavras se perderam ao som de sinos tocando das torres por toda a cidade. As pessoas nas ruas olhavam para as muralhas onde os soldados estavam, apontando e exclamando. Muito abaixo deles, Tas podia ver Laurana emergir do palácio do Lorde, seguido pelo próprio Lorde e dois de seus generais. O kender percebeu pela posição dos ombros que Laurana estava furiosa. Ela gesticulou para os sinos, aparentemente querendo que fossem silenciados. Mas era tarde demais. O povo de Palanthas enlouqueceu de terror. A maioria dos soldados inexperientes estava em um estado quase tão ruim quanto os civis. O som de berros, lamentos e gritos roucos se ergueram no ar. As lembranças sombrias de Tarsis voltaram à mente de Tas, pessoas pisoteadas até a morte nas ruas, casas explodindo em chamas.

O kender se virou devagar.

— Acho que não quero falar com Kitiara... — disse baixinho, passando a mão pelos olhos enquanto observava os dragões se aproximando cada vez mais. — Não quero saber como é ser uma Senhora, porque deve ser triste, sombrio e horrível... Espera aí...

Tas mirou para o leste. Ele não podia acreditar nos seus olhos, então se inclinou para fora, perigosamente perto de cair da borda da muralha.

— Flint! — Ele gritou, agitando os braços.

— O que é? — Flint retrucou. Segurando Tas pelo cinto da calça azul, o anão trouxe o kender animado de volta com um puxão.

— É como em Pax Tharkas! — Tas balbuciava incoerentemente. — Como no túmulo de Huma. Como Fizban disse! Eles estão aqui! Eles vieram!

— Quem está aqui? — Flint rugiu exasperado.

Pulando para cima e para baixo de emoção, suas bolsas saltando, Tas virou sem responder e saiu correndo, deixando o anão fumegando nas escadas, gritando.

— Quem está aqui, seu cérebro de barata?

— Laurana! — gritou a voz estridente de Tas, partindo o ar da manhã como um trompete desafinado de leve. — Laurana, eles vieram! Eles estão aqui! Como Fizban disse! Laurana!

Amaldiçoando baixinho o kender, Flint olhou de volta para o leste. Então, olhando ao redor rapidamente, o anão enfiou a mão dentro do bolso do colete. Sacou um par de óculos e, olhando ao redor de novo para se certificar de que ninguém o estava observando, ele os colocou.

Podia distinguir o que não passara de uma névoa de luz rosa dividida pelas massas mais escuras e pontiagudas da cordilheira. O anão respirou fundo, trêmulo. Os olhos dele foram ofuscados pelas lágrimas. Arrancou os óculos do nariz e os pôs de volta na caixa, colocando-a de volta no bolso. Mas usara os óculos o tempo suficiente para ver o amanhecer tocar as asas dos dragões com uma luz rosa, um rosa brilhando na prata.

— Abaixem suas armas, rapazes — disse Flint aos homens ao seu redor, enxugando os olhos com um dos lenços do kender. — Louvado seja Reorx. Agora temos uma chance. Agora temos uma chance...

8

O Juramento dos Dragões.

Quando os dragões de prata pousaram nos arredores da grande cidade de Palanthas, suas asas encheram o céu da manhã com um esplendor ofuscante. As pessoas amontoavam-se nas muralhas para encarar as criaturas belas e magníficas.

A princípio, o povo ficou tão aterrorizado com as enormes feras que pretendia expulsá-las, mesmo quando Laurana garantiu que aqueles dragões não eram maus. Por fim, o próprio Astinus emergiu de sua biblioteca e informou com frieza a Lorde Amothus que os dragões não os machucariam. Relutante, o povo de Palanthas largou as armas.

Porém, Laurana sabia que as pessoas teriam acreditado em Astinus se ele dissesse que o sol nasceria à meia-noite. Eles não acreditavam nos dragões.

Só depois que Laurana saiu pelos portões da cidade direto para os braços de um homem que estava montando um dos belos dragões de prata que as pessoas começaram a pensar que poderia haver algo nessa história de ninar.

— Quem é aquele homem? Quem trouxe os dragões para nós? Por que os dragões vieram?

Forçando e empurrando, as pessoas se inclinavam sobre a muralha, fazendo perguntas e ouvindo as respostas erradas. No vale, os dragões abanaram as asas devagar para manter a circulação na manhã fria.

Quando Laurana abraçou o homem, outra pessoa desceu de um dos dragões, uma mulher cujos cabelos brilhavam tão prateados quanto as asas do dragão. Laurana também a abraçou. Então, para espanto do povo, Astinus levou os três à grande biblioteca, onde foram admitidos pelos Estéticos. As portas enormes se fecharam atrás deles.

As pessoas ficaram ali, cochichando perguntas e lançando olhares duvidosos para os dragões sentados diante das muralhas da cidade.

Os sinos tocaram mais uma vez. Lorde Amothus estava convocando uma reunião. Apressadamente, as pessoas deixaram as muralhas para encher a praça da cidade diante do palácio do Lorde, quando ele saiu para uma varanda onde respondeu às perguntas.

— Estes são dragões de prata — ele gritou. — Dragões bondosos que se juntaram a nós em nossa batalha contra os dragões malignos, como na lenda de Huma. Os dragões foram trazidos para a nossa cidade por...

Tudo o que o Lorde queria dizer ficou perdido em aplausos. Os sinos tocaram novamente, desta vez em comemoração. As pessoas tomaram conta das ruas, cantando e dançando. Depois de uma tentativa fútil de continuar, o Lorde simplesmente declarou feriado e retornou ao seu palácio.

A seguir, um trecho das "Crônicas, Uma História de Krynn" *conforme registrado por Astinus de Palanthas. Pode ser encontrado no cabeçalho:* "O Juramento dos Dragões."

Enquanto eu, Astinus, escrevo estas palavras, olho para o rosto do elfo Gilthanas, filho mais novo de Solostaran, Orador dos Sóis, senhor dos Qualinesti. O rosto de Gilthanas é muito parecido com o rosto de sua irmã Laurana e não apenas na semelhança familiar. Ambos têm as características delicadas e a qualidade eterna de todos os elfos. Mas esses dois são diferentes. Os rostos estão marcados com uma tristeza que não é vista nas faces dos elfos que vivem em Krynn. Embora eu tema de que, antes que a guerra termine, muitos elfos tenham a mesma aparência. Talvez isso não seja algo ruim, pois parece que finalmente os elfos estão aprendendo que são parte deste mundo, não estão acima dele.

Ao lado de Gilthanas está sua irmã. Para o outro, está uma das mulheres mais bonitas que eu vi andar por Krynn. Parece ser uma elfa, uma elfa selvagem. Mas ela não engana meus olhos com suas artes mágicas. Ela nunca nasceu de uma mulher, elfa ou não. Ela é uma dragoa, uma dragoa de prata, irmã da que era amada por Huma, o Cavaleiro de Solamnia. O destino de Silvara era se apaixonar por um mortal, assim como sua irmã. Mas, ao contrário de Huma, este mortal, Gilthanas, não pode aceitar seu destino. Ele olha para ela... ela olha para ele. Em vez de amor, vejo uma raiva ardente dentro dele que envenena devagar as duas almas.

Silvara fala. Sua voz é doce e musical. A luz da minha vela brilha em seus lindos cabelos prateados e em seus olhos azuis-noturnos profundos.

— Depois que dei a Theros Dobraferro o poder de forjar as lanças do dragão no centro do Monumento do Dragão de Prata — diz Silvara, — Passei muito tempo com os companheiros antes que levassem as lanças ao Conselho da Pedra Branca. Mostrei todo o Monumento, mostrei as pinturas da Guerra dos Dragões, que retratam dragões bondosos, prata, ouro e bronze, lutando contra os dragões malignos. "Onde está o seu povo?" Os companheiros me perguntaram. "Onde estão os dragões bondosos? Por que não estão nos ajudando em nosso momento de necessidade? Resisti às perguntas deles, pelo tempo que pude...

Aqui, Silvara para de falar e olha para Gilthanas com o coração nos olhos. Ele não corresponde ao olhar dela, mas olha para o chão. Silvara suspira e retoma sua história.

— Finalmente, não pude mais resistir à pressão dele... deles. Contei a eles sobre o Juramento. Quando Takhisis, a Rainha das Trevas, e seus dragões malignos foram banidos, os dragões bondosos deixaram a terra para manter o equilíbrio entre o bem e o mal. Feitos do mundo, nós voltamos ao mundo, entrando em um sono eterno. Teríamos continuado adormecidos, em um mundo de sonhos, mas veio o Cataclismo e Takhisis encontrou um caminho de volta ao mundo novamente.

— Há muito tempo ela planejava esse retorno, caso o destino desse a chance, e estava preparada. Antes que Paladine soubesse, Takhisis acordou os dragões malignos do sono e ordenou que se esgueirassem nos lugares profundos e secretos do mundo para roubar os ovos dos dragões bondosos, que dormiam sem perceber...

— Os dragões malignos trouxeram os ovos de seus irmãos para a cidade de Sanção, onde os exércitos dracônicos estavam se formando. Lá, nos vulcões conhecidos como Senhores da Perdição, os ovos dos dragões bondosos foram escondidos. Grande foi a tristeza dos dragões bondosos quando Paladine os acordou do sono e descobriram o que acontecera. Eles foram a Takhisis para descobrir o preço a pagar pelo retorno de seus filhos não nascidos. Foi um preço terrível. Takhisis exigiu um juramento. Cada um dos dragões bondosos precisou jurar que não participariam da guerra que estava prestes a travar em Krynn. Os dragões bondosos ajudaram a derrotá-la na última guerra. Desta vez, queria garantir que eles não se envolvessem.

Aqui Silvara olha para mim, suplicante, como se eu fosse julgá-los. Eu balanço minha cabeça com firmeza. Longe de mim julgar alguém. Sou um historiador.

Ela continua.

— O que poderíamos fazer? Takhisis nos disse que matariam nossos filhos enquanto dormiam em seus ovos, a menos que prestássemos o Juramento. Paladine não podia nos ajudar. A escolha era nossa...

A cabeça de Silvara cai, o cabelo escondendo o rosto. Posso ouvir lágrimas sufocando sua voz. Suas palavras são quase inaudíveis para mim.

— Fizemos o Juramento.

Ela não pode continuar, isso é óbvio. Depois de encará-la por um momento, Gilthanas limpa a garganta e começa a falar, sua voz rouca.

— Eu, ou melhor, Theros, minha irmã e eu finalmente convencemos Silvara de que o juramento estava errado. Deveria haver uma maneira de resgatar os ovos dos dragões bondosos. Talvez um time pequeno de pessoas possa roubar os ovos de volta. Silvara não estava convencida de que eu estava certo, mas ela concordou, depois de muita conversa, em me levar à Sanção para que eu pudesse ver por mim mesmo se esse plano poderia funcionar.

— Nossa jornada foi longa e difícil. Outro dia poderei relatar os perigos que enfrentamos, mas não agora. Estou muito cansado e não temos tempo. Os exércitos dracônicos estão se reorganizando. Podemos pegá-los desprevenidos se atacarmos em breve. Posso ver Laurana ardendo de impaciência, ansiosa por persegui-los, enquanto estamos falando. Então, resumirei nossa história.

— Silvara, em sua "forma élfica" como vocês a veem agora... — A amargura na voz do elfo não pode ser expressa em palavras. — E eu fomos capturados fora de Sanção e feitos prisioneiros de Ariakas, o Senhor dos Dragões.

Os punhos de Gilthanas se cerram, seu rosto está pálido de raiva e medo.

— Lorde Verminaard não era nada, nada comparado a Lorde Ariakas. O poder maligno deste homem é imenso! E ele é tão inteligente quanto cruel, pois sua estratégia controla os exércitos dracônicos e os leva a vitórias e mais vitórias.

— Não consigo descrever o sofrimento que passamos em suas mãos. Não acredito que possa relatar o que fizeram conosco!

O jovem elfo treme violentamente. Silvara começa a estender a mão para confortá-lo, mas ele se afasta dela e continua sua história.

— Finalmente, com ajuda, escapamos. Estávamos na própria Sanção, uma cidade hedionda, construída no vale formado pelos vulcões, os Senhores da Perdição. Essas montanhas se elevam acima de tudo, sua fumaça suja corrompe o ar. Os prédios são todos novos e modernos, construídos com o sangue de escravos. Incrustado nas encostas das montanhas está um templo para Takhisis, a Rainha das Trevas. Os ovos de dragão são mantidos nas profundezas do coração dos vulcões. Foi para lá, o templo da Rainha das Trevas, que Silvara e eu fomos.

— Existe como descrever o templo, além de dizer que é uma construção de trevas e chamas? Pilares altos, esculpidos na rocha ardente, sobem pelas cavernas sulfurosas. Viajamos por caminhos secretos conhecidos apenas pelos próprios sacerdotes de Takhisis, descendo cada vez mais. Você pergunta quem nos ajudou? Não posso dizer, pois a vida dela estaria perdida. Acrescentarei apenas que alguma divindade deve estar nos vigiando.

Aqui, Silvara interrompe para murmurar "Paladine", mas Gilthanas ignora isso com um gesto.

— Chegamos às câmaras inferiores e lá encontramos os ovos dos dragões bondosos. A princípio, parecia que tudo estava bem. Eu tinha... um plano. Pouco importa agora, mas vi como poderíamos resgatar os ovos. Passamos por câmaras e mais câmaras, os ovos brilhantes, tingidos de prata, ouro e bronze, reluzindo à luz do fogo. Então...

O elfo faz uma pausa. Seu rosto, já mais pálido que a morte, fica ainda mais branco. Temendo que ele desmaie, aceno para um dos Estéticos trazer vinho. Após tomar um gole, ele se recompõe e continua falando. Mas posso dizer, pelo olhar distante em seus olhos, que ele revê o horror do que testemunhou. Quanto a Silvara, vou escrever sobre ela em seu lugar.

Gilthanas continua.

— Chegamos a uma câmara e lá encontramos... não ovos... nada além das cascas... partidas, quebradas. Silvara gritou de raiva e eu temi que pudéssemos ser descobertos. Nenhum de nós sabia o que isso indicava, mas sentimos um frio no sangue que nem o calor do vulcão poderia aquecer.

Gilthanas faz uma pausa. Silvara começa a soluçar, muito suavemente. Ele a observa e vejo, pela primeira vez, amor e compaixão em seus olhos.

— Leve-a para fora — ele diz a um dos Estéticos. — Ela precisa descansar.

Os Estéticos retiram-na com cuidado da sala. Gilthanas lambe os lábios que estão rachados e secos, depois fala baixinho.

— O que aconteceu depois vai me assombrar, mesmo depois da morte. Eu sonho com isso todas as noites. Não durmo desde então, pois eu acordo gritando. Silvara e eu estávamos diante da câmara com os ovos quebrados, olhando ao redor, imaginando... quando ouvimos o som de cânticos vindos do corredor iluminado por chamas.

— "As palavras da magia!" Disse Silvara. Cautelosamente, nos aproximamos, assustados, mas atraídos por um fascínio horrível. Chegamos cada vez mais perto e pudemos ver...

Ele fecha os olhos e soluça. Laurana coloca a mão no braço dele, os olhos suaves com uma compaixão silenciosa. Gilthanas recupera o controle e continua.

— Dentro de uma sala de caverna, no fundo do vulcão, existe um altar para Takhisis. Não consigo imaginar o que foi esculpido e representado ali, pois estava tão coberto de sangue verde e lodo escuro que parecia uma infestação horrível brotando da rocha. Ao redor do altar, havia figuras em mantos... clérigos sombrios de Takhisis e magos usando Mantos Negros. Silvara e eu observamos com estupefação um clérigo de túnica escura trazer um ovo de dragão dourado brilhante e colocá-lo no altar imundo. Juntando as mãos, os magos de Mantos Negros e os clérigos das trevas começaram um cântico. As palavras queimaram a mente. Silvara e eu nos abraçamos, temendo enlouquecer pelo mal que podíamos sentir, mas não entender.

— Então... então, o ovo de ouro sobre o altar começou a escurecer. Enquanto assistíamos, se tornou um verde horrível, depois preto. Silvara começou a tremer.

— O ovo enegrecido no altar se abriu... e uma criatura parecida com uma larva emergiu da casca. Era repugnante e corrupto de se ver, eu vomitei com a visão. Meu único pensamento era fugir daquele horror, mas Silvara percebeu o que estava acontecendo e se recusou a sair. Juntos, vimos a larva partir a pele coberta de lodo e seu corpo assumiu as formas malignas de... draconianos.

Há um suspiro de choque nessa afirmação. A cabeça de Gilthanas afunda nas mãos. Ele não consegue continuar. Laurana coloca os braços ao seu redor, confortando-o, e ele segura suas mãos. Finalmente, ele suspira, trêmulo.

— Silvara e eu... quase fomos descobertos. Escapamos de Sanção com ajuda mais uma vez e, mais mortos do que vivos, percorremos caminhos desconhecidos pelo homem ou pelos elfos até o refúgio ancestral dos dragões bondosos.

Gilthanas suspira. Um olhar de paz vem ao seu rosto.

— Comparado aos horrores que sofremos, foi como um doce descanso depois de uma noite de pesadelos febris. Era difícil imaginar, em meio à beleza daquele lugar, que o que vimos realmente ocorreu. E quando Silvara contou aos dragões o que estava acontecendo com seus ovos, eles se recusaram a acreditar. Alguns até acusaram Silvara de inventar tudo para obter ajuda. Mas, no fundo de seus corações, todos sabiam que ela falava a verdade e, por fim, admitiram que foram enganados e que o Juramento não era mais obrigatório.

— Agora, os dragões bondosos vieram ajudar. Estão voando para todas as partes da terra, oferecendo ajuda. Voltaram ao Monumento do Dragão, para ajudar a forjar as lanças do dragão, assim como vieram em auxílio de Huma há muito tempo. E trouxeram consigo as Lanças Maiores, que podem ser montadas nos próprios dragões como vimos nas pinturas. Agora, podemos montar os dragões em batalha e desafiar os Senhores dos Dragões no céu.

Gilthanas acrescenta mais alguns pequenos detalhes que não preciso registrar aqui. Então, sua irmã leva-o da biblioteca para o palácio, onde Silvara e ele podem descansar o que conseguirem. Temo que demore muito para que o terror desapareça para eles, se é que irá sumir. Como tantas coisas belas no mundo, pode ser que o amor deles caia sob as trevas que espalham suas asas imundas sobre Krynn.

Assim termina o texto de Astinus de Palanthas sobre o Juramento dos Dragões. Uma nota de rodapé revela que mais detalhes da jornada de Gilthanas e Silvara em Sanção, suas aventuras lá e a história trágica de seu amor foram registrados por Astinus em uma data posterior e podem ser encontrados em volumes subsequentes de suas Crônicas.

Laurana estava sentada tarde da noite, anotando suas ordens para o dia seguinte. Apenas um dia se passara desde a chegada de Gilthanas e dos dragões de prata, mas seus planos para pressionar o inimigo sitiado estavam tomando forma. Em mais alguns dias, ela lideraria revoadas de dragões com cavaleiros montados, empunhando as novas lanças de dragão para a batalha.

Ela esperava obter o Forte Vingaard primeiro, libertando os prisioneiros e escravos ali. Depois, planejava avançar para o sul e leste, afastando os exércitos dracônicos diante dela. Finalmente, ela os pegaria entre o martelo de suas tropas e a bigorna das Montanhas Dargaard que separavam Solamnia de Estwilde. Se pudesse retomar Kalaman e seu porto, conseguiria cortar as linhas de suprimento das quais o exército dracônico dependia para sua sobrevivência naquela parte do continente.

Laurana estava tão concentrada em seus planos que ignorou o chamado do guarda do lado de fora de sua porta, nem ouviu a resposta. A porta se abriu, mas, assumindo que era um de seus ajudantes, não levantou os olhos do trabalho até concluir o detalhamento das suas ordens.

Somente quando a pessoa que entrou tomou a liberdade de se sentar em uma cadeira em frente a ela, Laurana olhou para cima, assustada.

— Oh — ela disse, corando. — Gilthanas, me perdoe. Estava tão envolvida... Pensei que você estivesse... mas, não importa. Como está se sentindo? Eu estava preocupada...

— Estou bem, Laurana — disse Gilthanas abruptamente. — Estava apenas mais cansado do que imaginava e eu... não durmo muito bem desde Sanção. — Ficando em silêncio, ele olhou os mapas que ela espalhara sobre a mesa. Distraidamente, pegou uma caneta de pena recém-afiada e começou a alisar a pena com os dedos.

— O que foi, Gilthanas? — Laurana perguntou baixinho.

O irmão a encarou e sorriu tristemente.

— Você me conhece muito bem — disse ele. — Nunca consegui esconder nada de você, nem quando éramos crianças.

— É nosso Pai? — Laurana perguntou com medo. — Você ouviu alguma coisa...

— Não, não ouvi nada sobre o nosso povo — disse Gilthanas. — Exceto o que eu disse, que se aliaram aos humanos e estão trabalhando juntos para expulsar os dragões das Ilhas de Ergoth e de Sancrist.

— Foi tudo por causa de Alhana — murmurou Laurana. — Ela os convenceu de que não poderiam mais viver separados do mundo. Convenceu até mesmo Porthios...

— Imagino que ela o convenceu a mais do que isso? — Gilthanas perguntou sem olhar para a irmã. Ele começou a abrir buracos no pergaminho com a ponta da pena.

— Já se falou em casamento — disse Laurana lentamente. — Se assim for, tenho certeza de que seria apenas um casamento de conveniência, para unir nosso povo. Não consigo imaginar que Porthios tenha em seu coração amor por alguém, mesmo por uma mulher tão bonita quanto Alhana. Quanto à própria princesa elfa...

Gilthanas suspirou.

— Seu coração está enterrado na Torre do Alto Clerista com Sturm.

— Como sabia? — Laurana olhou para ele, atônita.

— Eu os vi juntos em Tarsis — disse Gilthanas. — Vi o rosto dele e o dela. Eu também sabia sobre a Joia Estelar. Como ele obviamente queria manter em segredo, eu não o traí. Ele era um bom homem — acrescentou Gilthanas gentilmente. — Tenho orgulho de tê-lo conhecido e nunca pensei que diria isso de um humano.

Laurana engoliu em seco, passando a mão pelos olhos.

— Sim — ela sussurrou com voz rouca. — Mas não foi isso que você veio me dizer.

— Não — disse Gilthanas, — embora talvez leve a isso. — Por um momento ele ficou em silêncio, como se estivesse decidindo. Então, respirou fundo. — Laurana, aconteceu algo em Sanção que eu não contei a Astinus. Nunca contarei a mais ninguém, se você me pedir...

— Por que eu? — Laurana disse, empalidecendo. Com a mão tremendo, ela largou a pena.

Gilthanas pareceu não a ouvir. Ele encarava fixamente o mapa enquanto falava.

— Quando... quando estávamos fugindo de Sanção, tivemos que voltar ao palácio do Lorde Ariakas. Não posso dizer mais do que isso, pois trairia quem salvou nossas vidas muitas vezes e ainda vive em perigo, fazendo o que pode para salvar o maior número possível de pessoas.

— Na noite em que estávamos lá, escondidos, esperando a fuga, ouvimos uma conversa entre Lorde Ariakas e um dos seus Senhores. Era uma mulher, Laurana — Gilthanas a encarava agora. — Uma humana chamada Kitiara.

Laurana não disse nada. O rosto dela estava mortalmente branco, os olhos grandes e sem cor à luz da lâmpada.

Gilthanas suspirou, depois se inclinou para perto e colocou a mão sobre a dela. Sua carne estava tão fria que ela podia ser um cadáver e notou que ela sabia o que ele estava prestes a dizer.

— Lembrei do que você me disse antes de deixarmos Qualinesti, que essa era a humana que Tanis Meio-Elfo amava, a irmã de Caramon e Raistlin. Eu a reconheci pelo que ouvi os irmãos dizerem sobre ela. Teria a reconhecido de qualquer maneira. Ela e Raistlin, particularmente, têm algo de familiar. Ela... ela estava falando sobre Tanis, Laurana. — Gilthanas parou, imaginando se poderia ou não continuar. Laurana estava perfeitamente imóvel, o rosto como uma máscara de gelo.

— Perdoe-me por lhe causar dor, Laurana, mas você precisa saber, — disse Gilthanas, por fim. — Kitiara riu sobre Tanis com este Lorde Ariakas e disse... — Gilthanas corou. — Não posso repetir o que ela disse. Mas eles são amantes, Laurana, isso posso contar. Ela deixou isso graficamente claro. Pediu a permissão de Ariakas para que Tanis fosse promovido ao posto de general no exército dracônico... em troca de algum tipo de informação que ele forneceria, algo sobre um Homem da Joia Verde...

— Pare — Laurana disse sem voz.

— Sinto muito, Laurana! — Gilthanas apertou a mão dela, seu rosto cheio de tristeza. — Eu sei o quanto você o ama. E-eu entendo agora como é amar tanto alguém. — Ele fechou os olhos, a cabeça inclinada. — Entendo como é ter esse amor traído...

— Deixe-me sozinha, Gilthanas — Laurana sussurrou.

Acariciando a mão dela com compaixão silenciosa, o elfo se levantou e saiu suavemente da sala, fechando a porta atrás dele.

Laurana ficou sentada sem se mexer por longos momentos. Apertando os lábios firmemente, pegou sua caneta e continuou escrevendo de onde havia parado quando seu irmão entrou.

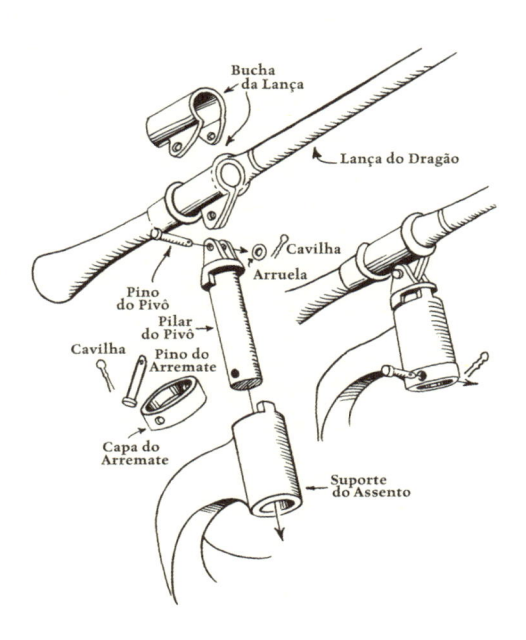

9

Vitória.

Deixa eu empurrar você — disse Tas, prestativo.

— Eu... não! Espere! — Flint gritou. Mas não adiantou. O kender enérgico já agarrara a bota do anão e a levantara, jogando Flint pela lateral direita no corpo musculoso do jovem dragão de bronze. Agitando as mãos, Flint segurou o arnês no pescoço do dragão com toda sua força, girando lentamente no ar como um saco em um gancho.

— O que está fazendo? — Tas perguntou com nojo, olhando para Flint. — Não é hora de brincar! Aqui, deixa que eu ajudo...

— Pare! Me solte! — rosnou Flint, chutando as mãos de Tasslehoff. — Para trás! Eu disse para trás!

— Então, suba sozinho — disse Tas, magoado, recuando.

Ofegante e com o rosto vermelho, o anão caiu no chão.

— Vou subir no momento certo! — Disse ele, olhando furioso para o kender. — Sem a sua ajuda!

— Bem, é melhor fazer isso logo! — Tas gritou, agitando os braços. — Porque os outros já estão montados!

O anão vislumbrou o grande dragão de bronze e cruzou os braços teimosamente.

— Tenho que pensar um pouco sobre isso...

— Ah, qual é , Flint! — Tas implorou. — Você está apenas perdendo tempo. Eu quero voar! Por favor, Flint, rápido! — O kender se animou. — Eu poderia ir sozinho...

— Você não vai fazer isso! — o anão debochou. — A guerra está finalmente virando a nosso favor. Enviar um kender em cima de um dragão seria o fim. Poderíamos simplesmente entregar as chaves da cidade ao Senhor. Laurana disse que a única maneira de você voar seria comigo...

— Então sobe! — Tas gritou estridente. — Ou a guerra terminará! Serei um avô antes de você sair desse lugar!

— Você, um avô — resmungou Flint, olhando mais uma vez para o dragão, que o encarava com um olhar muito hostil, pelo menos o anão achava. — Ora, o dia em que você for avô será o dia em que minha barba cairá...

O dragão Khirsah olhou para os dois com impaciência divertida. Um dragão jovem, pela forma que os dragões contam seu tempo com Krynn, Khirsah concordava com o kender; era hora de voar, hora de lutar. Ele foi um dos primeiros a responder ao chamado que foi enviado a todos os dragões de ouro, prata, bronze e latão. O fogo da batalha ardia quente dentro dele.

No entanto, mesmo jovem como era, o dragão de bronze mantinha uma grande reverência e respeito pelos anciãos do mundo. Embora muito mais velho que o anão em anos, Khirsah viu em Flint alguém que levara uma vida longa, cheia e rica; alguém digno de respeito. "Mas..." Khirsah pensou com um suspiro, "Se eu não fizer algo, o kender está certo... a batalha terminará!"

— Desculpe-me, Respeitado Senhor — interrompeu Khirsah, usando um termo de muito respeito entre os anões. — posso ajudar?

Assustado, Flint se virou para ver quem falava. O dragão inclinou sua grande cabeça.

— Honrado e Respeitado Senhor — disse Khirsah novamente, em anão.

Espantado, Flint recuou, tropeçando em Tasslehoff e fazendo o kender cair ao chão em uma pilha.

O dragão serpenteou sua cabeça enorme e, segurando gentilmente o colete de pele do kender em seus grandes dentes, levantou-o como um gatinho recém-nascido.

— Bem, e-eu não sei — gaguejou Flint, corando de satisfação por ter sido abordado dessa forma por um dragão. — Você pode... e, por outro lado, não pode. — Recuperando sua dignidade, o anão estava determinado a não demonstrar que estava impressionado. — Veja bem, eu já fiz muito isso. Montar dragões não é novidade para mim. É só que, bem, eu tenho...

— Você nunca montou um dragão antes em sua vida! — Tasslehoff disse, indignado. — E... ai!

— Só que eu tenho coisas mais importantes na cabeça ultimamente — disse Flint em voz alta, socando as costelas de Tas. — e pode levar um tempo para pegar o jeito de novo.

— Certamente, Senhor — disse Khirsah sem o menor sorriso. — Posso chamá-lo de Flint?

— Você pode — disse o anão rispidamente.

— E eu sou Tasslehoff Burrfoot — disse o kender, estendendo a mãozinha. — Flint nunca vai a lugar nenhum sem mim. Acho que você não tem mão para apertar. Deixa pra lá. Qual o seu nome?

— Meu nome para os mortais é Fulgor. — O dragão inclinou graciosamente a cabeça. — E agora, Sir Flint, se você instruir seu escudeiro, o kender...

— *Escudeiro!* — Tas repetiu, chocado. Mas o dragão o ignorou.

— Instrua seu escudeiro a subir aqui. Vou ajudá-lo a preparar a sela e a lança para você.

Flint acariciou sua barba, pensativo. Então, ele fez um gesto grandioso.

— Você, escudeiro — disse ele a Tas, que o encarava com a boca aberta. — Suba e faça conforme foi ordenado.

— Eu... você... nós... — Tas gaguejou. Mas o kender nunca terminou o que estava prestes a dizer, porque o dragão levantou-o do chão de novo. Com os dentes presos firmemente no colete de pele do kender, Khirsah jogou-o de volta na sela que estava presa ao corpo de bronze do dragão.

Tas ficou tão encantado com a ideia de estar sobre um dragão que calou a boca, exatamente o que Khirsah queria.

— Agora, Tasslehoff Burrfoot — disse o dragão. — Você estava tentando empurrar seu mestre para a sela ao contrário. A posição correta é a que você está agora. A montagem da lança de metal deve estar no lado direito da frente do cavaleiro, sentado diretamente à frente da articulação da minha asa direita e acima do meu ombro direito. Viu?

— Sim, eu vi! — falou Tas, emocionado.

— O escudo que você vê no chão o protegerá da maioria das formas de sopro de dragão...

— Opa! — gritou o anão, cruzando os braços e parecendo teimoso mais uma vez. — O que você quer dizer com *maioria* das formas? E como devo voar segurando uma lança e um escudo, tudo ao mesmo tempo? Sem mencionar o fato de que o maldito escudo é maior do que eu e o kender juntos...

— Pensei que já tivesse feito isso antes, Sir Flint! — Tas berrou.

O rosto do anão ficou vermelho de raiva e ele soltou um berro, mas Khirsah se intrometeu suavemente.

— Sir Flint não deve estar acostumado a esse modelo mais novo, Escudeiro Burrfoot. O escudo se encaixa sobre a lança. A lança se encaixa nesse buraco e o escudo repousa sobre a sela e desliza de um lado para o outro no trilho. Quando atacado, você simplesmente se esconde atrás dele.

— Entregue o escudo, Sir Flint! — o kender gritou.

Resmungando, o anão andou até onde o escudo enorme jazia no chão. Gemendo com o peso, conseguiu levantá-lo e arrastá-lo até a lateral do dragão. Com a ajuda do dragão, o anão e o kender conseguiram montar o escudo. Flint voltou para a lança do dragão. Puxando-a de volta, ele empurrou a ponta da lança para Tas, que a segurou e, depois de quase perder o equilíbrio e cair, empurrou a lança pelo buraco no escudo. Quando o pivô travou na posição, a lança ficou contrabalançada e girou de maneira leve e fácil, guiada pela mão pequena do kender.

— Isso é ótimo! — Tas disse, experimentando. — Blam! Lá se vai um dragão! Blam! Lá se vai outro. Eu... oh! — Tas ficou de pé nas costas do dragão, equilibrado como a própria lança. — Flint! Depressa! Eles estão se preparando para partir. Posso ver Laurana! Ela está montando aquele dragão grande de prata e voando para cá, verificando a fileira. Eles vão sinalizar em um minuto! Depressa, Flint! — Tas começou a pular de excitação.

— Primeiro, Sir Flint — disse Khirsah. — Você deve vestir o colete acolchoado. Aí... Está certo. Coloque a correia nessa fivela. Não, não nessa. A outra, pronto.

— Você parece um mamute lanoso que eu vi uma vez. — Tas riu. — Eu já contei essa história? Eu...

— Caramba! — Flint rugiu, mal conseguindo andar, envolvido no colete pesado forrado de pele. — Não é hora para nenhuma de suas histórias loucas. — O anão ficou cara-a-cara com o dragão. — Muito bem, fera! Como eu subo? E lembre-se, não se atreva a colocar um dente em mim!

— Certamente que não, Senhor — disse Khirsah com profundo respeito. Inclinando a cabeça, o dragão estendeu uma asa de bronze no chão.

— Bem, assim é melhor! — Flint disse. Alisando a barba com orgulho, ele lançou um olhar presunçoso para o kender atordoado. Caminhando solenemente sobre a asa do dragão, Flint subiu, tomando o seu lugar na frente da sela.

— Lá está o sinal! — Tas gritou, saltando de volta para a sela atrás de Flint. Batendo os calcanhares contra os flancos do dragão, ele gritou. — Vamos lá! Vamos lá!

— Não tão rápido — disse Flint, testando friamente o funcionamento da lança do dragão. — Ei! Como eu dirijo?

— Você indica em qual direção quer que eu vá puxando as rédeas, — disse Khirsah, procurando o sinal. Lá estava.

— Ah, entendo — disse Flint, estendendo a mão. — Afinal, eu estou no comando... ops!

— Certamente, Senhor! — Khirsah saltou no ar, abrindo suas grandes asas para captar as correntes ascendentes de ar que flutuavam na face do pequeno penhasco sobre o qual estavam.

— Espere, as rédeas... — Flint gritou, tentando agarrá-las enquanto deslizavam para fora de seu alcance.

Sorrindo para si mesmo, Khirsah fingiu não ouvir.

Os dragões bondosos e os cavaleiros que os cavalgavam estavam reunidos nas colinas a leste das Montanhas Vingaard. Lá, os ventos frios do inverno deram lugar à brisa quente do norte, derretendo a geada do chão. O cheiro forte de crescimento e renovação perfumava o ar enquanto os dragões se erguiam em arcos reluzentes para ocupar seus lugares na formação.

Era uma visão de tirar o fôlego. Tasslehoff sabia que se lembraria disso para sempre... e talvez até além. Asas de bronze, prata, latão e cobre brilhavam sob a luz da manhã. As Lanças do Dragão Maiores, montadas nas selas, reluziam ao sol. A armadura dos cavaleiros cintilava. A bandeira do martim-pescador com seu fio dourado brilhava no céu azul.

As últimas semanas foram gloriosas. Como disse Flint, parecia que a maré da guerra estava finalmente fluindo na direção deles.

A General de Ouro, como Laurana passou a ser chamada por suas tropas, forjara um exército aparentemente do nada. Os palantianos, tomados pela excitação, uniram-se à sua causa. Ela ganhou o respeito dos Cavaleiros de Solamnia com suas ideias ousadas e ações firmes e decisivas. As forças terrestres de Laurana saíram de Palanthas, fluindo pela planície, pressionando os exércitos desorganizados da Senhora dos Dragões, conhecida como a Dama das Trevas, para uma fuga em pânico.

Com vitória após vitória para trás e os exércitos dracônicos fugindo diante deles, os homens consideravam a guerra já estava vencida.

Mas Laurana sabia. Eles ainda tinham que lutar contra os dragões da Senhora. Onde estavam e por que ainda não tinham lutado antes era algo que Laurana e seus oficiais não conseguiam descobrir. Dia após dia, ela mantinha os cavaleiros e suas montarias em prontidão, preparados para voar.

Esse dia chegara. Os dragões foram avistados... Revoadas de azuis e vermelhos supostamente indo para o oeste para impedir a general insolente e seu exército de ralés.

Em uma cadeia cintilante de prata e bronze, os Dragões da Pedra Branca, como eram chamados, voaram pela Planície Solâmnica. Embora todos os cavaleiros montados em dragões tivessem sido treinados em voo durante o máximo de tempo possível (com exceção do anão, que se recusava firmemente), esse mundo de nuvens baixas e ar rápido ainda era novo e estranho para eles.

Seu estandartes chicoteavam loucamente. Os soldados de infantaria embaixo pareciam insetos rastejando pelos campos. Para alguns dos cavaleiros, voar foi uma experiência emocionante. Para outros, era um teste de toda a coragem que possuíam.

Mas sempre diante deles, os liderando em espírito e por exemplo, voava Laurana sobre o grande dragão de prata que seu irmão montara desde as Ilhas do Dragão. A luz do sol não era mais dourada do que os cabelos que saíam por baixo de seu elmo. Ela se tornara um símbolo para eles como a própria lança do dragão: esbelta e delicada, justa e mortal. Eles a teriam seguido até os Portões do Abismo. Espiando por cima do ombro de Flint, Tasslehoff podia ver Laurana à frente. Ela cavalgava no início da fileira, às vezes olhando para trás para garantir que todos estavam acompanhando, às vezes se curvando para consultar sua montaria prateada. Parecia ter as coisas sob controle, então Tas decidiu que poderia relaxar e aproveitar o passeio. Foi realmente uma das experiências mais maravilhosas de sua vida. Lágrimas riscavam seu rosto soprado pelo vento enquanto olhava em alegria completa.

O kender que adorava mapas encontrara o mapa perfeito.

Abaixo dele, estavam espalhados rios e árvores, colinas e vales, cidades e fazendas, em detalhes minúsculos e perfeitos. Mais do que qualquer coisa no mundo, Tas desejou poder capturar a visão e mantê-la para sempre.

Por que não? Ele se perguntou de repente. Se agarrando à sela com os joelhos e as coxas, o kender soltou Flint e começou a remexer em suas bolsas. Puxando uma folha de pergaminho, ele a apoiou firmemente nas costas do anão e começou a desenhar nela com um pedaço de carvão.

— Pare de se mexer! — gritou para Flint, que ainda estava tentando pegar as rédeas.

— O que você está fazendo, cabeça de vento? — o anão gritou, batendo freneticamente em Tas pelas costas, como se fosse uma coceira que não conseguia alcançar.

— Estou fazendo um mapa! — Tas gritou em êxtase. — O mapa perfeito! Eu serei famoso. Veja! Lá estão nossas próprias tropas, como formiguinhas. E lá está o Forte Vingaard! Pare de se mexer! Está me fazendo bagunçar tudo.

Grunhindo, Flint desistiu de tentar agarrar as rédeas ou afastar o kender. Decidiu que era melhor se concentrar em manter firme o dragão e o café da manhã. Ele cometera o erro de olhar para baixo. Agora, olhava para frente, tremendo, o corpo rígido. Os pelos da crina de grifo que decoravam seu elmo chicoteavam no seu rosto descontroladamente pelo vento que soprava. Pássaros giravam nos céus abaixo dele. Flint decidiu ali, naquele instante, que dragões estavam entrando em sua lista com barcos e cavalos como Coisas a Evitar a Todo Custo.

— Ah! — Tas engasgou de emoção. — Lá estão os exércitos dracônicos! É uma batalha! E eu posso ver a coisa toda! — O kender se inclinou na sela, olhando para baixo. De vez em quando, através dos turbilhões do ar, ele pensava poder ouvir o choque das armaduras, choros e gritos. — Diga, podemos voar um pouco mais perto? Eu... opa! Ah não! Meu mapa!

Khirsah mergulhou repentinamente. A força arrancou o pergaminho das mãos de Tas. Desolado, ele o viu se afastar como uma folha ao vento. Mas não teve tempo de se sentir triste, pois, de repente, sentiu o corpo de Flint ficar ainda mais rígido do que antes.

— O que? O que foi? — Tas berrou.

Flint estava gritando alguma coisa e apontando. Tas tentou desesperadamente ver e ouvir, mas, naquele momento, voaram para dentro de uma nuvem baixa e o kender não conseguiu ver o nariz na frente do rosto, como diziam os anões tolos.

Então, Khirsah emergiu do banco de nuvens e Tas viu.

— Minha nossa! — Disse o kender com espanto. Abaixo deles, pressionando as pequenas tropas de homens minúsculos como formigas, voavam fileiras e fileiras de dragões. Suas asas vermelhas e azuis de couro se abriam como estandartes do mal enquanto mergulham nos exércitos indefesos da General de Ouro.

Tasslehoff viu as linhas sólidas dos homens vacilarem e se romperem quando o terrível medo dracônico tomou conta. Mas não havia para onde correr nem se esconder nos campos amplos. Foi por isso que os dragões esperaram, percebeu Tas, enjoado com o pensamento do fogo e do relâmpago explodindo entre as tropas desprotegidas.

— Temos que detê-los.... uff!

Khirsah girou tão repentinamente que Tas quase engoliu a língua. O céu virou de lado e por um instante o kender teve a sensação mais interessante de cair para cima. Mais por instinto do que por pensamento consciente, Tas agarrou o cinto de Flint, lembrando de repente que ele deveria ter se amarrado como Flint o fizera. Bem, na próxima ele se amarraria.

Se houvesse uma próxima vez. O vento rugia ao seu redor, o chão girava embaixo dele enquanto o dragão espiralava para baixo. Os kenders gostavam de novas experiências e essa era certamente uma das mais emocionantes, mas Tas desejava que o chão não estivesse se aproximando para encontrá-los tão rápido!

— Eu não quis dizer que temos que detê-los agora! — Tas gritou para Flint. Olhando para cima (ou para baixo?), ele podia ver os outros dragões bem acima, não, abaixo deles. As coisas estavam ficando confusas. Agora os dragões estavam atrás deles! Eles estavam na frente! Sozinhos! O que Flint estava fazendo?

— Não tão rápido! Devagar! — ele gritou para Flint. — Você ficou à frente de todos! Até de Laurana!

Não havia nada que anão quisesse mais do que desacelerar o dragão. Aquela última investida jogara as rédeas ao seu alcance e, agora, ele estava puxando com todas as suas forças, gritando.

— Ooooa, fera, ooooa! — Ele lembrava vagamente que aquilo funcionava com cavalos. Mas não estava funcionando com o dragão.

Não foi conforto para o anão aterrorizado perceber que ele não era o único com problemas para lidar com os dragões. Atrás dele, a fileira delicada de bronze e prata se dividiu como se por algum sinal silencioso, enquanto os dragões se desviavam em pequenos grupos, revoadas, de dois e três.

Freneticamente, os cavaleiros puxaram as rédeas, tentando trazer os dragões de volta para as fileiras retas e ordenadas da cavalaria. Mas os dragões sabiam melhor, pois o céu era seu domínio. Lutar no ar era muito diferente de lutar no chão. Eles mostrariam a esses cavaleiros como lutar montados em dragões.

Girando graciosamente, Khirsah mergulhou em outra nuvem e Tas instantaneamente perdeu toda a sensação de subir ou descer quando a névoa espessa o envolveu. O céu ensolarado explodiu diante de seus olhos quando o dragão irrompeu. Ele já sabia o que era para cima e o que era para baixo. E, de fato, o baixo estava ficando desconfortavelmente perto!

Foi quando Flint rugiu. Assustado, Tas olhou para cima e viu que eles estavam indo direto para uma revoada de dragões azuis que, com a intenção de perseguir um grupo de soldados a pé em pânico, ainda não os havia visto.

— A lança! A lança! — Tas gritou.

Flint agarrou a lança, mas não teve tempo de ajustá-la ou colocá-la corretamente em seu ombro. Não importava, pois os dragões azuis ainda não os viram. Planando para fora da nuvem, Khirsah desceu atrás deles. Como uma chama de bronze, o jovem dragão brilhou sobre o grupo de azuis, apontando para o líder, um grande dragão azul com um cavaleiro de elmo azul. Mergulhando rápida e silenciosamente, Khirsah atingiu o dragão líder com as quatro garras afiadas.

A força do impacto jogou Flint para a frente. Tas caiu em cima dele, amassando o anão. Freneticamente, Flint lutou para se sentar, mas Tas passara um braço ao seu redor com força. Batendo no elmo do anão com o outro, Tas estava gritando encorajamentos para o dragão.

— Isso foi ótimo! Acerta ele de novo! — gritou o kender, aceso de excitação, batendo na cabeça de Flint.

Praguejando alto em anão, Flint tirou Tas de cima dele. Naquele momento, Khirsah voou para cima, entrando em outra nuvem antes que a revoada de azuis pudesse reagir ao ataque.

Khirsah esperou um instante, talvez para dar tempo a seus passageiros abalados para se recomporem. Flint sentou e Tas abraçou o anão com força. Ele pensou que Flint parecia estranho, meio cinzento e estranhamente preocupado. Mas aquela não era uma experiência normal, lembrou Tas. Antes que pudesse perguntar a Flint se ele estava bem, Khirsah saiu da nuvem mais uma vez.

Tas podia ver os dragões azuis abaixo deles. O dragão principal havia parado no ar, pairando sobre suas grandes asas. O azul estava abalado e ferido levemente; havia sangue nos flancos traseiros, onde as garras afiadas de Khirsah perfuraram a pele dracônica dura e escamosa. O dragão e seu cavaleiro de elmo azul estavam examinando os céus, procurando pelo atacante. De repente, o cavaleiro apontou.

Arriscando um rápido olhar para trás, Tas prendeu a respiração. A vista era magnífica. Bronze e prata brilharam ao sol quando os Dragões da Pedra Branca saíram da nebulosidade e desceram gritando sobre a revoada de azuis. Instantaneamente, a revoada se dividiu enquanto os azuis lutavam para ganhar altitude e impedir que seus perseguidores os atacassem por trás. Batalhas começaram por todos os lados. Um raio estalou e explodiu, quase cegando o kender, enquanto um grande dragão de bronze à sua direita gritava de dor e caía do ar, com a cabeça enegrecida e ardendo. Tas viu seu cavaleiro agarrando as rédeas, impotente, sua boca aberta em um grito que o kender podia ver, mas não ouvia, enquanto ambos mergulhavam no chão abaixo.

Tas olhou para o chão se aproximando cada vez mais e imaginou em uma confusão onírica como seria ser esmagado na grama. Mas não teve tempo de pensar muito, porque, de repente, Khirsah soltou um rugido.

O líder azul viu Khirsah e ouviu seu desafio. Ignorando os outros dragões lutando nos céus ao seu redor, o líder azul e seu cavaleiro voaram para continuar seu duelo com o bronze.

— Agora é sua vez, anão! Prepare a lança! — Khirsah gritou. Erguendo suas grandes asas, o bronze subiu cada vez mais, ganhando altitude para manobras e também dando tempo para o anão se preparar.

— Vou segurar as rédeas! — Tas gritou.

Mas o kender não sabia dizer se Flint ouviu ou não. O rosto do anão estava rígido e ele movia-se de forma lenta e mecânica. Inquieto e impaciente, Tas não podia fazer nada além de segurar as rédeas e assistir enquanto Flint mexia com os dedos cinzentos até finalmente conseguir ajeitar o punho da lança sob o ombro e apoiá-la como havia aprendido. Então, apenas olhou para a frente, com o rosto vazio de toda expressão.

Khirsah continuou subindo, depois nivelou. Tas olhou em volta, imaginando onde estavam seus inimigos. Ele perdera completamente o azul de vista. Então, Khirsah subitamente avançou para cima e Tas ofegou. Lá estava o inimigo deles, bem à frente deles!

Ele viu o azul abrir sua horrenda bocarra cheia de presas. Lembrando do raio, Tas se escondeu atrás do escudo. Então, viu que Flint ainda estava sentado de costas retas, olhando sombriamente sobre o escudo o dragão que se aproximava! Alcançando a cintura de Flint, Tas agarrou a barba do anão e puxou a cabeça para baixo, atrás do escudo.

O raio brilhou e estalou ao redor deles. O estrondo instantâneo quase derrubou tanto o kender quanto o anão. Khirsah rugiu de dor, mas manteve o rumo.

Os dragões colidiram de frente e a lança do dragão perfurou sua vítima.

Por um instante, tudo o que Tas viu foram borrões de azul e vermelho. O mundo girava sem parar. Uma vez, os olhos horrendos e ardentes de um dragão o encararam com desdém. Garras brilharam. Khirsah gritou, o azul berrou. Asas bateram no ar. O chão girava em círculos enquanto os dragões lutavam.

"Por que o Fulgor não se solta?" Tas pensou freneticamente. Então, conseguiu ver.

"Eles estão travados!" Tasslehoff percebeu entorpecido.

A lança do dragão errou o alvo. Atingindo a articulação do osso do dragão azul, a lança se curvara em seu ombro e, agora, estava alojada com força. Desesperado, o azul lutava para se libertar, mas Khirsah, cheio de raiva da batalha, atacava o azul com suas presas afiadas, rasgando com as garras da frente.

Concentrados em sua própria batalha, os dois dragões esqueceram completamente seus passageiros. Tas também se esquecera o outro cavaleiro, até olhar para cima, desamparado, e ver o oficial dracônico de elmo azul agarrado precariamente à sela, a poucos metros de distância.

O céu e o chão se tornaram um borrão novamente enquanto os dragões giravam e lutavam. Tas observou confuso o elmo azul do oficial cair de sua cabeça e os cabelos loiros do oficial chicotearam ao vento. Seus olhos eram frios e brilhantes, sem um pingo de medo. Ele fitou diretamente os olhos de Tasslehoff.

"Ele parece familiar," pensou Tas com um tipo estranho de desapego, como se estivesse acontecendo com algum outro kender enquanto ele observava. "Onde eu já o vi antes?" Lembranças de Sturm vieram à sua mente.

O oficial dracônico libertou-se do seu arnês e se levantou nos estribos. Um braço, o braço direito, pendia frouxamente ao seu lado, mas a outra mão estava avançando...

De repente, tudo ficou muito claro para Tas. Ele sabia exatamente o que o oficial pretendia fazer. Era como se o homem falasse com ele, contando seus planos.

— Flint! — Tas exclamou freneticamente. — Solte a lança! Solte!

Mas o anão segurava a lança firmemente, com aquele olhar estranho e distante no rosto. Os dragões lutavam, arranhavam e mordiam no ar; com o azul se retorcendo, tentando se libertar da lança e afastar o atacante. Tas viu o cavaleiro do azul gritar alguma coisa e o azul interrompeu seu ataque por um instante, ficando firme no ar.

Com uma agilidade notável, o oficial saltou de um dragão para o outro. Segurando Khirsah no pescoço com o braço bom, o oficial do dragão se levantou, as pernas e as coxas fortes se apertando firmemente no pescoço do dragão.

Khirsah não prestou atenção ao humano. Seus pensamentos estavam totalmente fixos em seu inimigo.

O oficial lançou um rápido olhar de volta para o kender e o anão atrás dele e viu que nenhum dos dois provavelmente seria uma ameaça, amarrados no lugar como deveriam estar. Friamente, o oficial sacou sua espada longa e, se inclinando, começou a cortar as tiras do arnês do dragão de bronze, que atravessavam o peito do animal, à frente das grandes asas.

— Flint! — Tas implorou. — Solte a lança! Veja! — O kender sacudiu o anão. — Se esse oficial cortar o arnês, nossa sela cairá! A lança vai cair! Nós vamos cair!

Flint virou a cabeça devagar, entendendo de súbito. Ainda se movendo com uma lentidão agonizante, sua mão trêmula se atrapalhou com o mecanismo que liberaria a lança e libertaria os dragões de seu abraço mortal. Mas isso aconteceria a tempo?

Tas viu a espada longa brilhar no ar. Viu uma das correias do arnês ceder e flutuar livre. Não havia tempo para pensar ou planejar. Enquanto Flint lutava com a liberação, Tas levantou precariamente e enrolou as rédeas na cintura. Em seguida, pendurado na borda da sela, o kender rastejou ao redor do anão até ficar na frente dele. Ali, ele se deitou ao longo do pescoço do dragão e, envolvendo as pernas em volta da crina espinhosa, abriu caminho e avançou silenciosamente atrás do oficial.

O homem não estava prestando atenção aos dois atrás dele, assumindo que ambos estavam presos com segurança em seus arneses. Concentrado em seu trabalho, pois o cinto estava quase solto, ele nunca soube o que o atingiu.

Levantando-se, Tasslehoff pulou nas costas do oficial. Assustado, lutando loucamente para se manter equilibrado, o oficial deixou sua espada cair enquanto se agarrava desesperado ao pescoço do dragão.

Rosnando de raiva, o oficial tentou ver o que o atingira quando, de repente, tudo ficou escuro! Braços pequenos se envolveram em sua cabeça, o cegando. Freneticamente, o oficial soltou o dragão em um esforço para se libertar do que parecia, em sua mente enfurecida, ser uma criatura com seis pernas e braços, todos se agarrando a ele com uma tenacidade parecida a de um inseto. Mas ele sentiu que deslizava do dragão e foi forçado a agarrar a crina.

— Flint! Solte a lança! Flint... — Tas nem sabia mais o que estava dizendo. O chão estava correndo para encontrá-lo enquanto os dragões enfraquecidos caíam dos céus. Ele não conseguia pensar. Brilhos brancos de luz explodiram em sua cabeça enquanto ele se agarrava com toda a força ao oficial, que ainda estava lutando embaixo.

Então, houve um grande estrondo metálico.

A lança foi liberada. Os dragões estavam soltos.

Abrindo as asas, Khirsah saiu de seu mergulho giratório e se nivelou. O céu e o solo retomaram suas posições adequadas e corretas.

Lágrimas escorriam pelas bochechas de Tas. Ele não estava assustado, disse a si mesmo, soluçando. Mas nada parecia tão bonito como aquele céu tão azul de volta onde deveria estar!

— Você está bem, Fulgor? — Tas berrou.

O bronze assentiu, cansado.

— Tenho um prisioneiro, — Tas gritou, percebendo esse fato de repente. Devagar, ele soltou o homem, que balançou a cabeça vertiginosamente, meio engasgado.

— Acho que você não vai a lugar nenhum, — Tas murmurou. Deslizando pelas costas do homem, o kender rastejou pela crina em direção aos ombros do dragão. Tas viu o oficial olhar para o céu e cerrar o punho com uma raiva amarga enquanto observava seus dragões sendo lentamente expulsos dos céus por Laurana e suas forças. Em particular, o olhar do oficial se fixou em Laurana e, de repente, Tas soube onde o vira antes.

O kender prendeu a respiração.

— É melhor você nos levar ao chão, Fulgor! — ele gritou, suas mãos tremendo. — Depressa!

O dragão arqueou a cabeça para olhar em volta para seus cavaleiros e Tas viu que um olho estava fechado e inchado. Havia marcas de queimaduras e chamuscados ao longo de um lado da cabeça de bronze, e sangue escorria de uma narina rasgada. Tas procurou o azul em volta. Ele não estava em lugar nenhum.

Olhando para o oficial, Tas de repente se sentiu maravilhoso. Passou por sua mente o que ele fizera.

— Ei! — gritou de alegria, virando para Flint. — Conseguimos! Lutamos contra um dragão e eu capturei um prisioneiro! Sozinho!

Flint assentiu lentamente. Voltando, Tas observou o chão se levantar para encontrá-lo e o kender achou que nunca foi tão... tão maravilhosamente parecido com o chão antes!

Khirsah pousou. Os soldados de infantaria se reuniram ao redor deles, gritando e aplaudindo. Alguém levou o oficial embora, Tas não estava arrependido de vê-lo partir, notando que o oficial lançou um olhar ríspido e penetrante antes de ser levado. Mas, o kender o esqueceu quando olhou para Flint.

O anão estava caído sobre a sela, o rosto velho e cansado, os lábios azuis.

— Qual o problema?
— Nada.
— Mas você está segurando seu peito. Você está ferido?
— Não, não estou.
— Então por que está segurando seu peito?

Flint fez uma careta.

— Acho que não terei paz até eu responder. Bem, se quer saber, foi essa lança confusa! E quem desenhou este colete estúpido era um idiota maior do que você! A haste da lança foi direto para a minha clavícula. Ficarei roxo por uma semana. E quanto ao seu prisioneiro, é uma maravilha que você não tenha sido morto, seu cérebro de minhoca! Capturado, hnnff! Está mais para acidente, se me perguntarem. Eu vou dizer outra coisa! Nunca mais vou subir em uma dessas grandes feras enquanto eu viver!

Flint fechou os lábios com um estalo de raiva, olhando tão ferozmente que Tas se virou e afastou rapidamente, sabendo que quando Flint estava com esse tipo de humor era melhor deixá-lo em paz para se acalmar. Ele se sentiria melhor depois do almoço.

Só naquela noite, quando Tasslehoff estava encolhido ao lado de Khirsah, descansando confortavelmente no grande flanco de bronze do dragão, que ele lembrou que Flint estava segurando o lado esquerdo do peito.

A lança estava à direita do velho anão.

Livro dois

1

Alvorada da Primavera.

Quando o dia amanheceu, a luz rosa e dourada espalhando-se por toda a terra, os cidadãos de Kalaman acordaram ao som de sinos. Saltando da cama, as crianças invadiram os quartos dos pais, exigindo que mães e pais se levantassem para que aquele dia especial começasse. Embora alguns resmungassem e fingissem puxar os cobertores sobre a cabeça, a maioria dos pais saía rindo da cama, não menos ansiosa do que os filhos.

Hoje era um dia memorável na história de Kalaman. Não era apenas o festival anual da Alvorada da Primavera, mas também uma celebração da vitória para os exércitos dos Cavaleiros de Solamnia. Acampado nas planícies nos arredores da cidade murada, o exército liderado por sua agora lendária general, uma elfa, faria uma entrada triunfal na cidade ao meio-dia.

Enquanto o sol espiava sobre as muralhas, o céu acima de Kalaman encheu-se com a fumaça de fogueiras e, logo, os cheiros de presunto frito, bolinhos quentes, bacon frito e cafés exóticos levantavam até os mais sonolentos das camas confortáveis. Eles teriam sido despertados em breve, pois quase imediatamente as ruas estavam cheias de crianças. Toda a disciplina foi relaxada por ocasião da Alvorada da Primavera. Depois de um longo inverno presas dentro de casa, as crianças foram autorizadas a "correr soltas" por um dia. Ao cair da noite, haveria cabeças machucadas, joelhos esfolados e dores de estômago por causa de muitos doces. Mas todos se lembrariam de um dia glorioso.

No meio da manhã, o festival estava em pleno andamento. Os vendedores comercializavam seus produtos em barracas de cores alegres. Os crédulos perdiam seu dinheiro em jogos de azar. Ursos dançarinos brincavam nas ruas e ilusionistas atraíam suspiros de jovens e idosos.

Ao meio-dia, os sinos tocaram novamente. As ruas ficaram vazias. As pessoas se alinharam nas calçadas. Os portões da cidade foram abertos e os Cavaleiros de Solamnia se prepararam para entrar em Kalaman.

Um silêncio esperançoso tomou conta da multidão. Olhando para a frente ansiosamente, eles se empurravam para ter uma boa visão dos Cavaleiros, em especial da elfa de quem ouviram tantas histórias. Ela entrou primeiro, sozinha, montada em um cavalo branco. Preparada para vibrar, a multidão se viu incapaz de falar, tão impressionada com a beleza e a majestade da mulher. Vestida com uma armadura prateada reluzente decorada com ouro batido, Laurana guiou seu cavalo através dos portões da cidade e pelas ruas. Uma delegação de crianças fora cuidadosamente treinada para espalhar flores no caminho de Laurana, mas as crianças ficaram tão maravilhadas ao ver a mulher adorável de armadura reluzente que agarraram suas flores sem jogar uma sequer.

Atrás das elfa de cabelos dourados, cavalgavam dois que causaram admiração em um bom número de presentes, um kender e um anão, montados juntos em um pônei desgrenhado, com as costas tão largas quanto um barril. O kender parecia estar se divertindo, gritando e acenando para a multidão. Mas o anão, sentado atrás dele, o agarrando pela cintura com um aperto mortal, espirrava tanto que parecia provável que caísse das costas do animal.

Seguindo o anão e o kender, cavalgou um elfo, tão parecido com a elfa que ninguém na multidão precisava que um vizinho dissesse que eram irmão e irmã. Ao lado dele havia outra elfa com cabelos prateados estranhos e olhos azuis profundos, tímida e nervosa no meio da aglomeração. Então vieram os Cavaleiros de Solamnia, talvez setenta e cinco fortes e resplandecentes em armaduras reluzentes. A multidão começou a aplaudir, agitando bandeiras no ar.

Alguns cavaleiros trocaram olhares sérios, pensando que, se tivessem entrado em Kalaman apenas um mês antes, teriam tido uma recepção muito diferente. Mas agora, eram heróis. Trezentos anos de ódio, amargura e acusações injustas foram varridos das mentes do povo enquanto aplaudia aqueles que os salvaram dos terrores dos exércitos dracônicos.

Marchando depois dos Cavaleiros, vinham milhares de soldados. E por fim, para grande alegria da multidão, o céu acima da cidade se encheu de dragões, não as revoadas terríveis de vermelho e azul que as pessoas temeram durante todo o inverno. Em vez disso, o sol reluzia em asas de prata, bronze e ouro enquanto as impressionantes criaturas circulavam, mergulhando e girando em suas revoadas bem organizadas. Cavaleiros estavam sentados nas selas dracônicas, as lâminas farpadas das lanças de dragão brilhando sob a luz da manhã.

Após o desfile, os cidadãos se reuniram para ouvir seu Lorde falar algumas palavras em homenagem aos heróis. Laurana corou ao ouvir que era a única responsável pela descoberta das lanças do dragão, pelo retorno dos bons dragões e pelas vitórias formidáveis dos exércitos. Gaguejando, tentou negar, gesticulando para o irmão e para os Cavaleiros. Mas os gritos e aplausos da multidão abafaram sua voz. Desamparada, Laurana olhou para Lorde Michael, representante do Grão-Mestre Gunthar Uth Wistan, que chegara recentemente de Sancrist. Michael apenas sorriu.

— Deixe que eles tenham seu herói — disse ele acima dos gritos. — Ou heroína, devo dizer. Eles merecem. Durante todo o inverno, viveram com medo, esperando o dia em que os dragões apareceriam nos céus. Agora, têm uma bela heroína saída dos contos infantis para salvá-los.

— Mas não é verdade! — Laurana protestou, aproximando-se de Michael para ser ouvida. Seus braços estavam cheios de rosas de inverno. A fragrância deles era enjoativa, mas ela não ousou ofender ninguém deixando-as de lado. — Eu não saí de histórias infantis. Saí do fogo, da escuridão e do sangue. Colocar-me no comando foi um estratagema político de Lorde Gunthar, nós dois sabemos disso. E se meu irmão e Silvara não tivessem arriscado suas vidas para trazer os dragões bondosos, estaríamos desfilando por essas ruas em correntes atrás da Dama das Trevas.

— Ora! É bom para eles. Bom para nós também — Michael acrescentou, olhando para Laurana pelo canto do olho enquanto acenava para a multidão. — Há algumas semanas, não poderíamos ter sequer implorado ao Lorde que nos desse um pão velho sem miolo. Agora, por causa da General de Ouro, ele concordou em guarnecer o exército na cidade, fornecer suprimentos, cavalos, o que quisermos. Os jovens estão se reunindo para se alistarem. Nossas fileiras serão aumentadas em mil ou mais antes de partirmos para Dargaard. E você elevou o moral das nossas próprias tropas. Você viu os Cavaleiros como estavam na Torre do Alto Clerista... olhe para eles agora.

"Sim," pensou Laurana amargamente. "Eu os vi. Divididos em suas próprias fileiras, caídos em desonra, brigando e conspirando entre si. Foi preciso a morte de um homem nobre e bom para trazê-los a si." Laurana fechou os olhos. O barulho, o cheiro das rosas, que sempre traziam Sturm à sua mente, o esgotamento da batalha, o calor do sol do meio-dia, tudo se abateu sobre ela como uma onda sufocante. Laurana ficou tonta e temia desmaiar. O pensamento tinha algo de divertido. Como seria... a General de Ouro tombar como uma flor murcha?

Então, ela sentiu um braço forte ao seu redor.

— Firme, Laurana — disse Gilthanas, apoiando-a. Silvara estava ao seu lado, tirando as rosas dos braços. Suspirando, Laurana abriu os olhos e sorriu fracamente para o Lorde, que acabava de concluir seu segundo discurso da manhã sob aplausos estrondosos.

"Estou presa," Laurana percebeu. Ela precisaria ficar sentada ali o resto da tarde, sorrindo, acenando e aguentando discurso após discurso elogiando seu heroísmo quando tudo o que queria era deitar em algum lugar escuro e fresco e dormir. Era tudo mentira, tudo uma farsa. Se soubessem a verdade. E se ela se levantasse e dissesse a eles que estava tão assustada durante as batalhas que só conseguia se lembrar dos detalhes em seus pesadelos? Dissesse que não era mais que um peão de jogo para os Cavaleiros? Dissesse que estava aqui apenas porque fugira de casa, uma menininha mimada perseguindo um meio-elfo que não a amava. O que diriam?

— E agora — a voz do Lorde de Kalaman soou acima do barulho da multidão. — é minha honra e meu grande privilégio apresentar a vocês a mulher que mudou o rumo desta guerra, a mulher que forçou os exércitos dracônicos a fugirem por suas vidas pelas planícies, a mulher que expulsou os dragões malignos do céu, a mulher cujos exércitos capturaram o maligno Bakaris, comandante dos exércitos da Senhora dos Dragões, a mulher cujo nome ainda está sendo associado ao do grande Huma como a combatente mais valente de Krynn. Em uma semana, ela viajará para o Forte Dargaard para exigir a rendição da Senhora dos Dragões conhecida como a Dama das Trevas...

A voz do Senhor foi abafada pelos aplausos. Ele parou drasticamente, esticou a mão para trás e agarrou Laurana, quase arrastando-a para frente.

— Lauralanthalasa, da Casa Real de Qualinesti!

O barulho era ensurdecedor. Ecoava nas construções altas de pedra. Laurana olhou para o mar de bocas abertas e bandeiras agitadas. "Eles não querem ouvir sobre meu medo," percebeu cansada. "Eles têm medo o suficiente. Não querem ouvir sobre trevas e morte. Querem histórias sobre amor, renascimento e dragões de prata."

"Todos queremos."

Com um suspiro, Laurana se virou para Silvara. Pegando as rosas de volta, ergueu-as no ar, acenando para a multidão em júbilo. Então, começou seu discurso.

Tasslehoff Burrfoot estava passando por um momento esplêndido. Tinha sido uma tarefa fácil escapar do olhar atento de Flint e sair da plataforma onde fora instruído a ficar com o resto dos dignitários. Misturando-se na multidão, estava livre para explorar de novo aquela cidade interessante. Muito tempo antes, tinha ido a Kalaman com seus pais e guardava boas lembranças do bazar ao ar livre, do porto marítimo em que os navios de asas brancas ancoravam e de centenas de outras maravilhas.

Ele vagou à toa entre a multidão festiva, seus olhos afiados vendo tudo, suas mãos ocupadas enfiando objetos em suas bolsas. "Realmente," Tas pensou, "o povo de Kalaman era extremamente descuidado!" As bolsas tinham o hábito mais estranho de cair dos cintos das pessoas nas mãos de Tas. As ruas podem ser pavimentadas com joias pelo tanto que encontrou anéis e outras bugigangas fascinantes.

Em seguida, o kender foi transportado para reinos de prazer quando se deparou com uma barraca de cartógrafo. E, por sorte, o cartógrafo foi assistir ao desfile. A cabine estava trancada, com uma grande placa "FECHADO" pendurada em um gancho.

"Que pena," pensou Tas. "Mas tenho certeza de que ele não se importaria se eu apenas olhasse seus mapas." Estendendo a mão, mexeu na fechadura com perícia e sorriu, alegre. Mais algumas 'mexidas' e ela logo se abriu. "Ele não deve realmente querer que as pessoas fiquem de fora se coloca uma fechadura tão simplória. Vou apenas entrar e copiar alguns dos seus mapas para atualizar minha coleção."

De repente, Tas sentiu uma mão em seu ombro. Irritado por ser incomodado em um momento como aquele, o kender olhou em volta para ver uma figura estranha, mas vagamente familiar. Usava capa e manto pesados, embora o dia de primavera estivesse esquentando rapidamente. Até suas mãos estavam envoltas em tecido como ataduras. "Caramba... um clérigo," pensou o kender, aborrecido e preocupado.

— Peço desculpas — disse Tas ao clérigo que o segurava. — Não queria ser grosseiro, mas eu estava apenas...

— Burrfoot? — interrompeu o clérigo em uma voz fria e sibilante. — O kender que cavalga com a General de Ouro?

— Ora, sim — disse Tas, lisonjeado por alguém o reconhecer. — Sou eu. Eu cavalgo com Laura... a, ahm... General de Ouro há muito tempo. Vamos ver, acho que foi no final do outono. Sim, nós a conhecemos em Qualinesti, logo depois que escapamos das carroças dos hobgoblins, pouco tempo depois de matarmos uma dragoa negra em Xak Tsaroth. É a história mais espetacular... — Tas esqueceu os mapas. — Veja bem, nós estávamos naquela cidade velha que caíra em uma caverna e estava cheia de anões tolos. Conhecemos uma chamada Bupu, que fora enfeitiçada por Raistlin...

— Cale-se! — A mão atada do clérigo foi do ombro de Tasslehoff para a gola da camisa. Agarrando-a habilmente, o clérigo torceu com um empurrão repentino da mão e ergueu o kender. Embora os kender sejam geralmente imunes à emoção do medo, Tas descobriu que ser incapaz de respirar era uma sensação extremamente desconfortável.

— Ouça com atenção — o clérigo sibilou, sacudindo o kender, que lutava freneticamente. como um lobo sacode um pássaro para quebrar seu pescoço. — Isso mesmo. Fique parado que dói menos. Tenho uma mensagem para a General de Ouro. — Sua voz era suave e letal. — Aqui está... — Tas sentiu uma mão áspera enfiando algo no bolso do seu colete. — Veja se entrega em algum momento hoje à noite, quando ela estiver sozinha. Entendido?

Engasgado com a mão do clérigo, Tas não conseguiu falar nem acenar, mas piscou os olhos duas vezes. A cabeça encapuzada assentiu, largou o kender no chão e desceu rapidamente a rua.

Ofegando, o kender abalado olhou para a figura que se afastava, as vestes longas tremulando ao vento. Distraído, deu um tapinha no pergaminho que fora enfiado em seu bolso. O som daquela voz trouxe de volta memórias muito desagradáveis: a emboscada na estrada de Consolação, figuras de mantos pesados como clérigos... só que não eram clérigos! Tas estremeceu. Um draconiano! Em Kalaman!

Balançando a cabeça, Tas voltou para a banca do cartógrafo. Mas o prazer desaparecera. Nem se sentiu empolgado quando a fechadura se abriu em sua mão pequena.

— Ei, você! — gritou uma voz. — Kender! Afaste-se daí!

Um homem estava correndo para ele, bufando e com o rosto vermelho. Provavelmente, o próprio cartógrafo.

— Você não deveria correr — disse Tas, apático. — Não precisa se preocupar em abrir para mim.

— Abrir! — O queixo do homem caiu. — Ora, seu ladrãozinho! Cheguei aqui bem a tempo...

— Obrigado mesmo assim. — Tas largou a fechadura na mão do homem e foi embora, distraído, esquivando-se do esforço do cartógrafo enfurecido para agarrá-lo. — Vou embora agora. Não estou me sentindo muito bem. Ah, a propósito, você sabia que a fechadura está quebrada? Inútil. Você devia ser mais cuidadoso. Nunca se sabe quem poderia invadir. Não, não me agradeça. Eu não tenho tempo. Adeus.

Tasslehoff se afastou. Gritos de "Ladrão! Ladrão!" ecoaram atrás dele. Um guarda da cidade apareceu, forçando Tas a entrar no açougue para evitar ser atropelado. Balançando a cabeça por causa da corrupção do mundo, o kender olhou em volta, esperando ter um vislumbre do culpado. Não vendo ninguém interessante à vista, continuou e, de repente, perguntou-se irritado como Flint havia conseguido se perder dele novamente.

Laurana fechou a porta, girou a chave na fechadura e se apoiou agradecida contra ela, deleitando-se com a paz, a solidão tranquila e bem-vinda de seu quarto. Jogando a chave em uma mesa, caminhou cansada até a cama, sem se preocupar em acender uma vela. Os raios da lua prateada fluíam através dos vidros chumbados da janela comprida e estreita.

No andar de baixo, nas salas inferiores do castelo, ainda podia ouvir os sons da diversão da qual acabara de sair. Era quase meia-noite. Ela estava tentando escapar há duas horas. Finalmente, foi preciso a intercessão de

Lorde Michael em seu nome, alegando sua exaustão das batalhas, para induzir os senhores e damas da cidade de Kalaman a se separarem dela.

Sua cabeça doía por causa da atmosfera abafada, do cheiro de perfume forte e de muito vinho. Não deveria ter bebido tanto, ela sabia. Tinha uma cabeça fraca para o vinho e, de qualquer maneira, não tinha gostado dele de verdade. Mas a dor em sua cabeça era mais fácil de suportar do que a dor em seu coração.

Jogou-se na cama e pensou vagamente em se levantar e fechar as persianas, mas a luz da lua era reconfortante. Laurana detestava deitar na escuridão. Coisas espreitavam nas sombras, prontas para atacar. "Eu deveria me despir," pensou, "vou amarrotar esse vestido... e é emprestado..."

Houve uma batida na porta.

Laurana se levantou assustada, tremendo. Lembrou onde estava. Suspirando, ficou muito quieta, fechando os olhos de novo. Perceberiam que ela estava dormindo e iriam embora.

Houve outra batida, mais insistente que a primeira.

— Laurana?

— Pode me contar de manhã, Tas — disse Laurana, tentando esconder a irritação na voz.

— É importante, Laurana — Tas falou. — Flint está comigo.

Laurana ouviu um barulho do lado de fora da porta.

— Vamos lá, conte a ela...

— Não vou! Isso foi coisa sua!

— Mas ele disse que era importante e eu...

— Tudo bem, já vou! — Laurana suspirou. Arrastando-se para fora na cama, procurou a chave na mesa, destrancou a porta e a abriu.

— Oi, Laurana! — Tas disse vividamente, entrando. — Não foi uma festa maravilhosa? Eu nunca comi pavão assado antes...

— O que foi, Tas? — Laurana suspirou, fechando a porta atrás deles.

Vendo seu rosto pálido e abatido, Flint cutucou o kender pelas costas. Dando-lhe um olhar de reprovação, Tas enfiou a mão no bolso do colete felpudo e puxou um pergaminho enrolado e amarrado com uma fita azul.

— Um tipo... de clérigo... disse para entregar isso, Laurana — disse Tas.

— Só isso? — Laurana perguntou impaciente, arrancando o pergaminho da mão do kender. — Deve ser é uma proposta de casamento. Recebi vinte na última semana. Sem mencionar propostas de natureza mais única.

— Ah, não — disse Tas, sério. — Não é nada disso, Laurana. É de... — Ele parou.

— Como você sabe de quem é? — Laurana fulminou o kender com um olhar penetrante.

— Eu.. ahm... acho que... meio que... dei uma olhada. — Tas admitiu. Depois se animou. — Mas foi apenas porque eu não queria incomodar você com nada que não fosse importante.

Flint bufou.

— Obrigada — disse Laurana. Desenrolando o pergaminho, ela se aproximou da janela onde a luz da lua era brilhante o suficiente para ler.

— Vamos a deixar em paz — disse Flint, bruscamente, conduzindo o kender relutante em direção à porta.

— Não! Esperem! — Laurana engasgou. Flint se virou, olhando-a assustado.

— Você está bem? — Ele disse, correndo para frente enquanto ela afundava em uma cadeira próxima. — Tas... vá chamar Silvara!

— Não, não. Não chame ninguém. Eu... estou bem. Você sabe o que isso diz? — ela perguntou em um sussurro.

— Tentei contar a ele — disse Tasslehoff com uma voz magoada. — Mas ele não deixou.

Com a mão trêmula, Laurana entregou o pergaminho a Flint.

O anão abriu e leu em voz alta.

"Tanis Meio-Elfo foi ferido na batalha do Forte Vingaard. Embora, a princípio, tenha acreditado que era um ferimento leve, a ferida piorou, estando além da ajuda até mesmo dos clérigos das trevas. Pedi para que fosse levado para o Forte Dargaard, onde eu poderia cuidar dele. Tanis sabe da gravidade de sua lesão. Ele pede que seja permitido estar com você ao morrer, para que ele possa explicar as coisas e descansar com o espírito em paz."

"Faço essa oferta a você. Você tem como seu prisioneiro meu oficial Bakaris, que foi capturado perto do Forte Vingaard. Trocarei Tanis Meio-Elfo por Bakaris. A troca ocorrerá amanhã, de madrugada, em um bosque de árvores além das muralhas da cidade. Traga Bakaris com você. Se desconfiar, também pode trazer os amigos de Tanis, Flint Forjardente e Tasslehoff Burrfoot. Mas ninguém além deles! O portador desta nota espera do lado de fora do portão da cidade. Encontre-o amanhã ao nascer do sol. Se ele considerar que está tudo bem, ele a acompanhará até o meio-elfo. Caso contrário, você nunca verá Tanis vivo."

"Faço isso apenas porque somos duas mulheres que se entendem."
"Kitiara"

Houve um silêncio desconfortável.

— Hnnff — Flint bufou e enrolou o pergaminho.

— Como você pode estar tão calmo! — Laurana ofegou, arrancando o pergaminho da mão do anão. — E você... — Seu olhar foi com raiva para Tasslehoff. — Por que não me contou antes? Há quanto tempo você sabe? Você leu que ele estava morrendo e ficou tão... tão...

Laurana colocou a cabeça nas mãos.

Tas a encarou de boca aberta.

— Laurana... — disse depois de um momento. — Com certeza, você não acha que Tanis...

A cabeça de Laurana se levantou. Seus olhos escuros e magoados foram para Flint e depois para Tas.

— Vocês não acreditam que essa mensagem seja real, acreditam? — perguntou ela, incrédula.

— Claro que não. — Flint disse.

— Não — ridicularizou Tas. — É um truque! Um draconiano me entregou! Além do mais, Kitiara é uma Senhora dos Dragões. O que Tanis estaria fazendo com ela...

Laurana virou o rosto abruptamente. Tasslehoff parou e olhou para Flint, cujo rosto de repente pareceu envelhecer.

— Então é isso — disse o anão baixinho. — Vimos você conversando com Kitiara na muralha da Torre do Alto Clerista. Vocês estavam discutindo mais do que a morte de Sturm, não estavam?

Laurana assentiu, sem palavras, encarando as mãos no colo.

— Eu nunca contei — ela murmurou com uma voz quase inaudível. — Não conseguia... Continuei esperando... Kitiara disse... disse que havia deixado Tanis em... um lugar chamado Naufrágio... para cuidar das coisas enquanto ela estava fora.

— Mentirosa! — disse Tas prontamente.

— Não. — Laurana sacudiu a cabeça. — Quando ela diz que somos duas mulheres que se entendem, ela está certa. Não estava mentindo. Estava dizendo a verdade, eu sei. E, na Torre, ela mencionou o sonho. — Laurana levantou a cabeça. — Vocês se lembram do sonho?

Flint assentiu desconfortavelmente. Tasslehoff arrastou os pés.

— Somente Tanis poderia ter contado a ela sobre o sonho que todos compartilhamos — continuou Laurana, engolindo uma sensação de engasgo na garganta. — Eu o vi com ela no sonho, assim como vi a morte de Sturm. O sonho está se tornando realidade...

— Certo, espera um pouco — disse Flint bruscamente, agarrando-se à realidade como alguém se afogando agarra um pedaço de madeira. — Você mesma disse que viu sua própria morte no sonho, logo após a de Sturm. E você não morreu. Além disso, nada cortou o corpo de Sturm.

— Ainda não morri, como no sonho — disse Tas, tentando ajudar. — E abri muitas fechaduras, bem, não muitas, mas algumas aqui e ali, e nenhuma estava envenenada. Além disso, Laurana, Tanis não...

Flint lançou um olhar de advertência para Tas. O kender caiu em silêncio. Mas Laurana viu o olhar e entendeu. Os lábios dela se apertaram.

— Sim, ele faria. Vocês dois sabem disso. Ele a ama. — Laurana ficou quieta por um momento — Eu o farei. Trocarei Bakaris.

Flint deu um suspiro. Já esperava por isso.

— Laurana...

— Espere, Flint — ela interrompeu. — Se Tanis recebesse uma mensagem dizendo que você estava morrendo, o que ele faria?

— Esta não é a questão — murmurou Flint.

— Mesmo que tivesse que entrar no próprio abismo, passando por mil dragões, ele iria até você...

— Talvez sim, talvez não — disse Flint, rispidamente. — Não se ele fosse o líder de um exército. Não se ele tivesse responsabilidades, pessoas dependendo dele. Ele sabe que eu entenderia...

O rosto de Laurana poderia ter sido esculpido em mármore pelo tanto que sua expressão estava impassível, pura e fria.

— Eu nunca pedi essas responsabilidades. Nunca as quis. Podemos fazer parecer que Bakaris escapou...

— Não faça isso, Laurana! — Tas implorou. — Ele é o oficial que trouxe de volta Derek e o corpo de Lorde Alfred na Torre do Alto Clerista, o oficial cujo braço você atingiu com a flecha. Ele a odeia, Laurana! E-eu vi como ele olhou para você no dia em que o capturamos!

As sobrancelhas de Flint se uniram.

— Os lordes e seu irmão ainda estão embaixo. Discutiremos a melhor maneira de lidar com isso...

— Não vou discutir nada — afirmou Laurana, erguendo o queixo no velho gesto imperioso que o anão conhecia tão bem. — Eu sou a general. A decisão é minha.

— Talvez você devesse pedir conselhos a alguém...

Laurana olhou para o anão com uma diversão amarga.

— A quem? — perguntou. — Gilthanas? O que eu diria? Que Kitiara e eu queremos trocar amantes? Não, não contaremos a ninguém. E o que os cavaleiros teriam feito com Bakaris, afinal? Executá-lo de acordo com o ritual de cavalaria. Eles me devem algo pelo que fiz. Vou levar Bakaris como pagamento.

— Laurana... — Flint tentou desesperadamente pensar em alguma maneira de penetrar a máscara congelada. — Existe um protocolo que deve ser seguido na troca de prisioneiros. Você está certa. Você é a general e precisa saber o quanto isso é importante! Você ficou na corte de seu pai por tempo suficiente...

Isso foi um erro. O anão soube assim que abriu a boca e suspirou por dentro.

— Não estou mais na corte de meu pai! — Laurana retrucou. — E para o Abismo com o protocolo! — Levantando, encarou Flint friamente, como se fosse alguém que ela acabara de conhecer. De fato, o anão lembrou bem de como a vira em Qualinesti, na noite em que ela fugira de sua casa para seguir Tanis em uma paixão infantil.

— Obrigado por trazerem esta mensagem. Tenho muito o que fazer antes do amanhecer. Se tiverem alguma consideração por Tanis, voltem para seus quartos e não digam nada a ninguém.

Tasslehoff lançou um olhar preocupado para Flint. Corando, o anão tentou desfazer o dano.

— Calma, Laurana — disse rispidamente. — Não leve minhas palavras a sério. Se você tomou sua decisão, eu a apoiarei. Estou sendo um avô velho e burro, só isso. Eu me preocupo com você, mesmo que seja uma general. E você deveria me levar... como a nota diz...

— Eu também! — Exclamou Tas, indignado.

Flint olhou feio para ele, mas Laurana não percebeu. Sua expressão se suavizou.

— Obrigada, Flint. Você também, Tas — disse ela, cansada. — Sinto muito ter respondido dessa forma. Mas realmente acredito que devo ir sozinha.

— Não — Flint disse com teimosia. — Eu me preocupo com Tanis tanto quanto você. Se houver alguma chance de ele estar mor... — O anão se engasgou e passou a mão nos olhos. Engoliu o nó na garganta. — Eu quero estar com ele.

— Eu também — murmurou Tas, abatido.

— Muito bem. — Laurana sorriu com tristeza. — Não posso culpar vocês. E tenho certeza de que ele gostaria que estivessem lá.

Ela parecia tão certa, tão positiva que veria Tanis. O anão via nos olhos dela. Ele fez um esforço final.

— Laurana, e se for uma armadilha? Uma emboscada...

A expressão de Laurana congelou novamente. Os olhos dela se estreitaram com raiva. O protesto de Flint ficou perdido em sua barba. Ele olhou para Tas. O kender balançou a cabeça.

O velho anão suspirou.

2

A pena do fracasso.

Í está, senhor — disse o dragão, um monstro enorme vermelho com olhos negros cintilantes e asas que se estendiam como as sombras da noite. — Forte Dargaard. Espere, você pode ver claramente ao luar... quando as nuvens se abrirem.

— Estou vendo — respondeu uma voz grave. Ouvindo a raiva afiada no tom do homem, o dragão começou sua descida, girando e rodando enquanto testava as correntes de ar cambiantes entre as montanhas. Olhando nervosamente a fortaleza cercada pelos penhascos rochosos das montanhas irregulares, o dragão procurou um lugar para fazer uma aterrissagem suave e fácil. Não seria bom sacudir Lorde Ariakas.

No extremo norte das Montanhas Dargaard estava o seu destino, o Forte Dargaard, tão sombrio e lúgubre quanto suas lendas. Certa vez, quando o mundo era jovem, o Forte Dargaard adornara os picos das montanhas, com paredes cor de rosa erguendo-se entre a beleza graciosa e arrebatadora da rocha, à semelhança de uma rosa. "Mas agora," pensou Ariakas sombriamente, "a rosa morreu." O Senhor não era um homem poético nem muito dado a surtos de fantasia. Mas o castelo em ruínas, enegrecido pelo fogo, no topo da rocha, parecia tanto uma rosa apodrecida sobre um arbusto que a imagem o atingiu com força. Estendendo-se entre torres quebradas, a treliça escura não formava mais as pétalas de rosa. Em vez disso, refletiu Ariakas, é a teia do inseto cujo veneno matou a flor.

O grande dragão vermelho rodou pela última vez. A muralha sul ao redor do pátio caíra trezentos metros até a base do penhasco durante o cataclismo, deixando uma passagem clara para os portões do próprio forte. Dando um suspiro profundo de alívio, o dragão viu o pavimento de ladrilhos lisos do outro lado, quebrado aqui e ali por rasgos na cantaria, adequado para uma aterrissagem suave. Até os dragões, que temiam poucas coisas sobre Krynn, acharam mais saudável evitar o descontentamento de Lorde Ariakas.

No pátio abaixo, houve um fervor repentino de atividade, parecendo um formigueiro perturbado pela aproximação de uma vespa. Draconianos gritavam e apontavam. O capitão da guarda noturna correu para as ameias, olhando por cima da borda para o pátio. Os draconianos estavam certos. Uma revoada de dragões vermelhos estava de fato pousando no pátio, um deles carregando um oficial, considerando sua armadura. O capitão observou com inquietação o homem pular da sela dracônica antes que a montaria parasse. As asas do dragão bateram furiosamente para evitar atingir o oficial, mandando poeira em nuvens iluminadas ao luar enquanto ele caminhava de forma decidida pelas pedras do pátio em direção à porta. Suas botas pretas ressoavam na calçada, parecendo um dobre de finados.

E, com esse pensamento, o capitão ofegou, reconhecendo subitamente o oficial. Virando-se, quase tropeçando no draconiano em sua pressa, xingou o soldado e correu pelo forte em busca do Comandante Interino Garibanus.

O punho de Lorde Ariakas caiu sobre a porta de madeira com um golpe estrondoso que fez lascas voarem. Os draconianos se esforçaram para abri-la, depois recuaram abjetamente quando o Senhor dos Dragões entrou, acompanhado por uma rajada de vento frio que apagou as velas e fez as chamas da tocha vacilarem.

Lançando um rápido olhar por trás da máscara brilhante do elmo dracônico enquanto entrava, Ariakas viu um grande corredor circular atravessado por um teto arqueado, em abóboda. Duas escadarias gigantescas e curvas se erguiam de ambos os lados da entrada, levando a uma varanda no segundo andar. Quando Ariakas olhou em volta, ignorando os draconianos rastejantes, viu Garibanus emergir de uma porta no topo da escada, abotoando a calça apressado e puxando uma camisa por cima da cabeça. O capitão da guarda estava parado ao lado de Garibanus, tremendo e apontando para o Senhor dos Dragões.

Ariakas adivinhou logo quem o comandante interino estivera desfrutando. Aparentemente, ele estava substituindo o Bakaris desaparecido de várias maneiras!

"Então é aí onde ela está!" Lorde Ariakas pensou com satisfação. Atravessou o corredor e subiu as escadas, subindo dois degraus de cada vez. Os draconianos saíram correndo de seu caminho como ratos. O capitão da guarda desapareceu. Ariakas estava no meio da escadaria antes de Garibanus se recompor o suficiente para falar com ele.

— L-Lorde Ariakas — gaguejou, enfiando a camisa nas calças e correndo escada abaixo. — Esta é uma... ahm... honra inesperada.

— Não inesperada, acredito? — Ariakas disse suavemente, sua voz soando metálica vindo das profundezas do elmo dracônico.

— Bem, talvez não — disse Garibanus com uma risada fraca.

Ariakas continuou subindo, os olhos fixos em uma porta acima dele. Percebendo o destino pretendido pelo Lorde, Garibanus se interpôs entre Ariakas e a porta.

— Milorde — ele começou, desculpando-se. — Kitiara está se vestindo. Ela...

Sem uma palavra, sem sequer fazer uma pausa, Lorde Ariakas bateu com a mão enluvada. O golpe atingiu Garibanus na caixa torácica. Houve um som de vento soprado, como um fole esvaziando, e o som de ossos quebrando, depois um respingo molhado e úmido quando a força do golpe mandou o corpo do jovem contra a parede oposta à escada, a dez metros de distância. O corpo mole deslizou para o chão, mas Ariakas nem percebeu. Sem olhar para trás, ele voltou a subir, com os olhos na porta no topo da escada.

Lorde Ariakas, comandante-chefe dos exércitos dracônicos, respondendo diretamente à própria Rainha das Trevas, era um homem brilhante, um gênio militar. Ariakas quase tinha o domínio do continente de Ansalon ao seu alcance. Ele já estava se denominando o "Imperador". Sua Rainha estava realmente satisfeita com ele, suas recompensas eram muitas e generosas.

Mas, agora, ele via seu belo sonho fugindo por entre os dedos como a fumaça das fogueiras do outono. Recebera relatos de suas tropas fugindo descontroladamente pelas planícies solâmnicas, saindo de Palanthas, retirando-se para o Forte Vingaard, abandonando os planos para o cerco de Kalaman. Os elfos se aliaram às forças humanas em Ergoth do Norte e do Sul. Os anões das montanhas emergiram de seu lar subterrâneo em Thorbardin e, segundo relatos, aliaram-se a seus antigos inimigos, os anões das colinas e um grupo de refugiados humanos, na tentativa de expulsar os exércitos dracônicos de Abanassínia. Silvanesti fora liberada. Um Senhor dos Dragões fora assassinado na Muralha de Gelo. E, se fosse para acreditar nos rumores, um grupo de anões tolos tinha o controle de Pax Tharkas!

Pensando nisso ao subir a escada, Ariakas se enfureceu. Poucos sobreviveram ao descontentamento de lorde Ariakas. Ninguém sobrevivia à sua fúria.

Ariakas herdou sua posição de autoridade de seu pai, que fora um clérigo de alto prestígio com a Rainha das Trevas. Embora tivesse apenas quarenta anos, Ariakas mantinha a sua posição por quase vinte anos. Seu pai tivera uma morte prematura nas mãos de seu próprio filho. Quando Ariakas tinha dois anos, viu seu pai assassinar brutalmente sua mãe, que tentara fugir com o filho antes que a criança se tornasse tão pervertida pelo mal quanto seu pai.

Embora Ariakas sempre tratasse seu pai com demonstrações externas de respeito, nunca esqueceu do assassinato de sua mãe. Trabalhou duro e se destacou em seus estudos, deixando seu pai muito orgulhoso. Vários se perguntaram se mantivera esse orgulho ao sentir os primeiros golpes da faca que seu filho de dezenove anos mergulhou em seu corpo como vingança pela morte da mãe... e com um olho no trono de Senhor dos Dragões.

Não foi uma grande tragédia para a Rainha das Trevas. Logo viu que o jovem Ariakas mais do que compensava a perda de seu clérigo favorito. O jovem não tinha talentos clericais, mas suas habilidades consideráveis como mago renderam-lhe os Mantos Negros e as recomendações dos magos malignos que o instruíram. Embora tenha passado nos terríveis Testes na Torre da Alta Magia, a mágica não era seu amor. Ele praticava com pouca frequência e nunca usava os Mantos Negros que marcavam sua posição como um mago dos poderes do mal.

A verdadeira paixão de Ariakas era a guerra. Ele planejou a estratégia que permitiu aos Senhores dos Dragões e seus exércitos subjugar quase todo o continente de Ansalon. Foi ele quem assegurou que não encontrassem quase nenhuma resistência, pois foi de Ariakas a estratégia brilhante de mover-se rapidamente, atingindo humanos, elfos e anões divididos antes que tivessem tempo de se unir, derrotando-os separadamente. O plano de Ariakas exigia que ele governasse Ansalon sem contestações até o verão. Outros Senhores dos Dragões de outros continentes de Krynn olhavam para ele com inveja e medo manifestos. Pois um continente nunca poderia satisfazer Ariakas. Seus olhos já estavam voltados para o oeste, além do Mar de Sirrion.

Mas agora... desastre.

Chegando à porta do quarto de Kitiara, Ariakas a encontrou trancada. Ele falou friamente uma palavra na linguagem da magia e a porta pesada de madeira se abriu. Ariakas caminhou através da chuva de faíscas e chamas azuis que envolveram a porta do cômodo, com a mão na espada.

Kit estava na cama. Ao ver Ariakas, ela se levantou, a mão segurando um roupão de seda ao redor do corpo esguio. Mesmo com sua fúria ardente, Ariakas ainda era forçado a admirar a mulher em quem, dentre todos os seus comandantes, ele passara a confiar mais. Embora a chegada dele devesse tê-la apanhado desprevenida, embora ela devesse saber que perdera sua vida ao se permitir ser derrotada, encarou-o com frieza e calma. Nem uma faísca de medo iluminava seus olhos castanhos, nem um murmúrio escapava de seus lábios.

Isso serviu apenas para enfurecer Ariakas ainda mais, lembrando-o de sua decepção extrema. Sem falar, ele arrancou o elmo dracônico e arremessou-o pela sala, onde se chocou contra um baú de madeira esculpido, quebrando-o como se fosse de vidro.

Ao ver o rosto de Ariakas, Kitiara perdeu o controle por um momento e se encolheu na cama, apertando nervosamente as fitas do vestido.

Poucos conseguiam olhar para o rosto de Ariakas sem empalidecer. Era um rosto desprovido de qualquer emoção humana. Até sua raiva era mostrada apenas pela contração de um músculo ao longo de sua mandíbula. Os cabelos longos e negros caíam ao redor de feições pálidas. A barba de um dia azulava sua pele. Seus olhos eram escuros e frios como um lago gelado.

Ariakas chegou ao lado da cama em um passo. Abrindo as cortinas que estavam ao redor, ele estendeu a mão e agarrou o cabelo curto e encaracolado de Kitiara. Arrastou-a da cama e a jogou no chão de pedra.

Kitiara caiu pesadamente, deixando escapar uma exclamação de dor. Mas logo se recuperou e já estava começando a se levantar como um gato quando a voz de Ariakas a congelou.

— Fique de joelhos, Kitiara — disse ele. Lenta e deliberadamente, ele removeu sua espada longa e brilhante da bainha. — Fique de joelhos e incline a cabeça, como fazem os condenados quando chegam ao talho. Pois sou seu executor, Kitiara. Assim meus comandantes pagam pelo fracasso!

Kitiara permaneceu ajoelhada, mas olhou para ele. Vendo a chama do ódio em seus olhos castanhos, Ariakas sentiu um momento de gratidão por estar segurando a espada na mão. Mais uma vez, foi obrigado a admirá-la. Mesmo enfrentando a morte iminente, não havia medo em seus olhos. Apenas desafio.

Ele levantou a lâmina, mas o golpe não caiu.

Dedos frios como ossos sepultados envolveram o pulso do braço da espada.

— Acredito que você deva ouvir a explicação da Senhora — disse uma voz vazia.

Lorde Ariakas era um homem forte. Ele poderia arremessar uma lança com força suficiente para atravessar completamente o corpo de um cavalo. Poderia quebrar o pescoço de um homem com um giro da mão. No entanto, descobriu que não conseguia se soltar do aperto frio que estava lentamente esmagando seu pulso. Em agonia, Ariakas deixou a espada cair no chão, fazendo barulho.

Um tanto abalada, Kitiara se levantou. Fazendo um gesto, ordenou que seu lacaio liberasse Ariakas. O Lorde girou, levantando a mão para evocar a magia que reduziria essa criatura a cinzas.

Ele parou. Respirando fundo, Ariakas cambaleou para trás, a magia que estava se preparado para lançar escapando de sua mente.

Diante dele, havia uma figura quase da sua altura, vestida com uma armadura tão antiga que antecedia o Cataclismo. A armadura era a de um Cavaleiro de Solamnia. O símbolo da Ordem da Rosa estava traçado na frente, pouco visível, desgastado com o tempo. A figura de armadura não usava elmo nem carregava arma. No entanto, olhando para ele, Ariakas recuou mais um passo. Pois a figura que encarava não era a de um homem vivo.

O rosto daquele ser era transparente. Através dele, Ariakas podia ver a parede além. Uma luz pálida cintilava nos olhos cavernosos. Ele olhava para a frente, como se também pudesse ver através de Ariakas.

— Um cavaleiro da morte! — sussurrou em reverência.

O Lorde esfregou seu pulso dolorido, entorpecido pelo frio daqueles que habitam em reinos distantes do calor da carne viva. Mais assustado do que ousava admitir, Ariakas se inclinou para pegar sua espada, murmurando uma magia para afastar os efeitos posteriores de tal toque mortal. Levantando-se, ele lançou um olhar amargo para Kitiara, que o observava com um sorriso torto.

— Esta... esta criatura está a seu serviço? — perguntou com voz rouca.

Kitiara deu de ombros.

— Digamos que concordamos em servir um ao outro.

Ariakas observou-a com admiração relutante. Lançando um olhar de soslaio para o cavaleiro da morte, ele embainhou sua espada.

— Ele sempre frequenta o seu quarto? — Ele zombou. Seu punho doía abominavelmente.

— Ele vem e vai como desejar — respondeu Kitiara. Ela juntou as dobras do vestido casualmente ao redor de seu corpo, reagindo mais pelo frio no ar da primavera do que por um desejo de modéstia. Tremendo, ela passou a mão pelos cabelos encaracolados e deu de ombros. — Afinal, é o castelo dele.

Ariakas fez uma pausa, um olhar distante em seus olhos, sua mente voltando para lendas antigas.

— Lorde Soth! — disse de repente, virando para a figura. — Cavaleiro da Rosa Negra.

O cavaleiro se curvou em reconhecimento.

— Eu esqueci a antiga história do Forte Dargaard — Ariakas murmurou, encarando Kitiara pensativamente. — Você tem mais coragem do que imaginei, senhora, morando nesta residência maldita! Segundo a lenda, Lorde Soth comanda uma tropa de guerreiros esqueletos...

— Uma força de batalha eficiente — Kitiara respondeu, bocejando. Andando até uma pequena mesa perto de uma lareira, ela pegou uma jarra de vidro. — Só o toque deles... — Observou Ariakas com um sorriso. — Bem, você sabe como é o toque deles para aqueles que não têm habilidades mágicas para se defender. Vinho?

— Muito bem — respondeu Ariakas, os olhos ainda no rosto transparente de Lorde Soth. — E as elfas negras, as banshee que supostamente o seguem?

— Elas estão aqui... em algum lugar. — Kit estremeceu de novo, depois levantou a taça de vinho. — Você as ouvirá em breve. Lorde Soth não dorme, claro. As damas o ajudam a passar as longas horas da noite.

Por um instante, Kitiara empalideceu, segurando o copo de vinho nos lábios. Então, ela o baixou intocado, sua mão tremendo de leve.

— Não é agradável — disse ela brevemente. Olhando em volta, perguntou. — O que você fez com Garibanus?

Jogando fora o copo de vinho, Ariakas gesticulou de forma negligente.

— Eu o deixei... no pé da escada.

— Morto? — Kitiara questionou, servindo outro copo ao Senhor.

Ariakas fez uma careta.

— Talvez. Ele ficou no meu caminho. Isso importa?

— Eu o achei ... divertido — disse Kitiara. — Ele ocupou o lugar de Bakaris em mais de um aspecto.

— Bakaris, sim. — Lorde Ariakas bebeu outro copo. — Então, seu comandante conseguiu ser capturado enquanto seus exércitos caíam em derrota!

— Ele era um imbecil — Kitiara disse friamente. — Tentou cavalgar um dragão, apesar de ainda estar ferido.

— Ouvir dizer. O que aconteceu com o braço dele?

— A elfa atirou nele com uma flecha na Torre do Alto Clerista. Foi culpa dele e, agora, pagou por isso. Eu o removi do comando, fazendo dele meu guarda-costas. Mas ele insistiu em tentar se redimir.

— Você não parece estar lamentando a perda — disse Ariakas, encarando Kitiara. O roupão, amarrado apenas por duas fitas no pescoço, fazia pouco para cobrir seu corpo.

Kit sorriu.

— Não, Garibanus é... um bom substituto. Espero que não o tenha matado. Será um incômodo conseguir alguém para ir a Kalaman amanhã.

— O que você está fazendo em Kalaman... preparando para se render à elfa e aos cavaleiros? — Lorde Ariakas perguntou amargamente, sua raiva retornando com o vinho.

— Não — disse Kitiara. Sentada em uma cadeira em frente a Ariakas, ela o encarou com frieza. — Estou me preparando para aceitar a rendição deles.

— Rá! — Ariakas bufou. — Eles não são loucos. Sabem que estão ganhando. E estão certos! — O rosto dele ficou vermelho. Pegando a jarra, ele a esvaziou no copo.

— Você deve sua vida ao cavaleiro da morte, Kitiara. Pelo menos esta noite. Mas ele não estará perto de você para sempre.

— Meus planos estão tendo mais sucesso do que eu esperava — Kitiara respondeu suavemente, nem um pouco desconcertada pelos olhos cintilantes de Ariakas. — Se eu o enganei, meu senhor, não tenho dúvida de que enganei o inimigo.

— E como você me enganou, Kitiara? — Ariakas perguntou com uma calma letal. — Você quer dizer que não está perdendo em todas as frentes? Que você não está sendo expulsa de Solamnia? Que as lanças de dragão e os dragões bondosos não nos causaram uma derrota humilhante? — Sua voz aumentava a cada palavra.

— Não causaram! — Kitiara retrucou, seus olhos castanhos brilhando. Inclinando-se sobre a mesa, ela pegou a mão de Ariakas quando ele estava prestes a levar o copo de vinho aos lábios. — Quanto aos dragões bondosos, meu senhor, meus espiões me disseram que o retorno deles foi devido a um elfo e uma dragoa de prata que invadiram o templo de Sanção, onde descobriram o que estava acontecendo com os ovos. De quem foi a culpa? Quem falhou lá? A proteção daquele templo era de sua responsabilidade...

Furioso, Ariakas soltou a mão do aperto de Kitiara. Arremessando o copo de vinho pela sala, ele se levantou e a encarou.

— Pelos deuses, você foi longe demais! — Ele gritou, respirando pesadamente.

— Pare de dissimular — disse Kitiara. Levantando com frieza, ela se virou e atravessou a sala. — Vamos até minha sala de guerra e eu explicarei meus planos.

Ariakas olhou para o mapa do norte de Ansalon.
— Pode funcionar — ele admitiu.
— É claro que vai funcionar — disse Kit, bocejando e se esticando languidamente. — Minhas tropas correram diante deles como coelhos assustados. Pena que os cavaleiros não foram astutos o suficiente para perceber que sempre nos afastávamos para o sul e nunca se perguntaram por que minhas forças pareciam derreter e desaparecer. Enquanto falamos, meus exércitos estão se reunindo em um vale abrigado ao sul dessas montanhas.

Em uma semana, um exército de vários milhares de soldados estará pronto para marchar contra Kalaman. A perda da "General de Ouro" destruirá seu moral. A cidade provavelmente se renderá sem lutar. A partir daí, recupero toda a terra que parecemos ter perdido. Entregue-me o comando dos exércitos daquele tolo Toede ao sul, envie as cidadelas voadoras que pedi e Solamnia pensará que foi atingida por outro Cataclismo!

— Mas a elfa...

— Não precisamos nos preocupar — disse Kitiara.

Ariakas balançou a cabeça.

— Este parece ser o elo fraco de seus planos, Kitiara. E o Meio-Elfo? Você tem certeza de que ele não interferirá?

— Ele não importa. É ela quem interessa e ela é uma mulher apaixonada. — Kitiara deu de ombros. — Ela confia em mim, Ariakas. Você zomba, mas é verdade. Ela confia demais em mim e muito pouco em Tanis Meio-Elfo. Mas é sempre assim com os amantes. Os que mais amamos são aqueles em que menos confiamos. Foi uma grande sorte Bakaris cair nas mãos deles.

Ao ouvir uma mudança na voz, Ariakas olhou bruscamente para Kitiara, mas ela se afastou, mantendo o rosto escondido. Imediatamente, ele percebeu que ela não estava tão confiante quanto parecia e que havia mentido para ele. O meio-elfo! E ele? Onde estava? Ariakas ouvira falar muito dele, mas nunca o conhecera. O Senhor dos Dragões considerou pressioná-la neste ponto, mas mudou bruscamente de ideia. Muito melhor ter em seu poder o conhecimento de que ela mentira. Isso dava poder sobre essa mulher perigosa. Deixe-a relaxar em sua suposta complacência.

Bocejando de forma elaborada, Ariakas fingiu indiferença.

— O que você fará com a elfa? — perguntou, como ela esperava que perguntasse. A paixão de Ariakas por loiras delicadas era bem conhecida.

Kitiara ergueu as sobrancelhas, dando um olhar travesso.

— Uma pena, meu senhor — disse ela ironicamente. — Sua Alteza das Trevas pediu a dama. Talvez você possa tê-la quando a Rainha das Trevas terminar.

Ariakas estremeceu.

— Ora, ela não será útil para mim então. Entregue-a ao seu amigo, Lorde Soth. Ele gostava de elfas no passado, se bem me lembro.

— Lembra sim — murmurou Kitiara. Os olhos dela estreitaram-se. Ela levantou a mão. — Escute — ela disse baixinho.

Ariakas ficou em silêncio. A princípio, não ouviu nada, depois percebeu gradualmente um som estranho... um lamento agudo, como se cem mulheres lamentassem seus mortos. Enquanto ouvia, o som ficou cada vez mais alto, perfurando a quietude da noite.

O Senhor dos Dragões baixou o copo de vinho, surpreso ao ver sua mão tremendo. Olhando Kitiara, ele viu o rosto dela empalidecer sob o bronzeado. Seus olhos grandes estavam arregalados. Sentindo o olhar dele, Kitiara engoliu em seco e lambeu os lábios.

— Horrível, não é? — ela perguntou, com a voz embargada.

— Enfrentei horrores nas Torres da Alta Magia — disse Ariakas baixinho. — Mas não era nada comparado a isso. O que é?

— Venha — disse Kit, se levantando. — Se tiver coragem, eu mostrarei.

Juntos, os dois deixaram a sala de guerra, com Kitiara conduzindo Ariakas pelos corredores sinuosos do castelo até voltarem ao quarto de Kit acima da entrada circular com o teto em abóbada.

— Fique nas sombras — alertou Kitiara.

Um aviso desnecessário, pensou Ariakas enquanto se esgueiravam suavemente para a varanda com vista para a sala circular. Olhando por cima da borda da varanda, Ariakas foi tomado de puro horror pela visão abaixo. Suando, ele recuou rapidamente nas sombras do quarto de Kitiara.

— Como você aguenta? - perguntou quando ela entrou e fechou a porta suavemente. — Isso acontece toda noite?

— Sim — disse, tremendo. Ela respirou fundo e fechou os olhos. Em um instante, estava de volta ao controle. — Às vezes, acho que estou acostumada e cometo o erro de olhar para lá. A canção não é tão ruim...

— É medonha! — Ariakas murmurou, limpando o suor frio do rosto. — Então, Lorde Soth fica sentado no trono todas as noites, cercado por seus guerreiros esqueletos, e as bruxas sombrias entoam aquela canção de ninar horrível!

— E é a mesma música, sempre — murmurou Kitiara. Tremendo, pegou distraidamente a jarra de vinho vazia e a colocou de volta na mesa. — Embora o passado o torture, ele não pode escapar. Sempre pondera, imaginando o que poderia ter feito para evitar o destino que o condena a caminhar para sempre na terra, sem descanso. As elfas negras que fizeram parte de sua queda são forçadas a reviver sua história com ele. Todas as noites, elas devem repetir. Todas as noites, ele deve ouvir.

— Quais são as palavras?

— Eu as conheço agora, quase tão bem quanto ele. — Kitiara riu, depois tremeu. — Pegue outra jarra de vinho e eu contarei a história dele, se tiver tempo.

— Eu tenho tempo — disse Ariakas, recostando na cadeira. — Embora deva partir de manhã se quiser enviar as cidadelas.

Kitiara sorriu para ele, o sorriso encantador e torto que muitos achavam tão cativante.

— Obrigado, meu senhor — disse ela. — Não falharei com você de novo.

— Não — disse Ariakas friamente, tocando um pequeno sino de prata. — Isso eu prometo, Kitiara. Se o fizer, descobrirá que o destino dele... — Apontou para o andar de baixo, onde os lamentos haviam atingido um tom trêmulo. — É agradável quando comparado ao seu.

O Cavaleiro
da Rosa Negra.

— Como você sabe — começou Kitiara. — Lorde Soth era um cavaleiro de Solamnia nobre e consagrado. Mas era um homem intensamente passional, sem autodisciplina, e essa foi sua queda.

— Soth se apaixonou por uma bela elfa, discípula do Rei-Sacerdote de Istar. Ele era casado na época, mas a lembrança da esposa desaparecia ao ver a beleza da elfa. Abandonando os votos sagrados do casamento e os da cavalaria, Soth cedeu à sua paixão. Mentindo para a donzela, ele a seduziu e a levou para morar no Forte Dargaard, prometendo se casar com ela. A esposa desapareceu em circunstâncias sinistras.

Kitiara deu de ombros e continuou.

— De acordo com o que ouvi na música, a elfa permaneceu fiel ao cavaleiro, mesmo depois de descobrir seus crimes terríveis. Ela orou à deusa

Mishakal para que o cavaleiro pudesse se redimir e, aparentemente, suas preces foram atendidas. Lorde Soth recebeu o poder de impedir o Cataclismo, embora isso significasse sacrificar sua própria vida.

Fortalecido pelo amor à garota que ele prejudicara, Lorde Soth partiu para Istar, com a intenção de impedir o Rei-Sacerdote e restaurar sua honra.

— Mas o cavaleiro foi interrompido em sua jornada por elfas, discípulas do Rei-Sacerdote, que conheciam o crime de Lorde Soth e ameaçavam arruiná-lo. Para enfraquecer os efeitos do amor da elfa, sugeriram que ela fora infiel em sua ausência.

— A emoção de Soth tomou conta, destruindo sua razão. Em uma ira ciumenta, voltou para o Forte Dargaard. Entrando em sua porta, ele acusou a garota inocente de traí-lo. Então, o Cataclismo ocorreu. O grande lustre na entrada caiu no chão, consumindo a elfa e seu filho em chamas. Ao morrer, ela lançou uma maldição sobre o cavaleiro, condenando-o a uma vida eterna e terrível. Soth e seus seguidores pereceram no fogo, apenas para renascer em forma hedionda.

— Então é isso que ele ouve — Ariakas murmurou, escutando.

E no clima dos sonhos
Quando você se lembra dela, quando o mundo do sonho
expande, ondula na luz,
quando você fica na beira da bênção e do sol,

Então, faremos você lembrar,
faremos você viver novamente
através da longa negação do corpo

Pois você foi a primeira escuridão no vazio da luz,
expandindo como uma mancha, um câncer

Pois você foi o tubarão na água lenta
começando a se mover

Pois você foi a cabeça fendida de uma cobra,
sentindo para sempre calor e forma

Pois você foi uma morte inexplicável no berço,
a longa casa em traição

E você foi mais terrível que isso
em uma viela alta de visões,
pois você passou ileso, imutável

Enquanto as mulheres gritavam, revelando um silêncio,
cortando pela metade a porta do mundo,
trazendo monstros

Quando uma criança se abriu em parábolas de fogo
Lá nas fronteiras
de duas terras queimando
Enquanto o mundo se dividia, querendo engolir você de volta
disposto a desistir de tudo
para perdê-lo na escuridão.

Você passou por isso ileso, imutável,
mas agora você os vê
preso em nossas palavras, em sua própria concepção
ao passar da noite, para a consciência da noite
para saber que o ódio é a calma dos filósofos
que seu preço é eterno
que atrai você através de meteoros
através da transfixação do inverno
através da rosa maldita
através da água dos tubarões
através da compressão escura dos oceanos
através da rocha, através do magma
para si mesmo, para um abscesso de nada
que você reconhecerá como nada
que saberá que está voltando sempre
sob as mesmas regras.

3

A armadilha...

Bakaris dormia mal em sua cela. Arrogante e insolente durante o dia, suas noites eram torturadas por sonhos eróticos com Kitiara e sonhos temerosos de sua execução nas mãos dos Cavaleiros de Solamnia. Ou, talvez, fosse sobre sua execução nas mãos de Kitiara. Ele nunca tinha certeza, quando acordava suando frio, qual tinha sido. Deitado em sua cela fria nas horas quietas da noite em que não conseguia dormir, Bakaris amaldiçoava a elfa que fora a causa de sua queda. Repetidas vezes, ele planejou se vingar dela... se ela caísse em suas mãos.

Bakaris estava pensando nisso, pairando entre o sono e a insônia, quando o som de uma chave na fechadura da cela despertou-o. Era quase madrugada, perto da hora das execuções! Talvez os cavaleiros estivessem vindo pegá-lo!

— Quem é? — Bakaris bradou asperamente.

— Silêncio! — comandou uma voz. — Você não está em perigo se ficar quieto e fizer o que for dito.

Bakaris se sentou de novo em sua cama, espantado. Ele reconheceu a voz. Como não? Noite após noite, ela falava em seus pensamentos vingativos. A elfa! E o comandante podia ver outras duas figuras nas sombras, pequenas. O anão e o kender, provavelmente. Eles sempre andavam com a elfa.

A porta da cela se abriu. A elfa entrou. Ela estava com um manto pesado e carregava outro manto na mão.

— Depressa — ela ordenou com frieza. — Coloque isso.

— Não até que eu saiba do que se trata — disse Bakaris, desconfiado, embora sua alma cantasse de alegria.

— Estamos trocando você por... por outro prisioneiro — respondeu Laurana.

Bakaris franziu a testa. Ele não devia parecer muito ansioso.

— Não acredito em você — afirmou, deitando-se na cama. — É uma armadilha...

— Não me importo com o que você acredita! — Laurana retrucou, impaciente. — Você vem nem que eu tenha que o deixar desacordado! Não importa se você estiver consciente ou não, desde que eu possa mostrá-lo para Kiti... quem quer você!

Kitiara! Então era isso. O que ela estava fazendo? Que jogada estava tramando? Bakaris hesitou. Não confiava em Kit mais do que ela confiava nele. Ela era capaz de usá-lo para promover seus próprios fins, o que, sem dúvida, era o que estava fazendo. Mas talvez ele pudesse usá-la em troca. Se soubesse o que estava acontecendo! Mas, olhando para o rosto pálido e rígido de Laurana, Bakaris sabia que estava bem preparada para cumprir sua ameaça. Ele teria que esperar um pouco.

— Parece que não tenho escolha — disse ele. O luar infiltrava-se através de uma janela gradeada para a cela imunda, reluzindo no rosto de Bakaris. Ele estava preso há semanas. Quantas, ele não sabia, pois perdera a conta. Ao pegar o manto, ele os olhos verdes frios de Laurana, que estavam fixos nele, estreitando levemente de nojo.

Incomodado, Bakaris ergueu a mão boa e coçou a barba recém-crescida.

— Perdão, vossa senhoria — ele disse sarcasticamente. — Os servos do seu estabelecimento não acharam adequado me trazer uma navalha. Sei como a visão de pelos faciais enoja vocês, elfos!

Para sua surpresa, Bakaris viu suas palavras ferirem. O rosto de Laurana ficou pálido, seus lábios brancos como giz. Somente por um esforço supremo ela se controlou.

— Mexa-se! — disse em uma voz abafada.

Ao som, o anão entrou na sala com a mão no machado de batalha.

— Você ouviu a general — rosnou Flint. — Siga em frente. Como trocar sua carcaça miserável por Tanis...

— Flint! — disse Laurana, tensa.

De repente, Bakaris entendeu!

O plano de Kitiara começou a tomar forma em sua mente.

— Então... Tanis! É por ele que estou sendo trocado. — Ele observou o rosto de Laurana de perto. Nenhuma reação. Ele poderia estar falando de um estranho em vez de um homem que Kitiara dissera ser o amante dessa mulher. Ele tentou novamente, testando sua teoria.

— Eu não o chamaria de prisioneiro, no entanto, a menos que seja um prisioneiro do amor. Kit deve ter se cansado dele. Ah, bem. Pobre homem. Sentirei sua falta. Ele e eu temos muito em comum...

Agora houve uma reação. Viu as mandíbulas delicadas apertarem, os ombros tremerem sob o manto. Sem uma palavra, Laurana virou e saiu da cela. Ele estava certo. Isso tinha algo a ver com o meio-elfo barbudo. Mas o quê? Tanis deixara Kit em Naufrágio. Ela o encontrou novamente? Ele voltou para ela? Bakaris ficou em silêncio, envolvendo a capa ao seu redor. Não que importasse, não para ele. Ele conseguiria usar essas novas informações para sua própria vingança. Recordando o rosto tenso e rígido de Laurana à luz da lua, Bakaris agradeceu à Rainha das Trevas por seus favores quando o anão o empurrou pela porta da cela.

O sol ainda não havia nascido, embora uma linha rosa tênue no horizonte leste predissesse que o amanhecer estava a uma hora de distância. Ainda estava escuro na cidade de Kalaman... escuro e silencioso enquanto a cidade dormia profundamente após o dia e a noite de folia. Até os guardas bocejavam em seus postos ou, em alguns casos, roncavam enquanto dormiam profundamente. Foi uma tarefa fácil para as quatro figuras encobertas passarem silenciosamente pelas ruas até chegarem a uma pequena porta trancada na muralha da cidade.

— Isso costumava levar a escadas que subiam ao topo da muralha, atravessavam e, depois, voltavam para o outro lado — sussurrou Tasslehoff, remexendo em uma de suas bolsas até encontrar suas ferramentas de abrir fechaduras.

— Como sabe disso? — Flint murmurou, espiando nervosamente ao redor.

— Eu costumava vir a Kalaman quando era pequeno — disse Tas. Encontrando o pedaço fino de fio, suas mãos pequenas e habilidosas o enfiaram dentro da fechadura. — Meus pais me traziam. Sempre entramos e saímos dessa maneira.

— Por que vocês não usavam o portão da frente ou isso seria simples demais? — Flint rosnou.

— Depressa! — ordenou Laurana, impaciente.

— Teríamos usado o portão da frente — disse Tas, manipulando o fio. — Ah, pronto. — Retirando o fio, ele o colocou cuidadosamente de volta na bolsa e depois abriu a porta velha em silêncio. — Onde eu estava? Ah, sim. Teríamos usado o portão da frente, mas não eram permitidos kender na cidade.

— E seus pais entravam mesmo assim! — Flint bufou, seguindo Tas pela porta e subindo um lance estreito de escadas de pedra. O anão ouvia o kender apenas pela metade. Ele estava de olho em Bakaris que, na visão de Flint, comportava-se bem até demais. Laurana se retirara completamente para dentro de si mesma. Suas únicas palavras eram comandos severos para se apressarem.

— Bem, é claro — disse Tas, tagarelando alegremente. — Eles sempre consideraram isso um descuido. Quero dizer, por que deveríamos estar na mesma lista que os goblins? Alguém deve ter nos colocado lá acidentalmente. Mas meus pais não achavam educado discutir, então entrávamos e saíamos pela porta lateral. Melhor para todos. Aqui estamos. Abra a porta... normalmente não está trancada. Opa, cuidado. Tem um guarda. Espere até que ele se vá.

Pressionados contra a parede, eles se esconderam nas sombras até o guarda passar tropeçando, quase dormindo em pé. Atravessaram silenciosamente a muralha, entraram por outra porta, desceram mais um lance de escada e logo estavam do lado de fora dos muros da cidade.

Estavam sozinhos. Olhando em volta, Flint não viu sinal de ninguém ou nada na penumbra antes do amanhecer. Trêmulo, ele se encolheu na capa, sentindo a apreensão tomar conta ele. E se Kitiara estivesse dizendo a verdade? E se Tanis estivesse com ela? E se estivesse morrendo?

Irritado, Flint se forçou a parar de pensar nisso. Ele quase desejava que fosse uma armadilha! De repente, sua mente foi arrancada de seus pensamentos sombrios por uma voz áspera, falando tão perto que se assustou, aterrorizado.

— É você, Bakaris?

— Sim. É bom ver você de novo, Gakhan.

Tremendo, Flint se virou para ver uma figura escura emergir das sombras da muralha. Estava em uma capa pesada e envolto em tecido. Ele se lembrou da descrição do draconiano que Tas fez.

— Eles estão carregando outras armas? — Gakhan indagou, seus olhos no machado de batalha de Flint.

— Não — Laurana respondeu bruscamente.

— Faça a revista — ordenou Gakhan a Bakaris.

— Você tem minha palavra de honra — Laurana disse com raiva. — Eu sou uma princesa dos Qualinesti...

Bakaris deu um passo em sua direção.

— Elfos têm seu próprio código de honra — ele zombou. — Ou assim você disse na noite em que me atingiu com sua flecha amaldiçoada.

O rosto de Laurana ficou vermelho, mas ela não respondeu nem recuou diante do avanço dele.

Ficando na frente dela, Bakaris levantou o braço direito com a mão esquerda e depois o deixou cair.

— Você destruiu minha carreira, minha vida.

Mantendo-se impassível, Laurana observou-o sem se mexer.

— Eu disse que não carrego armas.

— Você pode me revistar se quiser — ofereceu Tasslehoff, interpondo-se, acidentalmente, entre Bakaris e Laurana. — Aqui! — Ele jogou o conteúdo de uma bolsa aos pés de Bakaris.

— Maldito! — Bakaris xingou, batendo no kender na lateral da cabeça.

— Flint! — Laurana advertiu cautelosamente, com os dentes cerrados. Ela podia ver o rosto vermelho do anão. Ao seu comando, o anão sufocou sua raiva.

— Sinto muito, de verdade! — Tas fungou, mexendo no chão atrás de suas coisas.

— Se você demorar muito, não precisaremos alertar o guarda — Laurana disse, determinada a não tremer com o toque repugnante do homem. — O sol vai nascer e eles nos verão claramente.

— A elfa está certa, Bakaris — disse Gakhan em seu tom de voz reptiliano. — Pegue o machado de batalha do anão e vamos sair daqui.

Olhando para o horizonte brilhante e para o draconiano encapuzado, Bakaris lançou um olhar cruel a Laurana, depois arrancou o machado de batalha do anão.

— Ele não é uma ameaça! O que um velho como ele vai fazer, afinal? — murmurou Bakaris.

— Mexa-se — ordenou Gakhan a Laurana, ignorando Bakaris. — Vá para aquele bosque de árvores. Fique escondida e não tente alertar a guarda. Sei usar mágica e minhas magias são mortais. A Dama das Trevas disse para levá-la em segurança, "general". Não tenho instruções sobre seus dois amigos.

Eles seguiram Gakhan pelo terreno plano e aberto fora dos portões da cidade até um grande bosque de árvores, mantendo-se nas sombras o máximo possível. Bakaris andava ao lado de Laurana. Mantendo a cabeça erguida, ela decididamente se recusava a reconhecer sua existência. Chegando às árvores, Gakhan apontou.

— Aqui estão nossas montarias — disse ele.

— Não vamos a lugar nenhum! — Laurana disse com raiva, olhando assustada para as criaturas.

A princípio, Flint pensou que eram dragões pequenos, mas, ao se aproximar, o anão prendeu a respiração.

— Wyvern! — suspirou.

Parentes distantes dos dragões, os wyverns são menores, mais leves e frequentemente usados pelos Senhores para transmitir mensagens, assim como os grifos são usados pelos lordes élficos. Não tão inteligentes quanto os dragões, os wyverns são conhecidos por sua natureza cruel e caótica. Os animais no bosque espiavam os companheiros com olhos vermelhos, suas caudas de escorpião enroladas ameaçadoramente. Coberta de veneno, a cauda poderia levar um inimigo à morte em segundos.

— Onde está Tanis? — Laurana exigiu.

— Ele piorou — respondeu Gakhan. — Se quiser vê-lo, deve ir até o Forte Dargaard.

— Não — Laurana recuou, apenas para sentir a mão de Bakaris se fechar sobre o braço em um aperto firme.

— Não peça ajuda — ele disse, satisfeito. — ou um de seus amigos morrerá. Bem, parece que faremos uma pequena viagem até o Forte Dargaard.

Tanis é um amigo querido. Eu odiaria que ele sentisse sua falta. — Bakaris se virou para o draconiano. — Gakhan, volte para Kalaman. Informe sobre a reação das pessoas quando descobrirem que sua "general" sumiu.

Gakhan hesitou, seus olhos escuros reptilianos olhando para Bakaris cautelosamente. Kitiara avisara que algo assim poderia ocorrer. Ele adivinhou o que Bakaris tinha em mente... Sua própria vingança. Gakhan poderia impedir Bakaris, não seria problema. Mas havia a chance de que, durante o inconveniente, um dos prisioneiros fugisse para procurar ajuda. Eles estavam muito perto das muralhas da cidade. De qualquer forma, maldito Bakaris! Gakhan fez uma careta, depois percebeu que não havia nada que pudesse fazer além de esperar que Kitiara tivesse previsto essa contingência. Dando de ombros, Gakhan se confortou com o pensamento do destino de Bakaris quando voltasse à Dama das Trevas.

— Certamente, Comandante — o draconiano respondeu baixinho. Curvando-se, Gakhan voltou às sombras. Eles podiam ver sua figura encapuzada passando de árvore em árvore, indo em direção a Kalaman. O rosto de Bakaris ficou ansioso, as linhas cruéis ao redor da boca barbada se aprofundaram.

— Vamos lá, General. — Bakaris empurrou Laurana em direção ao wyvern.

Mas, em vez de avançar, Laurana virou para encarar o homem.

— Diga uma coisa — disse ela através dos lábios pálidos. — É verdade? Tanis está com... com Kitiara? O bilhete dizia que ele foi ferido na Fortaleza Vingaard... está morrendo!

Vendo a angústia em seus olhos, uma angústia não por si mesma, mas pelo meio-elfo, Bakaris sorriu. Nunca sonhou que a vingança poderia ser tão satisfatória.

— Como vou saber? Estive trancado em sua prisão fedorenta. Mas acho difícil acreditar que esteja ferido. Kit nunca o deixou chegar perto de uma luta! As únicas batalhas que ele travou são as do amor...

A cabeça de Laurana caiu. Bakaris colocou a mão em seu braço em simpatia zombeteira. Com raiva, Laurana soltou-se, virando para manter o rosto escondido.

— Não acredito em você! — Flint rosnou. — Tanis nunca permitiria que Kitiara fizesse isso...

— Oh, você está certo, anão — disse Bakaris, percebendo rapidamente até que ponto suas mentiras seriam consideradas. — Ele não sabe nada disso. A Dama das Trevas o enviou à Neraka semanas atrás, para se preparar para nossa audiência com a Rainha.

— Sabe, Flint — Tas disse, solene. — Tanis gostava muito de Kitiara. Lembra daquela festa na Hospedaria do Lar Derradeiro? Era a festa do Dia da Dom da Vida de Tanis. Ele acabara de "atingir a maioridade" pelos padrões élficos. Minha nossa! Foi uma bela festa! Você se lembra? Caramon jogou uma caneca de cerveja sobre a cabeça dele quando agarrou Dezra. E Raistlin bebeu tanto vinho que uma de suas magias falhou e queimou o avental de Otik, e Kit e Tanis estavam juntos naquele canto ao lado da fogueira e estavam...

Bakaris olhou para Tas, irritado. O comandante não gostava de ser lembrado de como Kitiara realmente era íntima do meio-elfo.

— Diga ao kender para ficar quieto, General — rosnou Bakaris. — Ou eu o darei ao wyvern. Dois reféns serviriam para a Dama das Trevas tão bem quanto três.

— Então é uma armadilha — Laurana disse baixinho, olhando em volta, atordoada. — Tanis não está morrendo... Nem mesmo está lá! Fui uma tola...

— Não vamos a lugar nenhum com você! — Flint afirmou, plantando os pés no chão com firmeza.

Bakaris o encarou friamente.

— Você já viu um wyvern picar alguém até a morte?

— Não — disse Tas com interesse — mas vi um escorpião uma vez. É parecido? Não que eu queira experimentar, claro. — O kender vacilou, vendo o rosto de Bakaris escurecer.

— Os guardas nas muralhas da cidade podem muito bem ouvir seus gritos — disse Bakaris a Laurana, que o encarava como se ele falasse uma língua que ela não compreendia. — Mas seria tarde demais.

— Fui uma tola — Laurana repetiu baixinho.

— Dê a ordem, Laurana! — Flint disse com teimosia. — Nós lutaremos...

— Não — ela disse em voz baixa como a de uma criança. — Não. Não arriscarei suas vidas, a sua ou de Tas. Foi minha a tolice. Eu pagarei. Bakaris, leve-me. Deixe meus amigos ir...

— Chega disso! — Bakaris disse, impaciente. — Não vou deixar ninguém sair! — Subindo nas costas de um wyvern, ele estendeu a mão para Laurana. — Só tem dois, então teremos que ir em duplas.

Com o rosto inexpressivo, Laurana aceitou a ajuda de Bakaris e subiu no wyvern. Colocando seu braço bom ao seu redor, ele a abraçou, sorrindo.

Ao toque dele, o rosto de Laurana recuperou um pouco de sua cor. Com raiva, ela tentou se libertar de seu aperto.

— Você está muito mais segura assim, General — Bakaris disse seriamente em seu ouvido. — Não gostaria que você caísse.

Laurana mordeu o lábio e olhou para a frente, forçando-se a não chorar.

— Essas criaturas sempre cheiram tão mal? — disse Tas, olhando para o wyvern com nojo enquanto ajudava Flint a montar. — Acho que você deveria convencê-los a tomar banho...

— Cuidado com a cauda — Bakaris disse friamente. — O wyvern geralmente não mata, a menos que eu dê o comando, mas eles são nervosos. Pequenas coisas os perturbam.

— Ah. — Tas engoliu em seco. — Tenho certeza que não quis insultar. Na verdade, suponho que se acostume com o cheiro, depois de um tempo...

A um sinal de Bakaris, o wyvern abriu suas asas de couro e voou no ar, subindo lentamente sob o fardo incomum. Flint agarrou Tasslehoff com força e ficou de olho em Laurana, voando à frente deles com Bakaris. Ocasionalmente, o anão via Bakaris se inclinar para perto de Laurana e via Laurana se afastar dele. O rosto do anão ficou sério.

— Esse Bakaris não presta! — O anão murmurou para Tas.

— O quê? — disse Tas, virando para trás.

— Eu disse que Bakaris não presta! — gritou o anão. — E aposto que ele está agindo por conta própria e não segue ordens. Esse tal de Gakhan não ficou nada satisfeito.

— O quê — Tas berrou. — Não consigo ouvir! Todo esse vento...

— Ah, deixa pra lá. — O anão ficou tonto de repente. Estava ficando difícil respirar. Tentando desviar sua própria atenção, ele olhou triste para as copas das árvores emergindo das sombras quando o sol começou a nascer.

Depois de voar por cerca de uma hora, Bakaris fez um movimento com a mão e o wyvern circulou devagar, procurando um lugar limpo para pousar na encosta da montanha densamente arborizada. Apontando para uma pequena clareira pouco visível entre as árvores, Bakaris gritou instruções para a fera principal. O wyvern pousou como ordenado e Bakaris desceu.

Flint olhou em volta, seus medos crescendo. Não havia sinal da fortaleza. Nenhum sinal de vida de qualquer tipo. Estavam em uma pequena clareira, cercada por pinheiros altos cujos galhos antigos eram tão grossos e emaranhados que efetivamente bloqueavam a maior parte da luz do sol. Ao redor deles, a floresta estava escura e cheia de sombras em movimento. Em uma extremidade da clareira, Flint viu uma pequena caverna esculpida na lateral do penhasco.

— Onde estamos? — Laurana perguntou, séria. — Não pode ser o Forte Dargaard. Por que estamos parando?

— Observação astuta, General — Bakaris disse, satisfeito. — O Forte Dargaard fica a cerca de um quilômetro e meio montanha acima. Não estão nos esperando ainda. A Dama das Trevas provavelmente nem tomou o café da manhã. Não queremos ser indelicados e incomodá-la, não é? — Ele olhou para Tas e Flint. — Vocês dois... fiquem parados — ele instruiu enquanto o kender parecia prestes a pular. Tas congelou.

Movendo-se para ficar perto de Laurana, Bakaris colocou a mão no pescoço do wyvern. Os olhos sem pálpebras do animal seguiam todos os seus movimentos com tanta expectativa quanto um cachorro esperando para ser alimentado.

— Desça, Senhora Laurana — disse Bakaris com suavidade letal, chegando bem perto dela enquanto se sentava nas costas do wyvern, o olhando com desdém. — Temos tempo para um pequeno... café da manhã...

Os olhos de Laurana brilharam. Sua mão se moveu para a espada com tanta convicção que ela quase se convenceu de que estava ali.

— Afaste-se de mim! — comandou com tanta presença que, por um momento, Bakaris parou. Então, sorrindo, ele estendeu a mão e agarrou o pulso dela.

— Não, senhora. Eu não lutaria. Lembre-se do wyvern... E de seus amigos ali. Uma palavra minha e eles terão mortes muito desagradáveis!

Encolhendo-se, Laurana levantou a cabeça para ver a cauda de escorpião do wyvern parada acima das costas de Flint. A fera tremia na expectativa da matança.

— Não! Laurana — Flint começou em agonia, mas ela lançou um olhar sério para ele, lembrando-o de que ainda era a general. Com o rosto sem vida, permitiu que Bakaris a ajudasse a descer.

— Aqui, pensei que você estava com fome — disse Bakaris, sorrindo.

— Deixa eles irem! — Laurana exigiu. — Sou eu quem você quer...

— Você está aqui — disse Bakaris, agarrando-a pela cintura. — Mas a presença deles parece garantir o seu bom comportamento.

— Não se preocupe conosco, Laurana! — Flint rugiu.

— Cale a boca, anão! — Bakaris gritou de raiva. Empurrando Laurana de volta contra o corpo do wyvern, ele se virou para encarar o anão e o kender. O sangue de Flint gelou quando viu a loucura selvagem nos olhos do homem.

— Acho que é melhor fazer o que ele diz, Flint — disse Tas, engolindo em seco. — Ele vai machucar Laurana...

— Machucá-la? Ah, não muito — disse Bakaris, rindo. — Ela ainda será útil para Kitiara para qualquer objetivo que possa ter em mente. Mas não se mexa, anão. Eu posso me esquecer! — Bakaris avisou, ouvindo Flint engasgar de raiva. Ele se voltou para Laurana. — Kitiara não se importará se eu me divertir um pouco com a dama primeiro. Não, não desmaie...

Era uma velha técnica de autodefesa élfica. Flint já vira isso com frequência e ficou tenso, pronto para agir quando os olhos de Laurana rolaram, seu corpo amoleceu e seus joelhos pareciam ceder.

Instintivamente, Bakaris se aproximou para pegá-la.

— Não, não caia! Gosto das minhas mulheres animadas... nff!

O punho de Laurana bateu em seu estômago, tirando o fôlego de seu corpo. Dobrando de dor, caiu para a frente. Erguendo o joelho, Laurana o atingiu diretamente sob o queixo. Quando Bakaris caiu na terra, Flint pegou o kender assustado e deslizou para fora do wyvern.

— Corra, Flint! Rápido! — Laurana ofegou, saltando para longe do wyvern e do homem gemendo no chão. — Para a floresta!

Mas Bakaris, com o rosto torcido de raiva, estendeu a mão e agarrou o tornozelo de Laurana. Ela tropeçou e caiu, chutando freneticamente. Segurando um galho de árvore, Flint saltou em direção a Bakaris enquanto o comandante estava se levantando. Ao ouvir o rugido de Flint, Bakaris se virou e atingiu o anão no rosto com as costas da mão. No mesmo movimento, ele segurou o braço de Laurana e a arrastou para levantá-la. Então, virando-se, ele olhou para Tas que correra para o lado do anão inconsciente.

— A senhora e eu estamos entrando na caverna... — Bakaris disse, respirando pesadamente. Ele torceu o braço de Laurana, a fazendo gritar de dor. — Faça um movimento, kender, e eu quebro o braço dela. Quando entrarmos na caverna, não quero ser incomodado. Há uma adaga no meu cinto. Vou segurá-lo na garganta da mulher. Você entendeu, idiota?

— Sim, senhor — gaguejou Tasslehoff. — E-eu nem sonharia em interferir. V-vou só ficar aqui com Flint.

— Não entrem na mata. — Bakaris começou a arrastar Laurana em direção à caverna. — Os draconianos guardam a floresta.

— N-não, senhor — gaguejou Tas, se ajoelhando ao lado de Flint, com os olhos arregalados.

Satisfeito, Bakaris olhou de novo para o kender encolhido e depois empurrou Laurana em direção à entrada da caverna.

Cega pelas lágrimas, Laurana tropeçou para a frente. Como se para lembrá-la de que estava presa, Bakaris torceu o braço outra vez. A dor era excruciante. Não havia como se libertar do apresamento poderoso do homem. Amaldiçoando-se por cair nessa armadilha, Laurana tentou combater o medo e pensar com clareza. Era difícil, a mão do homem era forte e seu cheiro, o cheiro humano, lembrava Tanis de uma maneira horrível.

Como se estivesse adivinhando seus pensamentos, Bakaris a trouxe para perto, esfregando o rosto barbudo contra sua face macia.

— Você será mais uma mulher que o meio-elfo e eu compartilhamos... — ele sussurrou de forma rouca, depois sua voz se interrompeu em uma bolha de agonia.

Por um instante, o aperto de Bakaris no braço de Laurana aumentou quase além da resistência. Então, afrouxou. A mão dele escorregou do braço. Laurana se libertou do apresamento, depois virou para encará-lo.

O sangue escorria entre os dedos de Bakaris que seguravam sua lateral, onde a pequena faca de Tasslehoff ainda se projetava da ferida. Sacando sua própria adaga, o homem se lançou sobre o kender desafiador.

Algo estalou em Laurana, liberando uma fúria e ódio selvagens que ela não imaginara que espreitassem dentro dela. Não sentindo mais nenhum medo, não se importando mais se viveria ou morreria, Laurana tinha um pensamento em mente: ela mataria esse humano.

Com um grito selvagem, ela se atirou e o derrubou no chão. Ele deu um grunhido, depois ficou imóvel embaixo dela. Laurana lutou desesperadamente, tentando pegar a faca. Então, percebeu que corpo dele não estava se movendo. Lentamente, ela se levantou, tremendo em reação.

Por um momento, não conseguia ver nada através da névoa vermelha diante de seus olhos. Quando ficou claro, ela viu Tasslehoff rolar o corpo. Bakaris estava morto. Seus olhos olhavam para o céu, um olhar de profundo choque e surpresa em seu rosto. Sua mão ainda segurava a adaga que ele enfiara em seu próprio intestino.

— O que aconteceu? — Laurana sussurrou, tremendo de raiva e repulsa.

— Você o derrubou e ele caiu sobre a faca — disse Tas calmamente.

— Mas antes disso...

— Ah, eu o ataquei — disse Tas. Puxando a faca da lateral do homem, ele a observou com orgulho. — E Caramon me disse que ela não teria utilidade a menos que eu encontrasse um coelho cruel! Espere até eu contar!

— Sabe, Laurana — ele continuou, um tanto triste. — Todo mundo sempre nos subestima. Bakaris deveria ter revistado minhas bolsas. Olha, esse seu truque de desmaiar foi legal. Você fez...

— Como está o Flint? — Laurana interrompeu, não querendo lembrar daqueles últimos momentos horríveis. Sem saber o que estava fazendo ou por quê, tirou a capa dos ombros e a jogou sobre o rosto barbudo. — Temos que sair daqui.

— Ele vai ficar bem — disse Tas, olhando para o anão, que estava gemendo e balançando a cabeça. — E os wyverns? Você acha que vão nos atacar?

— Não sei — Laurana disse, olhando os animais. Os wyverns olhavam em volta, inquietos, incertos sobre o que acontecera com seu mestre. — Ouvi dizer que não são muito inteligentes. Geralmente não agem por conta própria. Talvez... se não fizermos movimentos bruscos... possamos escapar para a floresta antes que descubram o que aconteceu. Ajude Flint.

— Vamos, Flint — Tas disse com urgência, puxando o anão. — Temos que fug–

A voz do kender foi cortada por um grito selvagem, um berro de tanto medo e terror que fez os cabelos de Tas se arrepiarem. Erguendo os olhos, ele viu Laurana olhando para uma figura que aparentemente surgira da caverna. Ao ver a figura, Tasslehoff sentiu a sensação mais terrível tomar conta do seu corpo. Seu coração disparou, suas mãos gelaram, ele não conseguia respirar.

— Flint! — ofegou antes de sua garganta se fechar completamente.

Ouvindo um tom na voz do kender que nunca ouvira antes, Flint lutou para se sentar.

— O quê...

Tas só conseguia apontar.

Flint focou a visão turva na direção que Tas indicava.

— Em nome de Reorx — disse o anão, a voz embargada. — O que é isso?

A figura moveu-se implacável em direção a Laurana, que, enfeitiçada pelo seu comando, não conseguia fazer nada além de encará-lo. Vestido com uma armadura antiga, poderia ter sido um Cavaleiro de Solamnia, mas a armadura estava enegrecida como se queimada pelo fogo. Uma luz laranja brilhava sob seu elmo, que parecia estar colocado sobre o ar vazio.

A figura estendeu um braço de armadura. Flint se engasgou de horror. O braço de armadura não terminava em uma mão. O cavaleiro aparentemente agarrou Laurana com nada além de ar. Mas ela gritou de dor, ajoelhando diante da visão aterradora. A cabeça dela caiu para a frente e ela desmaiou por causa do toque gélido. O cavaleiro soltou seu aperto, deixando o corpo inerte escorregar para o chão. Curvando-se, o cavaleiro a levantou nos braços.

Tas começou a se mover, mas o cavaleiro voltou seu olhar laranja para ele e o kender ficou preso, olhando a chama laranja dos olhos da criatura. Nem ele nem Flint conseguiram desviar o olhar, embora o horror fosse tão grande que o anão temesse enlouquecer. Somente seu amor e sua preocupação por Laurana o mantinham apegado à consciência. Ele dizia repetidas vezes que devia fazer algo, que devia salvá-la. Mas não conseguia fazer seu corpo trêmulo obedecer. O olhar cintilante do cavaleiro passou pelos dois.

— Voltem para Kalaman — disse uma voz vazia. — Digam a eles que temos a elfa. A Dama das Trevas chegará amanhã ao meio-dia para discutir termos de rendição.

Girando, o cavaleiro andou sobre o corpo de Bakaris, a armadura cintilante da figura passando direto pelo cadáver como se ele não existisse mais. O cavaleiro desapareceu nas sombras escuras da floresta, carregando Laurana nos braços.

Com a partida do cavaleiro, a magia foi retirada. Sentindo-se fraco e doente, Tas começou a tremer sem controle. Flint lutou para se levantar.

— Eu vou atrás dele... — o anão murmurou, embora suas mãos tremessem tanto que ele mal conseguia levantar o elmo do chão.

— N-não — gaguejou Tasslehoff, com o rosto tenso e branco enquanto olhava para o cavaleiro. — Seja lá o que for, não podemos lutar contra ele. Eu... eu fiquei com medo, Flint! — O kender balançou a cabeça, miserável. — Sinto muito, mas não posso enfrentar aquilo, aquela coisa de novo! Temos que voltar para Kalaman. Talvez consigamos ajuda...

Tas correu em direção à floresta. Por um momento, Flint ficou zangado e irresoluto, procurando Laurana. Então, seu rosto se enrugou em agonia.

— Ele está certo — murmurou. — Também não posso ir atrás daquilo. O que quer que fosse, não era deste mundo.

Virando, Flint vislumbrou Bakaris, deitado sob a capa de Laurana. Uma dor rápida apertou o coração do anão. Ignorando, Flint disse para si mesmo com uma certeza súbita.

— Ele estava mentindo sobre Tanis. E Kitiara também. Ele não está com ela, eu sei! — O anão cerrou o punho. — Não sei onde Tanis está, mas um dia terei que encará-lo e contar a ele que... eu o decepcionei. Ele confiou em mim para mantê-la segura e eu falhei! — O anão fechou os olhos. Então, ouviu Tas gritar. Suspirando, ele tropeçou às cegas atrás do kender, esfregando o braço esquerdo enquanto corria. — Como eu vou contar a ele? — Ele gemeu. — Como?

4

Um interlúdio pacífico.

Certo — disse Tanis, olhando para o homem que estava sentado calmamente na sua frente. — Quero respostas. Você nos levou de propósito para o turbilhão! Por quê? Você sabia que este lugar estava aqui? Onde estamos? Onde estão os outros?

Berem estava sentado diante de Tanis em uma cadeira de madeira. Ela foi esculpida com figuras de pássaros e animais em um estilo popular entre os elfos. De fato, lembrou a Tanis o trono de Lorac no condenado reino élfico de Silvanesti. A semelhança não fez nada para acalmar o espírito de Tanis e Berem se encolheu sob o olhar zangado do meio-elfo. As mãos jovens demais para o corpo do homem de meia-idade puxavam as calças surradas. Ele desviou o olhar, nervoso, para observar o ambiente estranho ao redor.

— Droga. Responda! — Tanis se enfureceu. Lançando-se em direção a Berem, ele agarrou a camisa do homem e o puxou da cadeira. Suas mãos cerradas foram para a garganta dele.

— Tanis! — Ligeira, Lua Dourada levantou e colocou a mão no braço de Tanis. Mas o meio-elfo estava além da razão. Seu rosto estava tão contorcido de medo e raiva que ela não o reconheceu. Freneticamente, ela puxou as mãos que seguravam Berem. — Vento Ligeiro, faça parar!

O grande homem das Planícies agarrou Tanis pelos pulsos e o puxou para longe de Berem, segurando o meio-elfo nos braços fortes.

— Deixe-o em paz, Tanis!

Por um momento, Tanis lutou, depois ficou mole, respirando fundo e estremecendo.

— Ele é mudo — Vento Ligeiro disse, sério. — Mesmo que quisesse contar, não conseguiria. Ele não pode falar...

— Sim, eu posso.

Os três pararam assustados, encarando Berem.

— Eu posso falar — ele disse calmamente, falando comum. Distraído, esfregou a garganta, onde as marcas dos dedos de Tanis se destacavam vermelhas em sua pele bronzeada.

— Então, por que finge que não pode? — Tanis perguntou, respirando pesadamente.

Berem esfregou o pescoço, os olhos fixos em Tanis.

— As pessoas não fazem perguntas a um homem que não pode falar...

Tanis fez um esforço para se acalmar e pensar nisso por um momento. Olhando para Vento Ligeiro e Lua Dourada, viu Vento Ligeiro fazer uma careta e balançar a cabeça. Lua Dourada deu de ombros levemente. Tanis arrastou outra cadeira de madeira para se sentar na frente de Berem. Percebendo que o encosto da cadeira estava rachado e quebrado, sentou com cuidado.

— Berem — Tanis falou devagar, reprimindo a impaciência. — Você está falando conosco. Isso significa que você responderá às nossas perguntas?

Berem olhou para Tanis e depois acenou com a cabeça uma vez.

— Por quê? — perguntou Tanis.

Berem lambeu os lábios, olhando em volta.

— Eu... vocês precisam me ajudar... a sair daqui... e-eu não posso ficar...

Tanis sentiu um calafrio, apesar do calor quente da sala.

— Você está em perigo? Nós estamos em perigo? Que lugar é este?

— Eu não sei! — Berem olhou em volta, impotente. — Não sei onde estamos. Só sei que não posso ficar aqui. Eu preciso voltar!

— Por quê? Os Senhores Dragões estão o caçando. Um dos senhores... — Tanis tossiu, depois falou com voz rouca. — Um deles me disse que você era a chave para completar a vitória da Rainha das Trevas. Por que, Berem? O que você tem que eles querem?

— Eu não sei! — Berem gritou, apertando o punho. — Só sei que eles estão me perseguindo... Estou fugindo deles há anos! Sem paz... sem descanso!

— Há quanto tempo, Berem? — perguntou Tanis em voz baixa. — Há quanto tempo estão te perseguindo?

— Anos! — Berem disse com uma voz abafada. — Anos... Não sei quanto tempo. — Suspirando, ele pareceu afundar em sua complacência calma. — Tenho trezentos e vinte e dois anos. Vinte e três? Vinte e quatro? — Ele deu de ombros. — Pela maior parte desses anos, a Rainha tem me procurado.

— Trezentos e vinte e dois! — Lua Dourada disse com espanto. — Mas... mas você é humano! Isso não é possível!

— Sim, eu sou humano — disse Berem, seus olhos azuis focados em Lua Dourada. — Sei que é impossível. Eu morri. Muitas vezes. — Seu olhar passou para Tanis. — Você me viu morrer. Foi em Pax Tharkas. Eu o reconheci quando você entrou no navio.

— Você morreu quando as pedras caíram! — Tanis exclamou. — Mas nós o vimos vivo no banquete de casamento, Sturm e eu...

— Sim. Eu também vi vocês. Por isso fugi. Eu sabia... Que haveria mais perguntas. — Berem sacudiu a cabeça. — Como explicar minha sobrevivência para vocês? Nem eu sei como sobrevivi! Tudo o que sei é que morro e depois estou vivo novamente. De novo e outra vez. — A cabeça dele afundou nas mãos. — Tudo o que eu quero é paz!

Tanis estava confuso. Coçando a barba, encarou o homem. Que ele estava mentindo era quase certo. Ah, não sobre morrer e voltar à vida. Tanis já tinha visto isso. Mas ele sabia que a Rainha das Trevas estava usando quase todas as forças que conseguia tirar da guerra para procurar esse homem. "Ele deve saber o porquê!"

— Berem, como a joia verde entrou em sua carne?

— Eu não sei — respondeu Berem com uma voz tão baixa que mal conseguiam ouvi-lo. Inconscientemente, sua mão agarrou seu peito como se doesse. — Faz parte do meu corpo, como meus ossos e meu sangue. Acho que é isso que me traz de volta à vida.

— Você pode removê-la? — Lua Dourada perguntou gentilmente, sentando-se em uma almofada ao lado de Berem, com a mão no braço dele.

Berem balançou a cabeça violentamente, os cabelos grisalhos caindo sobre os olhos.

— Eu tentei! - murmurou. — Tentei arrancá-la várias vezes! É como tentar arrancar meu próprio coração!

Tanis estremeceu, depois suspirou exasperado. Isso não ajudava em nada! Ainda não tinha ideia de onde eles estavam. Esperava que Berem pudesse dizer...

Mais uma vez, Tanis olhou os estranhos arredores. Estavam em uma sala de uma construção obviamente antiga, iluminada por uma luz estranha e suave que parecia vir do musgo que cobria as paredes, como uma tapeçaria. Os móveis eram tão antigos quanto a construção, surrados e dilapidados, embora devessem ter sido ricos no passado. Não havia janelas. Nada podia ser ouvido lá fora. Não tinham ideia de há quanto tempo estavam ali. O tempo ficou confuso, interrompido apenas para comer algumas das plantas estranhas e dormir de forma irregular.

Tanis e Vento Ligeiro exploraram o prédio, mas não encontraram saída nem outros sinais de vida. De fato, Tanis se perguntava se alguma magia não fora lançada sobre a coisa toda, uma magia projetada para mantê-los lá dentro. A cada vez que se aventuravam, os corredores estreitos e pouco iluminados sempre os levavam inexplicavelmente de volta a aquela sala.

Eles se lembravam pouco do que aconteceu depois que o navio afundou no turbilhão. Tanis lembrava de ouvir as pranchas de madeira quebrando. Lembrou de ter visto o mastro cair, as velas rasgarem. Ele ouviu gritos. Viu Caramon ser levado para o mar por uma onda gigantesca. Lembrou de ver os cachos vermelhos de Tika girando na água e, então, ela também sumiu. Havia o dragão... e Kitiara... Os arranhões das garras do dragão permaneciam em seu braço. Então, houve outra onda... lembrava de ter prendido a respiração até saber que morreria de dor nos pulmões. Lembrava de pensar que a morte seria fácil e bem-vinda, mesmo enquanto lutava para agarrar um pedaço de madeira. Lembrava de ter emergido na água corrente, apenas para ser sugado novamente, sabendo que era o fim...

E acordou naquele lugar estranho com as roupas molhadas da água do mar, encontrando Vento Ligeiro, Lua Dourada e Berem ali.

A princípio, Berem parecia aterrorizado, agachado em um canto, se recusando a deixá-los se aproximar. Pacientemente, Lua Dourada falou com ele e trouxe comida. Aos poucos, suas ministrações gentis o conquistaram. Isso e, Tanis reconheceu agora, seu desejo intenso de deixar este lugar.

Tanis supôs, quando começou a questionar Berem, que o homem levara o navio para o turbilhão porque sabia que o lugar existia, que os trouxera ali de propósito.

Mas o meio-elfo já não tinha tanta certeza. Era evidente pelo olhar confuso e assustado no rosto de Berem que ele não tinha ideia de onde estavam. O simples fato de estar conversando com eles indicava que o dizia era verdade. Ele estava desesperado. Queria sair dali. Por quê?

— Berem... — Tanis começou, levantando-se e andando pela sala. Ele sentiu o olhar de Berem segui-lo. — Se você está fugindo da Rainha das Trevas, este parece ser o lugar ideal para se esconder...

— Não! — Berem gritou, quase levantando.

Tanis se virou.

— Por que não? Por que está tão determinado a sair daqui? Por que quer voltar para onde ela vai encontrar?

Berem se encolheu, afundando na cadeira.

— E-eu não sei nada sobre esse lugar! Eu juro! E-eu... preciso voltar... Tenho que ir a um lugar... Estou procurando algo... Até que eu encontre, não haverá descanso.

— Encontrar! Encontrar o quê? — Tanis gritou. Ele sentiu a mão de Lua Dourada em seu braço e sabia que estava delirando como um maníaco, mas era tão frustrante! Ter aquilo que a Rainha das Trevas daria o mundo para adquirir e não saber o porquê!

— Eu não posso contar! — Berem choramingou.

Tanis respirou fundo, fechando os olhos, tentando se acalmar. Sua cabeça latejava. Ele sentia como se pudesse explodir em mil pedaços. Lua Dourada se levantou. Colocando as duas mãos nos ombros dele, sussurrou palavras suaves que ele não podia compreender, exceto o nome de Mishakal. Lentamente, a sensação terrível passou, deixando-o esgotado e exausto.

— Está certo, Berem. — Tanis suspirou. — Está tudo bem. Desculpe. Não vamos mais falar sobre isso. Fale sobre você. De onde você é?

Berem hesitou um momento, seus olhos se estreitaram e ele ficou tenso. Tanis ficou impressionado com o comportamento peculiar de Berem.

— Eu sou de Consolação. De onde você é? — repetiu casualmente.

Berem o observava com cautela.

— Você, você nunca ouviu falar dela. U-uma vila pequena fora de... fora de... — Ele engoliu em seco e depois limpou a garganta. — Neraka.

— Neraka? — Tanis olhou para Vento Ligeiro.

O homem das Planícies balançou a cabeça.

— Ele está certo. Nunca ouvi falar.

— Nem eu — Tanis murmurou. — Pena que Tasslehoff e seus mapas não estão aqui... Berem, por que...

— Tanis! — Lua Dourada gritou.

O meio-elfo se levantou ao som da voz dela, a mão indo reflexivamente para a espada que não estava lá. Vagamente, lembrou de ter se debatido com ela na água, seu peso o arrastando para baixo. Amaldiçoando-se por não colocar Vento Ligeiro para guardar a porta, ele não podia fazer nada agora além de encarar o homem de túnica vermelha que estava enquadrado em sua abertura.

— Olá — o homem disse agradavelmente, falando comum.

Os mantos vermelhos trouxeram a imagem de Raistlin de volta a Tanis com tanta força que a visão do meio-elfo ficou turva. Por um momento, achou que era Raistlin. Então, viu com clareza. Este mago era mais velho, muito mais velho, e seu rosto era gentil.

— Onde estamos? — Tanis questionou severamente. — Quem são vocês? Por que fomos trazidos aqui?

— KreeaQUEKH — o homem disse com nojo. Virando, ele se afastou.

— Droga! — Tanis pulou para frente, com a intenção de agarrar o homem e o arrastar de volta. Mas ele sentiu uma mão firme em seu ombro.

— Espere — aconselhou Vento Ligeiro. — Acalme-se, Tanis. Ele é um mago. Você não poderia lutar com ele, mesmo que tivesse uma espada. Vamos segui-lo, ver para onde vai. Se ele lançou uma magia neste lugar, talvez precise retirá-la para poder sair.

Tanis respirou fundo.

— Você está certo, claro. — Ele ofegou em busca de ar. — Desculpe. Não sei o que há de errado comigo. Estou me sentindo rígido e esticado, como a pele sobre um tambor. Vamos segui-lo. Lua Dourada, fique aqui com Berem...

— Não! — Berem gritou. Jogando-se da cadeira, ele agarrou Tanis com tanta força que quase o derrubou. — Não me deixe aqui! Não!

— Não vamos deixar você! — Tanis disse, tentando se livrar do aperto mortal de Berem.

— Ah, tudo bem. Talvez seja melhor ficarmos juntos de qualquer forma.

Correndo para a passagem estreita, eles começaram a descer pelo corredor desolado e abandonado.

— Lá vai ele! — Vento Ligeiro apontou.

Na penumbra, podiam ver um pouco do manto vermelho virando uma esquina. Caminhando com cuidado, eles o seguiram. O corredor levava a outro corredor, com outros quartos se ramificando.

— Isso nunca esteve aqui antes! — Vento Ligeiro exclamou. — Sempre houve uma parede sólida.

— Ilusão sólida — Tanis murmurou.

Entrando no corredor, eles olharam em volta com curiosidade. Os quartos estavam cheios com os mesmos móveis antigos e incompatíveis que estavam na sua sala aberta da passagem vazia. Esses quartos também estavam vazios, mas iluminados com as mesmas estranhas luzes brilhantes. Talvez fosse uma estalagem. Nesse caso, pareciam ser seus únicos clientes e poderiam ser os únicos nos últimos cem anos.

Eles passaram por corredores destruídos e salões vastos com colunas. Não houve tempo para investigar os arredores, não enquanto seguiam o homem de manto vermelho, que estava se mostrando incrivelmente rápido e esquivo. Por duas vezes, pensaram que o perderam, apenas para vislumbrar os mantos vermelhos flutuando em uma escada circular abaixo deles ou passando por um corredor adjacente.

Foi em uma dessas junções que ficaram por um momento, olhando para dois corredores divergentes, sentindo-se perdidos e frustrados.

— Vamos nos dividir — disse Tanis depois de um instante. — Mas não vão longe. Vamos nos encontrar aqui. Se vir algum sinal dele, Vento Ligeiro, assobie uma vez. Eu vou fazer o mesmo.

Assentindo, o homem das Planícies e Lua Dourada deslizaram por um corredor enquanto Tanis, com Berem praticamente tropeçando em seus pés, procurava no outro.

Ele não encontrou nada. O corredor levava a uma sala grande, estranhamente iluminada, como tudo o mais naquele lugar estranho. Ele deveria olhar ou voltar? Depois de hesitar um momento, Tanis decidiu dar uma rápida olhada lá dentro. A sala estava vazia, exceto por uma enorme mesa redonda. E em cima da mesa, enquanto se aproximava, ele viu um mapa notável!

Tanis se inclinou rapidamente sobre o mapa, esperando uma pista de onde e qual era esse lugar misterioso. O mapa era uma réplica em miniatura da cidade! Protegida por uma cúpula de cristal claro, era tão exata em detalhes que Tanis teve a estranha sensação de que a cidade sob o cristal era mais real do que aquela onde estava.

— Pena que Tas não está aqui — pensou melancolicamente, imaginando o deleite do kender.

Os prédios foram construídos no estilo antigo; pináculos delicados que subiam ao céu de cristal, a luz brilhando nas cúpulas brancas. Arcadas de pedra atravessavam os bulevares de jardins. As ruas estavam dispostas como uma grande teia de aranha, levando diretamente ao coração da própria cidade.

Tanis sentiu Berem puxar nervosamente sua manga, gesticulando para que fossem embora. Embora pudesse falar, era óbvio que o homem se acostumara e talvez até preferisse o silêncio.

— Sim, só um momento — disse Tanis, relutante em ir. Ele não ouvira sinal de Vento Ligeiro e havia todas as possibilidades de que esse mapa os levasse a sair deste lugar.

Curvado sobre o vidro, examinou a miniatura mais de perto. Ao redor do centro da cidade, havia grandes pavilhões e palácios com colunas. Cúpulas de vidro embalavam flores de verão em meio às neves do inverno. No centro exato da cidade, havia uma construção que parecia familiar a Tanis, embora soubesse que nunca havia estado nesta cidade em sua vida. Ainda assim, ele a reconheceu. Enquanto a estudava, procurando em sua memória, o cabelo arrepiou na sua nuca.

Parecia ser um templo para os deuses. E era a estrutura mais bonita que ele já vira, mais bonita que as Torres do Sol e das Estrelas nos reinos élficos. Sete torres se erguiam aos céus como se louvassem os deuses por sua criação. A torre central subia muito acima do resto, como se não louvasse os deuses, mas os rivalizasse. Memórias confusas de seus professores élficos vieram à sua mente, contando histórias do Cataclismo, histórias do Rei-Sacerdote...

Tanis se afastou da miniatura, com a respiração presa na garganta. Berem olhou para ele assustado, o rosto do homem ficando branco.

— O que foi? — resmungou de medo, agarrando Tanis.

O meio-elfo balançou a cabeça. Ele não conseguia falar. As implicações terríveis de onde estavam e o que estava acontecendo estavam se espalhando sobre ele como águas vermelhas do Mar de Sangue.

Confuso, Berem olhou para o centro do mapa. Os olhos do homem se arregalaram e ele gritou, um grito diferente de qualquer Tanis já ouvira antes. De repente, Berem se jogou sobre a cúpula de cristal, batendo nela como se fosse quebrá-la.

— A Cidade da Danação! — Berem gemeu. — A Cidade da Danação.

Tanis avançou para acalmá-lo, depois ouviu o assobio estridente de Vento Ligeiro. Agarrando Berem, Tanis o arrastou para longe do cristal.

— Eu sei — ele disse. — Vamos, temos que sair daqui.

Mas como? Como sair de uma cidade que deveria ter sido eliminada da face de Krynn? Como sair de uma cidade que deveria estar bem no fundo do Mar de Sangue? Como sair de...

Quando ele empurrou Berem pela porta da sala de mapas, Tanis olhou por cima da entrada. Palavras foram esculpidas em seu mármore em ruínas. Palavras que já falaram de uma das maravilhas do mundo. Palavras cujas letras estavam agora rachadas e cobertas de musgo. Mas ele conseguia ler.

Bem-vindo, ó nobre visitante, à nossa bela cidade.
Bem-vindo à cidade amada pelos deuses.
Bem-vindo, convidado de honra, à
Istar.

5

"Eu o matei uma vez..."

Eu vi o que você está fazendo com ele! Está tentando matá-lo! — Caramon gritou com Par-Salian. Líder da Torre da Alta Magia, a última delas, localizada nas estranhas florestas de Wayreth, Par-Salian tinha o posto mais alto na Ordem dos magos em Krynn.

Para o guerreiro de vinte anos, o velho murcho, de manto branco como a neve, era algo que ele poderia quebrar com as próprias mãos. O jovem havia aguentado muita coisa nos últimos dois dias, mas sua paciência se esgotara.

— Não somos assassinos — disse Par-Salian em sua voz suave. — Seu irmão sabia o que enfrentaria quando concordou em passar por essas Provações. Sabia que a morte era a penalidade pelo fracasso.

— Na verdade, não sabia — Caramon murmurou, passando a mão pelos olhos. — Ou, se sabia, não se importou. Às vezes, seu... seu amor pela magia obscurece seu pensamento.

— Amor? Não. — Par-Salian sorriu tristemente. — Não acho que podemos chamar de amor.

— Bem, tanto faz — Caramon murmurou. — Ele não tinha ideia do que você faria! É tudo tão sério...

— É claro — disse Par-Salian suavemente. — O que aconteceria com você, guerreiro, se fosse para a batalha sem saber como usar sua espada?

Caramon fez uma careta.

— Não tente mudar de assunto...

— O que aconteceria? — Par-Salian persistiu.

— Eu seria morto — disse Caramon com a paciência que se usa ao falar com uma pessoa idosa que está ficando um pouco infantil. — Agora...

— Você não apenas morreria — continuou Par-Salian. — mas seus companheiros, aqueles que dependem de você, também poderiam morrer por causa de sua incompetência?

— Sim — disse Caramon, impaciente, querendo continuar seu discurso. Então, fazendo uma pausa, ele ficou em silêncio.

— Você entende o meu argumento — disse Par-Salian gentilmente. — Não exigimos este teste de todos que querem usar mágica. Existem muitos com o dom que passam pela vida contentes em usar as magias elementares ensinadas pelas escolas. É suficiente para ajudá-los no dia a dia e é isso que eles querem. Mas, às vezes, chega uma pessoa como seu irmão. Para ele, o presente é mais do que uma ferramenta para ajudá-lo na vida. Para ele, o presente é a vida. Ele aspira mais. Busca conhecimento e poder que podem ser perigosos, não apenas para ele, mas também para os que o rodeiam. Portanto, forçamos todos os magos que entrariam nos reinos onde o poder verdadeiro pode ser alcançado a fazer o Teste, a se submeterem às Provações. Assim, eliminamos os incompetentes...

— Você fez o seu melhor para eliminar Raistlin! — Caramon rosnou. — Ele não é incompetente, mas é frágil e, agora, está machucado, talvez morrendo!

— Não, ele não é incompetente. Pelo contrário. Seu irmão se saiu muito bem, guerreiro. Derrotou todos os seus inimigos. Se comportou como um profissional. Quase profissional demais. — Par-Salian pareceu pensativo. — Gostaria de saber se alguém não se interessou por seu irmão.

— Não tenho como saber. — A voz de Caramon endureceu, determinada. — E não me importo. Tudo o que sei é que estou colocando um fim nisso. Agora mesmo.

— Você não pode. Não terá permissão. Ele não está morrendo...

— Você não pode me impedir! — Caramon declarou com frieza. — Mágica! Truques para divertir as crianças! Poder verdadeiro! Ora! Não vale a pena ser morto por...

— Seu irmão acredita que sim — disse Par-Salian em voz baixa. — Devo mostrar o quanto ele acredita em sua magia? Devo mostrar a você o poder verdadeiro?

Ignorando Par-Salian, Caramon deu um passo à frente, determinado a acabar com o sofrimento de seu irmão. Esse passo foi o seu último, pelo menos por um tempo. Ele se viu imobilizado, congelado no lugar como se seus pés estivessem envoltos em gelo. O medo tomou conta de Caramon. Foi a primeira vez que ele ficou enfeitiçado e a sensação desamparada de estar sob o controle de outra pessoa foi mais aterrorizante do que enfrentar seis goblins empunhando machados.

— Veja. — Par-Salian começou a entoar palavras estranhas. — Vou mostrar uma visão do que poderia ter sido...

De repente, Caramon se viu entrando na Torre da Alta Magia. Ele piscou com espanto. Estava andando pelos corredores sinistros. A imagem era tão real que Caramon olhou para seu próprio corpo com medo de descobrir que não estava realmente lá. Mas estava. Estava em dois lugares ao mesmo tempo. Poder verdadeiro: o guerreiro começou a suar, depois estremeceu com um calafrio.

Caramon, o Caramon na Torre, estava procurando por seu irmão. Subindo e descendo corredores vazios, ele vagou, chamando o nome de Raistlin. Até que o encontrou.

O jovem mago estava deitado no chão frio de pedra. Sangue escorria de sua boca. Perto dele, havia o corpo de um elfo negro, morto pela magia de Raistlin. Mas o custo fora terrível. O próprio jovem parecia quase morto.

Caramon correu para o irmão e levantou o corpo frágil em seus braços fortes. Ignorando os apelos frenéticos de Raistlin para deixá-lo em paz, o guerreiro começou a carregar o gêmeo para fora dessa Torre maligna. Ele tiraria Raistlin daquele lugar nem que fosse a última coisa que faria.

Mas, assim que chegaram perto da porta de saída da Torre, uma aparição surgiu diante deles. "Outro teste," Caramon pensou sombriamente. "Bem, este será um teste que Raistlin não terá que lidar." Baixando gentilmente seu irmão, o guerreiro se virou para enfrentar esse desafio final.

O que aconteceu depois não fez sentido. O Caramon que assistia piscou com espanto. Ele se viu lançar uma magia! Soltando a espada, ele segurava objetos estranhos nas mãos e falava palavras que não entendia. Relâmpagos eram disparados de suas mãos! A aparição desapareceu com um grito agudo.

O verdadeiro Caramon olhou loucamente para Par-Salian, mas o mago apenas balançou a cabeça e, sem palavras, apontou para a imagem que oscilava diante dos olhos de Caramon. Assustado e confuso, Caramon voltou a assistir.

Ele viu Raistlin se levantar lentamente

— Como você fez isso? — Raistlin perguntou, apoiando-se contra a parede.

Caramon não sabia. Como ele conseguiria fazer algo que levou anos de estudo para o irmão! Mas o guerreiro se viu recitando uma explicação simplista. Caramon também viu o olhar de dor e angústia no rosto de seu irmão.

— Não, Raistlin! — Exclamou o verdadeiro Caramon. — É um truque! Um truque desse velho! Eu não posso fazer isso! Nunca roubaria sua mágica de você! Nunca!

Mas o Caramon falso, arrogante e impetuoso, foi "resgatar" seu "irmãozinho", para salvá-lo de si mesmo.

Erguendo as mãos, Raistlin estendeu-as na direção do irmão. Mas não para abraçá-lo. Não. O jovem mago, doente, ferido e consumido pela inveja, pronunciou as palavras de uma magia, a última que tinha forças para lançar.

Chamas arderam das mãos de Raistlin. O fogo mágico subiu e envolveu seu irmão.

Caramon assistiu horrorizado, atordoado demais para falar, enquanto sua própria imagem era consumida pelo fogo... Ele viu seu irmão cair no chão frio de pedra.

— Não! Raist...

Mãos frias e gentis tocaram seu rosto. Ele podia ouvir vozes, mas suas palavras não tinham sentido. Ele poderia entender, se quisesse. Mas não queria. Seus olhos estavam fechados. Ele poderia abri-los, mas se recusou. Abrir os olhos, ouvir as palavras, apenas tornaria a dor real.

— Eu preciso descansar. — Caramon ouviu-se dizer. Ele afundou de volta na escuridão.

Ele estava se aproximando de outra Torre, uma Torre diferente. A Torre das Estrelas em Silvanesti. Mais uma vez, Raistlin estava com ele, mas usando os Mantos Negros. E foi a vez de Raistlin ajudar Caramon. O grande guerreiro estava ferido. O sangue pulsava constantemente de uma ferida de lança que quase arrancara seu braço.

— Eu preciso descansar — disse Caramon novamente.

Raistlin deitou-o com cuidado, deixando-o confortável com as costas apoiadas na pedra fria da torre. E Raistlin começou a sair.

— Raist! Não — Caramon gritou. — Você não pode me deixar aqui!

Olhando em volta, o guerreiro ferido e indefeso viu as hordas de elfos mortos-vivos que os atacaram em Silvanesti esperando para pular sobre ele. Apenas uma coisa os detinha, o poder mágico de seu irmão.

— Raist! Não me deixe! — berrou.

— Como é estar fraco e sozinho? — Raistlin perguntou em voz baixa.

— Raist! Meu irmão...

— Eu o matei uma vez, Tanis. Posso fazer isso de novo!

— Raist! Não! Raist!

— Caramon, por favor... — Outra voz. Esta era gentil. Mãos macias o tocavam.

— Caramon, por favor! Acorde! Volte, Caramon. Volte para mim. Eu preciso de você!

"Não!" Caramon afastou a voz. Afastou as mãos macias. "Não, eu não quero voltar. Não vou. Estou cansado. Magoado. Quero descansar."

Mas as mãos, a voz, não deixavam. Elas o agarraram, puxando-o das profundezas onde ele desejava afundar.

E agora estava caindo em uma horrível escuridão vermelha. Dedos esqueléticos agarraram-no, cabeças sem olhos giraram por ele, suas bocas abertas em gritos silenciosos. Ele respirou fundo e, depois, afundou no sangue. Lutando, sufocando, finalmente forçou seu caminho para à superfície e ofegou por ar mais uma vez. Raistlin! Mas não, ele se foi. Seus amigos, Tanis? Também se foi. Ele o viu ser levado. O navio. Se foi. Rachado ao meio. Marinheiros retalhados, seu sangue misturado ao mar vermelho-sangue.

Tika! Ela estava por perto. Puxou-a para perto. Ela estava ofegando por ar. Mas não conseguia segurá-la. A água giratória arrancou-a de seus braços e o afundou. Desta vez, ele não conseguiu encontrar a superfície. Seus pulmões estavam pegando fogo, estourando. Morte... descanso... doce, quente...

Mas sempre essas mãos! Arrastando de volta para a superfície horrenda. Fazendo-o respirar o ar ardente. Não, me deixe ir!

E, então, outras mãos, saindo da água vermelho-sangue. Mãos firmes, elas o tiraram da superfície. Ele caiu... caiu... na escuridão misericordiosa. Palavras sussurradas de magia o acalmavam, ele respirava... respirava água... e seus olhos se fecharam... a água estava quente e reconfortante... Ele era criança mais uma vez.

Mas não completo. O seu gêmeo estava desaparecido.

Não! Acordar era agonia. Deixe-o flutuar naquele sonho sombrio para sempre. Melhor do que a dor aguda e amarga.

Mas as mãos puxavam. A voz chamou por ele.

— Caramon, eu preciso de você...

Tika.

— Não sou clérigo, mas acredito que ele vai ficar bem agora. Deixe-o dormir um pouco.

Tika enxugou as lágrimas, tentando parecer forte e controlada.

— O que... o que estava errado? — Ela forçou a pergunta a sair com calma, embora não conseguisse conter um tremor. — Ele se machucou quando o navio... entrou no redemoinho? Ele está assim há dias! Desde quando você nos encontrou.

— Não, acho que não. Se estivesse ferido, os elfos marinhos o teriam curado. Isso era algo dentro dele. Quem é esse "Raist" de quem ele fala? "

— Seu irmão gêmeo — disse Tika, hesitante.

— O que aconteceu? Ele morreu?"

— Não... não. E-eu não sei bem o que aconteceu. Caramon amava muito seu irmão e ele... Raistlin o traiu.

— Entendo. — O homem assentiu, solene. — Isso acontece lá em cima. E você se pergunta por que eu escolhi morar aqui.

— Você salvou a vida dele! — Tika disse. — E eu não o conheço... não sei seu nome.

— Zebulah — respondeu o homem, sorrindo. — E eu não salvei a vida dele. Ele voltou por amor a você.

Tika abaixou a cabeça, seus cachos vermelhos escondendo o rosto.

— Espero que sim — ela sussurrou. — Eu o amo tanto. Eu morreria se isso o salvasse.

Com a certeza de que Caramon ficaria bem, Tika pode se concentrar no estranho. Viu que ele era de meia-idade, barbeado, os olhos tão ingênuos e francos como o sorriso. Humano, ele usava mantos vermelhos. Havia bolsas penduradas no cinto.

— Você é um mago — disse Tika de repente. — Como Raistlin!

— Ah, isso explica tudo. — Zebulah sorriu. — Em seu estado semiconsciente, esse jovem pensou em seu irmão ao me ver.

— Mas o que você está fazendo aqui? — Tika olhou para os arredores estranhos, vendo-os pela primeira vez.

Ela vira, claro, quando o homem a levou até ali, mas não havia percebido em sua preocupação. Agora, notou que estava na câmara de uma construção em ruínas. O ar era quente e sufocante. As plantas cresciam exuberantemente no ar úmido.

Havia alguns móveis, mas eram tão antigos e arruinados quanto a sala. Caramon estava deitado em uma cama de três pernas, o quarto canto sendo sustentado por uma pilha de livros cobertos de musgo. Filetes de água, como pequenas cobras cintilantes, escorriam por um muro de pedra. Tudo reluzia com a umidade, refletindo a luz verde pálida e estranha que brilhava do musgo que crescia na parede. O musgo estava em toda parte, de todas as cores e variedades diferentes. Verde escuro, amarelo dourado, vermelho coral, ele subia pelas paredes e se arrastava pelo teto abobadado.

— O que eu estou *fazendo* aqui? — murmurou. — E onde é aqui?

— Aqui é... Bem, acho que você poderia dizer *aqui* — respondeu Zebulah, de forma agradável. — Os elfos marinhos evitaram que vocês se afogassem e eu os trouxe aqui.

— Elfos marinhos? Nunca ouvi falar de elfos marinhos — disse Tika, olhando em volta com curiosidade, como se pudesse ver um escondido em um armário. — E não me lembro de elfos me salvando. Só me lembro de um peixe enorme e gentil...

— Ah, não precisa procurar os elfos do mar. Você não os verá. Eles temem e desconfiam dos KreeaQUEKH... "respiradores de ar" em seu idioma. E aqueles peixes eram os elfos marinhos, na única forma que eles deixam os KreeaQUEKH verem. Golfinhos, como vocês os chamam.

Caramon se mexeu e gemeu enquanto dormia. Colocando a mão na testa dele, Tika afastou os cabelos úmidos, acalmando-o.

— Então, por que salvaram nossas vidas? — perguntou.

— Você conhece algum elfo? Elfo terrestre? — Zebulah perguntou.

— Sim — respondeu Tika suavemente, pensando em Laurana.

— Então você sabe que, para todos os elfos, a vida é sagrada.

— Entendo. — Tika assentiu. — E como os elfos terrestres, eles renunciam ao mundo em vez de ajudá-lo.

— Estão fazendo o que podem para ajudar — Zebulah a repreendeu com severidade. — Não critique o que você não entende, jovem.

— Desculpe — disse Tika, corando. Ela mudou de assunto. — Mas você é humano. Por quê...

— Por que estou aqui? Não tenho tempo nem vontade de contar minha história para você, pois é óbvio que você também não me entenderia. Nenhum dos outros entendeu.

Tika prendeu a respiração.

— Existem outros? Você já viu mais pessoas do nosso navio... nossos amigos?

Zebulah deu de ombros.

— Há sempre outros por aqui. As ruínas são vastas e muitas têm pequenos bolsões de ar. Levamos aqueles que resgatamos para as habitações mais próximas. Quanto aos seus amigos, não posso afirmar. Se eles estavam no navio com você, provavelmente estão perdidos, os elfos marinhos deram aos mortos os rituais adequados e enviaram as almas para seu caminho. — Zebulah se levantou. — Estou feliz que seu jovem tenha sobrevivido. Tem muita comida por aqui. A maioria das plantas que você vê é comestível. Passeie pelas ruínas, se quiser. Eu coloquei uma magia sobre elas para que você não possa entrar no mar e se afogar. Dê uma arrumada no local. Você encontrará mais móveis...

— Espere! — Tika gritou. — Não podemos ficar aqui! Temos que voltar à superfície. Certamente deve haver alguma saída?

— Todos me perguntam isso — disse Zebulah com um toque de impaciência. — E, francamente, eu concordo. Deve haver alguma saída. As pessoas parecem encontrá-la de vez em quando. Mesmo assim, há quem simplesmente decide, como eu, que não quer ir embora. Tenho vários velhos amigos que estão por aqui há anos. Mas veja por si mesma. Olhe em volta. Apenas tome cuidado para ficar nas partes das ruínas que nós organizamos. — Ele se virou para a porta.

— Espere! Não vá! — Saltando, inclinando-se sobre a cadeira precária na qual estava sentada, Tika correu atrás do mago de manto vermelho. — Talvez você encontre meus amigos. Poderia dizer a eles...?

— Ah, eu duvido — respondeu Zebulah. — Para dizer a verdade, e sem ofensas, jovem, estou farto da sua conversa. Quanto mais vivo aqui, mais os KreeaQUEKH como você me irritam. Sempre com pressa. Nunca satisfeitos em ficar em um só lugar. Você e seu jovem seriam muito mais felizes aqui neste mundo do que lá em cima. Mas não, vocês se matarão tentando encontrar o caminho de volta. E o que vocês enfrentam lá em cima? Traição! — Ele olhou de volta para Caramon.

— Há uma guerra lá em cima! — Tika gritou apaixonadamente. — As pessoas estão sofrendo. Você não se importa com isso?

— As pessoas estão sempre sofrendo lá em cima — disse Zebulah. — Não há nada que eu possa fazer. Não, não me importo. Afinal, para que serve se importar? O que serviu para ele? — Com um gesto zangado para Caramon, Zebulah se virou e saiu, batendo a porta em ruínas atrás dele.

Tika olhou para o homem incerta, imaginando se não deveria sair correndo, agarrá-lo e se pendurar nele. Aparentemente, era o único elo deles com o mundo lá em cima. Onde quer que ali em baixo fosse...

— Tika...

— Caramon! — Esquecendo Zebulah, Tika correu até o guerreiro, que se esforçava para se sentar.

— Em nome do Abismo, onde estamos? — perguntou, observando os arredores com os olhos arregalados. — O que aconteceu? O navio...

— Eu... não tenho certeza — Tika vacilou. — Você se sente bem o suficiente para sentar? Talvez você deva se deitar...

— Estou bem — Caramon retrucou. Sentindo-a recuar diante sua rispidez, ele estendeu a mão e a puxou para seus braços. — Sinto muito, Tika. Perdoe. É apenas... Eu... — Ele balançou a cabeça.

— Eu entendo — disse Tika baixinho. Descansando a cabeça no peito dele, ela contou sobre Zebulah e os elfos marinhos. Caramon ouviu, piscando em confusão enquanto absorvia lentamente tudo o que ouvia. Carrancudo, olhou para a porta.

— Como eu queria estar consciente — ele murmurou. — Esse tal de Zebulah conhece a saída, tenho quase certeza. Eu teria feito ele nos mostrar.

— Não tenho tanta certeza — disse Tika, em dúvida. — Ele é um mago como... — Ela logo parou. Vendo a dor no rosto de Caramon, ela se aninhou perto dele, estendendo a mão para acariciar seu rosto.

— Sabe, Caramon — ela disse suavemente. — Ele tem certa razão. Poderíamos ser felizes aqui. Percebe que esta é a primeira vez que estamos sozinhos? Quero dizer, sozinhos juntos de verdade? E é tão calmo, pacífico e bonito de certa forma. A luz brilhante do musgo é tão suave e misteriosa, não implacável e reluzente como a luz do sol. E ouça a água murmurando, está cantando para nós. Além disso, tem esses móveis bem antigos e essa cama engraçada...

Tika parou de falar. Sentiu os braços de Caramon apertando-a. Os lábios dele roçaram seus cabelos. Seu amor por ele surgiu através dela, fazendo seu coração parar de dor e desejo. Rapidamente, ela jogou os braços ao seu redor, abraçando-o e sentindo o coração dele bater contra o dela.

— Oh, Caramon! — sussurrou sem fôlego. — Vamos ser felizes! Por favor! E... eu sei que... que em algum momento teremos que sair. Teremos que encontrar os outros e retornar ao mundo acima. Mas, por enquanto, vamos ficar sozinhos juntos!

— Tika! — Caramon abraçou-a, esmagando-a contra si como se moldasse seus corpos em um único ser vivo. — Tika, eu te amo! E-eu já disse uma vez que não poderia tomá-la para mim até poder me comprometer completamente com você. Não posso fazer isso... ainda não.

— Sim, você pode! — Tika disse ferozmente. Afastando-se, ela o olhou nos olhos. — Raistlin se foi, Caramon! Você pode fazer sua própria vida!

Caramon balançou a cabeça suavemente.

— Raistlin ainda faz parte de mim. Ele sempre será, assim como sempre serei uma parte dele. Consegue entender?

Não, ela não conseguia, mas assentiu de qualquer maneira, com a cabeça caída.

Sorrindo, Caramon respirou trêmulo. Colocou a mão sob o queixo dela e levantou a cabeça. Os olhos dela eram lindos, ele pensou. Verde com manchas marrons. Agora, brilhavam com lágrimas. Sua pele estava bronzeada por viver ao ar livre, mais sardenta do que nunca. Aquelas sardas a envergonhavam. Tika daria sete anos de vida por uma pele clara como a de Laurana. Mas Caramon amava cada sarda, amava os cabelos ruivos e encaracolados que se prendiam em suas mãos.

Tika viu o amor em seus olhos. Ela recuperou o fôlego. Ele puxou-a para perto. Seu coração batendo mais rápido, ele sussurrou.

— Vou dar o que eu puder, Tika, se você se contentar com isso. Eu queria que, pelo seu bem, fosse mais.

— Eu te amo! — Foi tudo o que ela disse, passando os braços pelo seu pescoço.

Ele queria ter certeza de que ela entendera.

— Tika — ele começou.

— Quieto, Caramon...

6

Apoletta.

Depois de uma longa perseguição pelas ruas de uma cidade cuja beleza decadente era um horror para Tanis, eles entraram em um dos encantadores palácios do centro. Correndo por um jardim morto e entrando em um corredor, dobraram uma esquina e pararam. O homem de manto vermelho não estava em lugar algum.

— Escadas! — Vento Ligeiro disse de repente. Com os próprios olhos já acostumados à luz estranha, Tanis viu que estavam no topo de um lance de escadas de mármore que desciam tão abruptamente que perderam sua presa de vista. Correndo até o patamar, puderam ver mais uma vez os mantos vermelhos balançando abaixo.

— Fique nas sombras perto da parede — alertou Vento Ligeiro, apontando para a lateral da escada que era grande o suficiente para cinquenta homens a descerem lado a lado.

Murais desbotados e rachados nas paredes ainda eram tão requintados e realistas que Tanis teve a impressão febril de que as pessoas retratadas estavam mais vivas do que ele. Talvez alguns deles estivessem de pé naquele mesmo local quando a montanha de fogo atingiu o Templo do Rei-Sacerdote... Tirando o pensamento da cabeça, Tanis continuou.

Depois de descer cerca de vinte degraus, chegaram a um patamar amplo, decorado com estátuas em tamanho real de prata e ouro. A partir daqui, as escadas continuaram descendo, levando a outro patamar, a mais degraus, e assim por diante até que todos estivessem exaustos e sem fôlego. E os mantos vermelhos ainda flutuavam à frente deles.

De repente, Tanis notou uma mudança no ar. Estava ficando mais úmido, o cheiro do mar era forte. Escutando, podia ouvir os sons fracos da água batendo contra a pedra. Sentiu Vento Ligeiro tocar seu braço, o puxando de volta para as sombras. Eles estavam perto do final da escada. O homem do manto vermelho estava na frente deles, parado no fundo, olhando para uma poça de água escura que se estendia diante dele em uma caverna vasta e sombria.

O homem do manto vermelho se ajoelhou ao lado da água. Então, Tanis percebeu outra figura; esta na água! Ele podia ver o cabelo brilhando à luz das tochas... Tinha um leve tom esverdeado. Dois braços finos e brancos repousavam nos degraus de pedra. O resto da figura estava submerso. A cabeça da figura estava deitada em seus braços, em um estado de relaxamento completo. O homem de manto vermelho estendeu a mão e gentilmente tocou a figura na água. A figura levantou a cabeça.

— Eu estava esperando — disse a voz de uma mulher, soando reprovadora.

Tanis arfou. A mulher falou em élfico! Agora, ele podia ver o rosto, os grandes olhos luminosos, orelhas pontudas, traços delicados...

Uma elfa marinha!

Histórias confusas de sua infância voltaram a Tanis enquanto tentava acompanhar a conversa do homem de manto vermelho e da elfa, que sorria para ele com carinho.

— Sinto muito, amada — disse o homem de manto vermelho suavemente, em élfico, sentando-se ao lado dela. — Fui ver como estava o jovem com quem você estava preocupada. Ele ficará bem, mas foi por pouco. Você estava certa. Ele tinha a intenção de morrer. Algo sobre seu irmão... um mago... o trair.

— Caramon! — Tanis murmurou. Vento Ligeiro olhou para ele interrogativamente. Claro, o homem das Planícies não podia acompanhar a conversa em élfico.

Tanis balançou a cabeça, não querendo perder o que mais era dito.

— QueaKI 'ICHKeecx — disse a mulher com desprezo. Tanis ficou intrigado, essa palavra certamente não era élfica!

— Sim! — O homem franziu a testa. — Depois de me certificar de que os dois estavam seguros, fui ver alguns dos outros. Um deles, um sujeito barbudo, meio-elfo, saltou para mim como se quisesse me engolir inteiro! Os outros que conseguimos salvar estão indo bem.

— Preparamos os mortos com cerimônia — disse a mulher e Tanis ouviu a tristeza secular em sua voz, a tristeza dos elfos pela perda de vidas.

— Gostaria de ter perguntado o que estavam fazendo no Mar de Sangue de Istar. Nunca conheci uma capitã de navio tola o suficiente para desafiar o turbilhão. A garota me disse que há uma guerra lá em cima. Talvez não tivessem escolha.

A elfa jogou água de brincadeira no homem de manto vermelho.

— Sempre tem uma guerra acontecendo lá em cima! Você é muito curioso, meu amado. Às vezes, acho que poderia me deixar e voltar ao seu mundo. Especialmente depois de conversar com esses KreeaQUEKH.

Tanis percebeu um tom de preocupação verdadeira na voz da mulher, embora ainda estivesse jogando água no homem.

O homem de manto vermelho se inclinou e a beijou no cabelo molhado e esverdeado que brilhava à luz da tocha crepitante na parede acima deles.

— Não, Apoletta. Que eles fiquem com suas guerras e seus irmãos que traem irmãos. Que fiquem com seus meio-elfos impetuosos e seus capitães tolos. Enquanto minha magia me servir, viverei abaixo das ondas...

— Falando em meio-elfos impetuosos — interrompeu Tanis em élfico, enquanto descia as escadas rapidamente. Vento Ligeiro, Lua Dourada e Berem o seguiram, embora não tivessem ideia do que estava sendo dito.

O homem virou a cabeça, alarmado. A elfa desapareceu na água tão rapidamente que Tanis se perguntou por um instante se poderia ter imaginado sua existência. Nenhuma ondulação na superfície escura entregava onde ela estivera. Chegando ao final da escada, Tanis segurou a mão do mago prestes a seguir a elfa marinha na água.

— Espere! Eu não vou te engolir! — Tanis implorou. — Desculpe por ter agido da maneira que agi lá atrás. Eu sei que isso parece ruim, esgueirar atrás de você assim. Mas não tivemos escolha! Sei que não posso impedi-lo se for lançar uma magia ou algo assim. Sei que você poderia me envolver em chamas, me fazer dormir, me cobrir em teias de aranha ou centenas de outras coisas. Já estive com magos antes. Mas poderia nos ouvir? Por favor, nos ajude. Ouvi você falando sobre dois de nossos amigos, um homem grande e uma garota bonita de cabelos ruivos. Você disse que o homem quase morreu... que o irmão dele o traiu. Queremos encontrá-los. Poderia nos dizer onde eles estão?

O homem hesitou.

Tanis continuou apressadamente, perdendo coerência em seus esforços para segurar esse homem que poderia ajudá-los.

— Vi a mulher aqui com você. Eu a ouvi falar. Sei quem ela é uma elfa marinha, não é? Você está certo. Sou meio-elfo. Mas fui criado entre os elfos e ouvi suas lendas. Pensei que eram apenas isso, lendas. Mas então, também achava que dragões eram lendas. Há uma guerra sendo travada no mundo acima. E você está certo. Sempre parece ter uma guerra sendo travada em algum lugar. Mas essa guerra não vai ficar lá em cima. Se a Rainha das Trevas vencer, pode ter certeza que ela descobrirá que os elfos marinhos estão aqui embaixo. Não sei se existem dragões abaixo do oceano, mas...

— Existem dragões do mar, meio-elfo — disse uma voz e a elfa reapareceu na água mais uma vez. Movendo-se em um brilho prata e verde, ela deslizou pelo mar escuro até chegar aos degraus de pedra. Então, apoiando os braços neles, ela o encarou com olhos verdes brilhantes. — E ouvimos rumores de seu retorno. No entanto, não acreditamos neles. Não sabíamos que os dragões despertaram. De quem foi a culpa?

— Isso importa? — perguntou Tanis, cansado. — Eles destruíram a pátria antiga. Silvanesti é uma terra de pesadelos agora. Os Qualinesti foram expulsos de seus lares. Os dragões estão matando, queimando. Nada, ninguém está seguro. A Rainha das Trevas tem um propósito... dominar todos os seres vivos. Vocês ficarão seguros? Mesmo aqui embaixo? Pois presumo que estamos no fundo do mar.

— Você está certo, meio-elfo — disse o homem de manto vermelho, suspirando. — Você está dentro do mar, nas ruínas da cidade de Istar. Os elfos marinhos os salvaram e os trouxeram aqui, pois trazem todos aqueles cujos navios naufragaram. Sei onde estão seus amigos e posso levá-los até lá. Além disso, não vejo o que mais posso fazer por vocês.

— Tire-nos daqui — disse Vento Ligeiro categoricamente, entendendo a conversa pela primeira vez. Zebulah falara em comum. — Quem é essa mulher, Tanis? Ela parece élfica.

— Ela é uma elfa marinha. O nome dela é... — Tanis parou.

— Apoletta — disse a elfa, sorrindo. — Perdoem por não fazer uma saudação formal, mas não cobrimos nossos corpos como vocês, Kreea-QUEKH. Mesmo depois de todos esses anos, não consigo convencer meu marido a deixar de cobrir o corpo com essas roupas ridículas quando ele vai para a terra. Modéstia, ele alega. Portanto, não envergonharei vocês ou ele saindo da água para cumprimentá-los como é apropriado.

Corando, Tanis traduziu as palavras da elfa para seus amigos. Os olhos de Lua Dourada se arregalaram. Berem parecia não ouvir, perdido em algum tipo de sonho interior, apenas vagamente consciente do que estava acontecendo ao seu redor. A expressão de Vento Ligeiro não mudou. Nada do que ouvia sobre os elfos parecia surpreendê-lo mais.

— De qualquer forma, foram os elfos marinhos que nos resgataram — continuou Tanis. — Como todos os elfos, eles consideram a vida sagrada e ajudarão qualquer pessoa perdida no mar ou se afogando. Esse homem, o marido dela...

— Zebulah — ele disse, estendendo a mão.

— Eu sou Tanis Meio-Elfo, Vento Ligeiro e Lua Dourada da tribo Qué-Shu, e Berem, uh... — Tanis vacilou e ficou em silêncio, sem saber para onde ir.

Apoletta sorriu educadamente, mas seu sorriso desapareceu logo.

— Zebulah — disse ela. — Encontre os amigos de quem o meio-elfo fala e os traga de volta para cá.

— Devemos ir com você — Tanis ofereceu. — Se achou que eu o engoliria, não há como dizer o que Caramon poderia fazer...

— Não — disse Apoletta, balançando a cabeça. A água brilhava em seus cabelos e cintilava em sua pele macia e esverdeada. — Mande os bárbaros, meio-elfo. Você fica aqui. Gostaria de conversar e aprender mais sobre essa guerra que você diz que poderia nos colocar em perigo. Entristece-me ouvir que os dragões despertaram. Se isso for verdade, temo que você esteja certo. Nosso mundo não estará mais seguro.

— Voltarei em breve, amada — disse Zebulah.

Apoletta estendeu a mão para o marido. Pegando-a, ele a levou aos lábios, beijando-a gentilmente. Depois, ele partiu. Tanis traduziu rapidamente para Vento Ligeiro e Lua Dourada, que concordaram prontamente em procurar Caramon e Tika.

Enquanto seguiam Zebulah de volta pelas ruas sinistras e quebradas, ele contou histórias da queda de Istar, apontando vários pontos de referência à medida que avançavam.

— Sabem — ele explicou. — Quando os deuses lançaram a montanha de fogo sobre Krynn, ela atingiu Istar, formando uma cratera gigante na terra. A água do mar fluiu para preencher o vazio, criando o que veio a ser conhecido como Mar do Sangue. Muitas das construções em Istar foram destruídas, mas algumas sobreviveram e, aqui e ali, conservaram pequenas bolsas de ar. Os elfos marinhos descobriram que este era um excelente lugar para trazer marinheiros resgatados de navios naufragados. A maioria deles logo se sente em casa.

O mago falou com uma pitada de orgulho que Lua Dourada achou divertida, embora gentilmente não permitisse que seu divertimento aparecesse. Era o orgulho da posse, como se as ruínas pertencessem a Zebulah e ele tivesse organizado sua exibição para a diversão do público.

— Mas você é humano. Não é um elfo marinho. Como você veio morar aqui? — Lua Dourada perguntou.

O mago sorriu, seus olhos vendo o passado ao longo dos anos.

— Eu era jovem e ganancioso — ele disse suavemente — sempre na esperança de encontrar uma maneira rápida de fazer minha fortuna. Minhas artes mágicas me levaram às profundezas do oceano, procurando a riqueza perdida de Istar. Encontrei riquezas, mas não em ouro ou prata.

— Uma noite, vi Apoletta nadando entre as florestas do mar. Eu a vi antes que ela me visse, antes que pudesse mudar de forma. Eu me apaixonei por ela... e, por muito tempo, me esforcei para que ela fosse minha. Ela não podia viver lá na superfície e, depois de passar tanto tempo na paz e na beleza tranquila daqui debaixo, eu sabia que não tinha mais uma vida no mundo lá em cima. Mas gosto de conversar com pessoas como vocês de vez em quando, então ando ocasionalmente pelas ruínas para ver quem os elfos trouxeram.

Lua Dourada olhou ao redor quando Zebulah parou para recuperar o fôlego entre as histórias.

— Onde fica o lendário templo do Rei-Sacerdote? — perguntou.

Uma sombra passou pelo rosto do mago. O olhar de prazer que ele usava foi substituído por uma expressão de tristeza profunda, tingida de raiva.

— Desculpe — disse Lua Dourada rapidamente. — Eu não quis causar dor...

— Não, está tudo bem — disse Zebulah com um sorriso breve e triste. — De fato, é bom lembrar da escuridão daquela época terrível. Costumo esquecer, nas minhas divagações diárias, que esta costumava ser uma cidade de seres que riam, choravam, viviam e respiravam. As crianças brincavam nessas ruas... estavam brincando naquela noite terrível quando os deuses lançaram a montanha de fogo.

Ele ficou em silêncio por um momento e, com um suspiro, continuou.

— Você pergunta onde fica o templo. Não fica mais. No lugar em que o Rei-Sacerdote estava bradando suas exigências arrogantes aos deuses, há um poço escuro. Embora esteja cheio de água do mar, nada vive dentro dele. Ninguém conhece sua profundidade, pois os elfos marinhos não se aventuram por lá. Olhei suas águas escuras e tranquilas enquanto pude suportar o terror e não acredito que haja um fim para a sua escuridão. É tão profundo quanto o próprio coração do mal.

Zebulah parou em uma das ruas escuras do mar e olhou atentamente para Lua Dourada.

— Os culpados foram punidos. Mas por que os inocentes? Por que eles tiveram que sofrer? Você usa o medalhão de Mishakal, a Curandeira. Você entende? A deusa explicou?

Lua Dourada hesitou, assustada com a pergunta, procurando a resposta dentro de sua alma. Vento Ligeiro estava ao lado dela, severo e silencioso como sempre, seus pensamentos ocultos.

— Eu mesma questionei muitas vezes — Lua Dourada vacilou. Aproximando-se de Vento Ligeiro, ela tocou seu braço com a mão, como se quisesse se assegurar de que ele estava por perto. — Em um sonho, uma vez, fui punida pelo meu questionamento, por minha falta de fé. Punida por perder quem eu amo. — Vento Ligeiro colocou seu braço forte ao redor dela e a abraçou. — Mas sempre que sinto vergonha do meu questionamento, lembro de que foi o meu questionamento que me levou a encontrar os deuses antigos.

Ela ficou em silêncio por um momento. Vento Ligeiro acariciava seus cabelos loiro-prateados e ela lançou-lhe um sorriso.

— Não — ela disse suavemente para Zebulah — Não tenho a resposta para este grande enigma. Eu ainda questiono. Ainda me consumo de raiva quando vejo os inocentes sofrerem e os culpados serem recompensados.

Mas agora sei que minha raiva pode ser como o fogo de uma forja. No calor, o pedaço bruto de ferro que é meu espírito é temperado e modelado para formar a haste brilhante de aço que é minha fé. Essa haste suporta minha carne fraca.

Zebulah estudou Lua Dourada em silêncio enquanto estava no meio das ruínas de Istar, seus cabelos loiro-prateados brilhando como a luz do sol que nunca tocaria os prédios destruídos. A beleza clássica de seu rosto era marcada pelos impactos das estradas sombrias que ela percorrera. Longe de estragar essa beleza, as rugas de sofrimento e desespero a refinaram. Havia sabedoria em seus olhos, acentuada pela grande alegria que vinha do conhecimento da nova vida que carregava em seu corpo.

O olhar do mago foi para o homem que segurava a mulher com tanta ternura. Seu rosto também exibia as marcas do caminho longo e tortuoso que ele percorrera.

Embora esse rosto sempre fosse sério e estoico, seu amor profundo por essa mulher aparecia claramente nos olhos escuros do homem e na gentileza de seu toque.

"Talvez eu tenha cometido um erro ficar tanto tempo debaixo das águas," pensou Zebulah, sentindo-se de repente muito velho e triste. "Talvez eu pudesse ter ajudado, se tivesse ficado lá em cima e usado minha raiva, como esses dois usaram a deles para ajudá-los a encontrar respostas. Em vez disso, deixei minha raiva roer minha alma até parecer mais fácil escondê-la aqui."

— Não devemos demorar mais — disse Vento Ligeiro abruptamente. — Caramon logo pensará em vir nos procurar, se ainda não o fez.

— Sim — disse Zebulah, pigarreando. — Devemos ir, embora eu não ache que o rapaz tenha saído. Ele estava muito fraco...

— Estava ferido? — Lua Dourada perguntou, preocupada.

— Não no corpo — respondeu Zebulah quando entraram em uma construção em ruínas em uma rua lateral decadente. — Mas ele foi ferido em sua alma. Pude ver isso antes mesmo da garota me contar sobre seu irmão gêmeo.

Uma linha escura apareceu entre as sobrancelhas finamente desenhadas de Lua Dourada, seus lábios apertados.

— Perdoe, Dama das Planícies — disse Zebulah com um leve sorriso — Mas vejo que o fogo da forja do qual falava soltou labaredas nos seus olhos.

Lua Dourada corou.

— Eu disse que ainda era fraca. Deveria ser capaz de aceitar Raistlin e o que ele fez com seu irmão sem questionar. Deveria ter fé que tudo isso faz parte do bem maior que não posso vislumbrar. Mas temo que eu não possa. Tudo o que posso fazer é rezar para que os deuses o mantenham fora do meu caminho.

— Eu não — disse Vento Ligeiro de repente, sua voz rouca. — Eu não — repetiu sombriamente.

Caramon estava olhando para a escuridão. Embalada em seus braços, Tika estava dormindo profundamente. Ele podia sentir o coração dela batendo, ouvir sua respiração suave. Começou a passar a mão pelo emaranhado de cachos vermelhos que jaziam em seu ombro, mas Tika se mexeu com seu toque e ele parou, com medo de acordá-la. Ela precisava descansar. Só os deuses sabiam quanto tempo ela ficou acordada, vigiando. Ela nunca diria, ele sabia disso. Quando perguntou, ela apenas riu e brincou sobre o seu ronco.

Mas havia um tremor em sua risada e ela não o encarou nos olhos.

Caramon deu-lhe um tapinha no ombro de maneira reconfortante e ela se aninhou. Sentiu-se confortado ao perceber que ela dormia profundamente e, então, suspirou. Há apenas algumas semanas, ele prometera a Tika que nunca aceitaria o seu amor, a menos que pudesse se comprometer de corpo e alma. Ainda ouvia suas palavras: "Meu primeiro compromisso é com meu irmão. Eu sou sua força."

Agora Raistlin se foi, tendo encontrado sua própria força. Como dissera a Caramon: "Eu não preciso mais de você".

"Eu deveria estar feliz," Caramon disse a si mesmo, olhando para a escuridão. "Eu amo Tika e tenho o amor dela em troca. E agora somos livres para expressar esse amor. Posso fazer esse compromisso com ela. Agora, ela pode vir em primeiro lugar em todos os meus pensamentos. Ela está amando. Merece ser amada."

"Raistlin nunca mereceu. Pelo menos, é nisso que todos acreditam. Quantas vezes ouvi Tanis perguntar a Sturm quando pensou que não podia ouvir porque eu aguentava o sarcasmo, as recriminações amargas, os comandos imperiosos. Eu os vi me olhando com pena. Sei que acham que penso devagar e, às vezes, penso mesmo... comparado a Raistlin. Sou o boi, andando pesadamente, carregando o fardo sem reclamar. É o que eles pensam de mim."

"Eles não entendem. Não precisam de mim. Até Tika não precisa de mim, não como Raist precisava. Nunca o ouviram acordar gritando de noite, quando era pequeno. Ficamos tão sozinhos, ele e eu. Não havia ninguém na escuridão para ouvi-lo e confortá-lo, exceto eu. Ele nunca conseguia se lembrar daqueles sonhos, mas eram horríveis. Seu corpo magro tremia de medo. Seus olhos estavam insanos com a visão de terrores que só ele podia ver. Ele me agarrava, soluçando. E eu contava histórias ou fazia imagens engraçadas nas paredes para afastar o horror."

"— Olha, Raist — eu dizia. — Coelhinhos... — E segurava dois dedos e os balançava como as orelhas de um coelho."

"Depois de um tempo, ele parava de tremer. Não sorria ou ria. Nunca o fez muito, mesmo quando era pequeno. Mas ele relaxava."

"— Preciso dormir. Estou tão cansado — ele sussurrava, segurando minha mão com força. — Mas você fica acordado, Caramon. Proteja meu sono. Mantenha-os afastados. Não deixe me pegarem."

"— Vou ficar acordado. Não vou deixar nada te machucar, Raist! Eu prometo."

"Então ele quase sorria e, exausto, seus olhos se fechavam. Eu cumpria minha promessa. Ficava acordado enquanto ele dormia. E era engraçado. Talvez eu os tenha mantido afastados, porque enquanto eu estava acordado e vigiando, os pesadelos nunca vinham."

"Mesmo quando ele era mais velho, às vezes ele ainda chorava à noite e me procurava. E eu estava lá. Mas o que ele fará agora? O que fará sem mim quando estiver sozinho, perdido e assustado na escuridão?"

"O que eu farei sem ele?"

Caramon fechou os olhos e, baixinho, com medo de acordar Tika, começou a chorar.

7

Berem. Ajuda inesperada.

Essa é a nossa história — disse Tanis de forma simples.

Apoletta o ouvira atentamente, os olhos verdes fixos em seu rosto. Ela não interrompera. Quando ele terminou, ela permaneceu em silêncio. Descansando os braços no lado dos degraus que levavam à água parada, parecia perdida em pensamentos. Tanis não a perturbou. A sensação de paz e serenidade presente no fundo do mar acalmava e confortava. A ideia de retornar ao mundo bruto e ofuscante da luz solar e do barulho estridente pareceu subitamente assustadora. Como seria fácil ignorar tudo e ficar ali, no fundo do mar, escondido para sempre neste mundo silencioso.

— E ele? — ela perguntou finalmente, acenando com a cabeça para Berem.

Tanis voltou à realidade com um suspiro.

— Eu não sei — disse, dando de ombros, olhando para Berem. O homem estava olhando para a escuridão da caverna. Seus lábios estavam se movendo, como se repetisse um canto várias vezes.

— Ele é a chave, de acordo com a Rainha das Trevas. Disse que, se o encontrar, a vitória será dela.

— Bem — disse Apoletta abruptamente. — Você está com ele. Isso faz a vitória ser sua?

Tanis piscou. A pergunta o pegou de surpresa. Coçando a barba, ele ponderou. Era algo que não lhe ocorrera antes.

— É verdade... estamos com ele — murmurou. — mas o que fazemos com ele? O que há nele que garante a vitória... para qualquer um dos lados?

— Ele não sabe?

— Ele alega que não.

Apoletta olhou para Berem, franzindo a testa.

— Eu diria que ele estava mentindo — ela disse depois de um momento. — Mas ele é humano e eu conheço pouco sobre o funcionamento estranho da mente humana. Contudo, existe uma maneira de você descobrir. Viaje até o Templo da Rainha das Trevas em Neraka.

— Neraka! — repetiu Tanis, assustado. — Mas isso é... — Ele foi interrompido por um grito de tanto medo e terror que quase pulou na água. Sua mão foi para a bainha vazia. Com um palavrão, ele se virou, esperando nada menos que uma horda de dragões.

Havia apenas Berem, encarando-o com os olhos arregalados.

— O que foi, Berem? — Tanis perguntou irritado. Viu alguma coisa?

— Ele não viu nada, meio elfo — disse Apoletta, estudando Berem com interesse. — Ele reagiu assim quando eu disse Neraka...

— Neraka! — Berem repetiu, balançando a cabeça descontroladamente. — Mal! Grande mal! Não... não...

— É de onde você veio — disse Tanis, se aproximando.

Berem sacudiu a cabeça com firmeza.

— Mas você me disse...

— Um erro! — Berem murmurou. — Eu não quis dizer Neraka. Quis dizer... Takar... Takar! Foi isso que quis dizer.

— Você quis dizer Neraka. Você sabe que a Rainha das Trevas tem seu grande templo lá, em Neraka! — Apoletta disse, séria.

— Ela tem? — Berem olhou diretamente para ela, seus olhos azuis arregalados e inocentes. — A Rainha das Trevas, um templo em Neraka?

Não, não há nada além de uma pequena vila. Minha vila... — De repente, ele agarrou o estômago e se dobrou, como se sentisse dor. — Eu não me sinto bem. Me deixem em paz — ele murmurou como uma criança e caiu no chão de mármore perto da beira da água. Sentado ali, segurando o estômago, ele olhou para a escuridão.

— Berem! — Disse Tanis, exasperado.

— Não me sinto bem... — Berem murmurou de mau humor.

— Quantos anos disse que ele tinha? — Perguntou Apoletta.

— Mais de trezentos, ou assim ele afirma — disse Tanis com nojo. — Se você acreditar apenas na metade do que ele diz, isso reduz para cento e cinquenta, o que também não parece muito plausível, não para um humano.

— Sabe... — respondeu Apoletta, pensativa. — O Templo da Rainha em Neraka é um mistério para nós. Apareceu repentinamente, depois do Cataclismo, até onde conseguimos determinar. Agora, encontramos esse homem que traçaria sua própria história até o mesmo tempo e lugar.

— É estranho... — disse Tanis, olhando de novo para Berem.

— Sim. Pode não ser nada além de coincidência, mas siga a coincidência o suficiente e você a encontrará ligada ao destino, como diz meu marido. — Apoletta sorriu.

— Coincidência ou não, não me vejo entrando no Templo da Rainha das Trevas e perguntando por que ela está procurando no mundo um homem com uma joia verde enterrada no peito — disse Tanis ironicamente, sentando perto da beira da água.

— Suponho que não — admitiu Apoletta. — É difícil acreditar, pelo que você diz, que ela ficou tão poderosa. O que os dragões bondosos têm feito esse tempo todo?

— Dragões bondosos! — Tanis repetiu, espantado. — Que dragões bondosos?

Agora, foi a vez de Apoletta parecer espantada.

— Ora, os dragões bondosos. Dragões de prata e ouro. Dragões de bronze. E as lanças do dragão. Certamente os dragões de prata deram a vocês aquelas que estavam sob sua guarda...

— Nunca ouvi falar de dragões de prata — respondeu Tanis. — Exceto em uma música antiga sobre Huma. O mesmo com as lanças do dragão. Nós procuramos por tanto tempo, sem encontrar rastros, que comecei a acreditar que eles não existiam, exceto nas histórias infantis.

— Eu não gosto disso. — Apoletta apoiou o queixo nas mãos, o rosto tenso e pálido. — Algo está errado. Onde estão os dragões bondosos? Por que não estão lutando? No começo, desconsiderei os rumores sobre o retorno dos dragões do mar, pois sabia que os dragões bondosos nunca o permitiriam. Mas se os dragões bondosos desapareceram, como devo acreditar ao falar com você, meio-elfo, então temo que meu povo esteja realmente em perigo. — Ela levantou a cabeça, ouvindo. — Ah, bom, aí vem meu marido com o resto de seus amigos. — Ela se afastou da borda. — Ele e eu podemos voltar para o meu povo e discutir o que devemos fazer...

— Espere! — Tanis disse, ouvindo passos descendo as escadas de mármore. — Você precisa nos mostrar a saída! Não podemos ficar aqui!

— Mas eu não conheço a saída — disse Apoletta, as mãos fazendo círculos na água enquanto flutuava. — Zebulah também não. Nunca foi nossa preocupação.

— Podemos vagar por essas ruínas por semanas! — berrou Tanis. — Ou talvez para sempre! Você não tem certeza de que as pessoas escapam deste lugar, tem? Talvez simplesmente morram!

— Como eu disse — Apoletta repetiu friamente. — Nunca foi nossa preocupação.

— Bem, faça ser a sua preocupação! — Tanis gritou. Sua voz ecoou assustadoramente através da água. Berem olhou para ele e se encolheu, assustado. Os olhos de Apoletta se estreitaram com raiva. Tanis respirou fundo, depois mordeu o lábio, subitamente envergonhado.

— Sinto muito — começou, mas então Lua Dourada veio até ele, colocando a mão no seu braço.

— Tanis? O que foi? — ela perguntou.

— Nada que possa ser evitado. — Suspirando, ele olhou para além dela. — Vocês encontraram Caramon e Tika? Eles estão bem?

— Sim, nós os encontramos — respondeu Lua Dourada, seu olhar seguindo o de Tanis. Juntos, assistiram os dois descerem lentamente as escadas atrás de Vento Ligeiro e Zebulah. Tika estava olhando em volta, maravilhada. Tanis notou que Caramon mantinha os olhos voltados para a frente. Vendo o rosto do homem, Tanis olhou para Lua Dourada.

— Você não respondeu minha segunda pergunta? — disse baixinho.

— Tika está bem — Lua Dourada respondeu. — Quanto a Caramon... — Ela balançou a cabeça.

Tanis olhou para Caramon e mal conseguiu conter uma exclamação de desalento. Não teria reconhecido o guerreiro jovial e de boa índole naquele homem com o rosto sombrio e manchado de lágrimas, os olhos fundos e assombrados.

Vendo o olhar chocado de Tanis, Tika se aproximou de Caramon e passou a mão pelo braço dele. Ao seu toque, o guerreiro pareceu acordar de seus pensamentos sombrios. Ele sorriu para ela. Mas havia algo no sorriso de Caramon, uma gentileza, uma tristeza, que não existia antes.

Tanis suspirou novamente. Mais problemas. Se os deuses antigos retornaram, o que estavam tentando fazer com eles? Ver o quanto o fardo poderia ficar pesado antes que cedessem? Achavam isso divertido? Preso no fundo do mar... Por que não desistir? Por que não ficar aqui embaixo? Por que se preocupar em procurar uma saída? Fique aqui embaixo e esqueça tudo. Esqueça os dragões... Esqueça Raistlin... Esqueça Laurana ... Kitiara...

— Tanis... — Lua Dourada balançou-o gentilmente.

Todos estavam ao seu redor agora. Esperando que ele dissesse o que fazer. Pigarreando, ele começou a falar. Sua voz falhou e ele tossiu.

— Vocês não precisam olhar para mim! — disse por fim, com rispidez. — Não tenho respostas. Estamos presos, aparentemente. Não há saída.

Ainda assim, eles o observavam, sem perder a fé e a confiança em seus olhos. Tanis os observou com raiva.

— Parem de esperar que eu os lidere! Eu traí vocês! Não percebem? É minha culpa. Tudo é minha culpa! Encontrem outra pessoa...

Virando-se para esconder as lágrimas que não conseguiam parar, Tanis olhou através da água escura, lutando consigo mesmo para recuperar o controle. Ele não percebeu que Apoletta o observava até ela falar.

— Talvez eu possa ajudar vocês, afinal — disse a elfa marinha devagar.

— Apoletta, o que está dizendo? — Zebulah disse com medo, correndo para a beira da água. — Pense em...

— Eu pensei — respondeu Apoletta. — O meio-elfo disse que deveríamos nos preocupar com o que acontece no mundo. Ele está certo. Poderia acontecer conosco o mesmo que aconteceu com nossos primos silvanesti. Eles renunciaram ao mundo e permitiram que coisas escuras e malignas se infiltrassem em suas terras. Fomos avisados a tempo. Ainda podemos combater o mal. Sua vinda até aqui pode ter nos salvado, meio-elfo — ela disse sinceramente. — Devemos algo em troca.

— Ajude-nos a voltar ao nosso mundo — disse Tanis.

Apoletta assentiu seriamente.

— Eu o farei. Para onde vocês iam?

Suspirando, Tanis balançou a cabeça. Ele não conseguia pensar.

— Suponho que qualquer lugar serve — disse ele, cansado.

— Palanthas — disse Caramon de repente. Sua voz profunda ecoou na água parada.

Os outros olharam em um silêncio desconfortável. Vento Ligeiro franziu a testa sombriamente.

— Não — disse Apoletta, nadando até a borda mais uma vez. — Não posso levá-los a Palanthas. Nossas fronteiras se estendem apenas até Kalaman. Além dali não ousamos nos aventurar. Especialmente se o que você diz é verdade, pois além de Kalaman, está o lar antigo dos dragões do mar.

Tanis enxugou os olhos e o nariz, depois voltou a encarar os amigos.

— Bem? Mais alguma sugestão?

Eles ficaram em silêncio, observando-o. Então, Lua Dourada deu um passo à frente.

— Posso contar uma história, meio-elfo? — ela disse, apoiando a mão gentil no braço dele. — Uma história de uma mulher e um homem, perdidos, sozinhos e assustados. Carregando um grande fardo, eles chegaram a uma hospedaria. A mulher cantou uma música, um cajado de cristal azul realizou um milagre, uma multidão os atacou. Um homem se levantou. Um homem assumiu o comando. Um homem, um estranho, disse, "Vamos sair pela cozinha". — Ela sorriu. — Você se lembra, Tanis?

— Eu lembro — ele sussurrou, cativado e mantido por sua expressão linda e doce.

— Estamos esperando, Tanis — disse ela simplesmente.

Lágrimas escureceram sua visão de novo. Tanis piscou rápido, depois olhou em volta. O rosto sério de Vento Ligeiro estava relaxado. Dando um meio sorriso, ele colocou a mão no braço de Tanis. Caramon hesitou um momento, depois, avançando, deu um de seus abraços de urso em Tanis.

— Leve-nos a Kalaman — disse Tanis a Apoletta quando conseguiu respirar novamente. — É para onde estávamos indo de qualquer maneira.

Os companheiros dormiram à beira da água, descansando o máximo que podiam antes da viagem, que Apoletta dissera ser longa e árdua.

— Como vamos viajar? De barco? — Tanis perguntou, observando Zebulah tirar seus mantos vermelhos e mergulhar na água.

Apoletta olhou para o marido, avançando pela água ao seu lado.

— Vocês vão nadar — disse ela. — Não se perguntou como nós trouxemos vocês até aqui? Nossas artes mágicas junto com as do meu marido darão a vocês a capacidade de respirar água tão facilmente quanto respiram ar.

— Você vai nos transformar em peixes? — Caramon perguntou horrorizado.

— Suponho que possa ser visto dessa maneira — respondeu Apoletta. — Viremos buscar vocês na maré baixa.

Tika apertou a mão de Caramon. Ele a segurou com força e Tanis, vendo-se compartilhar um olhar secreto, subitamente sentiu seu fardo aliviar. Qualquer que fosse a agitação que surgiu na alma de Caramon, ele encontrara uma âncora forte para impedir que fosse arrastado para as águas escuras.

— Nunca esqueceremos deste belo lugar — disse Tika baixinho.

Apoletta apenas sorriu.

8

Notícias sombrias.

Papai! Papai!
— O que foi, Rogarzinho? — O pescador, acostumado aos gritos animados de seu filho pequeno, que era grande o suficiente para começar a descobrir as maravilhas do mundo, não levantou a cabeça do trabalho. Esperando ouvir sobre qualquer coisa, desde uma estrela do mar presa em um baixio até um sapato perdido preso na areia, o pescador continuou amarrando sua rede enquanto o garotinho corria até ele.

— Papai — disse a criança de cabelos para trás, agarrando ansiosamente o joelho do pai e se entrelaçando na rede no processo — Uma moça bonita. Afogada.

— Hein? — O pescador perguntou distraidamente.

— Uma moça bonita. Afogada — disse o menino solenemente, apontando com um dedo gordinho para trás.

O pescador parou o trabalho para encarar o filho. Isso era algo novo.

— Uma moça bonita? Afogada?

A criança assentiu e apontou de novo para mais adiante na praia.

O pescador forçou os olhos contra o sol escaldante do meio-dia e espiou pela costa. Depois, olhou de volta para seu filho e suas sobrancelhas se uniram em uma expressão séria.

— Isso é mais uma das suas histórias, Rogarzinho? — Ele perguntou severamente. — Porque se for, você vai jantar de pé hoje.

A criança balançou a cabeça, os olhos arregalados.

— Não — disse ele, esfregando seu pequeno traseiro com a lembrança. — Eu prometi.

O pescador franziu a testa, olhando para o mar. Houve uma tempestade na noite passada, mas ele não ouviu nada que parecesse um navio batendo contra as rochas. Talvez algumas pessoas da cidade, com seus barcos tolos de passeio, tivessem saído ontem e ficaram presas depois do anoitecer. Ou pior, assassinato. Não seria o primeiro corpo a aparecer na costa com uma faca no coração.

Chamando o filho mais velho, que estava cavando uma barragem no fundo da sujeira, o pescador deixou o trabalho de lado e se levantou. Ele pensou em mandar o menino até sua mãe, depois lembrou que precisava da criança para guiá-los.

— Vamos até a moça bonita — disse o pescador em uma voz pesada, dando ao outro filho um olhar expressivo.

Puxando pelo pai ansiosamente, Rogarzinho voltou para a praia enquanto seu pai e seu irmão mais velho seguiam mais devagar, temendo o que encontrariam.

Eles percorreram uma distância curta antes que o pescador visse uma cena que o levou a correr, seu filho mais velho seguindo.

— Um naufrágio. Sem dúvida! — O pescador bufou. — Malditos marinheiros de água doce! Não têm nada que ficar saindo nesses barcos de casca de ovo.

Não havia apenas uma moça bonita deitada na praia, mas duas. Perto delas, havia quatro homens. Todos estavam vestidos com roupas finas. Madeiras quebradas estavam espalhadas ao redor, obviamente os restos de uma pequena embarcação de passeio.

— Afogada — disse o menino, curvando-se para tocar uma das moças bonitas.

— Não, não estão! — resmungou o pescador, sentindo a pulsação no pescoço da mulher. Um dos homens já estava começando a se mexer... Um homem mais velho, com cerca de cinquenta anos, sentou e olhou em volta, confuso. Vendo o pescador, ele se assustou, aterrorizado, e se arrastou de joelhos e mãos para sacudir um de seus companheiros inconscientes.

— Tanis, Tanis! — o homem gritou, despertando um barbudo, que se sentou de repente.

— Não tenha medo — disse o pescador, vendo o alerta do barbudo. — Nós vamos ajudar, se pudermos. Davey, corre lá e traga sua mãe. Diz pra trazer cobertores e a garrafa de conhaque que guardei do fim de ano. Aqui, senhora — disse ele gentilmente, ajudando uma das mulheres a se sentar. — Vai com calma. Você vai ficar bem. Que coisa estranha — murmurou o pescador, segurando a mulher nos braços e dando um tapinha tranquilizador. — Pra quem quase se afogou, nenhum deles parece ter engolido água...

Envoltos em cobertores, os náufragos foram escoltados de volta ao casebre do pescador perto da praia. Lá, receberam doses de conhaque e todos os remédios que a esposa do pescador conseguiu pensar para afogamento. Rogarzinho os observava todos orgulhosos, sabendo que sua "pesca" seria o assunto da vila na próxima semana.

— Obrigado novamente por sua ajuda — disse Tanis, agradecido.

— Que bom que eu estava lá — disse o homem rispidamente. — Apenas tomem cuidado. Da próxima vez que saírem em um desses barcos pequenos, voltem para a praia no primeiro sinal de uma tempestade.

— Ahm, sim, vou... vamos fazer isso — disse Tanis, um pouco confuso. — Agora, se você pudesse nos dizer onde estamos...

— Estão pro norte da cidade — disse o pescador, acenando com a mão. — Uns quatro ou cinco quilômetros. Davey pode dar uma carona na carroça.

— É muita gentileza sua — disse Tanis, hesitando e olhando para os outros. Eles devolveram o olhar, Caramon dando de ombros. — Uh, sei que isso soa estranho, mas nós... fomos afastados do nosso curso. Estamos ao norte de que cidade?

— Ora, Kalaman, claro — disse o pescador, encarando-o, desconfiado.

— Ah! — disse Tanis. Rindo fracamente, ele se virou para Caramon. — O que eu foi que disse? Não fomos levados tão longe quanto você pensava.

— Nós fomos? — Caramon disse de olhos arregalados. — Oh, não fomos — ele logo emendou quando Tika enfiou o cotovelo em suas costelas. — Sim, acho que eu estava errado, como sempre. Você me conhece, Tanis, nunca consegui me orientar ...

— Não exagere! — Vento Ligeiro murmurou e Caramon ficou em silêncio.

O pescador lançou um olhar sombrio para todos.

— Vocês são estranhos, sem dúvida — disse ele. — Não conseguem se lembrar como se arrebentaram aqui. Agora, nem sabe onde estão. Acho que vocês estavam bêbados, mas minha preocupação não é essa. Se seguirem meu conselho, não voltarão a pisar num barco, bêbados ou sóbrios. Davey, traz a carroça.

Lançando a eles um olhar final desgostoso, o pescador levantou o filho pequeno no ombro e voltou ao trabalho. Seu filho mais velho desapareceu, provavelmente indo buscar a carroça.

Tanis suspirou, olhando para os amigos.

— Algum de vocês sabe como chegamos aqui? — ele perguntou em voz baixa. — Ou por que estamos vestidos assim?

Um por um, todos balançaram a cabeça.

— Lembro do Mar de Sangue e do turbilhão — disse Lua Dourada. — Mas o resto parece algo que eu sonhei.

— Eu lembro de Raist... — Caramon disse baixinho, seu rosto sério. Então, sentindo a mão de Tika deslizar pela dele, se virou para ela. Sua expressão se suavizou. — E eu lembro...

— Shhh — disse Tika, corando e colocando a bochecha contra o braço dele. Caramon beijou seus cachos vermelhos. — Não foi um sonho — ela murmurou.

— Também me lembro de algumas coisas — disse Tanis, sério, olhando para Berem. — Mas é desconexo, fragmentado. Nada parece se juntar na minha mente. Bem, não é bom olhar para trás. Temos que olhar para frente. Vamos a Kalaman descobrir o que está acontecendo. Nem sei que dia é hoje! Ou mês, falando nisso. Então...

— Palanthas — disse Caramon. — Vamos para Palanthas.

— Vamos ver — disse Tanis, suspirando.

Davey estava voltando com a carroça, puxada por um cavalo ossudo. O meio-elfo olhou para Caramon. — Você realmente tem certeza de que quer encontrar esse seu irmão? — ele perguntou calmamente.

Caramon não respondeu.

Os companheiros chegaram a Kalaman por volta do meio da manhã.

— O que está acontecendo? — Tanis perguntou a Davey enquanto o jovem conduzia a carroça pelas ruas da cidade. — Um festival?

As ruas estavam cheias de pessoas. A maioria das lojas estava fechada e trancada. Todo mundo estava parado em pequenos grupos, conversando em tons nervosos.

— Parece mais um funeral — disse Caramon. — Alguém importante deve ter morrido.

— Isso ou a guerra — Tanis murmurou. As mulheres choravam, os homens pareciam tristes ou zangados, as crianças estavam quietas, olhando com medo para os pais.

— Não pode ser guerra, senhor — disse Davey. — e o festival da Alvorada da Primavera aconteceu dois dias atrás. Não sei qual é o problema. Só um minuto. Eu posso descobrir se você quiser — ele disse, fazendo o cavalo parar.

— Vá em frente — disse Tanis. — Mas antes, uma coisa. Por que não pode ser guerra?

— Ora, nós vencemos a guerra! — Davey disse, encarando Tanis com espanto. — Pelos deuses, senhor, você deve 'tá bêbado se não se lembra. General de Ouro, dragões bondosos...

— Ah, sim — disse Tanis apressadamente.

— Vou parar por aqui, no mercado de peixe — disse Davey, pulando. — Eles vão saber.

— Vamos com você. — Tanis fez um gesto para os outros.

— Quais as novidades? — Davey chamou, correndo até um amontoado de homens e mulheres diante de uma loja com cheiro de peixe fresco.

Vários homens se viraram imediatamente, todos falando ao mesmo tempo. Chegando atrás do garoto, Tanis captou apenas partes da conversa animada.

— Capturaram... General de Ouro!... Cidade condenada... pessoas fugindo... dragões malignos...

Por mais que tentassem, os companheiros não conseguiram chegar a nenhuma conclusão. As pessoas pareciam relutantes em conversar com estranhos, dando olhares sombrios e desconfiados, principalmente ao ver suas roupas ricas.

Os companheiros agradeceram a Davey mais uma vez pela carona até a cidade e o deixaram entre seus amigos. Após uma breve discussão, decidiram ir ao mercado, na esperança de descobrir mais detalhes do que acontecera. As multidões ficaram mais densas enquanto caminhavam, até praticamente terem que abrir caminho pelas ruas lotadas. As pessoas corriam para cá e para lá, perguntando os últimos rumores, balançando a cabeça em desespero. Às vezes, viam alguns cidadãos com seus pertences embrulhados às pressas, indo para os portões da cidade.

— Deveríamos comprar armas — disse Caramon, carrancudo. — As notícias não parecem boas. Quem você acha que esse é esse "General de Ouro", afinal? As pessoas parecem tê-lo em alta conta se seu desaparecimento causou tanta confusão.

— Provavelmente algum Cavaleiro de Solamnia — disse Tanis. — E você está certo, devemos comprar armas. — Ele colocou a mão no cinto. — Droga! Eu tinha uma bolsa de moedas antigas de ouro com aparência engraçada, mas ela se foi! Como se não tivéssemos problemas suficientes...

— Espera um pouco! — Caramon grunhiu, sentindo o cinto. — Ora! O que... Minha bolsa estava aqui há um segundo! — Girando ao redor, o grande guerreiro vislumbrou uma figura pequena desaparecendo entre a multidão de pessoas, uma bolsa de couro gasta na mão. — Ei! Você! Isso é meu! — Caramon berrou. Espalhando as pessoas como palha ao vento, ele saltou atrás do pequeno ladrão. Estendendo a mão enorme, pegou um colete felpudo e puxou a figura contorcida da rua. — Agora me devolva... — O guerreiro arfou. — Tasslehoff!

— Caramon! — Tasslehoff gritou.

Caramon o soltou, surpreso. Tasslehoff olhou em volta descontroladamente.

— Tanis! — Ele gritou, vendo o meio-elfo atravessando a multidão. — Ah, Tanis! — Correndo para a frente, Tas passou os braços em volta do amigo. Enterrando o rosto no cinto de Tanis, o kender caiu em prantos.

O povo de Kalaman ladeava as muralhas de sua cidade. Poucos dias antes, fizeram a mesma coisa, só que então seu humor era festivo, enquanto assistiam a procissão triunfante de cavaleiros e dragões de prata e ouro. Agora, estavam quietos, sombrios de desespero. Eles olharam para a planície quando o sol se elevou ao auge no céu. Quase meio dia. Eles esperaram em silêncio.

Tanis estava ao lado de Flint, com a mão no ombro do anão. O velho quase desabou ao ver seu amigo.

Foi uma reunião triste. Em vozes abafadas e quebradas, Flint e Tasslehoff se revezavam, dizendo aos amigos o que acontecera desde que se separaram em Tarsis, meses antes. Um falava até ficar emocionado, depois o outro continuava a história. Assim, os companheiros ouviram falar da descoberta das lanças do dragão, da destruição do orbe do dragão e da morte de Sturm.

Tanis inclinou a cabeça, tomado de tristeza com a notícia. Por um momento, não conseguiu imaginar o mundo sem o nobre amigo. Vendo a tristeza de Tanis, a voz rouca de Flint contou a grande vitória de Sturm e a paz que ele encontrara na morte.

— Agora, ele é um herói em Solamnia — disse Flint. — Já estão contando histórias dele, como contam as de Huma. Seu grande sacrifício salvou a Cavalaria... ou é o que se diz. Ele não teria pedido mais, Tanis.

O meio-elfo assentiu, sem palavras. Então, tentou sorrir.

— Continue — ele disse. — Diga o que Laurana fez quando chegou a Palanthas. E ela ainda está lá? Nesse caso, estávamos pensando em ir...

Flint e Tas trocaram olhares. O anão abaixou a cabeça. O kender desviou o olhar, fungando e limpando o nariz pequeno com um lenço.

— O que foi? — Tanis perguntou com uma voz que ele não reconheceu como sua. — Contem.

Lentamente, Flint contou a história.

— Sinto muito, Tanis — disse o anão, respirando com dificuldade. — Eu a decepcionei...

O velho anão começou a soluçar com tanto abatimento que o coração de Tanis doeu de tristeza. Segurando o amigo nos braços, ele o abraçou com força.

— Não foi sua culpa, Flint — disse ele, sua voz marcada com lágrimas. — Se for de alguém, é minha. Foi por mim que ela se arriscou a morrer e algo pior.

— Comece a culpar e você acabará amaldiçoando os deuses — disse Vento Ligeiro, colocando a mão no ombro de Tanis. — Assim diz o meu povo.

Tanis não se consolou.

— A que horas a... a Dama das Trevas virá?

— Meio-dia — disse Tas baixinho.

Já era quase meio-dia e Tanis estava com o resto dos cidadãos de Kalaman esperando a chegada da Dama das Trevas. Gilthanas ficou a certa distância de Tanis, ignorando-o. O meio-elfo não podia culpá-lo. Gilthanas sabia por que Laurana partira, sabia qual era isca que Kitiara usara para prender sua irmã. Quando perguntou friamente a Tanis se era verdade que ele estava com a Senhora dos Dragões, Kitiara, Tanis não podia negar.

— Então, eu o responsabilizo pelo que acontecer com Laurana — disse Gilthanas, sua voz tremendo de raiva. — E vou rezar aos deuses todas as noites para que, seja qual for o destino cruel que a espera, você encontre a mesma coisa... mas cem vezes pior!

— Você não acha que eu aceitaria se isso a trouxesse de volta? — Tanis gritou de angústia. Mas Gilthanas apenas se afastou.

O povo começou a apontar e murmurar. Uma sombra escura era visível no céu... um dragão azul.

— É o dragão dela — Tasslehoff disse solenemente. — Eu o vi na Torre do Alto Clerista.

O dragão azul circulou preguiçosamente acima da cidade em espirais lentas, depois aterrissou devagar dentro do arco das muralhas da cidade. Um silêncio mortal caiu sobre a cidade quando a cavaleira do dragão se levantou nos estribos. Removendo o elmo, a Dama das Trevas começou a falar, sua voz ecoando no ar limpo.

— A essa altura, vocês já devem saber que eu capturei a elfa que chamam de "General de Ouro" — Gritou Kitiara. — Caso precisem de provas, eu tenho isso para mostrar. — Ela levantou a mão. Tanis viu o brilho da luz do sol em um elmo de prata lindamente trabalhado. — Na minha outra mão, embora vocês não possam ver de onde estão, tenho uma mecha de cabelos dourados. Deixarei ambos aqui, na planície, quando partir, para que tenham algo para lembrarem da sua "general".

Houve um murmúrio hostil das pessoas que ladeavam as paredes. Kitiara parou de falar um momento, encarando-os friamente. Observando-a, Tanis cravou as unhas em sua carne para manter a calma. Ele se pegou contemplando um plano louco de pular da muralha e atacar onde ela estava.

Vendo o olhar selvagem e desesperado no rosto dele, Lua Dourada se aproximou e colocou a mão em seu braço. Ela sentiu o corpo dele tremer, depois endurecer com o toque dela, ficando sob controle. Olhando para as mãos fechadas, ela ficou horrorizada ao ver sangue escorrendo pelos pulsos.

— A elfa Lauralanthalasa foi levada para a Rainha das Trevas em Neraka. Ela permanecerá como refém da Rainha até que as seguintes condições sejam cumpridas. Primeiro, a Rainha exige que um humano chamado Berem, o Eterno, seja entregue a ela imediatamente. Segundo, exige que os dragões bondosos retornem à Sanção, onde se entregarão ao Lorde Ariakas. Por fim, o elfo Gilthanas exigirá que os Cavaleiros de Solamnia e os elfos das tribos Qualinesti e Silvanesti renunciem às suas armas. O anão Flint Forjardente demandará que seu povo faça o mesmo.

— Isso é loucura! — Gilthanas gritou em resposta, dando um passo à frente até a beira da muralha e olhando para a Dama das Trevas. — Não podemos concordar com essas demandas! Não temos ideia de quem é esse Berem ou onde encontrá-lo. Não posso responder pelo meu povo, nem pelos dragões bondosos. Essas demandas não são razoáveis!

— A Rainha é razoável — Kitiara respondeu suavemente. — Sua Majestade das Trevas previu que essas demandas precisariam de tempo para serem atendidas. Você tem três semanas. Se, nesse período, vocês não encontrarem o homem Berem, que acreditamos estar na área em torno de Naufrágio, e não tiverem enviado os dragões bondosos, eu voltarei e, desta vez, vocês encontrarão mais do que uma mecha do cabelo da sua general diante dos portões de Kalaman.

Kitiara fez uma pausa.

— Vocês encontrarão a cabeça dela.

Com isso, ela jogou o elmo no chão aos pés de seu dragão e, com uma palavra de comando, Skie levantou as asas e subiu no ar.

Por longos momentos, ninguém falou ou se mexeu. As pessoas olhavam para o elmo caído diante da muralha. As fitas vermelhas tremulando bravamente do alto do elmo prateado pareciam o único movimento, a única cor. Alguém gritou de terror, apontando.

No horizonte, apareceu uma visão incrível. Era tão terrível que ninguém acreditou no começo, cada um pensando que devia estar ficando louco. Mas o objeto se aproximou e todos foram forçados a admitir sua realidade, embora isso não diminuísse o horror.

Assim, o povo de Krynn teve o primeiro vislumbre da mais engenhosa máquina de guerra de Lorde Ariakas, as cidadelas voadoras.

Trabalhando nas profundezas dos templos de Sanção, os magos de mantos negros e clérigos das trevas arrancaram um castelo de suas fundações e o colocaram nos céus. Assim, flutuando sobre nuvens de tempestade cinzentas escuras, iluminadas por farpas irregulares de raios brancos, cercada por centenas de revoadas de dragões vermelhos e negros, a cidadela pairava sobre Kalaman, bloqueando o sol do meio-dia, lançando sua sombra terrível sobre a cidade.

As pessoas fugiram aterrorizadas das muralhas. O medo dracônico lançou seu efeito horrível, causando pânico e desespero sobre os habitantes de Kalaman. Mas os dragões da cidadela não atacaram. Três semanas, a Rainha das Trevas ordenara. Eles dariam a esses humanos míseras três semanas. E vigiariam para ver se, durante esse período, os Cavaleiros e os dragões bondosos não entrariam em campo.

Tanis virou para o resto dos companheiros que estavam encolhidos nas paredes, olhando desanimados para a cidadela. Acostumados aos efeitos do medo dracônico, conseguiram resistir e não estavam em pânico, como o resto dos cidadãos de Kalaman. Consequentemente, ficaram sozinhos, juntos nas muralhas.

— Três semanas — disse Tanis claramente, seus amigos se voltando para ele.

Pela primeira vez desde que deixaram Naufrágio, viram que o rosto dele estava livre da loucura da autocondenação. Havia paz em seus olhos, assim como Flint vira a paz nos olhos de Sturm após a morte do cavaleiro.

— Três semanas — repetiu Tanis com uma voz calma que provocou arrepios na espinha de Flint. — temos três semanas. Deve ser tempo suficiente. Vou para Neraka, para a Rainha das Trevas. — Seus olhos foram para Berem, que estava em silêncio por perto. — Você vem comigo.

Os olhos de Berem se arregalaram de puro terror.

— Não! — Ele choramingou, encolhendo-se. Vendo o homem prestes a correr, Caramon estendeu a mão enorme e o agarrou.

— Você irá comigo a Neraka — disse Tanis em uma voz suave. — ou eu o levarei agora e o entregarei a Gilthanas. O elfo ama muito sua irmã. Ele não hesitaria em entregá-lo à Rainha das Trevas se achasse que assim compraria a liberdade de Laurana. Você e eu sabemos que não. Sabemos que entregá-lo não mudaria nada. Mas ele não. Ele é um elfo e acreditaria que ela manteria sua barganha.

Berem olhou para Tanis com cautela.

— Você não vai me entregar?

— Vou descobrir o que está acontecendo — afirmou Tanis friamente, evitando a pergunta. — De qualquer forma, vou precisar de um guia, alguém que conheça a área...

Libertando-se do aperto de Caramon, Berem os observou com uma expressão amedrontada.

— Eu vou — ele choramingou. — Não me entregue ao elfo...

— Tudo bem — disse Tanis friamente. — Pare de choramingar. Partirei antes do anoitecer e tenho muito o que fazer...

Dando a volta abruptamente, ele não ficou surpreso ao sentir uma mão forte agarrar seu braço.

— Sei o que você vai dizer, Caramon. — Tanis não se virou. — E a resposta é não. Berem e eu vamos sozinhos.

— Então vocês vão morrer sozinhos — disse Caramon em voz baixa, segurando Tanis com firmeza.

— Se é assim, então é isso que farei! — Tanis tentou, sem sucesso, libertar-se do grandalhão. — Não vou levar nenhum de vocês comigo.

— E você falhará — disse Caramon. — É isso que quer? Vai apenas para encontrar uma forma de morrer que acabe com sua culpa? Nesse caso, posso oferecer minha espada agora. Mas, se realmente quiser libertar Laurana, precisará de ajuda.

— Os deuses nos reuniram — disse Lua Dourada gentilmente. — Eles nos uniram de novo em nosso tempo de maior necessidade. É um sinal dos deuses, Tanis. Não negue isso.

O meio-elfo baixou a cabeça. Ele não podia chorar, não havia mais lágrimas. A mão pequena de Tasslehoff deslizou na dele.

— Além disso — disse o kender alegremente. — Pense em quantos problemas você encontraria sem mim!

9
Uma única vela.

A cidade de Kalaman ficou mortalmente silenciosa na noite depois da Dama das Trevas emitir seu ultimato. Lorde Calof declarou Estado de Guerra, o que significava que todas as tavernas estavam fechadas, os portões da cidade trancados e barrados, e ninguém tinha permissão para sair. As únicas pessoas autorizadas a entrar eram famílias das pequenas vilas de agricultores e pescadores perto de Kalaman. Esses refugiados começaram a chegar perto do pôr do sol, contando histórias assustadoras de draconianos que pululavam sobre suas terras, saqueando e queimando.

Embora alguns dos nobres de Kalaman se opusessem a uma medida tão drástica como declarar um Estado de Guerra, Tanis e Gilthanas, unidos pela primeira vez, forçaram o Lorde a tomar essa decisão. Ambos desenharam imagens vívidas e horripilantes do incêndio da cidade de Tarsis. Isso se mostrou extremamente convincente. Lorde Calof fez sua declaração, mas depois olhou para os dois homens, impotente. Era óbvio que ele não tinha ideia do que fazer em relação à defesa da cidade. A sombra horripilante da cidadela flutuante pairando acima enervara o lorde e a maioria de seus líderes militares não estava muito melhor. Depois de ouvir algumas de suas ideias mais insanas, Tanis se levantou.

— Eu tenho uma sugestão, meu senhor — disse ele respeitosamente. — Você tem uma pessoa aqui bem qualificada para assumir a defesa desta cidade...

— Você, meio-elfo? — interrompeu Gilthanas, com um sorriso amargo.

— Não — disse Tanis gentilmente. — Você, Gilthanas.

— Um elfo? — disse lorde Calof, surpreso.

— Ele estava em Tarsis. Teve experiência em combater draconianos e dragões. Os dragões bondosos confiam nele e seguirão seu julgamento.

— Isso é verdade! — Calof disse. Um olhar de grande alívio cruzou seu rosto ao se virar para Gilthanas. — Sabemos como os elfos se sentem sobre os humanos, meu senhor, e... devo admitir... a maioria dos humanos sente o mesmo sobre os elfos. Mas ficaríamos eternamente agradecidos se você pudesse nos ajudar neste momento de perigo.

Gilthanas olhou para Tanis, intrigado por um momento. Não conseguia ler nada no rosto barbudo do meio-elfo. Era quase, ele pensou, o rosto de um morto. Lorde Calof repetiu sua pergunta, acrescentando algo sobre "recompensa", aparentemente pensando que a hesitação de Gilthanas se devia à relutância em aceitar a responsabilidade.

— Não, meu senhor! — Gilthanas saiu do seu devaneio com um sobressalto. — Nenhuma recompensa é necessária, nem mesmo desejada. Se eu puder ajudar a salvar as pessoas desta cidade, será recompensa suficiente. Quanto a serem de raças diferentes — Gilthanas olhou mais uma vez para Tanis. — Talvez eu tenha aprendido o suficiente para saber que isso não faz diferença. Nunca fez.

— Diga o que devemos fazer — disse Calof ansiosamente.

— Primeiro, gostaria de conversar com Tanis — disse Gilthanas, vendo o meio-elfo preparando-se para partir.

— Certamente. Há uma pequena sala na porta à sua direita, onde vocês podem conversar em particular. — O Lorde fez um gesto.

Dentro da pequena sala luxuosamente decorada, os dois homens ficaram em silêncio desconfortável por longos momentos, sem olhar direto para o outro. Gilthanas foi o primeiro a quebrar o silêncio.

— Eu sempre desprezei os humanos — disse o elfo lentamente. — E agora estou me preparando para assumir a responsabilidade de protegê-los. — Ele sorriu. — É uma sensação boa — acrescentou ele baixinho, olhando direto para Tanis pela primeira vez.

Os olhos de Tanis encontraram os de Gilthanas e seu rosto sombrio relaxou por um momento, embora não devolvesse o sorriso do elfo. Então seu olhar caiu, sua expressão séria voltou.

— Você está indo para Neraka, não é? — Gilthanas disse depois de outra longa pausa.

Tanis assentiu, sem palavras.

— Seus amigos? Vão com você?

— Alguns deles — respondeu Tanis. — Todos querem ir, mas... — Ele descobriu que não podia continuar, lembrando a devoção deles. Ele balançou a cabeça. Gilthanas olhou para uma mesa esculpida com adornos, passando a mão pela madeira reluzente distraído.

— Tenho que partir — disse Tanis pesadamente, seguindo para a porta. — Ainda tenho muito o que fazer. Planejamos sair à meia-noite, depois de Solinari se por...

— Espere. — Gilthanas colocou a mão no braço do meio-elfo. — Eu... eu quero dizer que eu sinto muito... pelo que disse esta manhã. Não, Tanis, não vá. Ouça. Isso não é fácil para mim. — Gilthanas pausou por um momento. — Eu aprendi muito, Tanis... sobre mim. As lições foram difíceis. Eu as esqueci... quando soube de Laurana. Eu estava com raiva, assustado e queria descontar em alguém. Você era o alvo mais próximo. O que Laurana fez, ela fez por amor a você. Também estou aprendendo sobre o amor, Tanis. Ou tentando aprender. — Sua voz era amarga. — Principalmente, estou aprendendo sobre a dor. Mas esse é um problema meu.

Tanis o observava. A mão de Gilthanas ainda estava em seu ombro.

— Sei agora, depois de ter tido tempo para pensar... — continuou Gilthanas suavemente — O que Laurana fez foi certo. Ela tinha que ir ou seu amor não teria sentido. Ela tinha fé em você, acreditou em você o suficiente para encontrá-lo quando soube que você estava morrendo, mesmo que isso significasse ir para aquele lugar maligno...

A cabeça de Tanis se curvou. Gilthanas o pegou com força, as duas mãos nos seus ombros.

— Theros Dobraferro disse uma vez que... em todos os anos em que viveu... nunca viu nada feito por amor resultar em mal. Temos que acreditar nisso, Tanis. O que Laurana fez, foi por amor. O que você faz agora, é por amor. Certamente, os deuses abençoarão isso.

— Eles abençoaram Sturm? — Tanis perguntou seriamente. — Ele amou!

— Não abençoaram? Como você sabe?

A mão de Tanis se fechou sobre a de Gilthanas. Ele balançou a cabeça. Ele queria acreditar. Parecia maravilhoso, bonito... Como as histórias de dragões. Quando criança, ele também queria acreditar em dragões...

Suspirando, ele se afastou do elfo. A mão dele estava na maçaneta da porta quando Gilthanas falou novamente.

— Adeus... irmão.

Os companheiros se encontraram junto à muralha, na porta secreta que Tasslehoff descobrira que levava acima e além das muralhas, para as planícies. Gilthanas poderia, claro, ter dado permissão para saírem pelos portões da frente, mas, na opinião de Tanis, quanto menos pessoas soubessem dessa jornada sombria, melhor.

Estavam reunidos dentro da pequena sala no topo da escada. Solinari estava se pondo atrás das montanhas distantes. Afastando-se dos outros, Tanis observou a lua enquanto seus últimos raios prateados tocavam as ameias da horrível cidadela pairando acima. Ele podia ver luzes no castelo flutuante. Formas escuras se moviam. Quem morava naquela coisa terrível? Draconianos? Os magos de manto negro e clérigos das trevas cujo poder a arrancara do solo e a mantinha flutuando entre massas de nuvens espessas e cinzentas?

Atrás dele, ouviu os outros conversando em voz baixa... Todos, exceto Berem. Vigiado de perto por Caramon, o Eterno ficou à parte, os olhos arregalados e medrosos.

Por um longo momento, Tanis os observou, depois suspirou. Ele enfrentava outra despedida e esta o entristecia, de modo que se perguntou se tinha forças para fazê-lo. Virando levemente, ele viu os últimos raios da luz fraca de Solinari tocarem os belos cabelos louro-prateados de Lua Dourada. Viu o rosto dela, pacífico e sereno, mesmo enquanto ela contemplava uma jornada na escuridão e no perigo. E ele soube que tinha força.

Com um suspiro, se afastou da janela para se juntar aos amigos.

— Está na hora? — perguntou Tasslehoff, ansioso.

Tanis sorriu, estendendo a mão com carinho para acariciar o topete ridículo de Tas. Em um mundo em mudança, os kenders permaneciam constantes.

— Sim — disse Tanis. — Está na hora. — Seus olhos foram para Vento Ligeiro. — Para alguns de nós.

Quando o homem das Planícies encontrou o olhar firme e inabalável do meio-elfo, os pensamentos em sua mente foram refletidos em seu rosto, tão claramente para Tanis quanto as nuvens que voavam pelo céu noturno. Primeiro, Vento Ligeiro não entendeu, talvez nem tivesse ouvido as palavras de Tanis. Então, o homem da Planície percebeu o que fora dito. Agora ele entendia e seu rosto sério e rígido corou, os olhos castanhos brilharam. Tanis não disse nada. Ele simplesmente passou seu olhar para Lua Dourada.

Vento Ligeiro olhou para sua esposa, que estava esperando em uma fonte de luar prateado, seus pensamentos distantes. Havia um sorriso doce em seus lábios. Um sorriso que Tanis vira apenas recentemente. Talvez estivesse vendo seu filho brincando ao sol.

Tanis olhou para Vento Ligeiro. Viu a luta interior do homem das Planícies. Tanis sabia que o guerreiro Que-Shu se ofereceria, não, ele insistiria em acompanhá-los, mesmo que isso significasse deixar Lua Dourada para trás.

Caminhando até ele, Tanis colocou as mãos nos ombros do homem alto, fitando seus olhos escuros.

— Seu trabalho está feito, meu amigo — disse Tanis. — Você já percorreu o caminho do inverno o suficiente. Aqui, nossas estradas se separam. A nossa leva a um deserto desolador. O seu vai através de árvores verdes florescendo. Você tem uma responsabilidade pelo filho ou filha que estão trazendo ao mundo. — Ele colocou a mão no ombro de Lua Dourada agora, puxando-a para perto ao ver que estava prestes a protestar.

— O bebê nascerá no outono — Tanis disse suavemente. — Quando os bosques de copadeiras estiverem vermelhos e dourados. Não chore, minha querida. — Ele segurou Lua Dourada nos braços. — As copadeiras crescerão novamente. E você levará o jovem guerreiro ou a jovem donzela para Consolação e contará a eles a história de duas pessoas que se amavam tanto que trouxeram esperança a um mundo de dragões.

Ele beijou seus lindos cabelos. Então Tika, chorando baixinho, tomou o seu lugar, se despedindo de Lua Dourada. Tanis se virou para Vento

Ligeiro. Sua máscara de seriedade se fora, seu rosto mostrava claramente as marcas de sua dor. O próprio Tanis mal podia ver através das lágrimas.

— Gilthanas precisará de ajuda para planejar a defesa da cidade. — Tanis limpou a garganta. — Desejo aos deuses que esse seja realmente o fim do seu inverno escuro, mas receio que ele dure um pouco mais.

— Os deuses estão conosco, meu amigo, meu irmão — disse Vento Ligeiro, quebrado, abraçando o meio elfo. — Que eles estejam com vocês também. Vamos esperar aqui pelo seu retorno.

Solinari mergulhou atrás das montanhas. As únicas luzes no céu noturno eram as estrelas frias e brilhantes e o lampejo hediondo das janelas na cidadela, observando-os com olhos amarelos. Um a um, os companheiros se despediram dos dois da Planície. Então, seguindo Tasslehoff, eles atravessaram a muralha silenciosamente, entraram em outra porta e desceram outra escada. Tas empurrou a porta no fundo. Movendo-se cautelosamente, com as mãos nas armas, os companheiros saíram para a planície.

Por um momento, ficaram juntos, olhando para a planície onde, mesmo na escuridão profunda, pareciam visíveis para milhares de olhos observando da cidadela acima.

Ao lado de Berem, Tanis podia sentir o homem tremendo de medo e se sentiu feliz por ter designado Caramon para cuidar dele. Desde que Tanis declarara que estavam indo para Neraka, o meio-elfo viu um olhar frenético e assombrado nos olhos azuis do homem, como o olhar de um animal preso. Tanis sentiu pena do homem, depois endureceu seu coração. Muito mais estava em jogo. Berem era a chave, a resposta estava dentro dele e de Neraka. Exatamente como eles descobririam a resposta, Tanis ainda não decidira, embora o início de um plano tenha aparecido em seu cérebro.

Longe, o barulho estridente das trombetas dividia o ar noturno. Uma luz laranja ardeu no horizonte. Draconianos, queimando uma vila. Tanis agarrou sua capa ao seu redor. Embora a Alvorada da Primavera tivesse passado, o frio do inverno ainda estava no ar.

— Em frente — ele disse baixinho.

Um a um, ele os viu atravessar a pastagem aberta, correndo para alcançar o abrigo do bosque de árvores. Ali, pequenos dragões de latão de voo rápido esperavam para levá-los até as montanhas.

"Tudo pode acabar hoje à noite," Tanis pensou nervosamente, vendo Tasslehoff sair correndo na escuridão como um rato. Se os dragões fossem descobertos, se os olhos da cidadela os vissem, tudo estaria acabado. Berem cairia nas mãos da Rainha. A escuridão cobriria a terra.

Tika seguiu Tas, correndo de maneira leve e segura. Flint correu logo atrás, respirando pesado. O anão parecia mais velho. O pensamento de que ele não estava bem passou pela cabeça de Tanis, mas sabia que Flint nunca concordaria em ficar para trás. Agora, Caramon correu pela escuridão, sua armadura tilintando. Uma mão estava segurando Berem firmemente, arrastando-o ao lado.

"Minha vez," Tanis percebeu, vendo os outros abrigados em segurança dentro do bosque. "É isso. Para o bem ou para o mal, a história está terminando." Olhando para cima, ele viu Lua Dourada e Vento Ligeiro observando da pequena janela na sala da torre.

Para o bem ou para o mal.

"E se acabar em escuridão," Tanis se perguntou pela primeira vez, "O que será do mundo? O que acontecerá com aqueles que estou abandonando?"

Firme, olhou para aquelas duas pessoas que eram tão queridas para ele quanto a família que nunca conheceu. E, enquanto observava, viu Lua Dourada acender uma vela. Por um breve instante, a chama iluminou seu rosto e o de Vento Ligeiro. Eles levantaram as mãos ao se despedirem e, depois, apagaram a chama para que os olhos hostis não a vissem.

Respirando fundo, Tanis se virou e tensionou para correr.

A escuridão pode conquistar, mas nunca pode extinguir a esperança. E embora uma ou muitas velas pudessem vacilar e morrer, novas velas seriam acesas a partir das anteriores.

Assim, a chama da esperança sempre queima, iluminando a escuridão até a chegada do dia.

Livro três

1

Um velho e um dragão dourado.

Ele era um dragão dourado ancestral, o mais velho de sua espécie. Em seus dias, fora um guerreiro feroz. As cicatrizes de suas vitórias eram visíveis em sua pele enrugada e dourada. Seu nome já foi tão brilhante quanto as suas glórias, mas ele o esquecera há muito tempo. Alguns dos dragões dourados mais jovens e irreverentes se referiam a ele carinhosamente como Pirita, o Ouro de Tolo, devido ao seu hábito não raro de desaparecer mentalmente do presente e reviver seu passado.

A maioria de seus dentes se fora. Fazia eras desde que ele mastigara um bom pedaço de carne de cervo ou rasgara um goblin. Ele conseguia mascar um coelho de vez em quando, mas vivia principalmente de aveia.

Quando Pirita vivia no presente, ele era um companheiro inteligente, embora irascível. Sua visão estava escurecendo, embora se recusasse a admitir, e ele era surdo como uma porta. Sua mente era rápida. Sua conversa ainda era afiada como um dente, assim era o ditado entre dragões. Só que ele raramente discutia o mesmo tópico que qualquer outra pessoa em sua companhia.

Mas, quando voltava ao passado, os outros dourados seguiam para suas cavernas. Pois quando se lembrava delas, ele ainda podia lançar magias notavelmente bem e seus ataques de sopro estavam tão eficazes quanto antes.

Nesse dia, porém, Pirita não estava no passado, nem no presente. Ele estava deitado nas Planícies de Estwilde, dormindo sob o sol quente da primavera. Ao lado dele, estava sentado um velho fazendo a mesma coisa, com a cabeça apoiada no flanco do dragão.

Um chapéu pontudo e surrado repousava sobre o rosto do velho para proteger os olhos do sol. Uma longa barba branca saía de debaixo do chapéu. Os pés em botas se destacavam sob os longos mantos cor de rato.

Ambos dormiam profundamente. Os flancos do dragão dourado se erguiam e zumbiam com sua respiração ofegante. A boca do velho estava escancarada e, às vezes, ele se acordava com um ronco prodigioso. Quando isso acontecia, ele se sentava, mandando o chapéu rolando para o chão (o que não ajudava sua aparência) e olhava em volta, assustado. Não vendo nada, ele resmungava aborrecido, recolocava o chapéu (depois que o encontrava), cutucava irritado o dragão nas costelas e, por fim, voltava à soneca.

Um transeunte casual poderia ter se perguntado como, em nome do Abismo, esses dois estavam dormindo calmamente nas Planícies de Estwilde, mesmo que fosse um dia quente e agradável de primavera. O transeunte poderia supor que os dois estavam esperando alguém, pois o velho acordava ocasionalmente, tirava o chapéu e espiava solenemente o céu vazio.

Um transeunte poderia ter se perguntado, se houvesse algum transeunte. Não havia. Pelo menos, nenhum amistoso. As Planícies de Estwilde estavam cheias com tropas draconianas e goblins. Se os dois sabiam que estavam dormindo em um lugar perigoso, não pareciam se importar.

Despertando de um ronco particularmente violento, o velho estava prestes a repreender severamente seu companheiro por fazer barulhos tão terríveis quando uma sombra caiu sobre eles.

— Rá! — O velho disse com raiva, olhando para cima. — Cavaleiros de dragão! Um grupo inteiro deles. Para fazer maldades, imagino. — As sobrancelhas brancas do velho se juntaram em forma de V acima do nariz.

— Já aguentei o suficiente. Agora, eles têm a coragem de vir e bloquear meu sol. Acorde! — gritou, cutucando Pirita com um cajado de madeira velho e desgastado pelo tempo.

O dragão resmungou, abriu um olho dourado, encarou o velho (vendo apenas um borrão da cor de rato) e calmamente voltou a fechar os olhos.

As sombras continuavam passando, quatro dragões com cavaleiros.

— Acorde, eu digo, seu preguiçoso! — o velho gritou. Roncando alegremente, o dourado virou de costas, os pés com garras no ar, o estômago voltado para o sol quente.

O velho olhou para o dragão por um momento, então, com uma inspiração repentina, correu até a cabeça grande.

— Guerra! — gritou animado, diretamente em uma das orelhas do dragão. — É guerra! Estamos sendo atacados...

O efeito foi surpreendente. Os olhos de Pirita se abriram. Rolando de bruços, seus pés cravaram no chão tão profundamente que ele quase se atolou. Sua cabeça se levantou feroz, suas asas douradas se abriram e começaram a bater, mandando nuvens de poeira e areia a um quilômetro e meio de altura.

— Guerra! — proclamou. — Guerra! Fomos chamados. Reúna as revoadas! Prepare o ataque!

O velho pareceu bastante surpreso com essa súbita transformação e ficou sem palavras por um momento pela inalação acidental de um bocado de poeira. Vendo o dragão começar a pular para o ar, no entanto, correu para frente, agitando o chapéu.

— Espere! — gritou, tossindo e sufocando. — Espere por mim!

— Quem é você que eu devo esperar? — Pirita rugiu. O dragão olhou através da areia ondulante. — Você é meu mago?

— Sim, sim — o velho falou apressadamente. — Eu sou... ahm... seu mago. Desça um pouco sua asa para que eu possa subir. Obrigado, você é bom companheiro. Agora eu... ei! Opa! Eu não me prendi!... Cuidado! Meu chapéu! Caramba, eu não disse para você decolar ainda!

— Temos que chegar à batalha a tempo — exclamou Pirita, ferozmente. — Huma está lutando sozinho!

— Huma! — O velho bufou. — Bem, você não chegará a tempo para essa batalha! Algumas centenas de anos atrasados. Mas não é essa a batalha que eu tinha em mente. São aqueles quatro dragões ali, ao leste. Criaturas do mal! Temos que detê-las...

— Dragões! Ah, sim! Eu os vejo! — rugiu Pirita, mergulhando em perseguição a duas águias extremamente assustadas e altamente insultadas.

— Não! Não! — gritou o velho, chutando o dragão nos flancos. — Leste, seu idiota! Voe mais dois pontos para o leste!

— Tem certeza de que você é meu mago? — Pirita perguntou em uma voz profunda. — Meu mago nunca falou comigo nesse tom.

— Eu estou... desculpe, velho companheiro — disse o velho rapidamente. — Apenas um pouco nervoso. Conflitos se aproximando e tudo mais.

— Pelos deuses, existem quatro dragões! — Pirita disse com espanto, tendo acabado de ter um vislumbre nublado deles.

— Leve-me para perto para que eu possa ter uma boa chance contra eles — o velho gritou. — Tenho uma magia realmente maravilhosa... Bola de fogo. Agora... — ele murmurou. — Se eu conseguisse me lembrar como é...

Dois oficiais do exército dracônico cavalgavam entre a revoada de quatro dragões de latão. Um cavalgava na frente, um homem barbudo, o elmo grande para ele bem puxado sobre o rosto, sombreando os olhos.

O outro oficial seguia atrás do grupo. Ele era um homem enorme, quase rasgando sua armadura preta. Ele não usava elmo, provavelmente não havia um grande o suficiente, mas seu rosto era sombrio e vigilante, principalmente sobre os prisioneiros que montavam os dragões no centro da revoada.

Era um conjunto estranho de prisioneiros, uma mulher vestida com armadura improvisada, um anão, um kender e um homem de meia idade com cabelos grisalhos longos e despenteados.

O mesmo transeunte que observara o velho e seu dragão poderia ter percebido que os oficiais e seus prisioneiros se esforçavam para evitar a detecção por tropas terrestres da Senhora dos Dragões. De fato, quando um grupo de draconianos os avistou e começou a gritar, tentando atrair sua atenção, os oficiais do exército dracônico os ignoraram cuidadosamente. Um observador perspicaz de verdade também poderia ter se perguntado o que dragões de latão estavam fazendo a serviço da Senhora dos Dragões.

Infelizmente, nem o velho nem seu decrépito dragão dourado eram observadores perspicazes.

Mantendo-se nas nuvens, eles se esgueiraram atrás do grupo desavisado.

— Desça quando eu der a ordem — disse o velho, rindo alto para si mesmo com a perspectiva de uma luta. — Vamos atacá-los por trás.

— Onde está Sir Huma? — o dourado perguntou, espiando pela nuvem.

— Morto — murmurou o velho, concentrado em sua magia.

— Morto! — rugiu o dragão, consternado. — Então é tarde demais?

— Ah, deixa pra lá! — retrucou o velho, irritado. — Pronto?

— Morto — repetiu o dragão, triste. Então, seus olhos brilharam. — Mas nós vamos vingá-lo!

— Sim, bastante — disse o velho. — Agora ... ao meu sinal. Não! Ainda não! Você...

As palavras do velho ficaram perdidas em uma rajada de vento quando o dourado saiu das nuvens, caindo nos quatro dragões menores abaixo dele como uma lança caindo do céu.

O grande oficial do exército dracônico na parte traseira teve um vislumbre de movimento acima de si e olhou para cima. Seus olhos se arregalaram.

— Tanis! — gritou assustado para o oficial na frente.

O meio-elfo se virou. Alertado pelo som da voz de Caramon, ele estava pronto para problemas, mas não conseguia ver nada no início. Então, Caramon apontou.

Tanis olhou para cima.

— O que em nome dos deuses... — ele arfou.

Riscando o céu, mergulhando direto para eles, havia um dragão dourado. Montado no dragão estava um homem velho, seus cabelos brancos voando atrás dele (ele perdera o chapéu), sua longa barba branca soprando sobre os ombros. A boca do dragão estava à mostra em um rosnado que teria sido cruel se não fosse desdentado.

— Acho que estamos sob ataque — disse Caramon, admirado.

Tanis chegara à mesma conclusão.

— Dispersar! — gritou, praguejando baixinho. Abaixo deles, uma divisão inteira de draconianos assistia a batalha aérea com um interesse intenso. A última coisa que ele queria era chamar a atenção para o grupo, agora um velho louco estava arruinando tudo.

Ao ouvir o comando de Tanis, os quatro dragões se separaram da formação, mas não rápido o suficiente. Uma bola de fogo brilhante explodiu bem no meio deles, fazendo os dragões cambalearem no céu.

Momentaneamente cego pela luz brilhante, Tanis largou as rédeas e passou os braços em volta do pescoço da criatura, que rolava fora de controle.

Então, ouviu uma voz familiar.

— Essa pegou! Magia maravilhoso, Bola de fogo...

— Fizban! — Tanis resmungou.

Piscando os olhos, ele lutou desesperadamente para controlar seu dragão. Mas parecia que o animal sabia como lidar melhor consigo mesmo do que o cavaleiro inexperiente, pois o dragão de latão logo se endireitou. Agora que Tanis podia ver, ele procurou os outros nos arredores. Eles pareciam ilesos, mas estavam espalhados por todo o céu. O velho e seu dragão estavam perseguindo Caramon. O velho estava com a mão estendida, aparentemente pronto para lançar outra magia devastadora. Caramon estava gritando e gesticulando, pois também reconhecera o velho mago confuso.

Voando rápido em direção a Fizban por trás vieram Flint e Tasslehoff, o kender gritando de alegria e acenando com as mãos, Flint se segurando com toda a força. O anão parecia verde de verdade.

Mas Fizban estava concentrado em sua presa. Tanis ouviu o velho gritar várias palavras e estender a mão. Um relâmpago saiu da ponta dos dedos. Felizmente, sua mira estava ruim. O relâmpago passou pela cabeça de Caramon, forçando o grandalhão a se abaixar, mas sem o ferir.

Tanis disse uma profanidade tão vil que se assustou. Chutando o dragão nos flancos, ele apontou para o velho.

— Ataque! — ordenou ao dragão. — Não o machuque, apenas o tire daqui.

Para sua surpresa, o dragão de latão recusou. Balançando a cabeça, o dragão começou a circular e, de repente, ocorreu a Tanis que a criatura pretendia pousar!

— O quê? Você está louco? — Tanis xingou o dragão. — Você está nos levando para os exércitos dracônicos!

O dragão parecia surdo e Tanis viu que todos os outros dragões estavam circulando, preparando-se para pousar.

Em vão, Tanis implorou a seu dragão. Sentado atrás de Tika, Berem agarrou a mulher tão desesperadamente que ela mal conseguia respirar. Os olhos do Eterno estavam nos draconianos, que pululavam nas planícies na direção onde os dragões estavam pousando. Caramon estava se debatendo loucamente, tentando evitar os relâmpagos que passavam ao seu redor. Até Flint voltou à vida, puxando freneticamente as rédeas de seu dragão, rugindo de raiva, enquanto Tas ainda gritava loucamente com Fizban. O velho seguia atrás de todos, pastoreando os dragões de latão à sua frente como ovelhas.

Eles pousaram perto do sopé das Montanhas Khalkist. Olhando rápido pela planície, Tanis podia ver draconianos correndo em sua direção.

"Podemos sair dessa," Tanis pensou febrilmente, embora seus disfarces tivessem a intenção de levá-los a Kalaman, não enganar um grupo de draconianos desconfiados. No entanto, valia a pena tentar. Se ao menos Berem se lembrasse de ficar em segundo plano e quieto.

Mas antes que Tanis pudesse dizer uma palavra, Berem pulou da parte de trás de seu dragão e partiu, correndo freneticamente para o sopé. Tanis podia ver os draconianos apontando para ele, gritando.

Era só ficar no fundo. Tanis praguejou de novo. O blefe ainda poderia funcionar... Podiam sempre que um prisioneiro estava tentando escapar. Não, ele percebeu em desespero, os draconianos simplesmente perseguiriam Berem e o pegariam. De acordo com o que Kitiara dissera, todos os draconianos em Krynn tinham a descrição de Berem.

— Em nome do Abismo! — Tanis se forçou a se acalmar e pensar logicamente, mas a situação estava saindo de controle depressa. — Caramon! Vá atrás de Berem. Flint, você... Não, Tasslehoff, volte aqui! Droga! Tika, vá atrás de Tas. Não, pensando bem, fique comigo. Você também, Flint...

— Mas Tasslehoff foi atrás daquele velho louco.

— E se tivermos sorte, o chão se abrirá e engolirá os dois! — Tanis olhou por cima do ombro e xingou violentamente. Impelido pelo medo, Berem escalava pedras e arbustos com a leveza de um cabrito montês, enquanto Caramon, dificultado pela armadura dracônica e seu próprio arsenal, escorregava um metro para cada meio metro que subia.

Olhando para trás, através da Planície, Tanis podia ver claramente os draconianos. A luz do sol reluzia em suas armaduras, espadas e lanças. Talvez ainda houvesse uma chance, se os dragões de latão atacassem.

Mas assim que ele começou a ordenar que fossem para a batalha, o velho veio correndo de onde pousara seu dragão dourado ancestral.

— Xô! — disse aos dragões de latão. — Xô... vão embora! Voltem para onde vieram!

— Não! Espere! — Tanis quase arrancou a barba em frustração, vendo o velho correr entre os dragões de latão, agitando os braços como a esposa de um fazendeiro levando suas galinhas o galinheiro. Então, o meio-elfo parou de xingar pois, para sua surpresa, os dragões de latão se prostraram no chão diante do velho em seus mantos cor de rato. Levantando suas asas, voaram graciosamente no ar.

Com raiva, esquecendo que ele estava vestido com uma armadura dracônica, Tanis correu pela grama pisoteada em direção ao velho, seguindo Tas. Ao ouvi-los chegando, Fizban se virou para encará-los.

— Tenho uma boa ideia de como lavar sua boca com sabão — o velho mago retrucou, encarando Tanis. — Vocês são meus prisioneiros agora, então apenas me sigam em silêncio ou provarão da minha magia...

— Fizban! — gritou Tasslehoff, passando os braços em volta do velho.

O velho mago olhou para o kender que o abraçava, depois cambaleou para trás, espantado.

— É o Tassle... Tassle... — ele gaguejou.

— Burrfoot — disse Tas, recuando e se curvando educadamente. — Tasslehoff Burrfoot.

— Pelo fantasma do grande Huma! — Fizban exclamou.

— Este é Tanis Meio-Elfo. E aquele é Flint Forjardente. Você se lembra dele? — Tasslehoff continuou, acenando com a mão pequena para o anão.

— Uh, sim, bastante — murmurou Fizban, com o rosto vermelho.

— E Tika... e aquele é Caramon lá em cima... oh, bem, não dá para vê-lo agora. Depois, há o Berem. Nós o pegamos em Kalaman e, oh... Fizban!... Ele tem uma gema verde... ei, ai, Tanis, isso dói!

Pigarreando, Fizban lançou um olhar desanimado ao redor.

— Vocês... ahm... não estão com os... ahm ... umm... exércitos dracônicos?

— Não — disse Tanis, sério. — Não estamos! Ou pelo menos não estávamos. — Ele gesticulou para trás. — É provável que isso mude a qualquer momento.

— Não estão com os exércitos dracônicos de forma alguma? — Fizban prosseguiu esperançosamente: — Tem certeza de que não se converteram? Foram torturados? Lavagem cerebral?

— Não, droga! — Tanis puxou seu elmo. — Sou Tanis Meio-Elfo, lembra...

Fizban sorriu.

— Tanis Meio-Elfo! Muito prazer em vê-lo novamente, senhor. — Agarrando a mão de Tanis, ele a apertou com vontade.

— Caramba! — Tanis retrucou exasperado, arrancando a mão do aperto do velho.

— Mas vocês estavam montando dragões!

— Aqueles eram dragões bondosos! — Tanis gritou. — Eles voltaram!

— Ninguém me disse! — O velho bufou, indignado.

— Você sabe o que fez? — Tanis continuou, ignorando a interrupção. — Você nos tirou dos céus! Mandou embora nosso único meio de chegar a Neraka...

— Ah, eu sei o que fiz — murmurou Fizban. Ele olhou por cima do ombro. — Minha nossa. Esses sujeitos parecem estar se aproximando. Não devemos ser pegos por eles. Bem, o que estamos fazendo parados aqui? — Ele olhou para Tanis. — Que belo líder você é! Acho que vou ter que assumir o comando... Cadê meu chapéu?

— Cerca de oito quilômetros para trás — afirmou Pirita com um grande bocejo.

— Você ainda está aqui? — Fizban disse, encarando o dragão dourado, aborrecido.

— Onde mais eu estaria? — o dragão perguntou seriamente.

— Eu disse para você ir com os outros!

— Eu não queria. — Pirita bufou. Um pouco de fogo brilhou em seu nariz, fazendo-o tremer. Isto foi seguido por um espirro imenso. Fungando, o dragão continuou, irritado. — Não respeitam a idade, aqueles dragões de latão. Falam constantemente! E riem. Me dá nos nervos, aquela risadinha boba...

— Bem, você só precisa voltar sozinho, então! — Fizban andou para encarar o dragão em seus olhos turvos. — Iremos fazer uma longa jornada para uma região perigosa...

— Iremos fazer? — gritou Tanis. — Olha, velho, Fizban, seja qual for o seu nome, porque você e seu... ahm... amigo aqui não voltam. Você está certo Será uma jornada longa e perigosa. Mais longa agora que perdemos nossos dragões e...

— Tanis... — disse Tika em alerta, de olho nos draconianos.

— Para as colinas, rápido — disse Tanis, respirando fundo, tentando controlar seu medo e sua raiva. — Vão em frente, Tika. Você e Flint. Tas... — Ele pegou o kender.

— Não, Tanis! Não podemos deixá-lo aqui! — Tas pranteou.

— Tas — Tanis disse com uma voz que avisava o kender que o meio-elfo já tivera o suficiente e não aguentaria mais nada. Aparentemente, o velho entendeu a mesma coisa.

— Tenho que ir com essas pessoas — disse ele ao dragão. — Eles precisam de mim. Você não pode voltar sozinho. Só terá que usar fagocitose...

— Metamorfose! — o dragão disse, indignado. — A palavra é "metamorfose"! Você nunca entendeu direito...

— Tanto faz! — o velho gritou. — Rápido! Nós o levaremos conosco.

— Muito bem — disse o dragão. — Eu poderia descansar.

— Eu não acho... — começou Tanis, imaginando o que fariam com um dragão dourado imenso, mas era tarde demais.

Enquanto Tas observava, fascinado, e Tanis fumegava de impaciência, o dragão falou algumas palavras na estranha linguagem da magia. Houve um clarão e, de repente, o dragão desapareceu.

— O quê? Onde? — Tasslehoff olhou em volta.

Fizban se inclinou para pegar alguma coisa na grama.

— Andem logo! Agora! — Tanis empurrou Tas e o velho para as colinas, seguindo Tika e Flint.

— Aqui — disse Fizban a Tas enquanto eles corriam. — Estenda sua mão.

Tas fez conforme instruído. Então, o kender prendeu a respiração em admiração. Ele teria parado para examinar, mas Tanis o pegou pelo braço e o arrastou para frente.

Na palma da mão de Tas brilhava uma minúscula figura dourada de um dragão, esculpida em detalhes requintados. Tas imaginou que podia até mesmo ver as cicatrizes nas asas. Duas pequenas joias vermelhas brilhavam nos olhos, e, enquanto Tas observava, as joias piscaram quando as pálpebras douradas se fecharam sobre elas.

— Ah, Fizban, é... é... lindo! Posso realmente ficar com ele? — Tas gritou por cima do ombro para o velho, que estava bufando por trás.

— Claro, meu garoto! — Fizban sorriu. — Pelo menos até que esta aventura acabe.

— Ou ela acabe conosco — Tanis murmurou, subindo rapidamente sobre as rochas. Os draconianos estavam se aproximando cada vez mais.

2

O trecho dourado.

Cada vez mais alto escalaram as colinas, com os draconianos perseguindo o grupo que, agora, parecia ser de espiões.

O grupo perdeu a trilha que Caramon usou para ir atrás de Berem, mas não podia parar para procurá-la. Eles ficaram bastante assustados, portanto, quando se depararam de repente com Caramon sentado calmamente em uma pedra com Berem inconsciente e esparramado ao seu lado.

— O que aconteceu? — Tanis perguntou, respirando fundo após a longa escalada.

— Eu o alcancei, finalmente. — Caramon balançou a cabeça. — E ele tentou resistir. Ele é forte para um velho, Tanis. Tive que dar uma pancada. No entanto, temo ter batido com força demais — ele acrescentou, olhando para a figura desmaiada com remorso.

— Ótimo! — Tanis estava cansado demais até para praguejar.

— Vou cuidar disso — disse Tika, pegando uma bolsa de couro.

— Os draconianos estão chegando além da última grande rocha — relatou Flint enquanto tropeçava. O anão parecia quase morto. Ele desabou em uma pedra, esfregando o rosto suado com a ponta da barba.

— Tika... — Tanis começou.

— Achei! — ela disse triunfante, puxando um pequeno frasco. Ajoelhando-se ao lado de Berem, ela tirou a tampa do frasco e o agitou sob o nariz dele. O homem inconsciente respirou fundo e começou a tossir.

Tika deu um tapa na sua cara.

— De pé! — ela disse com a voz de garçonete. — A menos que você queira que os draconianos o peguem.

Os olhos de Berem se arregalaram em alarme. Segurando a cabeça, ele se sentou, tonto. Caramon o ajudou a se levantar.

— Isso é maravilhoso, Tika! — Tas disse empolgado. — Deixe-me... — Antes que ela pudesse detê-lo, Tas pegou o frasco e o segurou contra o nariz, inalando profundamente.

— Eeee Ahhhh! — O kender se engasgou, cambaleando de volta para Fizban, que surgira no caminho depois de Flint. — Eca! Tika! Isso foi... horrível! — Ele mal conseguia falar. — O que é?

— Uma mistura de Otik — disse Tika, sorrindo. — Todas as garçonetes o carregam. Foi útil em muitos casos, se é que você me entende. — O sorriso dela sumiu. — Pobre Otik — disse suavemente. — Eu me pergunto o que aconteceu com ele. E a Hospedaria...

— Não há tempo para isso agora, Tika — disse Tanis, impaciente. — Temos que continuar. De pé, velho! — Isso foi para Fizban, que estava se sentando confortavelmente.

— Tenho uma magia — protestou Fizban quando Tas o puxou e o cutucou. — Ela cuidará dessas pragas instantaneamente. Puf!

— Não! — Tanis disse. — De jeito nenhum. Com a minha sorte, você os transformaria em trolls.

— Eu me pergunto se poderia... — O rosto de Fizban se iluminou.

O sol da tarde estava começando a cair pela orla do céu quando, de repente, a trilha que eles seguiam cada vez mais alto nas montanhas se ramificou em duas direções diferentes. Um levava aos picos das montanhas, o outro parecia serpentear pela lateral. "Pode haver uma passagem entre os picos," pensou Tanis; uma passagem que poderiam defender, se necessário.

Mas antes que pudesse dizer uma palavra, Fizban começou a trilha que contornava a montanha.

— Por aqui — anunciou o velho mago, apoiando-se em seu cajado enquanto seguia para frente.

— Mas... — Tanis começou a protestar.

— Vamos, vamos. Por aqui! — insistiu Fizban, virando e os olhando sob suas sobrancelhas brancas e espessas. — Esse caminho leva a um beco sem saída... em mais de um sentido. Eu sei. Já estive aqui antes. Este passa pela lateral da montanha até um grande desfiladeiro. Uma ponte sobre o desfiladeiro. Podemos atravessar, depois lutar contra os draconianos quando tentarem nos perseguir.

Tanis fez uma careta, não querendo confiar no velho mago louco.

— É um bom plano, Tanis — disse Caramon lentamente. — É óbvio que teremos que lutar com eles em algum momento. — Ele apontou para os draconianos subindo as trilhas da montanha atrás deles.

Tanis olhou para ao redor. Todos estavam exaustos. O rosto de Tika estava pálido, seus olhos vidrados. Ela se apoiava em Caramon, que deixara as lanças na trilha para aliviar seu fardo.

Tasslehoff sorriu alegremente para Tanis. Mas o kender estava ofegando como um cachorro pequeno e ele mancava de um pé.

Berem parecia o mesmo de sempre, triste e assustado. Foi Flint quem mais preocupou Tanis. O anão não disse uma palavra durante a fuga. Ele os acompanhava sem vacilar, mas seus lábios estavam azuis e sua respiração era curta. Vez ou outra, quando pensava que ninguém estava olhando, Tanis o viu colocar a mão sobre o peito ou esfregar o braço esquerdo como se doesse.

— Muito bem. — O meio-elfo decidiu. — Continue, velho mago. Embora eu provavelmente me arrependa disso — ele acrescentou, baixinho, enquanto o resto corria atrás de Fizban.

Perto do pôr do sol, os companheiros pararam. Estavam em uma pequena saliência rochosa a cerca de três quartos de altura, na lateral da montanha. Diante deles havia um desfiladeiro profundo e estreito. Lá embaixo, viam um rio serpenteando pelo fundo do desfiladeiro como uma cobra cintilante.

"Deve ser uma queda de cento e vinte metros," calculou Tanis. A trilha em que se encontravam se espremia no lado da montanha, com um penhasco escarpado de um lado e nada além de ar do outro. Havia apenas uma maneira de atravessar o desfiladeiro.

— E essa ponte... — disse Flint, as primeiras palavras que ele falava em horas — É mais velha do que eu... e está em pior estado.

— Essa ponte está de pé há anos! — Fizban disse, indignado. — Ora, ela sobreviveu ao Cataclismo!

— Eu acredito — disse Caramon sinceramente.

— Pelo menos não é muito longa — Tika tentava parecer esperançosa, embora sua voz vacilasse.

A ponte sobre o desfiladeiro estreito era de uma construção única. Enormes galhos de copadeira foram empurrados pelas laterais da montanha em ambos os lados do desfiladeiro. Esses galhos formavam um X que sustentava a plataforma de tábuas de madeira. Há muito tempo, a estrutura deve ter sido uma maravilha arquitetônica. Mas agora, as pranchas de madeira estavam apodrecidas e se partindo. Se houve uma grade, ela caíra há muito tempo no abismo abaixo. Enquanto observavam, as madeiras rangiam e estremeciam com o vento frio da noite.

Atrás deles, ouviram o som de vozes guturais e o impacto de aço na rocha.

— Não dá para voltar — Caramon murmurou. — Temos que atravessar um por um.

— Não dá tempo — disse Tanis, levantando-se. — Só podemos esperar que os deuses estejam conosco. E, eu odeio admitir, mas Fizban está certo. Depois de atravessarmos, poderemos impedir os draconianos facilmente. Eles serão alvos excelentes, presos naquela ponte. Eu vou primeiro. Sigam atrás de mim, fila única. Caramon, você fica na retaguarda. Berem, fique atrás de mim.

Movendo-se o mais rápido que ousava, Tanis pôs os pés na ponte. Ele podia sentir as tábuas vibrarem e tremerem. Muito abaixo, o rio corria acelerado entre as paredes do desfiladeiro; pedras afiadas se projetavam de sua superfície branca e espumosa. Tanis prendeu a respiração e logo desviou o olhar.

— Não olhem para baixo — disse aos outros, sentindo um vazio frio onde estava o estômago. Por um instante, não conseguiu se mexer; então, controlando-se, avançou. Berem veio logo atrás dele, o medo dos homens-dragão obliterando por completo qualquer outro terror que o Eterno pudesse ter experimentado.

Depois de Berem, veio Tasslehoff, andando levemente com habilidade de kender, espiando além da beirada, maravilhado. Depois, o aterrorizado

Flint, apoiado por Fizban. Por fim, Tika e Caramon pisaram nas pranchas trêmulas, mantendo uma vigilância nervosa atrás deles.

Tanis estava quase na metade do caminho quando parte da plataforma cedeu, a madeira podre lascando sob seus pés.

Agindo por instinto, em um paroxismo de terror, ele agarrou as tábuas em desespero e segurou nas beiradas. Mas a madeira podre se desfez em suas mãos. Seus dedos escorregaram e... uma mão se fechou sobre seu pulso.

— Berem! — Tanis arfou.

— Aguente firme! — Ele se forçou a ficar mole, sabendo que qualquer movimento de sua parte só tornaria mais difícil para Berem ficar segurando.

— Puxe ele cima! — Ele ouviu Caramon rugir. — Ninguém se mexa! A coisa toda vai ceder!

Com o rosto tenso com a tensão, o suor escorrendo pela testa, Berem puxou. Tanis viu os músculos do braço do homem incharem, as veias quase explodirem sob a pele. Com o que parecia ser uma lentidão agonizante, Berem arrastou o meio-elfo sobre a beirada da ponte quebrada. Lá, Tanis desabou. Tremendo de medo, ele deitou se agarrando à madeira, estremecido.

Então, ele ouviu Tika gritar. Erguendo a cabeça, ele percebeu com ironia que tivesse acabado de ganhar a vida apenas para perdê-la. Cerca de trinta draconianos apareceram na trilha atrás deles. Tanis se virou para olhar através do buraco no centro da ponte. O outro lado da plataforma ainda estava de pé. Ele poderia pular através do enorme buraco para a segurança, Berem e Caramon também... mas não Tas, Flint, Tika ou o velho mago.

— Alvos excelentes, você disse — murmurou Caramon, sacando a espada.

— Lance uma magia, Ancião! — Tasslehoff disse de repente.

— O quê? — Fizban piscou.

— Uma magia! — Tas gritou, apontando para os draconianos, que, ao verem os companheiros presos na ponte, correram para acabar com eles.

— Tas, já temos problemas suficientes — começou Tanis, a ponte rangendo sob seus pés. Movendo-se com cuidado, Caramon se posicionou diretamente na frente deles, voltado para os draconianos.

Colocando uma flecha em seu arco, Tanis disparou. Um draconiano agarrou o peito e caiu do penhasco, gritando. O meio-elfo atirou e acertou de novo. Os draconianos no centro da fila hesitaram, andando em confusão. Não havia cobertura, não havia como escapar dos tiros letais do meio-elfo. Os draconianos na frente da fila avançaram em direção à ponte.

Naquele momento, Fizban começou a lançar sua magia.

Ao ouvir o velho mago falar, Tanis sentiu seu coração afundar. Depois, pensou amargamente que não poderiam estar em uma posição pior. Ao lado dele, Berem observava os draconianos com uma compostura estoica que Tanis achou surpreendente, até lembrar que Berem não tinha medo da morte; ele sempre voltava à vida. Tanis atirou de novo e outro draconiano uivou de dor. Estava tão concentrado em seus alvos que esqueceu Fizban até ouvir Berem ofegar de espanto. Levantando a cabeça, Tanis viu Berem olhando para o céu. Seguindo o olhar de Berem, o meio-elfo ficou tão surpreso que quase derrubou o arco.

Descendo das nuvens, brilhando intensamente nos raios moribundos do sol, havia um longo trecho de ponte dourado. Guiado por movimentos da mão do velho mago, o trecho dourado caiu do céu para fechar a brecha na ponte.

Tanis voltou a si. Olhando em volta, percebeu que, por enquanto, os draconianos também estavam paralisados, encarando o trecho dourada com brilhantes olhos reptilianos.

— Depressa! — Tanis gritou. Segurando Berem pelo braço, ele arrastou o Eterno atrás dele e saltou para o trecho, que pairava a menos de meio metro acima do vão. Berem seguiu, tropeçando desajeitado. Mesmo já em cima dele, o trecho continuou caindo mais devagar sob a orientação de Fizban.

O trecho ainda estava a uns oito centímetros acima da plataforma quando Tasslehoff, gritando selvagemente, pulou sobre ele, puxando o anão assustado atrás dele. Percebendo de repente que suas presas escapariam, os draconianos uivaram de raiva e subiram na ponte de madeira. Tanis estava parado no trecho dourado, perto do fim, atirando suas flechas nos draconianos da frente. Caramon ficou para trás, afastando-os com a espada.

— Atravesse! — Tanis ordenou a Tika, que pulou no vão ao lado dele. — Fique ao lado de Berem. Fique de olho nele. Você também, Flint, vai com ela. Continuem! — ele rosnou violentamente.

— Vou ficar com você, Tanis — ofereceu Tasslehoff.

Lançando um olhar para trás para Caramon, Tika obedeceu com relutância, agarrando Berem e o empurrando diante dela. Ao ver os draconianos chegando, ele precisou de pouco estímulo. Juntos, atravessaram o trecho até a metade restante da ponte de madeira. Ela rangeu de forma alarmante sob o peso deles. Tanis só esperava que ela aguentasse, mas não podia dar uma olhada. Aparentemente aguentou, porque ele ouviu as botas grossas de Flint atravessando.

— Conseguimos! — Tika gritou do lado do desfiladeiro.

— Caramon! — Tanis gritou, disparando outra flecha, tentando manter o pé no trecho dourado.

— Vá em frente! — Fizban falou irritado para Caramon. — Estou concentrado. Tenho que colocar o trecho no lugar certo. Mais alguns centímetros para a esquerda, eu acho...

— Tasslehoff, atravesse! — Tanis ordenou.

— Não vou deixar Fizban! — disse o kender teimosamente, enquanto Caramon subia no trecho dourado. Vendo o grande guerreiro partir, os draconianos avançaram de novo. Tanis disparava flechas o mais rápido que podia; um draconiano jazia na ponte em uma poça de sangue verde, outro tombava pela borda. Mas o meio-elfo estava ficando cansado. Pior, estava ficando sem flechas. E os draconianos continuavam chegando. Caramon parou ao lado de Tanis no trecho.

— Depressa, Fizban! — implorou Tasslehoff, torcendo as mãos.

— Pronto! — Fizban disse satisfeito. — Encaixe perfeito. E os gnomos disseram que eu não era engenheiro.

No momento em que ele falou, o trecho dourado carregando Tanis, Caramon e Tasslehoff caiu firmemente no lugar entre as duas seções da ponte quebrada.

E, naquele momento, a outra metade da ponte de madeira, a metade ainda de pé, a metade que levava à segurança do outro lado do desfiladeiro, rangeu, desmoronou e caiu.

— Em nome dos deuses! — Caramon engoliu de medo, agarrando Tanis e o arrastando de volta quando o meio-elfo estava prestes a pisar na tábua de madeira.

— Presos! — Tanis disse com voz rouca, observando os troncos caírem de um lado para o outro na ravina, sua alma parecendo despencar com eles. Do outro lado, podia ouvir Tika gritar, seus gritos se misturando com os berros exultantes dos draconianos.

Houve um som estridente, de estalo. Os gritos animados do draconiano mudaram imediatamente para uivos de horror e medo.

— Veja! Tanis! — Tasslehoff gritou de excitação selvagem. — Veja!

Tanis olhou para trás a tempo de ver a outra parte da ponte de madeira cair no barranco, levando consigo a maioria dos draconianos. Ele sentiu o trecho dourado estremecer.

— Vamos cair também! — Caramon berrou. — Não há nada para apoiar...

A língua de Caramon congelou no céu da boca. Com um suspiro estrangulado, olhou de um lado para o outro devagar.

— Não acredito — ele murmurou.

— De alguma forma, eu acredito... — Tanis deu um suspiro trêmulo.

No centro do desfiladeiro, suspenso no ar, o trecho dourado pairava no ar, brilhando à luz do sol poente enquanto a ponte de madeira de ambos os lados mergulhava na ravina. Sobre o trecho, havia quatro figuras, olhando para as ruínas abaixo deles... e para os grandes espaços entre eles e as laterais do desfiladeiro.

Por longos momentos, houve um silêncio completo, absoluto e mortal. Então Fizban se virou triunfante para Tanis.

— Magia maravilhosa — disse o mago com orgulho. — Tem uma corda?

Já estava escuro quando os companheiros finalmente saíram do trecho dourado. Jogando uma corda para Tika, eles esperaram enquanto ela e o anão a prendiam firmemente a uma árvore. Então, um de cada vez, Tanis, Caramon, Tas e Fizban saltaram do trecho e foram puxados para a lateral do penhasco por Berem. Quando chegaram ao outro lado, desabaram, exaustos de fadiga. Estavam tão cansados que nem se deram ao trabalho de encontrar abrigo, mas espalharam seus cobertores em um bosque de pinheiros baixos e prepararam a vigia. Os que não estavam de serviço adormeceram instantaneamente.

Na manhã seguinte, Tanis acordou rígido e dolorido. A primeira coisa que viu foi o sol brilhando nas laterais do trecho dourado, ainda firmemente suspenso no ar.

— Você não pode se livrar dessa coisa, não é? — perguntou a Fizban enquanto o velho mago ajudava Tas a distribuir um café da manhã de quith-pa.

— Receio que não — disse o velho, olhando melancolicamente.

— Ele tentou algumas magias hoje de manhã — disse Tas, balançando a cabeça na direção de um pinheiro todo coberto de teias de aranha e outro queimado até virar carvão. — Achei melhor ele desistir antes de transformar todos nós em grilos ou algo assim.

— Boa ideia — murmurou Tanis, olhando sombriamente para o trecho brilhante. — Bem, não poderíamos deixar uma trilha mais clara nem se pintássemos uma seta na lateral do penhasco. — Balançando a cabeça, se sentou ao lado de Caramon e Tika.

— Virão atrás de nós também, pode apostar — disse Caramon, mastigando sem entusiasmo o quith-pa. — Farão os dragões os carregarem. — Suspirando, colocou a maioria das frutas secas de volta em sua bolsa.

— Caramon? — disse Tika. — Você não comeu muito...

— Não estou com fome — murmurou enquanto se levantava. — Acho que vou dar uma olhada à frente. — Colocando a mochila e as armas, ele começou a descer a trilha.

Com o rosto desviado, Tika começou a arrumar suas coisas, evitando o olhar de Tanis.

— Raistlin? — perguntou Tanis.

Tika parou. As mãos dela caíram no colo.

— Ele ficará assim sempre, Tanis? — Ela perguntou impotente, olhando com carinho para ele. — Eu não entendo!

— Eu também não — disse Tanis calmamente, vendo o grandalhão desaparecer na vastidão. — Mas eu nunca tive um irmão ou uma irmã.

— Eu entendo! — disse Berem. Sua voz suave tremia com uma paixão que chamou a atenção de Tanis.

— Como assim?

Mas, após sua pergunta, o olhar ansioso e faminto no rosto do Eterno desapareceu.

— Nada — murmurou, seu rosto uma máscara em branco.

— Espere! — Tanis se levantou rapidamente. — Por que você entende Caramon? — Ele colocou a mão no braço de Berem.

— Me deixem sozinho! — Berem gritou ferozmente, empurrando Tanis para trás.

— Ei, Berem — disse Tasslehoff, olhando para cima e sorrindo como se não tivesse ouvido nada. — Eu estava examinando meus mapas e encontrei um com a história mais interessante...

Dando a Tanis um olhar amedrontado, Berem se arrastou até onde Tasslehoff estava sentado de pernas cruzadas no chão, seu maço de mapas espalhados ao seu redor. Curvando-se sobre os mapas, o Eterno logo pareceu perdido em admiração, ouvindo um dos contos de Tas.

— É melhor deixá-lo em paz, Tanis — aconselhou Flint. — Se me perguntar, a única razão pela qual entende Caramon é que ele é tão louco quanto Raistlin.

— Eu não perguntei, mas tudo bem — disse Tanis, sentando-se ao lado do anão para comer sua própria porção de quith-pa. — Vamos ter que partir em breve. Com sorte, Tas encontrará um mapa...

Flint bufou.

— Unf! Isso vai nos ajudar muito. O último mapa dele que seguimos nos levou a um porto sem mar!

Tanis escondeu seu sorriso.

— Talvez seja diferente desta vez — disse ele. — Pelo menos é melhor do que seguir as instruções de Fizban.

— Bem, nisso você está certo — o anão admitiu mal-humorado. Olhando de soslaio para Fizban, Flint se inclinou perto de Tanis. — Você nunca se perguntou como ele conseguiu sobreviver àquela queda em Pax Tharkas? — perguntou em um sussurro alto.

— Eu me pergunto sobre muitas coisas — disse Tanis com calma. — Como... como você está se sentindo?

O anão piscou, completamente surpreso com a pergunta inesperada.

— Ótimo! — retrucou, seu rosto corando.

— É só que vejo você esfregando o braço esquerdo de vez em quando — continuou Tanis.

— Reumatismo — o anão rosnou. — Sabe que isso sempre me incomoda na primavera. E dormir no chão não ajuda. Pensei que tivesse dito que deveríamos seguir em frente. — O anão se ocupou em arrumar suas coisas.

— Certo. — Tanis se virou com um suspiro. — Encontrou alguma coisa, Tas?

— Sim, acho que sim — disse o kender ansiosamente. Enrolando seus mapas, ele os guardou em seu estojo e, em seguida, enfiou o estojo em uma bolsa, aproveitando para dar uma espiada rápida em seu dragão dourado. Embora aparentemente feita de metal, a estatueta mudava de posição da maneira estranha. No momento, estava enrolada ao redor de um anel de ouro, o anel de Tanis, que Laurana dera e ele devolvera quando disse que estava apaixonado por Kitiara. Tasslehoff ficou tão absorto em encarar o dragão e o anel que quase esqueceu que Tanis estava esperando.

— Oh — disse ele, ouvindo Tanis tossir impaciente. — Mapa. Certo. Sim, uma vez, quando eu era apenas um kenderzinho, meus pais e eu viajamos pelas Montanhas Khalkist, que é onde estamos agora, a caminho de Kalaman. Geralmente, sabe, seguimos a rota mais longa ao norte. Todos os anos, havia uma feira em Taman Busuk onde vendiam as coisas mais maravilhosas e meu pai nunca a perdia. Mas um ano, acho que foi no ano depois dele ser preso e colocado atrás das grades devido a um mal-entendido com um joalheiro, decidimos atravessar as montanhas. Minha mãe sempre quis ver o Lar Divino, então nós–

— O mapa? — interrompeu Tanis.

— Sim, o mapa. — Tas suspirou. — Aqui. Era do meu pai, acho. Aqui é onde estamos, o mais perto que eu e Fizban podemos imaginar. E aqui está o Lar Divino.

— O que é isso?

— Uma cidade antiga. Está em ruínas, abandonada durante o Cataclismo...

— E provavelmente cheia de draconianos — Tanis terminou.

— Não, não esse Lar Divino — Tas continuou, movendo o dedo pequeno sobre as montanhas perto do ponto que marcava a cidade. — Este lugar também é chamado Lar Divino. De fato, era chamado assim muito antes de haver uma cidade, segundo Fizban.

Tanis olhou para o velho mago, que assentiu.

— Muito tempo atrás, as pessoas acreditavam que os deuses viviam lá — ele disse solenemente. — É um lugar muito sagrado.

— E está escondido — acrescentou Tas. — Em uma cavidade no centro dessas montanhas. Viu? Ninguém nunca vai lá, de acordo com Fizban. Ninguém conhece a trilha, exceto ele. E há uma trilha marcada no meu mapa, pelo menos nas montanhas...

— Ninguém vai lá? — Tanis perguntou a Fizban.

Os olhos do velho mago se estreitaram em irritação.

— Não.

— Ninguém, exceto você? — Tanis continuou.

— Estive em muitos lugares, meio-elfo! — O mago bufou. — Tem tempo sobrando? Vou contar sobre eles! — Ele balançou um dedo para Tanis. — Você não me aprecia, jovem! Sempre desconfiado! E depois de tudo o que fiz por você...

— Uh, eu não o lembraria disso! — Tas disse apressadamente, vendo o rosto de Tanis escurecer. — Venha, Ancião.

Os dois correram pela trilha, Fizban andando furioso, a barba arrepiada.

— Os deuses realmente moravam neste lugar para onde vamos? — Tas perguntou para impedi-lo de incomodar Tanis.

— Como eu vou saber? — Fizban exigiu, irritado. — Eu pareço um deus?

— Mas...

— Alguém já disse que você fala demais?

— Quase todo mundo... — Tas disse alegremente. — Eu já contei da vez que encontrei um mamute lanoso?

Tanis ouviu Fizban gemer. Tika passou correndo por ele, para alcançar Caramon.

— Está vindo, Flint? — Tanis falou.

— Sim — respondeu o anão, sentando-se de repente em uma pedra. — Me dê um momento. Deixei minha mochila cair. Vai na frente.

Ocupado em estudar o mapa do kender enquanto caminhava, Tanis não viu Flint desabar. Não ouviu a nota estranha na voz do anão, nem viu o espasmo de dor que contraiu brevemente o rosto do anão.

— Bem, se apresse — disse Tanis, distraído. — Não queremos deixar você para trás.

— Sim, rapaz — disse Flint, baixinho, sentado na pedra, esperando a dor diminuir, como sempre fazia.

Flint assistiu seu amigo descer a trilha, ainda se movendo de maneira desajeitada na armadura dracônica.

— Não queremos deixar você para trás.

— Sim, rapaz — Flint repetiu para si mesmo. Passando a mão enrugada rapidamente pelos olhos, o anão se levantou e seguiu seus amigos.

3

Lar Divino.

Pelo que o meio-elfo foi capaz de perceber, foi um dia longo e cansativo que passaram vagando pelas montanhas, sem rumo.

A única coisa que o impediu de estrangular Fizban, depois de terem encontrado o segundo desfiladeiro em menos de quatro horas, foi o fato inegável de que o velho os mantivera na direção certa. Não importava o quão perdidos e desnorteados pareciam ficar, não importava quantas vezes Tanis pudesse jurar que eles passaram pela mesma pedra três vezes, sempre que ele vislumbrava o sol, ainda estavam viajando sem parar para o sudeste.

Mas, à medida que o dia passava, ele via o sol com cada vez menos frequência. O frio amargo do inverno saíra do ar e havia até o leve cheiro de verde e coisas crescentes carregadas pelo vento. Mas logo o céu escureceu com nuvens cinza-chumbo e começou a chover, uma garoa chata e persistente que penetrava na capa mais pesada.

No meio da tarde, o grupo estava triste e desanimado, até Tasslehoff, que discutira violentamente com Fizban sobre o caminho até o Lar Divino. Isso foi ainda mais frustrante para Tanis, pois era óbvio que nenhum deles sabia onde estava. (Fizban, de fato, foi pego segurando o mapa de cabeça para baixo.) A discussão resultou em Tasslehoff colocando seus mapas de volta na bolsa e se recusando a tirá-los novamente, enquanto Fizban ameaçou lançar uma magia que transformaria o topete de Tasslehoff na cauda de um cavalo.

Farto de ambos, Tanis mandou Tas para o fim do grupo para esfriar a cabeça, tranquilizou Fizban e alimentou pensamentos secretos de confinar os dois em uma caverna.

A calma que o meio-elfo sentira em Kalaman estava desaparecendo as poucos na jornada sombria. Percebeu que fora uma calma provocada pela atividade, a necessidade de tomar decisões, o pensamento reconfortante de que finalmente estava fazendo algo tangível para ajudar Laurana. Esses pensamentos o mantiveram flutuando nas águas escuras que o cercavam, assim como os elfos do mar o ajudaram no Mar de Sangue de Istar. Mas ele sentia as águas escuras começando a fechar sobre sua cabeça mais uma vez.

Os pensamentos de Tanis estavam constantemente com Laurana. Repetidas vezes, ouviu as palavras acusadoras de Gilthanas... Ela fez isso por você! E embora Gilthanas o tivesse perdoado, talvez Tanis soubesse que nunca poderia se perdoar. O que estaria acontecendo com Laurana no Templo da Rainha das Trevas? Ainda estava viva? A alma de Tanis encolheu com esse pensamento. Claro que ela estava viva! A Rainha das Trevas não a mataria, não enquanto quisesse Berem.

Os olhos de Tanis se focaram no homem andando à sua frente, perto de Caramon. "Farei qualquer coisa para salvar Laurana," ele jurou baixinho, apertando o punho. "Qualquer coisa! Se isso significa me sacrificar ou..."

Ele parou. Ele realmente entregaria Berem? Realmente daria o Eterno à Rainha das Trevas, talvez mergulhando o mundo em uma escuridão tão vasta que nunca mais veria a luz?

"Não," Tanis disse a si mesmo com firmeza. Laurana morreria antes de fazer parte de tal barganha. Alguns passos depois, ele mudaria de ideia. "Deixe o mundo se cuidar de si mesmo," pensou seriamente. "Estamos condenados. Não podemos vencer, aconteça o que acontecer. A vida de Laurana, essa é a única coisa que importa... a única coisa..."

Tanis não era o único membro melancólico do grupo. Tika caminhava ao lado de Caramon, seus cachos vermelhos como um ponto brilhante de calor e luz no dia cinzento. Mas a luz estava apenas no vermelho vibrante de seus cabelos. Ela sumira de seus olhos. Embora Caramon fosse sempre gentil, ele não a abraçara desde aquele momento maravilhoso e breve no fundo do mar, quando seu amor foi dela. Isso a deixava com raiva durante as longas noites... Ele a usara, ela decidiu, simplesmente para aliviar sua própria dor. Ela jurou que o deixaria quando isso acabasse. Havia um jovem nobre e rico em Kalaman que não conseguira tirar os olhos dela... Mas esses eram pensamentos noturnos. Durante o dia, quando Tika olhava para Caramon e o via andando ao seu lado, com a cabeça baixa, seu coração derretia. Gentilmente, ela o tocava. Olhando para ela, ele sorria. Tika suspirava. Era o fim dos jovens nobres e ricos. Flint cambaleava junto, raramente falando, nunca reclamando. Se Tanis não estivesse perdido em sua própria turbulência interior, teria percebido isso como um mau sinal.

Quanto a Berem... Ninguém sabia no que estava pensando, se é que havia alguma coisa. Ele parecia ficar mais nervoso e cauteloso à medida que avançavam. Os olhos azuis jovens demais para seu rosto disparavam para todos os lados como os de um animal preso.

Foi no segundo dia nas montanhas que Berem desapareceu.

Todos estavam mais alegres pela manhã, quando Fizban anunciou que, em breve, chegariam ao Lar Divino. Mas logo a tristeza apareceu. A chuva ficou mais pesada. Três vezes em uma hora, o velho mago os levou a mergulhar no mato com gritos excitados de "Pronto! Aqui estamos!" apenas para se encontrar em um pântano, um desfiladeiro e, finalmente, olhando para uma parede de pedra.

Foi a última vez, no beco sem saída, que Tanis sentiu sua alma começar a ser arrancada de seu corpo. Até Tasslehoff se assustou ao ver o rosto distorcido de raiva do meio-elfo. Desesperadamente, Tanis lutou para se manter firme e foi então que ele percebeu.

— Onde está Berem? — perguntou, um calafrio repentino congelando sua raiva.

Caramon piscou, aparentemente voltando de algum mundo distante. O grande guerreiro olhou ao redor, depois se virou para encarar Tanis, o rosto corado de vergonha.

— E-eu não sei, Tanis. P-pensei que ele estivesse ao meu lado.

— Ele é a nossa única forma de entrar em Neraka — disse o meio-elfo com os dentes cerrados. — A única razão pela qual eles mantêm Laurana viva. Se o pegarem...

Tanis parou, lágrimas repentinas o sufocando. Desesperado, ele tentou pensar, apesar do sangue pulsando em sua cabeça.

— Não se preocupe, rapaz — disse Flint, bruscamente, dando um tapinha no braço do meio-elfo. — Nós o encontraremos.

— Sinto muito, Tanis — Caramon murmurou. — Eu estava pensando sobre... sobre Raist. E-eu sei que não deveria...

— Em nome do Abismo, esse seu maldito irmão faz maldades mesmo quando nem está aqui! — Tanis gritou. Ele se recuperou. — Sinto muito, Caramon — disse, respirando fundo. — Não se culpe. Eu também deveria estar tomando conta. Todos nós deveríamos. Vamos ter que dar meia-volta de qualquer maneira, a menos que o Fizban possa nos levar através da rocha sólida... Não, nem pense nisso, velho... Berem não pode ter ido longe e sua trilha deve ser fácil de encontrar. Ele não é habilidoso em áreas selvagens.

Tanis estava certo. Depois de uma hora seguindo seus próprios passos, eles descobriram uma pequena trilha de animais que nenhum deles notara ao passar. Foi Flint quem viu os rastros do homem na lama. Chamando animadamente os outros, o anão mergulhou no mato, seguindo a trilha marcada com facilidade. O resto correu atrás dele, mas o anão parecia ter experimentado uma onda incomum de energia. Como um cão de caça que sabe que a presa está logo à sua frente, Flint pisou nas trepadeiras e abriu caminho pela vegetação rasteira sem parar. Ele rapidamente abriu distância.

— Flint! — Tanis gritou mais de uma vez. — Espere!

Mas o grupo ficou cada vez mais atrás do anão animado até o perder de vista. A trilha de Flint se mostrou ainda mais clara que a de Berem. Tiveram pouca dificuldade em seguir as pegadas das botas pesadas do anão, sem mencionar os galhos de árvores quebrados e as videiras desenraizadas que marcavam sua passagem.

De repente, foram interrompidos.

Chegaram a outro penhasco, mas, dessa vez havia um caminho. Um buraco na rocha formava uma estreita abertura semelhante a um túnel. O anão entrara facilmente, eles podiam ver seus rastros, mas era tão estreito que Tanis o olhou desanimado.

— Berem conseguiu atravessar — disse Caramon, sério, apontando para uma mancha de sangue fresco na rocha.

— Talvez — disse Tanis, em dúvida. — Veja o que está do outro lado, Tas — ordenou, relutando em entrar até ter certeza de não estar sendo levado a uma busca em vão.

Tasslehoff rastejou com facilidade e logo eles ouviram sua voz estridente exclamando, maravilhada com algo, mas o eco tornou difícil entender suas palavras.

De repente, o rosto de Fizban se iluminou.

— É isso! — exclamou o velho mago com grande alegria. — Encontramos! O Lar Divino! A entrada, por esta passagem!

— Não há outro caminho? — Caramon perguntou, olhando para a abertura estreita sombriamente.

Fizban pareceu pensativo.

— Bem, eu me lembro...

— Tanis! Depressa! — Veio claramente do outro lado.

— Chega de becos sem saída. Vamos por esse caminho — Tanis murmurou. — De alguma forma.

Rastejando nas mãos e joelhos, os companheiros passaram pela abertura estreita. O caminho não ficou mais fácil; às vezes eram forçados a se espremer e deslizar pela lama como cobras. De ombros largos, Caramon teve mais dificuldade e, por um tempo, Tanis pensou que talvez tivessem que abandonar o grandalhão. Tasslehoff esperava por eles do outro lado, observando ansiosamente enquanto se arrastavam.

— Eu ouvi algo, Tanis — ele continuou falando. — Flint gritando. À frente. E espere até ver este lugar, Tanis! Você não vai acreditar!

Mas Tanis não teve tempo de ouvir ou olhar em volta até todos passarem em segurança através do túnel. Foram necessários todos eles, puxando e forçando, para arrastar Caramon e, quando ele finalmente emergiu, a pele de seus braços e costas estava cortada e sangrando.

— É isso! — Fizban afirmou. — Aqui estamos.

O meio-elfo se virou para ver o lugar chamado Lar Divino.

— Não é exatamente o lugar que eu escolheria morar se eu fosse um deus — comentou Tasslehoff em voz baixa.

Tanis foi forçado a concordar.

Eles estavam à beira de uma depressão circular no centro de uma montanha. A primeira coisa que veio à Tanis quando olhou para o Lar Divino foi a desolação e o vazio avassaladores do lugar. Ao longo do caminho até as montanhas, os companheiros viram sinais de nova vida: árvores brotando, grama verde, flores silvestres abrindo caminho através da lama e restos de neve. Mas não havia nada ali. O fundo da cavidade era perfeitamente liso e plano, estéril, cinza e sem vida. Os picos altos da montanha ao redor da cavidade se elevavam acima deles. A rocha irregular dos picos parecia pairar para dentro, dando ao observador a impressão de estar pressionado contra a rocha decadente sob seus pés. O céu acima deles era azul, claro e frio, desprovido de sol, pássaros ou nuvens, embora estivesse chovendo quando entraram no túnel. Era como um olho encarando as bordas cinzentas e resolutas. Tremendo, Tanis rapidamente desviou o olhar do céu para olhar mais uma vez dentro da cavidade.

Sob aquele olho observador, dentro do centro da cavidade, havia um círculo de pedras enormes, altas e disformes. Era um círculo perfeito de rochas imperfeitas. No entanto, elas combinavam tanto e estavam tão juntas que, quando Tanis tentou olhar entre elas, não conseguiu, de onde estava, ver o que as pedras estranhas guardavam tão solenemente. Aquelas rochas eram tudo o que era visível no lugar silencioso, coberto de pedras.

— Isso me faz sentir tão terrivelmente triste — Tika sussurrou. — Não estou com medo... Não parece maligno, é apenas tão triste! Se os deuses vêm aqui, deve ser para chorar pelos problemas do mundo.

Fizban virou-se para encarar Tika com um olhar penetrante e parecia prestes a falar, mas antes que pudesse comentar, Tasslehoff gritou.

— Ali, Tanis!

— Estou vendo! — O meio-elfo começou a correr.

Do outro lado da cavidade, podia ver o contorno vago do que pareciam ser duas figuras lutando, uma baixa e a outra alta.

— É o Berem! — gritou Tas. Os dois eram claramente visíveis aos seus olhos aguçados de kender. — E ele está fazendo algo com Flint! Depressa, Tanis!

Amaldiçoando-se amargamente por deixar aquilo acontecer, por não vigiar Berem, por não forçar o homem a revelar os segredos que estava obviamente escondendo, Tanis correu pelo terreno pedregoso com uma velocidade nascida do medo. Ele podia ouvir os outros chamando por ele, mas não prestou atenção. Seus olhos estavam nos dois na sua frente dele e já podia vê-los claramente. Enquanto observava, viu o anão cair no chão. Berem estava de pé sobre ele.

— Flint! — Tanis gritou.

Seu coração batia forte, fazendo o sangue obscurecer sua visão. Seus pulmões doíam, não parecia haver ar suficiente para respirar. Ainda assim, correu mais rápido e agora podia ver Berem se virar para encará-lo. Ele parecia estar tentando dizer alguma coisa, Tanis podia ver os lábios do homem se movendo, mas o meio-elfo não conseguiu ouvir através da onda de sangue batendo em seus ouvidos. Aos pés de Berem, estava Flint. Os olhos do anão estavam fechados, a cabeça inclinada para o lado e o rosto cinzento.

— O que você fez? — Tanis berrou para Berem. — Você o matou!
— Dor, culpa, desespero e raiva explodiram dentro de Tanis como uma das bolas de fogo do velho mago, inundando sua cabeça com uma dor insuportável. Ele não podia ver, uma maré vermelha borrava sua visão.

Sua espada estava na mão, ele não tinha ideia de como. Ele sentiu o aço frio do punho. O rosto de Berem nadava em um mar vermelho-sangue. Os olhos do homem se encheram, não de terror, mas de uma tristeza profunda. Então, Tanis viu os olhos se arregalarem de dor e só então soube que mergulhara a espada no corpo de Berem, tão profundamente que a sentiu cortar através de carne e osso e raspar na rocha sobre a qual o Eterno estava apoiado.

O sangue quente passou pelas mãos de Tanis. Um grito horrível explodiu em sua cabeça, depois um peso enorme caiu sobre ele, quase o derrubando.

O corpo de Berem caiu sobre ele, mas Tanis não percebeu. Freneticamente, ele lutava para libertar sua arma e golpear novamente. Ele sentiu mãos fortes agarrá-lo. Mas, em sua loucura, o meio-elfo lutou contra elas. Por fim, soltou sua espada e viu Berem cair no chão, o sangue escorrendo da ferida horrível logo abaixo da pedra verde que brilhava com uma vida profana no peito do homem.

Atrás dele, ouviu uma voz profunda e estrondosa, os pedidos soluçantes de uma mulher e um gemido estridente de pesar. Furioso, Tanis se virou para enfrentar aqueles que tentaram impedi-lo. Ele viu um homem grande com um rosto triste, uma garota ruiva com lágrimas escorrendo pelo rosto. Não reconheceu nenhum deles. Diante dele, surgiu um velho. Seu rosto estava calmo, seus olhos eternos cheios de tristeza. Ele sorriu gentilmente para Tanis e, estendendo o braço, colocou a mão no ombro do meio-elfo.

Seu toque era como água fria para um homem febril. Tanis sentiu o retorno da razão. A névoa sangrenta desapareceu de sua visão. Ele largou a espada manchada de sangue das mãos vermelhas e caiu, soluçando, aos pés de Fizban. O velho se inclinou e bateu gentilmente em suas costas.

— Seja forte, Tanis — ele disse suavemente. — pois você deve dizer adeus a quem tem uma longa jornada pela frente.

Tanis se lembrou.

— Flint! — Ele ofegou.

Fizban assentiu triste, olhando para o corpo de Berem.

— Vamos. Não há mais nada que você possa fazer aqui.

Engolindo as lágrimas, Tanis ficou de pé, cambaleando. Afastando o mago, ele tropeçou até onde Flint estava deitado no chão rochoso, a cabeça apoiada no colo de Tasslehoff.

O anão sorriu ao ver o meio-elfo se aproximar. Tanis caiu de joelhos ao lado de seu amigo mais antigo. Pegando a mão nodosa de Flint na dele, o meio-elfo a segurou com força.

— Eu quase o perdi, Tanis — disse Flint. Com a outra mão, ele bateu no peito. — Berem estava prestes a escapar por aquele outro buraco nas rochas ali quando este meu velho coração finalmente explodiu. Ele... ele me ouviu gritar, acho, porque a próxima coisa que vi foi ele me segurando em seus braços e me deitando nas pedras.

— Então, ele não machucou você... — Tanis mal conseguia falar. Flint bufou com dificuldade.

— Me machucar! Ele não poderia machucar um rato, Tanis. Ele é tão gentil quanto Tika. — O anão sorriu para a garota, que também se ajoelhou ao lado dele. — Você cuida daquele tonto do Caramon, ouviu? — disse a ela. — Cuide para que ele tenha juízo.

— Eu vou, Flint. — Tika chorava.

— Pelo menos você não vai mais tentar me afogar — resmungou o anão, com os olhos parando afetuosamente em Caramon. — E se você vir aquele seu irmão, dê um chute nos mantos dele por mim.

Caramon não conseguiu falar. Ele apenas balançou a cabeça.

— E-eu vou cuidar de Berem — o grandalhão murmurou. Abraçando Tika, ele gentilmente ajudou-a a se levantar e a levou embora.

— Não, Flint! Você não pode se aventurar sem mim! — Tas lamentou. — Você vai encontrar problemas, sabe que vai!

— Será o primeiro momento de paz que terei desde que nos conhecemos — disse o anão, rispidamente. — Quero que você fique com meu elmo, aquele com a juba de grifo. — Ele olhou seriamente para Tanis, depois voltou o olhar para o kender que chorava. Suspirando, ele deu um tapinha na mão de Tas. — Pronto, pronto, rapaz, não fique assim. Eu tive uma vida feliz, abençoada com amigos fiéis. Vi coisas malignas, mas também vi muitas coisas boas. E agora a esperança chegou ao mundo. Odeio partir.

— Sua visão rapidamente enfraquecida focou em Tanis. — Exatamente quando você mais precisa de mim. Mas ensinei tudo o que sei, rapaz. Tudo vai ficar bem. Eu sei... tudo bem...

Sua voz ficou mais fraca, ele fechou os olhos, respirando pesadamente. Tanis segurou a mão dele com força. Tasslehoff enterrou o rosto no ombro de Flint. Então Fizban apareceu, parado aos pés de Flint.

O anão abriu os olhos.

— Eu o reconheço agora — ele disse baixinho, os olhos brilhando ao olhar para Fizban. — Você vem comigo, não é? Pelo menos no começo da jornada... para eu não estar sozinho? Viajo com amigos há tanto tempo que me sinto... meio engraçado... partindo assim... sozinho.

— Eu vou com você — prometeu Fizban gentilmente. — Feche os olhos e descanse agora, Flint. Os problemas deste mundo não são mais seus. Você ganhou o direito de dormir.

— Dormir — disse o anão, sorrindo. — Sim, é disso que eu preciso. Me acorde quando estiver pronto... me acorde quando for a hora de partir... — Os olhos de Flint se fecharam. Ele inspirou suavemente e depois soltou o ar...

Tanis pressionou a mão do anão nos lábios.

— Adeus, velho amigo — o meio-elfo sussurrou, e colocou a mão no peito imóvel do anão.

— Não! Flint! Não! — gritando loucamente, Tasslehoff se jogou sobre o corpo do anão. Tanis ergueu o kender soluçante em seus braços com gentileza. Tas chutou e lutou, mas Tanis o segurou firme, como uma criança, e por fim Tas se acalmou, exausto. Agarrado a Tanis, ele chorou amargamente.

Tanis acariciou o topete do kender, e, ao olhar para cima, parou.

— Espere! O que você está fazendo, velho? — ele gritou.

Colocando Tas de volta no chão, Tanis se levantou rapidamente. O velho e frágil mago levantara o corpo de Flint em seus braços e, enquanto Tanis observava em choque, começou a caminhar em direção ao círculo estranho de pedras.

— Pare! — Tanis ordenou. — Devemos dar a ele uma cerimônia adequada, construir um túmulo de pedras.

Fizban se virou para Tanis. O rosto do velho estava sério. Ele segurava o anão pesado gentilmente e com facilidade.

— Prometi a ele que não viajaria sozinho — Fizban disse simplesmente.

Virando-se, ele continuou a caminhar em direção às pedras. Após um momento de hesitação, Tanis correu atrás dele. O resto ficou como se estivesse paralisado, encarando a figura de Fizban que se retirava.

Para Tanis, parecia fácil alcançar um velho que carregava tanto peso. Mas Fizban se movia incrivelmente rápido, quase como se ele e o anão fossem tão leves quanto o ar. Consciente do peso de seu próprio corpo, Tanis sentiu como se estivesse tentando pegar uma nuvem de fumaça subindo para o céu. Ainda assim, cambaleou atrás deles, alcançando-os quando o velho mago entrava no anel de pedras, carregando o corpo do anão nos braços.

Tanis se espremeu através do círculo de pedras sem pensar, sabendo apenas que deveria impedir o velho mago enlouquecido e recuperar o corpo de seu amigo.

Parou dentro do círculo. Diante dele, espalhava-se o que ele primeiro pensou ser uma poça de água, tão imóvel que nada estragava sua superfície lisa. Então, viu que não era água, era uma poça de rocha negra vítrea! A superfície negra e profunda foi polida até ter um brilho cintilante. Ela se estendia diante de Tanis com a escuridão da noite e, de fato, olhando para suas profundezas negras, Tanis ficou surpreso ao ver estrelas! Eram tão claras que ele olhou para cima, meio esperando ver que a noite caíra, embora soubesse que era apenas meio da tarde. O céu acima dele estava azul-celeste, frio e claro, sem estrelas, sem sol. Abalado e fraco, Tanis caiu de joelhos ao lado da poça e olhou mais uma vez para sua superfície polida. Viu as estrelas, viu as luas, viu três luas e sua alma tremeu, pois a lua negra visível apenas para os poderosos magos dos Mantos Negros estava visível para ele, como um círculo escuro cortado da escuridão. Ele podia até ver os buracos abertos onde as constelações da Rainha das Trevas e do Guerreiro Valente tinham rodado no céu.

Tanis lembrou as palavras de Raistlin: "Ambas sumiram. Ela veio para Krynn, Tanis, e ele veio lutar com ela..."

Olhando para cima, Tanis viu Fizban pisar na poça de pedras negras, com o corpo de Flint nos braços.

O meio-elfo tentou desesperadamente segui-lo, mas não conseguiu se forçar a rastejar naquela superfície fria de rocha mais do que poderia se obrigar a saltar para o Abismo. Só podia assistir enquanto o velho mago, andando suavemente como se não quisesse acordar uma criança adormecida em seus braços, movia-se para o centro da superfície negra e reluzente.

— Fizban! — Tanis falou.

O velho não parou nem se virou, mas caminhou entre as estrelas cintilantes. Tanis sentiu Tasslehoff se aproximar dele. Estendendo o braço, Tanis pegou sua mão e a segurou com força, como segurara a de Flint.

O velho mago chegou ao centro da poça de pedras... E depois desapareceu.

Tanis arfou. Tasslehoff passou por ele, começando a correr para a superfície espelhada. Mas Tanis o pegou.

— Não, Tas — o meio-elfo disse gentilmente. — Você não pode ir nessa aventura com ele. Não ainda. Você deve ficar comigo por um tempo. Eu preciso de você agora.

Tasslehoff recuou, extraordinariamente obediente e, ao fazê-lo, apontou.

— Olha, Tanis! - sussurrou, a voz tremendo. — A constelação! Ela voltou!

Enquanto Tanis olhava a superfície da poça negra e viu as estrelas da constelação do Guerreiro Valente retornar. Elas piscaram, depois explodiram na luz, enchendo a piscina escura com seu brilho branco-azulado. Rapidamente Tanis olhou para cima... Mas o céu acima estava escuro, imóvel e vazio.

4

A história do Eterno.

Tanis! — chamou a voz de Caramon.

— Berem! — De repente, se lembrando do que fizera, Tanis se virou e correu pelo chão coberto de pedras em direção a Caramon e Tika, que olhavam horrorizados para a rocha manchada de sangue onde estava o corpo de Berem. Enquanto observavam, Berem começou a se mexer, gemendo... Não de dor, mas como se lembrasse da dor. Com a mão trêmula segurando o peito, Berem se levantou devagar. O único sinal de sua lesão hedionda eram traços de sangue em sua pele e estes desapareceram enquanto Tanis observava.

— Ele é chamado de Eterno, lembra? — Tanis disse para um Caramon de rosto pálido. — Sturm e eu o vimos morrer em Pax Tharkas, enterrado sob uma tonelada de rochas. Morreu inúmeras vezes, apenas para ressuscitar. E ele afirma que não sabe o porquê. — Tanis avançou para ficar muito perto de Berem, encarando o homem que o observava se aproximar com olhos tristes e cautelosos.

— Mas você sabe, não é, Berem? — Tanis disse. A voz do meio-elfo era suave, seus modos calmos. — Você sabe... — ele repetiu. — E vai nos contar. A vida de muitos pode estar em jogo.

O olhar de Berem abaixou.

— Sinto muito... pelo seu amigo — ele murmurou. — E-eu tentei ajudar, mas não havia nada...

— Eu sei. — Tanis engoliu o seco. — Sinto muito... pelo que fiz também. E-eu não conseguia ver... Não entendi...

Mas enquanto falava, Tanis percebeu que estava mentindo. Ele tinha visto, porém apenas o que queria ver. Quanto do que acontecera em sua vida foi assim? Quanto do que ele vira fora distorcido por sua própria mente? Ele não entendera Berem porque não queria entender Berem! Para Tanis, Berem passou a representar aquelas coisas sombrias e secretas dentro de si que ele odiava. Ele matara Berem, o meio-elfo sabia; mas, na realidade, enfiara a espada em si mesmo.

Era como se aquela ferida de espada tivesse expelido o veneno sujo e gangrenoso que corrompia sua alma. Agora, a ferida poderia curar. A dor e a tristeza da morte de Flint foram como um bálsamo derramado com calma, lembrando-o da bondade, de valores mais altos. Tanis se sentiu finalmente livre das sombras escuras de sua culpa. O que quer que tenha acontecido, ele fez o possível para tentar ajudar, para tentar consertar as coisas. Ele cometera erros, mas podia se perdoar e continuar.

Talvez Berem tenha visto isso nos olhos de Tanis. Com certeza viu sofrimento e compaixão.

— Estou cansado, Tanis — disse Berem de repente, com os olhos nos olhos avermelhados de chorar do meio-elfo. — Estou muito cansado. — Seu olhar foi para a poça negra de rocha. — Eu... eu invejo seu amigo. Ele está descansando agora. Encontrou a paz. Eu nunca terei isso? — O punho de Berem se apertou, então estremeceu e afundou a cabeça em suas mãos. — Mas tenho medo! Eu vejo o fim, está muito perto. E eu estou com medo!

— Todos estamos assustados. — Tanis suspirou, esfregando os olhos ardendo. — Você está certo... O fim está próximo e parece cheio de escuridão. Você tem a resposta, Berem.

— Eu vou... vou contar o que puder... — Berem disse hesitante, como se as palavras estivessem se arrastando para fora dele. — Mas você precisa me ajudar! — A mão dele apertou a de Tanis. — Você precisa prometer que vai me ajudar!

— Eu não posso prometer — disse Tanis sombriamente. — Não até saber a verdade.

Berem se sentou, encostando as costas na rocha manchada de sangue. Os outros se reuniram ao seu redor, puxando suas capas enquanto o vento aumentava, assobiando pelas encostas das montanhas, uivando entre as pedras estranhas. Eles ouviram a história de Berem sem interrupção, embora Tas fosse ocasionalmente tomado por um ataque de choro e fungasse baixinho, com a cabeça apoiada no ombro de Tika.

A princípio, a voz de Berem era baixa, suas palavras ditas com relutância. Às vezes, eles podiam vê-lo lutando consigo mesmo, e ele contava a história como se doesse. Gradualmente, ele começou a falar mais rápido, o alívio por finalmente dizer a verdade depois de todos esses anos inundando sua alma.

— Quando... quando eu disse que entendia o que você... — ele acenou com a cabeça para Caramon. — sente, sobre perder seu irmão, falei a verdade. E-eu tinha uma irmã. N-nós não éramos gêmeos, mas provavelmente éramos próximos como se fôssemos. Ela era só um ano mais nova. Morávamos em uma pequena fazenda, nos arredores de Neraka. Era isolado. Sem vizinhos. Minha mãe nos ensinou a ler e escrever em casa, o suficiente para sobreviver. Trabalhávamos principalmente na fazenda. Minha irmã era minha única companheira, minha única amiga. E eu era a dela.

— Ela trabalhava duro... muito duro. Depois do Cataclismo, era tudo o que podíamos fazer para ter comida na mesa. Nossos pais eram velhos e doentes. Quase morremos de fome naquele primeiro inverno. Não importa o que ouviram falar sobre a Época da Fome, vocês não podem imaginar. — Sua voz morreu, seus olhos escureceram. — Grupos vorazes de feras selvagens e homens ainda mais selvagens percorriam a terra. Por estarmos isolados, tivemos mais sorte do que alguns. Mas ficamos acordados muitas noites com porretes nas mãos, enquanto os lobos rondavam pelo lado de fora da casa... Esperando... Eu assisti minha irmã, que era a coisa mais linda, envelhecer antes dos 20 anos. Seu cabelo era cinza como o meu agora, seu rosto magro e enrugado. Mas ela nunca reclamou.

— Na primavera, as coisas não melhoraram muito. Mas pelo menos tínhamos esperança, dizia minha irmã. Poderíamos plantar sementes e ver crescer. Poderíamos caçar os animais que voltariam com a primavera. Haveria comida na mesa. Ela adorava caçar. Era ótima com um arco e gostava de estar ao ar livre. Geralmente íamos juntos. Naquele dia...

Berem parou. Fechando os olhos, começou a tremer como se estivesse gelado. Mas, rangendo os dentes, ele continuou.

— Naquele dia, andamos mais longe do que o habitual. Um relâmpago queimou o mato e encontramos uma trilha que nunca vimos antes. Fora um dia ruim para caçar e seguimos a trilha, na esperança de encontrar algo. Mas, depois de um tempo, vi que não era uma trilha de animais. Era um caminho muito antigo, feito por pés humanos, que não era usado há anos. Eu queria voltar, mas minha irmã continuou, curiosa para ver aonde levava.

O rosto de Berem ficou estremecido e tenso. Por um momento, Tanis temeu que ele parasse de falar, mas Berem continuou febrilmente, como se estivesse sendo impelido.

— Ela levava a u-um lugar estranho. Minha irmã disse que deveria ter sido um templo, um templo para deuses malignos. Eu não sei. Tudo o que sei é que havia colunas quebradas caídas, cobertas de ervas daninhas mortas. Ela estava certa. Havia uma sensação ruim e deveríamos ter saído. Deveríamos ter deixado o lugar maligno... — Berem repetiu isso para si mesmo várias vezes, como um cântico. Depois, ficou em silêncio.

Ninguém se mexeu ou falou e, depois de um momento, ele voltou a falar, tão baixinho que os outros foram forçados a se inclinar para ouvir. E aos poucos perceberam que ele havia esquecido que estavam lá ou mesmo onde estava. Ele voltou àquela época.

— Mas havia um objeto muito bonito nas ruínas, a base de uma coluna quebrada, incrustada de joias! — A voz de Berem era suave e cheia de admiração. — Nunca vi tanta beleza! Ou tanta riqueza! Como posso deixar isso para trás? Só uma joia! Só uma nos deixará ricos! Podemos nos mudar para a cidade! Minha irmã terá pretendentes, como ela merece. E-eu caio de joelhos e tiro minha faca. Existe uma joia... uma joia verde... que brilha intensamente à luz do sol! É adorável, mais do que qualquer coisa que já vi! Eu vou pegá-la. Enfiando a lâmina da faca... — Berem fez um movimento rápido com a mão. — Na pedra embaixo da joia, começo a arrancá-la.

— Minha irmã está horrorizada. Ela grita para mim, me manda parar.

— "Este lugar é sagrado", ela implora. "As joias pertencem a algum deus. Isso é sacrilégio, Berem!"

Berem sacudiu a cabeça, o rosto escuro da raiva lembrada.

— Eu a ignoro, apesar de sentir um calafrio em meu coração, enquanto cutuco a joia. Mas digo a ela: "Se pertencia aos deuses, eles a abandonaram, como nos abandonaram!" Mas ela não me escuta.

Os olhos de Berem se abrem, frios e assustadores de ver. Sua voz vinha de longe.

— Ela me agarra! As unhas dela cravam no meu braço! Isso dói!

— "Pare, Berem!" Ela me ordena... eu, seu irmão mais velho! "Não vou deixar você profanar o que pertence aos deuses!"

— Como ela ousa falar comigo assim? Estou fazendo isso por ela! Pela nossa família! Ela não deveria me irritar! Ela sabe o que pode acontecer quando eu fico bravo. Algo quebra na minha cabeça, inundando meu cérebro. Não consigo pensar ou ver. Eu grito com ela... "Me deixe em paz!"... Mas a mão dela agarra minha mão da faca, sacudindo a lâmina, arranhando a joia.

Os olhos de Berem brilham com uma luz enlouquecida. Disfarçadamente, Caramon pôs a mão na adaga enquanto as mãos do homem se fechavam e sua voz se elevava a um tom quase histérico.

— E-eu a empurro... não muito forte... Eu nunca quis empurrá-la com tanta força! Ela está caindo! Eu tenho que pegá-la, mas não consigo. Estou me movendo muito devagar, muito devagar. A cabeça dela... bate na coluna. Uma pedra afiada a perfura aqui — Berem tocou sua têmpora. — O sangue cobre seu rosto, derrama sobre as joias. Eles não brilham mais. Os olhos dela também não brilham. Eles me encaram, mas não me veem. E então... e então...

Seu corpo estremeceu convulsivamente.

— É uma visão horrível, que vejo durante o sono toda vez que fecho os olhos! É como o Cataclismo, só que, durante aquilo, tudo foi destruído! Isso é uma criação, mas que criação horrenda e profana! O chão se abre! Colunas enormes começam a se reformar diante dos meus olhos. Um templo brota da escuridão hedionda abaixo do solo. Mas não é um templo bonito... é horrível e deformado. Vejo a escuridão surgir diante de mim, a escuridão com cinco cabeças, todas contorcendo-se diante dos meus olhos. As cabeças falam comigo com uma voz mais fria que um túmulo.

— "Há muito tempo fui banida deste mundo e, somente através de um pedaço do mundo, posso entrar novamente. A coluna de joias era, para mim, uma porta trancada, mantendo-me prisioneira. Você me libertou, mortal, e, portanto, eu lhe dou o que você procura... A joia verde é sua!"

— Ouço risos terríveis e zombeteiros. Sinto uma grande dor no peito. Olhando para baixo, vejo a pedra verde incrustada em minha carne, como vocês a veem agora. Aterrorizado com o mal hediondo diante de mim, atordoado pelo meu ato perverso, não posso fazer nada além de olhar enquanto a forma escura e sombria começa a ficar cada vez mais clara. É um dragão! Consigo ver agora... Um dragão de cinco cabeças, como nas histórias apavorantes que ouvira quando eu era criança!

— E eu sei que quando o dragão entrar no mundo estaremos condenados. Pois finalmente entendo o que fiz. Esta é a Rainha das Trevas sobre a qual os clérigos nos ensinam. Banida há muito tempo pelo grande Huma, ela sempre procurou voltar. Agora, por causa da minha tolice, ela poderá andar novamente pela terra. Uma das enormes cabeças serpenteia em minha direção e sei que vou morrer, pois ela não deve permitir que ninguém testemunhe seu retorno. Eu vejo os dentes cortantes. Não consigo me mover. Eu não me importo.

— E então, de repente, minha irmã está na minha frente! Ela está viva, mas quando tento alcançá-la, minhas mãos não tocam em nada. Eu grito o nome dela, "Jasla!"

— "Fuja, Berem!" Ela grita. "Corra! Ela não pode passar por mim, não ainda! Fuja!"

— Eu fico olhando por um momento. Minha irmã paira entre mim e a Rainha das Trevas. Horrorizado, vejo as cinco cabeças recuando de raiva, seus gritos dividindo o ar. Mas elas não podem passar pela minha irmã. E, enquanto eu assisto, a forma da Rainha começa a vacilar e desvanecer. Ela ainda está lá, uma figura sombria e maligna, mas nada mais. Mas o poder dela é grande. Ela se lança contra minha irmã...

— Eu viro e corro. Corro e corro, a joia verde queimando um buraco no meu peito. Corro até tudo ficar preto.

Berem parou de falar. O suor escorria pelo rosto como se ele estivesse correndo há dias. Nenhum dos companheiros falou. O conto sombrio poderia tê-los transformado em pedra como as rochas ao redor da poça negra.

Por fim, Berem respirou trêmulo. Seus olhos focaram e ele os viu mais uma vez.

— Depois disso, veio um longo período da minha vida do qual nada sei. Quando voltei a mim, tinha envelhecido, como vocês me veem agora. No começo, eu disse a mim mesmo que era um pesadelo, um sonho horrível. Mas então, senti a pedra verde queimando em minha carne e sabia que era real. Não tinha ideia de onde estava. Talvez eu tivesse percorrido toda a extensão de Krynn em minhas andanças. Eu desejava desesperadamente retornar a Neraka. No entanto, era o único lugar que eu sabia que não podia ir. Não tive coragem.

— Vaguei por muitos anos mais, incapaz de encontrar paz, incapaz de descansar, morrendo apenas para viver novamente. Onde quer que eu fosse, ouvia histórias de coisas malignas na terra e sabia que a culpa era minha. Então, vieram os dragões e os homens-dragão. Só eu sabia o que eles significavam. Só eu sabia que a Rainha alcançara o ápice de seu poder e estava tentando conquistar o mundo. A única coisa que ela não tem é a mim. Por quê? Não tenho certeza. Exceto que eu sinto como se alguém estivesse tentando fechar uma porta e outra pessoa estivesse tentando forçar a abertura. E estou cansado...

A voz de Berem vacilou.

— Tão cansado — disse, com a cabeça caindo nas mãos. — Quero que isso acabe!

Os companheiros ficaram em silêncio por um bom tempo, tentando entender uma história que parecia algo que uma velha ama-seca poderia ter contado nas horas escuras da noite.

— O que você deve fazer para fechar esta porta? — Tanis perguntou a Berem.

— Não sei — disse Berem, a voz abafada. — Só sei que me sinto atraído por Neraka, mas é o único lugar na face de Krynn em que não ouso entrar! É por isso... por isso que eu fugi.

— Mas você vai entrar — disse Tanis lenta e firmemente. — Você entrará conosco. Nós estaremos com você. Você não estará sozinho.

Berem estremeceu e balançou a cabeça, choramingando. Então, de repente, ele parou e olhou para cima, com o rosto corado.

— Sim! — Ele gritou. — Não aguento mais! Eu vou com vocês! Vocês vão me proteger...

— Faremos o nosso melhor — Tanis murmurou, vendo Caramon revirar os olhos, depois desviar o olhar. — É melhor encontrarmos a saída.

— Eu a encontrei. — Berem suspirou. — Eu estava quase passando quando ouvi o anão gritar. Por aqui. — Ele apontou para outra fenda estreita entre as rochas. Caramon suspirou, olhando tristemente para os arranhões em seus braços. Um a um, os companheiros entraram na fenda.

Tanis foi o último. Virou-se e olhou de novo para o lugar árido. A escuridão caía rapidamente, o azul-celeste do céu se tornando roxo e depois preto. As pedras estranhas estavam envoltas na penumbra que se aproximava. Ele não podia mais ver a poça escura de rocha onde Fizban desaparecera.

Parecia estranho pensar que Flint se fora. Havia um grande vazio dentro dele. Esperava ouvir a voz queixosa do anão reclamar de suas várias dores ou discutir com o kender.

Por um momento, Tanis lutou consigo mesmo, segurando o amigo o máximo que pode. Então, silenciosamente, ele deixou Flint ir. Virando, ele rastejou através da fenda estreita nas rochas, saindo do Lar Divino para nunca mais vê-lo.

De volta à trilha, seguiram até chegar a uma pequena caverna. Lá eles se amontoaram, não ousando acender uma fogueira tão perto de Neraka, o centro do poder dos exércitos dracônicos. Por um tempo, ninguém falou, então começaram a falar sobre Flint, deixando-o ir, como Tanis o fizera. Suas memórias eram boas, lembrando a vida rica e aventureira de Flint.

Riram com entusiasmo quando Caramon contou a história da desastrosa viagem de acampamento, como ele virara o barco, tentando pegar um peixe com a mão, jogando Flint na água. Tanis lembrou como Tas e o anão se conheceram quando Tas "acidentalmente" saiu com uma pulseira que Flint fizera e estava tentando vendê-la em uma feira. Tika lembrou-se dos brinquedos maravilhosos que ele fizera para ela. Lembrou de sua bondade quando o pai dela desapareceu, de como ele levara a jovem para sua própria casa até Otik lhe dar um lugar para morar e trabalhar.

Todas essas e mais lembranças apareceram até que, no final da noite, a pontada de amargura saíra do seu pesar, deixando apenas a dor da perda.

Isto é... Para a maioria deles.

Mais tarde, na escuridão da noite, Tasslehoff estava sentado do lado de fora da entrada da caverna, olhando para as estrelas. O elmo de Flint estava apertado em suas mãos pequenas, lágrimas escorriam livremente em seu rosto.

CANÇÃO DE LUTO DOS KENDER

Sempre antes, a primavera voltava.
O mundo brilhante seu ciclo completava
No ar e nas flores, na grama e na samambaia,
Protegido pelo sol que o embalava.

Sempre antes, você poderia explicar
Porque a terra escurecia
E como aquela escuridão que abraçava a chuva,
Às samambaias e flores, a luz daria.

Já esqueci dessas coisas,
E como sobrevivem veias de ouros batidas
A mineração de mil fontes,
As estações de mil vidas.

Agora, o inverno é minha memória,
Agora outono, agora a luz do verão...
Então, toda primavera a partir de agora
Será da noite, outra estação.

5

Neraka.

Os companheiros descobriram que seria fácil entrar em Neraka. Mortalmente fácil.

— O que em nome dos deuses está acontecendo? — Caramon murmurou enquanto ele e Tanis, ainda vestidos com suas armaduras dracônicas roubadas, olhavam para as planícies de um posto de observação oculto nas montanhas a oeste de Neraka.

Linhas pretas e contorcidas serpenteavam pela planície árida em direção à única construção em um raio de cento e cinquenta quilômetros, o Templo da Rainha das Trevas. Parecia que centenas de víboras deslizavam das montanhas, mas não eram víboras. Eram os exércitos dracônicos, uma força de milhares. Os dois homens viam aqui e ali o clarão do sol nas lanças e nos escudos. Bandeiras pretas, vermelhas e azuis tremulavam em postes altos que exibiam os emblemas dos Senhores dos Dragões. Voando alto acima deles, os dragões enchiam o ar com um arco-íris hediondo de cores...

Vermelhos, azuis, verdes e negros. Duas cidadelas voadoras gigantescas pairavam sobre o complexo murado do templo; as sombras que lançavam tornavam a noite perpétua lá embaixo.

— Sabem... — disse Caramon lentamente. — Foi bom o velho ter nos atacado lá atrás. Teríamos sido massacrados se tivéssemos voado com nossos dragões de latão nesta multidão.

— Sim — Tanis concordou, distraído. Ele estava pensando naquele "velho", acrescentando algumas coisas, lembrando o que ele próprio tinha visto e o que Tas o dissera. Quanto mais pensava em Fizban, mais se aproximava de perceber a verdade. Sua pele "tremia", como Flint teria dito.

Lembrando Flint, uma dor no coração súbita e rápida fez com tirasse da cabeça qualquer pensamento sobre o anão... e o velho. Ele tinha o suficiente para se preocupar agora, e não haveria magos velhos para ajudá-lo a sair desta.

— Não sei o que está acontecendo — disse Tanis calmamente. — Mas está a nosso favor agora, não contra. Lembra do que Elistan disse uma vez? Está escrito nos Discos de Mishakal que o mal se volta contra si. A Rainha das Trevas está reunindo suas forças, sei lá por que motivo. Provavelmente, preparando-se para o ataque derradeiro contra Krynn. Mas podemos entrar facilmente no meio da confusão. Ninguém notará dois guardas trazendo um grupo de prisioneiros.

— Assim você espera — Caramon acrescentou sombriamente.

— Assim eu rezo — disse Tanis em voz baixa.

O capitão da guarda nos portões de Neraka era um homem extremamente atormentado. A Rainha das Trevas convocou um Conselho de Guerra e, pela segunda vez desde o início da guerra, os Senhores dos Dragões no continente de Ansalon estavam reunidos. Há quatro dias, começaram a chegar em Neraka e a vida do capitão se tornara um pesadelo.

Os Senhores deveriam entrar na cidade por ordem hierárquica. Assim, Lorde Ariakas entrou primeiro com seu séquito pessoal, suas tropas, seus guarda-costas, seus dragões; depois Kitiara, a Dama Negra, com seu séquito pessoal, suas tropas, seus guarda-costas, seus dragões; depois Lucien de Takar com seu séquito pessoal, suas tropas e assim por diante, com todos os Senhores até o Senhor dos Dragões Toede, do fronte oriental.

O sistema foi projetado para fazer mais do que simplesmente honrar os superiores. O objetivo era mover muitas tropas e dragões, bem como todos os seus suprimentos, para dentro e para fora de um complexo que nunca fora destinado a conter grandes concentrações de tropas. Além disso, por mais desconfiados que os Senhores fossem uns do outros, nenhum deles poderia ser persuadido a entrar com um único draconiano a menos que qualquer outro Senhor. Era um bom sistema e deveria ter funcionado. Infelizmente, houve problemas desde o início quando Lorde Ariakas chegou dois dias atrasado.

Ele fez isso de propósito para criar a confusão que sabia que aconteceria? O capitão não sabia e não ousou perguntar, mas tinha sua própria opinião. Isso significou, claro, que os Senhores que chegaram antes de Ariakas foram forçados a acampar nas planícies fora do complexo do Templo até que o Lorde fizesse sua entrada. Isso provocou problemas. Os draconianos, goblins e mercenários humanos queriam os prazeres da cidade-acampamento que fora erguida às pressas na praça do Templo. Eles marcharam longas distâncias e ficaram zangados quando isso foi negado.

Muitos se esgueiravam pelas muralhas à noite, atraídos pelas tabernas como moscas para o mel. Brigas começaram... As tropas de cada Senhor são leais ao seu Senhor específico e a nenhum outro. As masmorras abaixo do Templo estavam lotadas. Finalmente, o capitão ordenou que suas forças levassem os bêbados para fora da cidade em carrinhos de mão todas as manhãs e os jogassem nas planícies, onde eram recuperados por seus comandantes enraivecidos.

As brigas também começaram entre os dragões, pois cada dragão líder procurou estabelecer domínio sobre os outros. Um verde grande, Ciano Ruína Sangrenta, matara um vermelho em uma luta por um cervo. Infelizmente para Ciano, o vermelho era um animal de estimação da Rainha das Trevas. Agora, o grande verde estava preso em uma caverna sob Neraka, onde seus uivos e batidas violentas de cauda fizeram com que muitos lá em cima pensassem que um acontecera terremoto.

O capitão não dormira bem em duas noites. Quando veio a notícia que Ariakas chegara no início da manhã do terceiro dia, o capitão quase agradeceu de joelhos. Reunindo sua equipe apressadamente, ele deu ordens para que a grande entrada começasse. Tudo correu bem até que centenas de draconianos de Toede viram as tropas de Ariakas entrando na praça do Templo. Bêbados e completamente fora do controle dos seus líderes ineficazes, também tentaram forçar a entrada. Irritados com a perturbação, os capitães de Ariakas ordenaram que seus homens revidassem. O resultado foi o caos.

Furiosa, a Rainha das Trevas enviou suas próprias tropas, armadas com chicotes, correntes de aço e maças. Magos de manto negro andavam entre eles, bem como clérigos das trevas. Entre as chicotadas, pancadas na cabeça e magias lançadas, a ordem foi finalmente restaurada. Lorde Ariakas e suas tropas finalmente entraram no complexo do Templo com dignidade... mesmo sem muita graciosidade.

Talvez fosse o meio da tarde, pois a essa altura, o capitão perdera completamente a noção do tempo (aquelas malditas cidadelas bloqueavam a luz do sol), quando um dos guardas apareceu, solicitando sua presença nos portões da frente.

— O que foi? — O capitão rosnou impaciente, lançando um olhar penetrante ao guarda com seu olho bom (o outro foi perdido em uma batalha com os elfos em Silvanesti). — Outra briga? Bata na cabeça deles e os leve para a prisão. Estou cansado...

— N-não é uma briga, senhor — gaguejou o guarda, um goblin jovem aterrorizado com seu capitão humano. — O vigia no p-portão me mandou. D-dois oficiais com prisioneiros querem p-permissão para entrar.

O capitão xingou de frustração. O que mais? Ele quase disse ao goblin para voltar e deixar que entrassem. O lugar já estava cheio de escravos e prisioneiros. Mais alguns não importariam. As tropas da Senhora Kitiara estavam se reunindo do lado de fora, prontas para entrar. Ele precisava estar disponível para estender as saudações oficiais.

— Que tipo de prisioneiros? — perguntou irritado e cheio de pressa, tentando recolher um monte de papéis antes de sair para participar da cerimônia. — Draconianos bêbados? Apenas os leve...

— E-eu acho que você deveria vir, senhor. — O goblin estava suando e goblins suados não são agradáveis de se ter por perto. — H-há alguns h-humanos e um k-kender.

O capitão torceu o nariz.

— Eu falei... — ele parou. — Um kender? — disse, erguendo os olhos com interesse considerável. — Por um acaso, não havia um anão?

— Não que eu saiba, senhor — respondeu o pobre goblin. — Mas eu posso ter perdido um na m-multidão, senhor.

— Eu irei — disse o capitão. Prendendo apressadamente a espada, seguiu o goblin até o portão da frente.

Ali, naquele momento, a paz reinava. As tropas de Ariakas estavam todas dentro da cidade das tendas agora. As de Kitiara estavam empurrando e brigando, formando fileiras para marchar para dentro. Estava quase na hora da cerimônia começar. O capitão lançou um rápido olhar sobre o grupo diante dele, bem dentro dos portões da frente.

Dois oficiais do exército dracônico de alta patente mantinham sob guarda um grupo de prisioneiros cansados. O capitão estudou os prisioneiros cuidadosamente, lembrando das ordens que recebera apenas dois dias atrás. Deveria prestar atenção, em particular, em um anão viajando com um kender. Possivelmente poderia estar com eles um elfo e uma elfa com longos cabelos prateados... na realidade, uma dragoa prateada. Estes eram os companheiros da elfa prisioneira e a Rainha das Trevas esperava que algum deles tentasse o resgate.

Havia um kender, certo. Mas a mulher tinha cabelos ruivos encaracolados, não prateados, e se ela fosse uma dragoa, o capitão comeria sua armadura de placas. O velho curvado, com a longa barba desgrenhada, certamente era humano, não um anão ou um elfo. No fim das contas, não conseguia imaginar por que dois oficiais do exército dracônico se deram ao trabalho de prender este grupo heterogêneo.

— Apenas cortem a garganta deles e acabem com isso em vez de nos incomodar — disse o capitão com amargura. — Estamos com pouco espaço na prisão. Tirem eles daqui.

— Mas que desperdício! — disse um dos oficiais, um homem gigante com braços como troncos de árvores. Agarrando a ruiva, ele a arrastou para frente. — Ouvi dizer que estão pagando um bom dinheiro no mercado de escravos pelo tipo dela!

— Nisso, você está certo — o capitão murmurou, passando os olhos pelo corpo voluptuoso da garota, destacado, em sua mente, pela cota de malha.

— Mas não sei o que você acha que receberá por esse aqui! — Ele cutucou o kender, que soltou um grito indignado e foi imediatamente calado pelo outro guarda do exército dracônico. — Matem...

O oficial grandalhão do exército dracônico parecia confuso com esse argumento, piscando em uma confusão óbvia. Antes que pudesse responder, no entanto, o outro oficial, que estava quieto e escondido no fundo, deu um passo à frente.

— O humano é um mago — disse o oficial. — E acreditamos que o kender é um espião. Nós os pegamos perto do Forte Dargaard.

— Bem, por que não disseram isso logo em vez de perder meu tempo? — o capitão retrucou. — Sim, vão em frente e os tragam para dentro — ele falou às pressas enquanto tocavam as cornetas. Era a hora da cerimônia, os portões enormes de ferro tremiam, começando a se abrir. — Eu assinarei seus papéis. Entreguem aqui.

— Não temos... — começou o oficial maior.

— Que papéis você quer dizer? — o oficial barbudo interrompeu, remexendo numa bolsa. — Identificação...

— Não! — disse o capitão, irritado e impaciente. — A licença do seu comandante para trazer prisioneiros.

— Não recebemos isso, senhor — disse o oficial barbudo friamente. — É uma ordem nova?

— Não, não é — disse o capitão, observando-os desconfiado. — Como passaram pelas fileiras sem isso? E como esperam voltar? Ou vocês pretendem voltar? Pensando em fazer uma pequena viagem com o dinheiro que ganharem com isso, não é?

— Não! — O oficial grandão corou com raiva, os olhos ardendo. — Nosso comandante esqueceu, talvez, só isso. Ele tem muita coisa em mente e não tem muita mente ali para tanta coisa, se é que você me entende. — Ele encarou o capitão ameaçadoramente.

Os portões se abriram. As trombetas soaram alto. O capitão suspirou em frustração. Ele deveria estar no centro, preparado para cumprimentar a Senhora Kitiara. Acenou para alguns dos guardas da Rainha das Trevas que estavam parados por perto.

— Levem para baixo — disse, arrumando o uniforme. — Vamos mostrar o que fazemos com desertores!

Enquanto se apressava, ele viu com prazer que os guardas da Rainha estavam cumprindo suas tarefas, agarrando os dois oficiais do exército dracônico de forma rápida e eficiente e tirando suas armas.

Caramon lançou um olhar preocupado para Tanis quando os draconianos o agarraram pelos braços e desafivelaram o cinto da espada. Os olhos de Tika estavam arregalados de medo, certamente não era assim que as coisas deveriam acontecer. Com o rosto quase escondido pelos bigodes falsos, parecia que Berem estava prestes a chorar, fugir ou ambos. Até Tasslehoff parecia um pouco surpreso com a mudança súbita de planos. Tanis podia ver os olhos do kender dar voltas, procurando uma fuga.

Tanis pensou freneticamente. Ele acreditava ter considerado todas as possibilidades quando criou esse plano para entrar em Neraka, mas obviamente tinha perdido uma. Ser preso como desertor dos exércitos dracônicos nunca passara pela sua cabeça!

Se os guardas os levassem para as masmorras, tudo estaria acabado. No momento em que tirassem o capacete, iriam reconhecê-lo como meio-elfo. Então, examinariam os outros mais de perto... Descobririam Berem...

Ele era o perigo. Sem ele, Caramon e os outros ainda poderiam conseguir. Sem ele...

Houve um estrondo de trombetas e aplausos selvagens da multidão quando um enorme dragão azul carregando a Senhora dos Dragões entrou nos portões do Templo. Vendo a Senhora, o coração de Tanis se contraiu com dor e, de repente, com uma alegria selvagem. A multidão avançou rugindo o nome de Kitiara e os guardas se distraíram enquanto procuravam ver se a Senhora poderia estar em perigo. Tanis se inclinou o mais perto possível de Tasslehoff.

— Tas! — disse rapidamente, sob a cobertura do barulho, esperando que Tas se lembrasse de élfico o suficiente para o entender. — Diga a Caramon para continuar a fingir. Não importa o que eu faça, ele deve confiar em mim! Tudo depende disso. Não importa o que eu faça. Entendido?

Tas olhou espantado para Tanis, depois assentiu, hesitante. Fazia muito tempo desde que ele fora forçado a traduzir élfico.

Tanis só podia desejar que ele entendesse. Caramon não falava élfico e Tanis não se arriscou a falar em comum, mesmo que sua voz fosse engolida pelo barulho da multidão. Do jeito que estava, um dos guardas torceu o braço dolorosamente, ordenando que ele ficasse em silêncio.

O barulho diminuiu, a multidão foi intimidada e empurrada de volta ao lugar. Vendo as coisas sob controle, os guardas se viraram para levar seus prisioneiros para longe.

De repente, Tanis tropeçou e caiu, derrubando seu guarda, que caiu de cabeça na sujeira.

— Levante, seu verme! — xingando, o outro guarda prendeu Tanis com a alça de um chicote, batendo no rosto dele. O meio-elfo se lançou para o guarda, agarrando o cabo do chicote e a mão que o segurava. Tanis puxou com toda a sua força e seu movimento repentino fez com que o guarda caísse. Por uma fração de segundo, ficou livre.

Jogando-se para a frente, ciente dos guardas atrás dele, ciente também do rosto atônito de Caramon, Tanis se jogou na direção da figura real que montava o dragão azul.

— Kitiara! — ele gritou, assim que os guardas o seguraram. — Kitiara! — gritou, um berro rouco e áspero que parecia arrancado de seu peito. Lutando contra os guardas, ele conseguiu soltar uma mão. Com ela, ele agarrou o elmo e o arrancou da cabeça, jogando-o no chão.

A Senhora na armadura azul-esverdeada de escamas de dragão virou ao ouvir seu nome. Tanis podia ver seus olhos castanhos se arregalarem de espanto sob a horrenda máscara dracônica que ela usava. Também podia ver os olhos ardentes do dragão azul se virando para encará-lo.

— Kitiara! — Tanis gritou. Desvencilhando-se de seus captores com uma força nascida do desespero, ele se lançou para a frente novamente. Mas draconianos na multidão se atiraram sobre ele e o derrubaram no chão, onde o mantiveram preso pelos braços. Tanis ainda lutava, girando para olhar nos olhos da Senhora.

— Pare, Skie — disse Kitiara, colocando uma mão enluvada no pescoço do dragão. Skie parou obedientemente, seus pés com garras escorregando um pouco nas pedras da rua. Mas os olhos do dragão, ao encarar Tanis estavam cheios de ciúmes e ódio.

Tanis prendeu a respiração. Seu coração batia dolorosamente. Sua cabeça doía e o sangue escorria sobre um olho, mas ele não percebeu. Ele esperava o grito que diria que Tasslehoff não o entendera, que seus amigos tentaram ajudá-lo. Esperava Kitiara olhar para trás e ver Caramon, seu meio-irmão, e o reconhecer. Não se atreveu a virar para ver o que acontecera com seus amigos. Só podia esperar que Caramon tivesse bom senso suficiente, e fé suficiente nele, para ficar fora de vista.

Veio o capitão, com o rosto caolho cruel distorcido de raiva. Levantando a bota, o capitão mirou um chute contra a cabeça de Tanis, preparando-se para deixar o intrometido criador de problemas inconsciente.

— Pare — disse uma voz.

O capitão parou tão de repente que cambaleou, desequilibrado.

— Soltem-no. — A mesma voz.

Relutantes, os guardas soltaram Tanis e se afastaram dele em um gesto imperioso da Dama das Trevas.

— O que é tão importante, comandante, que você atrapalha minha entrada? — ela perguntou em tons frios, sua voz soando profunda e distorcida atrás do elmo dracônico.

Esforçando-se para levantar, fraco de alívio, sua cabeça tonta devido às lutas com os guardas, Tanis avançou para ficar ao lado dela. Ao se aproximar, viu um lampejo de diversão nos olhos castanhos de Kitiara. Ela estava gostando disso; um novo jogo com um brinquedo antigo. Pigarreando, Tanis falou corajosamente.

— Esses idiotas me prenderam por deserção — afirmou. — Só porque aquele idiota do Bakaris esqueceu de me fornecer os documentos adequados.

— Eu o farei cumprir a pena por ter causado problemas, bom Tanthalasa — respondeu Kitiara. Tanis podia ouvir o riso em sua voz. — Como você se atreve? — ela acrescentou, girando para encarar o capitão, que se encolheu quando o rosto de capacete voltou-se para ele.

— E-eu estava a-apenas seguindo o-ordens, minha senhora — ele gaguejou, tremendo como um goblin.

— Saia daqui ou será o alimento do meu dragão — Kitiara ordenou peremptoriamente, acenando com a mão. No mesmo gesto gracioso, estendeu a mão enluvada para Tanis. — Posso oferecer uma carona, comandante? Para fazer as pazes, é claro.

— Obrigado, Senhora — disse Tanis.

Lançando um olhar sombrio para o capitão, Tanis aceitou a mão de Kitiara e se colocou ao lado dela nas costas do dragão azul. Seus olhos rapidamente examinaram a multidão quando Kitiara ordenou que Skie avançasse novamente. Por um momento, sua busca agoniada não conseguiu detectar nada, depois suspirou aliviado ao ver Caramon e os outros sendo levados pelos guardas. O grandalhão olhou para ele quando passaram, uma expressão magoada e intrigada em seu rosto. Mas continuou andando. Tas transmitira a mensagem ou o grandalhão teve bom senso suficiente para manter a cena. Ou talvez Caramon confiasse nele de qualquer maneira. Tanis não sabia. Seus amigos estavam seguros agora... pelo menos mais seguros do que estariam com ele.

"Pode ser a última vez que os vejo," ele pensou de repente, com dor. Balançou a sua cabeça. Não podia se permitir insistir nisso. Virando-se, descobriu os olhos castanhos de Kitiara olhando para ele com uma estranha mistura de astúcia e admiração indisfarçada.

Tasslehoff ficou na ponta dos pés, tentando ver o que aconteceu com Tanis. Ouviu gritos e berros, depois um momento de silêncio. Então, viu o meio-elfo subir no dragão e se sentar ao lado de Kitiara. A procissão começou de novo. O kender pensou ter visto Tanis olhar na sua direção, mas, em caso afirmativo, foi sem reconhecimento. Os guardas empurraram os prisioneiros restantes entre a multidão e Tas perdeu de vista o amigo.

Um dos guardas cutucou Caramon nas costelas com uma espada curta.

— Então seu amigo recebe uma carona da Senhora e você apodrece na prisão — disse o draconiano, rindo.

— Ele não vai me esquecer — Caramon murmurou.

O draconiano sorriu e cutucou seu parceiro, que estava arrastando Tasslehoff com uma mão no colarinho do kender.

— Claro, ele voltará para você... se conseguir encontrar o caminho para sair da cama dela!

Caramon corou, carrancudo. Tasslehoff lançou um olhar assustado ao grande guerreiro. O kender não teve a chance de passar a Caramon a última mensagem de Tanis e estava aterrorizado com a possibilidade do grandalhão estragar tudo, embora não estivesse muito certo sobre o que restara para arruinar. Mesmo assim...

Mas Caramon apenas meneou a cabeça com a dignidade ferida.

— Vou sair antes do anoitecer — ele retumbou em seu barítono profundo. — Já passamos por muita coisa juntos. Ele não vai me decepcionar.

Pegando um tom melancólico na voz de Caramon, Tas se contorceu de ansiedade, desejando se aproximar o suficiente de Caramon para explicar. Mas, naquele momento, Tika gritou de raiva. Torcendo a cabeça, Tas viu o guarda rasgar sua blusa. Já havia feridas sangrentas feitas por suas garras em seu pescoço. Caramon gritou, mas tarde demais. Tika golpeou o guarda com as costas da mão na lateral de seu rosto reptiliano, na melhor tradição dos bares.

Furioso, o draconiano jogou Tika para a rua e ergueu o chicote. Tas ouviu Caramon respirar fundo e o kender se encolheu, se preparando para o fim.

— Ei! Não a machuque! — Caramon berrou. — A menos que queira ser responsabilizado. A Senhora Kitiara nos disse para pegar seis moedas de prata por ela e não faremos isso se ela estiver marcada!

O draconiano hesitou. Caramon era um prisioneiro, isso era verdade. Mas todos os guardas viram a recepção de boas-vindas que seu amigo recebeu da Dama das Trevas. Ousaram arriscar ofender outro homem que pudesse ter o favor dela? Aparentemente, decidiram que não. Meio que arrastando Tika até a levantar, eles a empurraram para frente.

Tasslehoff deu um suspiro de alívio, depois deu uma espiada preocupada em Berem, pensando que o homem estava muito quieto. Ele estava certo. O Eterno poderia estar em um mundo diferente. Seus olhos, bem abertos, estavam fixos em um olhar estranho. Sua boca estava boquiaberta, ele quase parecia apalermado. Pelo menos, não era provável que estivesse prestes a causar problemas. Parecia que Caramon continuaria desempenhando seu papel e que Tika ficaria bem. Por enquanto, ninguém precisava dele. Suspirando de alívio, Tas começou a olhar com interesse o complexo do Templo, pelo menos o melhor que podia com o draconiano agarrando seu colarinho.

Ele se arrependeu. Neraka parecia exatamente o que era... uma vila pequena, antiga e empobrecida, construída para servir aqueles que habitavam o Templo, invadido pela cidade das tendas que brotavam em torno dela como fungos.

No outro extremo do complexo, o próprio Templo pairava sobre a cidade como uma ave de rapina, sua estrutura distorcida, deformada e obscena parecia dominar até as montanhas no horizonte. Quando alguém colocava os pés em Neraka, seus olhos iam primeiro para o Templo. Depois disso, não importa para onde mais olhasse ou que outros assuntos o ocupassem, o Templo estava sempre lá, mesmo à noite, mesmo em seus sonhos.

Tas deu uma olhada e logo desviou o olhar, sentindo uma náusea fria tomar conta dele. Mas as visões a sua frente eram quase piores. A cidade de tendas estava cheia de tropas; draconianos e mercenários humanos, goblins e hobgoblins saíam dos bares e bordéis construídos às pressas para as ruas imundas. Escravos de todas as raças foram trazidos para servir seus captores e prover seus prazeres profanos. Anões tolos enxameavam como ratos, vivendo do lixo. O fedor era avassalador, as visões eram como algo do abismo. Embora fosse meio-dia, a praça estava escura e fria como a noite. Olhando para cima, Tas viu as enormes cidadelas voadoras flutuando sobre o Templo em sua majestade terrível, dragões circulando em vigilância incessante.

Quando começaram a descer pelas ruas movimentadas, Tas esperava ter a chance de se libertar. Ele era um especialista em se misturar à multidão. Também viu os olhos de Caramon; o grandalhão estava pensando a mesma coisa. Mas, depois de caminhar apenas alguns quarteirões e ver as cidadelas mantendo sua vigília terrível acima, Tas percebeu que era inútil. Pelo visto, Caramon chegara à mesma conclusão, pois o kender viu os ombros do guerreiro caírem.

Chocado e horrorizado, Tas subitamente pensou em Laurana, sendo mantida prisioneira ali. O espírito alegre do kender parecia esmagado pelo peso da escuridão e do mal ao seu redor, escuridão e maldade que ele nunca sonhara existir.

Seus guardas os apressaram, empurrando e abrindo caminho entre os soldados bêbados e brigões pelas ruas entupidas e estreitas. Por mais que tentasse, Tas não descobriu como transmitir a mensagem de Tanis a Caramon. Foram forçados a parar quando um contingente de tropas de Sua Majestade das Trevas, alinhadas ombro a ombro, marchou pelas ruas. Aqueles que não saíram do caminho foram arremessados para a calçada pelos oficiais draconianos ou simplesmente derrubados e pisoteados. Os guardas dos companheiros logo os empurraram contra um muro em ruínas e ordenaram que ficassem parados até os soldados passarem.

Tasslehoff se viu achatado entre Caramon de um lado e um draconiano do outro. O guarda havia afrouxado as garras na camisa de Tas, evidentemente imaginando que nem mesmo um kender seria tolo o suficiente para tentar escapar nessa multidão. Embora Tas pudesse sentir os olhos escuros do réptil nele, ele foi capaz de se contorcer o suficiente até Caramon para falar. Tinha a esperança de não ser ouvido e nem mesmo esperava, com todas as batidas de cabeça e marchas de boas acontecendo ao seu redor.

— Caramon! — Tas sussurrou. — Eu tenho uma mensagem. Consegue me ouvir?

Caramon não se virou. Continuou olhando para frente, com o rosto duro como uma pedra. Mas Tas viu uma pálpebra vibrar.

— Tanis disse para confiar nele! — Tas sussurrou rapidamente. — Não importa o que aconteça. E... e... a continuar a fingir... Acho que foi o que ele disse.

Tas viu Caramon fechar o semblante.

— Ele falou em élfico — Tas acrescentou, irritado. — E foi difícil ouvir.

A expressão de Caramon não mudou. Se aconteceu algo, ficou mais escura.

Tas engoliu em seco. Aproximando-se, ele se pressionou contra a parede logo atrás das costas largas do guerreiro. — Aquela ... aquela Senhora dos Dragões — disse o kender, hesitante. — Aquela... era Kitiara, não era?

Caramon não respondeu. Mas Tas viu os músculos da mandíbula do homem apertarem, viu um nervo começar a se contorcer no pescoço de Caramon.

Tas suspirou. Esquecendo onde estava, ele levantou a voz.

— Você confia nele, não é, Caramon? Porque...

Sem aviso, o guarda draconiano de Tas se virou e golpeou a boca do kender, empurrando-o contra a parede. Atordoado pela dor, Tasslehoff desabou no chão. Uma sombra escura se curvou sobre ele. Sua visão estava confusa, Tas não conseguia ver quem era e se preparou para outro golpe. Então, sentiu mãos fortes e gentis o levantando pelo colete felpudo.

— Eu disse para você não os machucar — rosnou Caramon.

— Ora! Um kender! — O draconiano cuspiu.

As tropas quase já haviam passado. Caramon colocou Tas em pé. O kender tentou se erguer, mas por algum motivo a calçada continuou deslizando por baixo dele.

— Desculpe... — ele se ouviu murmurar. — Pernas agindo de forma engraçada...

Finalmente, sentiu-se sendo içado no ar e, com um grito de protesto, foi arremessado por cima do ombro largo de Caramon como um saco de comida.

— Ele tem informações — disse Caramon em sua voz profunda.

— Espero que você não tenha estragado o cérebro tanto a ponto dele ter esquecido. A Dama das Trevas não ficará satisfeita.

— Que cérebro? — rosnou o draconiano, mas Tas, de sua posição invertida nas costas de Caramon, achou que a criatura parecia um pouco abalada.

Eles voltaram a andar. A cabeça de Tas doía terrivelmente, sua bochecha ardia. Colocando a mão nela, sentiu o sangue pegajoso onde as garras do draconiano cravaram em sua pele. Havia um som em seus ouvidos, como cem abelhas tivessem fixado moradia em seu cérebro. O mundo parecia estar circulando lentamente ao seu redor, deixando seu estômago enjoado, e ser carregado nas costas revestidas de armadura de Caramon não estava ajudando.

— Ainda falta muito? — Ele podia sentir a voz de Caramon vibrar no peito do grandalhão. — Esse idiotinha é pesado.

Em resposta, o draconiano apontou uma garra longa e ossuda.

Com um grande esforço, tentando tirar sua mente da dor e tontura, Tas girou a cabeça para ver. Conseguiu apenas dar uma olhada, mas foi o suficiente. A construção estava ficando cada vez maior à medida que se aproximavam até ela encher não apenas a visão, mas também a mente.

Tas tombou. Sua visão estava ficando fraca e ele se perguntou sonolento por que tudo estava ficando tão nebuloso. A última coisa que lembrou foi de ouvir as palavras.

— Para as masmorras... embaixo do Templo de Sua Majestade, Takhisis, a Rainha das Trevas.

6

Tanis barganha. Gakhan investiga.

Vinho?
— Não.
Kitiara deu de ombros. Tirando o jarro da tigela de neve em que descansava para resfriar, ela serviu um pouco para si mesma devagar, observando o líquido vermelho-sangue sair vagarosamente do jarro de cristal e entrar no copo. Então, colocou o jarro de volta na neve com cuidado e se sentou diante de Tanis, encarando-o com frieza.

Ela tirara o elmo dracônico, mas ainda estava com a armadura, a armadura azul-noturna, revestida de ouro, que se encaixava em seu corpo esguio como pele escamada. A luz das muitas velas da sala brilhava nas superfícies polidas e reluzia nas pontas afiadas de metal até Kitiara parecer estar em chamas. Os cabelos escuros, úmidos de suor, enrolavam em volta do rosto. Seus olhos castanhos brilhavam como fogo, sombreados por cílios longos e escuros.

— Por que está aqui, Tanis? — ela perguntou suavemente, passando o dedo pela borda do copo enquanto olhava fixo para ele.

— Você sabe o porquê — ele respondeu brevemente.

— Laurana, claro — disse Kitiara.

Tanis deu de ombros, cuidadoso em manter o rosto como uma máscara, mas temendo que a mulher, que às vezes o conhecia melhor do que ele próprio, pudesse ler todos seus pensamentos.

— Você veio sozinho? — Kitiara perguntou, tomando um gole do vinho.

— Sim — respondeu Tanis, devolvendo o olhar sem vacilar.

Kitiara levantou uma sobrancelha em óbvia descrença.

— Flint está morto — acrescentou, com a voz embargada. Mesmo com medo, ainda não conseguia pensar em seu amigo sem dor. — E Tasslehoff se perdeu em algum lugar. Não consegui encontrá-lo. Eu... Eu não queria mesmo trazê-lo, de qualquer forma.

— Consigo entender — disse Kit ironicamente. — Então, Flint está morto.

— Como Sturm — Tanis não pôde deixar de acrescentar com os dentes cerrados.

Kit olhou para ele intensamente.

— O acaso da guerra, meu querido — disse ela. — Nós dois éramos soldados, ele e eu. Ele entende. O espírito dele não nutre raiva de mim.

Tanis engasgou de raiva, engolindo suas palavras. O que ela disse era verdade. Sturm entenderia.

Kitiara ficou em silêncio enquanto observava o rosto de Tanis por alguns momentos. Então, pousou o copo com um tinido.

— E meus irmãos? — ela perguntou. — Onde...

— Por que não me leva para as masmorras e me interroga? — Tanis rosnou. Levantando-se da cadeira, começou a andar pela sala luxuosa.

Kitiara sorriu, um sorriso introspectivo e pensativo.

— Sim — ela disse. — eu poderia interrogá-lo lá. E você falaria, querido Tanis. Contaria tudo o que eu quero ouvir e depois imploraria para me contar mais. Não apenas temos aqueles que são hábeis na arte da tortura, mas também apaixonados pela profissão. — Levantando-se languidamente, Kitiara se aproximou e ficou na frente de Tanis. Com o copo de vinho em uma mão, ela colocou a outra mão no peito dele e passou a palma da mão sobre seu ombro devagar. — Mas isso não é um interrogatório. Digamos que é uma irmã preocupada com sua família. Onde estão meus irmãos?

— Eu não sei — disse Tanis. Segurando o pulso dela firmemente em sua mão, ele a afastou. — Ambos se perderam no Mar de Sangue...

— Com o Homem da Joia Verde?

— Com o Homem da Joia Verde.

— E como você sobreviveu?

— Elfos marinhos me resgataram.

— Então, eles podem ter resgatado os outros?

— Talvez. Talvez não. Eu sou élfico, afinal. Os outros eram humanos.

Kitiara encarou Tanis por um momento. Ele ainda segurava o pulso dela na mão. Sem perceber, sob o olhar penetrante dela, os dedos dele se fecharam.

— Você está me machucando... — Kit sussurrou suavemente. — Por que você veio, Tanis? Para resgatar Laurana... sozinho? Você nunca foi tão tolo...

— Não — disse Tanis, apertando ainda mais o braço de Kitiara. — Vim fazer uma troca. Me leve. Deixe-a ir.

Os olhos de Kitiara se arregalaram. Então, de repente, ela jogou a cabeça para trás e riu. Com um movimento rápido e fácil, ela se libertou do aperto de Tanis e, virando, caminhou até a mesa para encher o copo de vinho.

Ela sorriu para ele por cima do ombro.

— Por que, Tanis? — disse ela, rindo de novo. — O que você significa para mim para fazer essa troca?

Tanis sentiu o rosto corar. Ainda sorrindo, Kitiara continuou.

— Eu capturei a General de Ouro, Tanis. Tirei seu amuleto da boa sorte, sua bela guerreira élfica. Aliás, ela não era uma má general. Ela trouxe as lanças do dragão e os ensinou a lutar. Seu irmão trouxe de volta os dragões bondosos, mas todos dão o crédito a ela. Ela manteve os Cavaleiros juntos quando deveriam ter se separado muito antes disso. E você quer que eu a troque por... — Kitiara gesticulou com desdém. — Um meio-elfo que vagava pelo interior na companhia de kender, bárbaros e anões!

Kitiara começou a rir de novo, rindo tanto que foi forçada a sentar e enxugar as lágrimas dos olhos.

— Sério, Tanis, você tem uma autoestima muito elevada. Por que motivo você acha que eu o aceitaria de volta? Amor?

Houve uma mudança sutil na voz de Kit, sua risada parecia forçada. Franzindo a testa de repente, ela balançou o copo de vinho na mão.

Tanis não respondeu. Ele só podia ficar parado diante dela, sua pele queimando ao ser ridicularizado. Kitiara olhou para ele, depois abaixou o olhar.

— Suponha que eu diga que sim — ela disse com uma voz fria, os olhos no copo. — O que você poderia me dar em troca do que eu perderia?

Tanis respirou fundo.

— O comandante de suas forças está morto — disse ele, mantendo a voz calma. — Eu sei. Tas me disse que o matou. Vou tomar o lugar dele.

— Você serviria... nos exércitos dracônicos? — Os olhos de Kit se arregalaram com espanto genuíno.

— Sim. — Tanis rangeu os dentes. Sua voz era amarga. — Perdemos de qualquer forma. Eu vi suas cidadelas flutuantes. Não podemos vencer, mesmo se os dragões bondosos ficarem. E eles não vão... As pessoas os enviarão de volta. As pessoas nunca confiaram neles de qualquer maneira, não de verdade. Só me importo com uma coisa... Liberte Laurana, sem ferimentos.

— Eu realmente acredito que você faria isso — Kitiara disse baixinho, maravilhada. Por longos momentos, ela o encarou. — Vou ter que considerar...

Como se estivesse discutindo consigo mesma, ela balançou a cabeça. Colocando o copo nos lábios, ela engoliu o vinho, largou o copo e se levantou.

— Vou considerar... — ela repetiu. — Mas agora devo deixá-lo, Tanis. Há uma reunião dos Senhores dos Dragões hoje à noite. Eles vieram de toda Ansalon. Você está certo, é claro. Vocês perderam a guerra. Hoje, faremos planos para fechar o punho de ferro. Você vai me acompanhar. Vou apresentá-lo a Sua Majestade das Trevas.

— E Laurana? — Tanis persistiu.

— Eu disse que consideraria! — Uma linha escura marcava a pele macia entre as sobrancelhas suaves de Kitiara. A voz dela era aguda. — Você receberá uma armadura cerimonial. Esteja vestido e pronto para me acompanhar dentro de uma hora. — Ela começou a sair, depois se virou para encarar Tanis mais uma vez. — Minha decisão pode depender de como você se comportará esta noite — disse ela suavemente. — Lembre, Meio-Elfo, a partir deste momento, você me serve!

Os olhos castanhos brilhavam claros e frios enquanto mantinham Tanis em seu encanto. Lentamente, ele sentiu à vontade dessa mulher pressioná-lo até parecer uma mão forte o forçando a cair no chão de mármore polido. O poder dos exércitos dracônicos estava atrás dela, a sombra da

Rainha das Trevas pairava ao seu redor, enchendo-a de um poder que Tanis notara antes.

De repente, Tanis sentiu a grande distância entre eles. Ela era suprema e soberbamente humana. Pois apenas os humanos eram dotados de um desejo de poder tão forte que a paixão pura de sua natureza pudesse ser corrompida com tanta facilidade. As vidas breves dos humanos eram como chamas que podiam queimar com uma luz pura como a vela de Lua Dourada, como o sol partido de Sturm. Ou a chama poderia destruir, um fogo abrasador que consumia tudo em seu caminho. Ele aquecera seu sangue élfico frio e lento com esse fogo; alimentara a chama em seu coração. Agora, via o que se tornaria... Como vira os corpos daqueles que morreram nas chamas de Tarsis, uma massa de carne carbonizada, o coração preto e imóvel.

Era o preço que deveria pagar. Colocaria sua alma no altar dessa mulher, como outra pessoa poderia colocar um punhado de prata sobre um travesseiro. Devia isso a Laurana. Ela já sofrera o suficiente por causa dele. Sua morte não a libertaria, mas sua vida poderia.

Lentamente, Tanis colocou a mão sobre o coração e se curvou.

— Minha senhora — disse ele.

Kitiara entrou em sua câmara particular, sua mente em um tumulto. Sentia o sangue pulsar em suas veias. Excitação, desejo, a exaltação gloriosa da vitória a deixaram mais bêbada que o vinho. No entanto, havia uma dúvida incômoda, ainda mais irritante, porque tornava a alegria desinteressante e obsoleta. Com raiva, tentou banir de sua mente, mas o foco foi acentuado quando ela abriu a porta do quarto.

Os criados não a esperavam tão cedo. As tochas não estavam acesas; a fogueira foi preparada, mas ainda não queimava. Irritada, ela pegou a corda do sino que os enviaria correndo para serem repreendidos por sua negligência, quando, de repente, uma mão fria e sem carne se fechou sobre seu pulso.

O toque daquela mão enviou uma sensação ardente de frio através de seus ossos e sangue até quase congelar seu coração. Kitiara ofegou com a dor e começou a se soltar, mas a mão segurou com força.

— Você se esqueceu da nossa barganha?

— Não, claro que não! — Kitiara disse. Tentando manter o tremor do medo longe de sua voz, ela ordenou severamente. — Solte-me!

A mão se abriu devagar. Kitiara puxou seu braço apressadamente, esfregando a carne que, mesmo naquele curto espaço de tempo, ficou branca azulada.

— A elfa será sua quando a Rainha terminar com ela, claro.

— Claro. Eu não a queria de outra maneira. Uma mulher viva não tem utilidade para mim, não como um homem vivo é útil para você... — A voz da figura sombria permaneceu desagradável sobre as palavras.

Kitiara lançou um olhar desdenhoso para o rosto pálido, os olhos trêmulos que flutuavam, sem corpo, acima da armadura negra do cavaleiro.

— Não seja tolo, Soth — disse ela, puxando a corda do sino às pressas. Ela sentiu necessidade de luz. — Sou capaz de separar os prazeres da carne dos prazeres dos negócios... Algo que você não conseguiu fazer, pelo que sei da sua vida.

— Então, quais são seus planos para o meio-elfo? — Lorde Soth perguntou, sua voz parecendo, como sempre, vir de muito abaixo do solo.

— Ele será meu, total e completamente — disse Kitiara, esfregando o pulso machucado com cuidado.

Os criados se apressaram com olhares hesitantes de soslaio para a Dama das Trevas, temendo suas notórias explosões de fúria. Mas Kitiara, preocupada com seus pensamentos, ignorou. Como sempre, Lorde Soth voltou às sombras quando as velas foram acesas.

— A única maneira de possuir o meio-elfo é o obrigando a assistir enquanto eu destruo Laurana — continuou Kitiara.

— Essa dificilmente é a maneira de conquistar seu amor — zombou Lorde Soth.

— Não quero o amor dele. — Tirando as luvas e desafivelando a armadura, Kitiara riu brevemente. — Eu quero ele! Enquanto ela viver, seus pensamentos serão sobre ela e o nobre sacrifício que fez. Não, a única maneira de ele ser meu, totalmente, é ficar embaixo do calcanhar da minha bota até não ser nada além de uma massa disforme. Então, ele será útil para mim.

— Não por muito tempo — observou Lorde Soth, causticamente. — A morte o libertará.

Kitiara deu de ombros. Os criados completaram suas tarefas e desapareceram rapidamente. A Dama das Trevas permaneceu na luz, silenciosa e pensativa, com a armadura meio desmontada, o elmo dracônico pendurado na mão.

— Ele mentiu para mim — disse ela em voz baixa, depois de um momento. Jogando o elmo sobre uma mesa, onde bateu e quebrou um vaso de porcelana empoeirado, Kit começou a andar de um lado para o outro. — Ele mentiu. Meus irmãos não morreram no Mar de Sangue... Pelo menos um deles vive, eu sei. E ele também... O Eterno! — De forma categórica, Kitiara abriu a porta. — Gakhan! — Ela gritou.

Um draconiano entrou correndo na sala.

— Quais as novidades? Já encontraram aquele capitão?

— Não, senhora — respondeu o draconiano. Foi o mesmo que seguiu Tanis da hospedaria em Naufrágio, o mesmo que ajudou a prender Laurana. — Ele está de folga, senhora — acrescentou a criatura, como se isso explicasse tudo.

Kitiara entendeu.

— Pesquise cada barraca de cerveja e bordel até que ele seja encontrado. Então, o traga aqui. Coloque-o em correntes, se necessário. Vou questioná-lo quando voltar da Assembleia dos Senhores. Não, espere... — Kitiara fez uma pausa e acrescentou — Você o questionará. Descubra se o meio-elfo estava realmente sozinho, como disse, ou se havia outros com ele. Em caso afirmativo...

O draconiano se curvou.

— Você será informada imediatamente, minha senhora.

Kitiara o dispensou com um gesto e, se curvando novamente, o draconiano saiu, fechando a porta atrás de si. Depois de ficar pensativa por um momento, Kitiara passou a mão irritada pelos cabelos encaracolados, depois voltou a puxar as tiras de sua armadura.

— Você me acompanhará hoje à noite — disse a Lorde Soth, sem olhar para a aparição do cavaleiro da morte que, ela supôs, ainda estava no mesmo lugar atrás dela.

— Tome cuidado. Lorde Ariakas não ficará satisfeito com o que pretendo fazer.

Jogando a última peça de armadura no chão, Kitiara tirou a túnica de couro e a meia de seda azul. Então, estendendo-se em uma liberdade luxuriosa, ela olhou por cima do ombro para ver a reação de Lorde Soth às suas palavras. Ele não estava ali. Assustada, ela olhou rapidamente ao redor da sala.

O cavaleiro espectral estava ao lado do elmo dracônico sobre a mesa, em meio aos pedaços do vaso quebrado. Com um aceno de sua mão sem carne, Lorde Soth fez com que os restos despedaçados do vaso subissem no ar e pairassem diante dele. Os segurando pela força de sua magia, o cavaleiro da morte se virou para encarar Kitiara com seus olhos flamejantes cor laranja, enquanto ela estava nua diante dele. A luz do fogo deixava sua pele bronzeada dourada, fazia seus cabelos escuros brilharem com calor.

— Você ainda é uma mulher, Kitiara — disse Lorde Soth lentamente. — Você ama...

O cavaleiro não se mexeu nem falou, mas os pedaços do vaso caíram no chão. Sua bota pálida pisou neles quando ele passava, sem deixar vestígios de sua passagem.

— E você sente dor — ele disse suavemente para Kitiara enquanto se aproximava. — Não se engane, Dama das Trevas. Não importa o quanto esmague, o meio-elfo sempre será seu mestre, mesmo na morte.

Lorde Soth se fundiu com as sombras da sala. Kitiara ficou parada por um longo momento, encarando o fogo ardente, procurando, talvez, ler sua sorte nas chamas.

Gakhan caminhou rapidamente pelo corredor do palácio da Rainha, seus pés com garras batendo no chão de mármore. Os pensamentos do draconiano acompanhavam seu ritmo. De repente, passou por sua cabeça onde o capitão poderia ser encontrado. Vendo dois draconianos ligados ao comando de Kitiara descansando no final do corredor, Gakhan fez sinal para que o seguissem. Eles obedeceram na mesma hora. Embora Gakhan não ocupasse nenhuma posição no exército dracônico, não mais, ele era conhecido oficialmente como o assistente militar da Dama das Trevas. Extraoficialmente, ele era conhecido como seu assassino pessoal.

Gakhan estava a serviço de Kitiara há muito tempo. Quando a notícia da descoberta do cajado de cristal azul chegou à Rainha das Trevas e seus lacaios, poucos dos Senhores dos Dragões deram muita importância ao seu desaparecimento. Profundamente envolvidos na guerra que estava aos poucos tirando a vida nas terras do norte de Ansalon, algo tão trivial quanto um cajado com poderes de cura não merecia sua atenção. Seria preciso muita cura para curar o mundo, afirmou Ariakas, rindo, em um Conselho de Guerra.

Mas dois Senhores levaram o desaparecimento do cajado a sério: aquele que governava a parte de Ansalon onde o cajado foi descoberto e aquela que nasceu e cresceu na área. Um era um clérigo das trevas, a outra uma espadachim habilidosa. Ambos sabiam como a evidência perigosa do retorno dos deuses antigos poderia ser sua causa.

Eles reagiram de maneira diferente, talvez por causa da localização. Lorde Verminaard enviou hordas de draconianos, goblins e hobgoblins com descrições completas do cajado de cristal azul e seus poderes. Kitiara enviou Gakhan.

Foi Gakhan quem localizou Vento Ligeiro e o cajado de cristal azul até a vila de Que-Shu. Foi Gakhan quem ordenou o ataque à vila, assassinando sistematicamente a maioria dos habitantes em busca do cajado.

Mas ele deixou Que-Shu de repente, tendo ouvido relatos do cajado em Consolação. O draconiano viajou para aquela cidade, apenas para descobrir que o perdera por uma questão de algumas semanas. Mas lá, descobriu que os bárbaros que carregavam o cajado se juntaram a um grupo de aventureiros, supostamente de Consolação, de acordo com os moradores que ele "entrevistou".

Gakhan foi confrontado com uma decisão naquele momento. Poderia tentar seguir a trilha deles, que sem dúvida esfriara durante as semanas, ou retornar a Kitiara com descrições desses aventureiros para ver se ela os conhecia. Nesse caso, poderia fornecer informações que o permitiria planejar seus movimentos com antecedência.

Ele decidiu voltar para Kitiara, que estava lutando no norte. Os milhares de Lorde Verminaard teriam muito mais chances de encontrar o cajado do que Gakhan. Ele trouxe descrições completas dos aventureiros para Kitiara, que ficou surpresa ao saber que eram seus dois meios-irmãos, seus antigos companheiros de armas e seu antigo amante. Kitiara viu imediatamente um grande poder trabalhando, pois sabia que um grupo de viajantes tão diferentes poderia ser forjado em uma força dinâmica para o bem ou para o mal. Na mesma hora, levou seus receios à Rainha das Trevas, que já estava perturbada com o presságio da constelação ausente do Guerreiro Valente. A Rainha então soube que ela estava certa, Paladine voltara para lutar com ela. Mas quando percebeu o perigo, o estrago já estava feito.

Kitiara colocou Gakhan de volta na trilha. Passo a passo, o draconiano inteligente rastreou os companheiros de Pax Tharkas ao reino dos anões. Foi ele quem os seguiu em Tarsis e, lá, ele e a Dama das Trevas os teriam capturado se não fosse por Alhana Brisestelar e seus grifos.

Pacientemente, Gakhan continuou na trilha deles. Ele soube da separação do grupo, ouvindo relatos deles de Silvanesti, onde expulsaram o grande dragão verde Ciano Ruína Sangrenta, e depois da Muralha de Gelo, onde Laurana matou o mago elfo negro Feal-Thas. Ele soube da descoberta dos orbes do dragão, da destruição de um, da aquisição do outro pelo um mago frágil.

Foi Gakhan quem seguiu Tanis em Naufrágio e levou a Dama das Trevas até eles a bordo do Perechon. Mas, como antes, Gakhan moveu sua peça apenas para encontrar a peça de um oponente bloqueando a jogada final. O draconiano não se desesperou. Gakhan conhecia seu oponente, conhecia o grande poder que se opunha a ele. Ele estava jogando com apostas altas, apostas muito altas, de fato.

Pensando em tudo isso ao deixar o Templo de Sua Majestade das Trevas, onde os Senhores dos Dragões estavam se reunindo para o Alto Conclave, Gakhan entrou nas ruas de Neraka. Estava claro agora, apenas no final do dia. Quando o sol se punha, seus últimos raios estavam livres da sombra das cidadelas. Ardia acima das montanhas, decorando os picos ainda cobertos de neve com sangue vermelho.

O olhar reptiliano de Gakhan não permaneceu no pôr do sol. Em vez disso, passou pelas ruas da cidade de tendas, quase completamente vazia, pois a maioria dos draconianos era obrigada a acompanhar seus senhores esta noite. Os Senhores tinham uma notável falta de confiança uns nos outros e em sua Rainha. Assassinatos já aconteceram antes em seus aposentos e provavelmente aconteceria novamente.

No entanto, isso não dizia respeito a Gakhan. De fato, tornava seu trabalho mais fácil. Ele conduziu rapidamente os outros draconianos pelas ruas fétidas e cheias de lixo. Ele poderia enviá-los nessa missão sozinhos, mas Gakhan passara a conhecer muito bem seu grande oponente e tinha um sentimento distinto de urgência. O vento de eventos importantes começou a girar em um enorme vórtice. Agora, ele estava no olho, mas sabia que logo seria varrido. Gakhan queria poder cavalgar esses ventos, não ser arremessado sobre as rochas.

— Este é o lugar — disse ele, do lado de fora de uma barraca de cerveja. Havia uma placa pregada em um poste escrito em comum, O Olho do Dragão, enquanto um letreiro apoiado na frente dizia em comum com letras grosseiras: Dracos e goblins não são permitidos. Espiando pela aba imunda da tenda, Gakhan viu seu alvo. Apontando para sua escolta, ele empurrou a aba para o lado e entrou.

Sua entrada gerou um tumulto quando os humanos no bar voltaram seus olhos turvos para os recém-chegados e, vendo três draconianos, começaram imediatamente a gritar e zombar. Contudo, os gritos e vaias sumiram quase instantaneamente quando Gakhan removeu o capuz que cobria seu rosto reptiliano. Todos reconheceram o capanga da Senhora Kitiara. Uma atmosfera sombria caiu sobre a multidão, mais espessa do que a fumaça e os odores desagradáveis que enchiam o bar. Lançando olhares de medo para os draconianos, os humanos curvaram os ombros sobre as bebidas e abaixaram as cabeças, tentando passar despercebidos.

O olhar negro reluzente de Gakhan varreu a multidão.

— Ali — disse ele em draconiano, apontando para um humano caído sobre o balcão. Suas escoltas agiram instantaneamente, agarrando o soldado humano caolho, que os encarava em terror bêbado.

— Leve-o para fora, na parte de trás — ordenou Gakhan.

Ignorando os protestos e pedidos confusos do capitão, bem como os olhares tristes e ameaças murmuradas da multidão, os draconianos arrastaram seu cativo para a parte de trás. Gakhan seguiu mais devagar.

Os draconianos habilidosos levaram apenas alguns instantes para deixar o prisioneiro sóbrio o suficiente para conversar, os gritos roucos do homem fazendo com que muitos dos fregueses do bar perdessem o gosto pela bebida, mas no fim ele conseguiu responder às perguntas de Gakhan.

— Você se lembra de prender um oficial do exército dracônico esta tarde sob acusação de deserção?

O capitão se lembrou de interrogar muitos oficiais hoje... Ele era um homem ocupado... Todos eram parecidos. Gakhan fez um gesto para os draconianos, que responderam rápida e eficientemente.

O capitão gritou de agonia. Sim, sim! Ele lembrou! Mas não era apenas um oficial. Havia dois deles.

— Dois? — Os olhos de Gakhan brilharam. — Descreva o outro oficial.

— Um humano grande, muito grande. Estufando seu uniforme. E havia prisioneiros...

— Prisioneiros! — A língua reptiliana de Gakhan entrou e saiu de sua boca. — Descreva!

O capitão ficou muito feliz em descrever. — Uma mulher humana, cachos vermelhos, seios do tamanho de...

— Ande logo — Gakhan rosnou. Suas mãos com garras tremiam. Ele olhou para sua escolta e os draconianos apertaram mais.

Soluçando, o capitão deu descrições apressadas dos outros dois prisioneiros, suas palavras se enrolando.

— Um kender — repetiu Gakhan, cada vez mais animado. — Continue! Um velho, barba branca... — Ele fez uma pausa, intrigado. O velho mago? Certamente não teriam permitido que aquele velho tolo e decrépito os acompanhasse em uma missão tão importante e cheia de perigos. Se não ele, então quem? Alguém mais que tinham conhecido?

— Fale mais sobre o velho — ordenou Gakhan.

O capitão procurou desesperadamente em seu cérebro encharcado de bebida e entorpecido pela dor. O velho... barba branca...

— Curvado?

Não... Ombros altos e largos... Olhos azuis. Olhos esquisitos... O capitão estava prestes a desmaiar. Gakhan segurou o homem com as garras, apertando o pescoço.

— O que tem os olhos?

Temeroso, o capitão encarou o draconiano que lentamente o sufocava. Ele balbuciou alguma coisa.

— Jovem... jovem demais! — Gakhan repetiu em exultação. Agora, ele sabia! — Onde eles estão?

O capitão ofegou uma palavra e Gakhan o jogou no chão com um estrondo.

O furacão estava surgindo. Gakhan se sentiu sendo arrastado para cima. Um pensamento bateu em seu cérebro como as asas de um dragão quando ele e seus acompanhantes deixaram a tenda, correndo para as masmorras abaixo do palácio.

O Eterno... O Eterno... O Eterno!

7

O Templo da Rainha das Trevas.

Tas!

— Machucado... me deixa sozinho...

— Eu sei, Tas. Sinto muito, mas você precisa acordar. Por favor, Tas! — Uma ponta de medo e urgência na voz perfurou as névoas carregadas de dor na mente do kender. Parte dele estava pulando para cima e para baixo, gritando para acordá-lo. Mas outra parte queria voltar para a escuridão que, embora desagradável, era melhor do que enfrentar a dor que sabia estar à sua espera, pronta para atacar...

— Tas... Tas... — Uma mão deu um tapinha em sua bochecha. A voz sussurrada era tensa, firme, o terror mantido sob controle. O kender soube de repente que não tinha escolha. Ele tinha que acordar. Além disso, a parte do seu cérebro que pulava para cima e para baixo gritou, "você pode estar perdendo alguma coisa!"

— Graças aos deuses! — Tika suspirou quando os olhos de Tasslehoff se arregalaram e a encararam. — Como você se sente?

— Horrível — disse Tas de forma confusa, esforçando-se para sentar-se. Como previra, a dor saltou de um canto e o atacou. Gemendo, ele apertou a cabeça.

— Eu sei... Sinto muito — disse Tika novamente, afagando seus cabelos com uma mão gentil.

— Tenho certeza de que você só quer ajudar, Tika — disse Tas miseravelmente. — Mas poderia não fazer isso? Parece martelos anões batendo em mim.

Tika afastou a mão às pressas. O kender olhou ao redor o melhor que pôde através do olho bom. O outro estava bem inchado.

— Onde estamos?

— Nas masmorras abaixo do Templo — disse Tika em voz baixa. Sentado ao lado dela, Tas sentiu-a tremer de medo e frio. Olhando em volta, pode ver o motivo. A visão também o fez estremecer. Tristemente, se lembrou dos bons velhos tempos em que não conhecia o significado da palavra medo. Deveria ter sentido empolgação. Ele estava, afinal, em um lugar que nunca estivera antes e provavelmente havia muitas coisas fascinantes para investigar.

Mas havia morte ali, Tas sabia, morte e sofrimento. Ele viu muitos morrerem, muitos sofrerem. Seus pensamentos foram para Flint, Sturm, Laurana... Algo mudou dentro de Tas. Ele nunca mais seria como outro kender. Pela tristeza, ele passou a conhecer o medo; medo não por si mesmo, mas pelos outros. Decidiu que preferiria morrer a perder alguém que amava.

Você escolheu o caminho escuro, mas você tem coragem de segui-lo, dissera Fizban.

Tinha? Tas se perguntou. Suspirando, escondeu o rosto nas mãos.

— Não, Tas — Tika disse, o sacudindo. — Não faz isso com a gente! Precisamos de você!

Dolorosamente, Tas levantou a cabeça.

— Eu estou bem — disse ele, sem expressão. — Onde estão Caramon e Berem?

— Ali — Tika apontou para o outro extremo da cela. — Os guardas estão nos mantendo juntos até encontrar alguém para decidir o que fazer conosco. Caramon está sendo esplêndido... — ela acrescentou com um sorriso orgulhoso e um olhar afeiçoado para o grandalhão, que estava deitado, aparentemente aborrecido, em um canto distante, o mais longe possível dos seus "prisioneiros". Então, o rosto de Tika ficou com medo. Ela puxou Tas para perto. — Mas estou preocupada com o Berem! Acho que ele está ficando louco!

Tasslehoff olhou rapidamente para Berem. O homem estava sentado no chão de pedra frio e imundo da cela, o olhar abstrato, a cabeça inclinada como se estivesse ouvindo. A barba branca falsa que Tika fizera com pelos de cabra estava rasgada e bagunçada. Não demoraria muito para cair completamente, percebeu Tas assustado, vislumbrando rapidamente a porta da cela.

As masmorras eram um labirinto de corredores escavados na rocha sólida sob o templo. Pareciam se ramificar em todas as direções a partir de uma sala de guarda central, uma sala pequena e redonda, aberta na parte inferior de uma escada estreita e sinuosa que se erguia diretamente do térreo do Templo. Na sala de guarda, um hobgoblin grande estava sentado em uma mesa surrada sob uma tocha, mastigando calmamente pão e o engolindo com um jarro de alguma coisa. Um anel de chaves pendurado em um prego acima de sua cabeça o indicava como o carcereiro principal. Ele ignorava os companheiros; provavelmente não conseguia vê-los bem na luz fraca, Tas percebeu, já que a cela onde estavam ficava a cerca de cem passos de distância, em um corredor escuro e sombrio.

Rastejando até a porta da cela, Tas espiou pelo corredor na direção oposta. Molhando um dedo, ele o ergueu no ar. Aquele caminho era norte, determinou. Tochas fumegantes e fedorentas cintilavam no ar úmido. Mais abaixo, uma cela grande estava cheia de draconianos e goblins dormindo bêbados. No outro extremo do corredor, além da cela, havia uma enorme porta de ferro, entreaberta. Ouvindo atentamente, Tas pensou que podia ouvir sons do outro lado da porta: vozes, gemidos baixos. Esta é outra seção da masmorra, decidiu Tas, baseando sua decisão nas experiências passadas. O carcereiro provavelmente deixou a porta entreaberta para fazer suas rondas e ouvir distúrbios.

— Você está certa, Tika — Tas sussurrou. — Estamos trancados em algum tipo de cela, provavelmente aguardando ordens. — Tika assentiu. O fingimento de Caramon, se não enganou completamente os guardas, forçou-os a pensar duas vezes antes de fazer qualquer coisa precipitada.

— Vou falar com Berem — disse Tas.

— Não, Tas — Tika olhou para o homem, inquieta. — Não acho...

Mas Tas não ouviu. Olhando pela última vez para o carcereiro, Tas ignorou os protestos suaves de Tika e se arrastou em direção a Berem com a ideia de colar a barba falsa do homem em seu rosto. Ele acabara de se aproximar dele e estava estendendo a mãozinha quando, de repente, o Eterno rugiu e saltou direto para o kender.

Assustado, Tas caiu para trás com um grito agudo. Mas Berem nem o viu. Gritando incoerentemente, ele pulou sobre Tasslehoff e se jogou contra a porta da cela.

Caramon estava de pé agora... Assim como o hobgoblin.

Tentando parecer irritado por ter o descanso perturbado, Caramon lançou um olhar bravo para Tasslehoff no chão.

— O que você fez com ele? — o grandão rosnou com o lado da boca.

— N-nada, Caramon, sério! — Tas arfou. — Ele... ele está louco!

Berem realmente parecia ter enlouquecido. Alheio à dor, ele se atirou nas barras de ferro, tentando abrir. Quando isso não funcionou, agarrou as barras nas mãos e tentou separá-las.

— Estou indo, Jasla! — Ele gritou. — Não vá! Me perdoe...

Com os olhos arregalados de porco, o carcereiro correu para as escadas e começou a gritar.

— Ele está chamando os guardas! — Caramon grunhiu. — Temos que acalmar Berem. Tika...

Mas a garota já estava ao lado de Berem. Segurando seu ombro, ela implorou que parasse. A princípio, o homem furioso não prestou atenção nela, afastando-a bruscamente. Mas Tika afagou, acariciou e acalmou até Berem parecer ouvir. Ele parou de tentar arrombar a porta da cela e ficou parado, as mãos apertando as barras. A barba caíra no chão, o rosto estava coberto de suor e ele sangrava por um corte onde acertou as barras com a cabeça.

Houve um som estridente perto da frente da masmorra quando dois draconianos desceram correndo as escadas ao chamado do carcereiro. Com as espadas curvas desembainhadas e prontas, avançaram pelo corredor estreito, com o carcereiro atrás deles. Rapidamente, Tas pegou a barba e a enfiou em uma de suas bolsas, esperando que não lembrassem que Berem entrara barbudo.

Ainda acariciando Berem suavemente, Tika balbuciava sobre qualquer coisa que vinha à sua cabeça. Berem não parecia estar ouvindo, mas pelo menos estava quieto. Respirando fundo, ele encarou a cela vazia em frente a eles com olhos vidrados. Tas podia ver os músculos do braço do homem se contraírem em espasmos.

— O que significa isso? — Caramon gritou quando os draconianos chegaram à porta da cela. — Vocês me trancaram aqui com um tolo delirante! Ele tentou me matar! Exijo que me tirem daqui!

Observando Caramon de perto, Tasslehoff viu a mão direita do guerreiro fazer um pequeno gesto rápido em direção ao guarda. Reconhecendo o sinal, Tas flexionou-se, pronto para a ação. Também viu Tika se preparar. Um hobgoblin e dois guardas... Eles já enfrentaram situações piores.

Os draconianos olharam para o carcereiro, que hesitou. Tas podia adivinhar o que estava passando pela mente densa da criatura. Se esse oficial grandão fosse um amigo pessoal da Dama das Trevas, ela certamente não seria gentil com um carcereiro que permitisse que um de seus amigos íntimos fosse assassinado em sua cela.

— Vou pegar as chaves — murmurou o carcereiro, voltando pelo corredor.

Os draconianos começaram a conversar em seu próprio idioma, aparentemente trocando comentários rudes sobre o hobgoblin. Caramon lançou um olhar para Tika e Tas, fazendo um rápido gesto de bater cabeças. Mexendo em uma das bolsas, Tas fechou a mão sobre a pequena faca. (Eles o revistaram, mas, em um esforço para ser útil, Tas ficou trocando suas bolsas até os guardas confusos desistirem, depois da quarta busca na mesma bolsa. Caramon insistira que o kender pudesse ficar com suas bolsas, já que havia itens que a Dama das Trevas queria examinar. A menos que, é claro, os guardas quisessem ser responsáveis...) Tika continuou acariciando Berem, sua voz hipnótica trazendo paz de volta aos olhos azuis febris e fixos.

O carcereiro acabara de pegar as chaves da parede e estava voltando pelo corredor quando uma voz no fundo da escada o deteve.

— O que você quer? — o carcereiro rosnou, irritado e surpreso ao ver a figura encapuzada aparecendo de repente, sem aviso prévio.

— Eu sou Gakhan — disse a voz.

Silenciando ao ver o recém-chegado, os draconianos se ergueram em respeito, enquanto o hobgoblin ficou com uma cor verde doentia, as chaves tilintando na mão flácida. Mais dois guardas desceram as escadas. A um gesto da figura encapuzada, eles pararam ao seu lado.

Passando pelo hobgoblin trêmulo, a figura se aproximou da porta da cela. Agora, Tas podia vê-la claramente. Era outro draconiano, vestido de armadura e com uma capa escura jogada sobre o rosto. O kender mordeu o lábio, frustrado. Bem, as chances ainda não eram tão ruins... Não para Caramon.

Ignorando o carcereiro gaguejante que andava atrás dele como um cachorro gordo, o draconiano encapuzado pegou uma tocha na parede e ficou em frente à cela dos companheiros.

— Me tire daqui! — Caramon gritou, cotovelando Berem para o lado.

Mas o draconiano, ignorando Caramon, esticou os braços pelas barras da cela e colocou a mão na frente da camisa de Berem. Tas lançou um olhar desesperado para Caramon. O rosto do grandalhão estava mortalmente pálido. Ele fez uma investida desesperada contra o draconiano, mas já era tarde demais.

Com um giro das garras, o draconiano rasgou a camisa de Berem em pedaços. A luz verde brilhou na cela da prisão quando a luz da tocha iluminou a joia embutida na carne de Berem.

— É ele — disse Gakhan calmamente. — Destranque a cela.

O carcereiro colocou a chave na porta da cela com mãos que tremiam visivelmente. Tirando-a do hobgoblin, um dos guardas draconianos abriu a porta da cela e entraram. Um guarda bateu em Caramon com um golpe violento no lado da cabeça, com o punho da espada, derrubando o guerreiro como um boi, enquanto outro agarrou Tika.

Gakhan entrou na cela.

— Mate ele... — o draconiano apontou para Caramon. — E a garota e o kender. — Gakhan colocou a mão no ombro de Berem. — Vou levar este para Sua Majestade das Trevas. — O draconiano lançou um olhar triunfante para os outros.

— Nesta noite, a vitória é nossa — disse ele suavemente.

Suando na armadura dracônica, Tanis estava ao lado de Kitiara em uma das amplas antecâmaras amplas que levavam ao Grande Salão de Audiência. Ao redor do meio-elfo estavam as tropas de Kitiara, incluindo os horríveis esqueletos guerreiros sob o comando do cavaleiro da morte, Lorde Soth. Estes estavam nas sombras, logo atrás de Kitiara. Embora a antecâmara estivesse lotada e as tropas draconianas de Kitiara estavam apertadas com lança em lança, havia um vasto espaço vazio ao redor dos guerreiros mortos-vivos. Ninguém chegava perto deles, ninguém falava com eles, eles não falavam com ninguém. E embora a sala estivesse quente de uma forma sufocante com a pressão esmagadora de muitos corpos, um calafrio destes de quase parar o coração fluíam por quem se aproximasse demais.

Sentindo os olhos bruxuleantes de Lorde Soth nele, Tanis não conseguiu evitar um calafrio. Kitiara olhou para ele e sorriu, o sorriso torto que ele achara tão irresistível. Ela ficou perto, seus corpos se tocando.

— Você vai se acostumar com eles — ela disse friamente. Seu olhar voltou aos procedimentos no vasto Salão. A linha escura apareceu entre as sobrancelhas, a mão bateu irritada no cabo da espada. — Ande logo, Ariakas — ela murmurou.

Tanis observou por cima da cabeça dela, olhando pela porta ornamentada em que entrariam quando fosse a vez deles, assistindo com uma admiração que não pôde esconder quando o espetáculo se desenrolava diante de seus olhos.

O Salão de Audiência de Takhisis, a Rainha das Trevas, impressionava primeiro o espectador com um senso de sua própria inferioridade. Aquele era o coração negro que mantinha o sangue escuro fluindo e, como tal, sua aparência era adequada. A antecâmara na qual estavam se abria para uma enorme sala circular com piso de granito preto polido. O chão continuava para formar as paredes, subindo em curvas torturadas como ondas escuras congeladas no tempo. Parecia que, a qualquer momento, iriam desabar e engolir todos aqueles que estavam dentro do Salão na escuridão. Era apenas o poder de Sua Majestade das Trevas que os mantinha sob controle. E assim, as ondas negras subiam para um teto alto e abobadado, escondido da vista por uma parede fina de fumaça ondulante... O sopro dos dragões.

O chão do vasto salão estava vazio agora, mas logo estaria se enchendo rapidamente quando as tropas marchassem para assumir suas posições sob os tronos de seus senhores. Esses tronos, quatro deles, estavam cerca de três metros acima do piso de granito reluzente. Portões curtos se abriam das paredes côncavas para línguas negras de rocha que lambiam para fora das paredes. Sobre essas quatro plataformas enormes, duas de cada lado, estavam os Senhores... E apenas os Senhores. Ninguém mais, nem mesmo os guarda-costas, era permitido além do degrau mais alto das plataformas sagradas. Guarda-costas e oficiais de alta patente estavam em cima das escadas que se estendiam do chão até os tronos como as costelas de algum animal pré-histórico gigante.

Do centro do Salão, se erguia outra plataforma ligeiramente maior, curvando-se para cima do chão como uma naja gigante... exatamente o que ela fora esculpida para representar. Uma ponte delgada de rocha corria da "cabeça" da cobra para outro portão na lateral do Salão. A cabeça estava voltada para Ariakas... e para a alcova envolta em trevas acima de Ariakas.

O "Imperador", como Ariakas se denominava, estava sentado em uma plataforma um pouco maior na frente do grande Salão, a aproximadamente três metros acima dos que estavam ao seu redor.

Tanis sentiu seu olhar atraído irresistivelmente para uma alcova esculpida na rocha acima do trono de Ariakas. Era maior que o resto das alcovas e, dentro dela, espreitava uma escuridão quase viva. Respirava, pulsava e era tão intensa que Tanis desviou o olhar rapidamente. Embora não visse nada, imaginou quem iria estar dentro daquelas sombras.

Estremecendo, Tanis se voltou para a escuridão dentro do salão. Não havia muito para ver. Ao redor do teto abobadado, em alcovas semelhantes, embora menores que as alcovas dos Senhores, os dragões estavam pousados. Quase invisíveis, obscurecidas pelo próprio sopro fumegante, essas criaturas se sentavam em frente às alcovas dos respectivos senhores, mantendo uma vigília constante, assim supunham os senhores, sobre seus "mestres". Na verdade, apenas um dragão na reunião estava realmente preocupado com o bem-estar da sua mestre. Era Skie, o dragão de Kitiara, que estava sentado em seu lugar, seus olhos vermelhos ardentes encarando o trono de Ariakas com a mesma intensidade e ódio muito mais visível do que Tanis vira nos olhos da mestre de Skie.

Um gongo tocou. Massas de tropas invadiram o Salão, todas elas usando as cores de dragão vermelho das forças de Ariakas. Centenas de pés com garras e botas arranharam o chão quando os draconianos e a guarda de honra humana entraram e tomaram seus lugares sob o trono de Ariakas. Nenhum oficial subiu as escadas, nenhum guarda-costas ocupou seus lugares na frente de seu senhor.

O próprio homem passou pelo portão atrás de seu trono. Ele caminhava sozinho, suas vestes cerimoniais roxas caindo majestosamente de seus ombros, a armadura escura brilhando à luz das tochas. Sobre sua cabeça brilhava uma coroa, cravejada de joias com o tom de sangue.

— A Coroa do Poder — Kitiara murmurou, e agora Tanis via emoção em seus olhos... Desejo, desejo que ele raramente vira em olhos humanos antes.

— Quem usa a Coroa, governa — veio uma voz atrás dela. — Assim está escrito.

Lorde Soth. Tanis enrijeceu para não tremer, sentindo a presença do homem como uma mão esquelética e fria na parte de trás do pescoço.

As tropas de Ariakas o aplaudiram muito e alto, batendo as lanças no chão e as espadas contra os escudos. Kitiara rosnou, impaciente. Finalmente, Ariakas estendeu as mãos pedindo silêncio. Girando, ele se ajoelhou em reverência diante da alcova sombria acima dele, então, com um aceno da mão enluvada, o líder dos Senhores dos Dragões fez um gesto condescendente para Kitiara.

Olhando para ela de relance, Tanis viu tanto ódio e desprezo em seu rosto que mal a reconheceu.

— Sim, senhor — sussurrou Kitiara, seus olhos agora escuros e brilhantes. — Quem usa a coroa, governa. Assim está escrito... escrito em sangue! — Virando a cabeça, ela acenou para lorde Soth. — Busque a elfa.

Lorde Soth se curvou e saiu da antecâmara como uma névoa malévola, seus esqueletos guerreiros seguindo-o. Os draconianos tropeçaram em si mesmos em esforços frenéticos para sair de seu caminho mortal.

Tanis agarrou o braço de Kitiara.

— Você prometeu! — disse com uma voz abafada.

Encarando-o friamente, Kitiara soltou seu braço, libertando-se com facilidade do aperto forte do meio-elfo. Mas os olhos castanhos dela o seguraram, drenando e sugando sua vida até ele se sentir apenas uma concha seca.

— Escute, meio-elfo — disse Kitiara, com a voz fria, fina e afiada. — Estou atrás de uma coisa e só uma coisa... A Coroa do Poder que Ariakas usa. Foi por isso que capturei Laurana, isso é tudo o que ela significa para mim. Apresentarei a elfa a Sua Majestade, como prometi. A Rainha me recompensará com a coroa, é claro, e depois ordenará que a elfa seja levado para as Câmaras da Morte, bem abaixo do Templo. Não me importo com o que vai acontecer com a elfa depois disso e, por isso, a darei a você. Ao meu gesto, dê um passo à frente. Vou apresentá-lo à Rainha. Implore um favor a ela. Peça que você possa escolher a elfa até a morte dela. Se aprová-lo, ela concederá. Então, você poderá levar a elfa para os portões da cidade ou para onde quiser e poderá libertá-la. Mas quero sua palavra de honra, Tanis Meio-Elfo, que você voltará para mim.

— Você tem minha palavra — disse Tanis, seus olhos encontrando os de Kitiara sem vacilar.

Kitiara sorriu. Seu rosto relaxou. Estava tão bonito que Tanis, surpreso com a transformação repentina, quase se perguntou se teria visto aquele outro rosto cruel. Colocando a mão na bochecha de Tanis, ela acariciou sua barba.

— Tenho sua palavra de honra. Isso pode não significar muito para outros, mas eu sei que você a manterá! Um aviso final, Tanis — ela sussurrou rapidamente. — Você precisa convencer a Rainha de que é seu servo leal. Ela é poderosa, Tanis! É uma deusa, lembre-se disso! Ela pode ver dentro do seu coração, da sua alma. É preciso convencê-la sem sombra de dúvidas de que você pertence a dela. Um gesto, uma palavra que soe falsa, e ela o destruirá. Não haverá nada que eu possa fazer. Se você morrer, sua Lauralanthalasa também morre!

— Eu entendo — disse Tanis, sentindo seu corpo gelar sob a armadura fria.

Houve um toque de trombeta.

— Pronto, é o nosso sinal — disse Kitiara. Puxando as luvas, ela colocou o elmo dracônico sobre a cabeça. — Vá em frente, Tanis. Lidere minhas tropas. Vou entrar por último.

Resplandecente em sua armadura azul-esverdeada brilhante de escama de dragão, Kitiara deu um passo altivo para um lado enquanto Tanis passava pela porta ornamentada para o Salão de Audiência.

A multidão começou a aplaudir ao ver a bandeira azul. Pousado acima da audiência com os outros dragões, Skie berrou em triunfo. Ciente de milhares de olhos brilhantes sobre ele, Tanis deixou tudo fora de sua mente, exceto o que deveria fazer. Ele manteve os olhos fixos em seu destino... A plataforma no salão ao lado da de Lorde Ariakas, a plataforma decorada com a faixa azul. Atrás de si, ele podia ouvir a batida rítmica dos pés com garras enquanto a guarda de honra de Kit marchava com orgulho. Tanis chegou à plataforma e ficou no pé da escada, como fora ordenado. A multidão se aquietou e, quando o último draconiano passou pela porta, um murmúrio começou a varrer o Salão. A multidão se inclinou para a frente, ansiosa para ver a entrada de Kitiara.

Esperando dentro da antecâmara, permitindo que a multidão esperasse apenas mais alguns momentos para aguçar o suspense, Kit vislumbrou o movimento pelo canto do olho. Virando, viu Lorde Soth entrar na antecâmara, os guardas carregando um corpo envolto em branco nos braços sem carne. Os olhos da mulher viva e vibrante e os olhos vazios do cavaleiro morto encontraram-se em acordo e entendimento perfeitos.

Lorde Soth fez uma reverência.

Kitiara sorriu e virou, entrando no Salão de Audiência sob aplausos estrondosos.

Deitado no chão frio da cela, Caramon lutou desesperadamente para permanecer consciente. A dor estava começando a diminuir. O golpe que o atingiu foi de raspão, inclinando o elmo de oficial que ele usava, atordoando-o sem nocauteá-lo.

Contudo, fingiu inconsciência, sem saber o que mais fazer. Porque Tanis não estava ali, ele pensou em desespero, mais uma vez amaldiçoando sua própria lentidão para pensar. O meio-elfo teria um plano, saberia o que fazer. "Eu não deveria ter ficado com essa responsabilidade!" Caramon blasfemou amargamente. "Então, pare de choramingar, seu grande boi! Eles estão dependendo de você!" veio uma voz no fundo de sua mente. Caramon piscou, depois se conteve quando estava prestes a sorrir. A voz era tão parecida com a de Flint que ele poderia jurar que o anão estava ao seu lado! Ele estava certo. Estavam dependendo dele. Ele só precisava fazer o seu melhor. Era tudo o que poderia fazer.

Caramon entreabriu os olhos, espiando por entre as pálpebras semifechadas. Um guarda draconiano estava quase diretamente na sua frente, de costas para o guerreiro supostamente em coma. Caramon não podia ver Berem ou o draconiano chamado Gakhan sem mexer a cabeça, e ele não ousava chamar atenção para si mesmo. Era possível eliminar aquele primeiro guarda, sabia. Possivelmente o segundo antes que os outros dois acabassem com ele. Ele não tinha esperança de escapar vivo, mas pelo menos poderia dar a Tas e Tika a chance de fugir com Berem.

Tensionando seus músculos, Caramon se preparou para saltar sobre o guarda quando, de repente, um grito de agonia rasgou a escuridão das masmorras. Berem estava gritando, um grito tão cheio de raiva e fúria que Caramon se assustou, esquecendo que deveria estar inconsciente.

Ele congelou, observando espantado quando Berem avançou, agarrou Gakhan e o levantou do chão de pedra. Carregando o draconiano desesperado nas mãos, o Eterno saiu da cela da prisão e esmagou Gakhan contra um muro de pedra. A cabeça do draconiano partiu, fazendo sons de estalos como os ovos dos dragões bondosos nos altares negros. Uivando de raiva, Berem bateu o draconiano contra a parede várias vezes, até que Gakhan não passasse de uma massa mole e disforme de sangue verde.

Por um momento, ninguém se mexeu. Tas e Tika se encolheram juntos, horrorizados com a visão. Caramon lutou para juntar as coisas em sua mente confusa, e até mesmo os guardas draconianos encaravam o corpo de seu líder em um fascínio terrível e paralisante.

Berem jogou o corpo de Gakhan no chão. Virando, ele olhou para os companheiros sem reconhecê-los. "Ele está completamente louco," Caramon notou com um calafrio. Os olhos de Berem estavam arregalados e enlouquecidos. A saliva pingava da sua boca. Suas mãos e braços estavam viscosos com sangue verde. Finalmente, percebendo que seu captor estava morto, Berem pareceu recuperar a razão. Olhou em volta e viu Caramon no chão, observando-o em choque.

— Ela me chama! — Berem sussurrou com a voz rouca.

Virou-se e correu pelo corredor norte, jogando os draconianos assustados para o lado enquanto tentavam detê-lo. Sem parar para olhar para trás, Berem bateu na porta de ferro parcialmente aberta no final do corredor, a força de sua passagem quase arrancando a porta de suas dobradiças. Batendo contra a pedra com um som estridente, a porta balançou de modo descontrolado para frente e para trás. Eles podiam ouvir os berros selvagens de Berem ecoando pelo corredor.

Agora, dois dos draconianos haviam se recuperado. Um deles correu para a escada, gritando com toda a força. Era em draconiano, mas Caramon podia entender bem o bastante.

— Fuga de prisioneiro! Chamem os guardas!

Em resposta, vieram gritos e o som de garras raspando no topo da escada. O hobgoblin deu uma olhada no draconiano morto e fugiu em direção à escada e sua sala de guarda, acrescentando seus gritos de pânico aos do draconiano. O outro guarda, levantou-se rápido e pulou na cela. Mas Caramon também já estava de pé. Era hora da ação. Isso ele podia entender. Estendendo a mão, o grandalhão agarrou o draconiano em volta do pescoço. Com um tranco das mãos enormes, a criatura caiu sem vida no chão. Caramon arrancou a espada de suas garras enquanto o corpo do draconiano endurecia em pedra.

— Caramon! Cuidado, atrás de você! — Tasslehoff gritou quando o outro guarda, voltando da escada, correu para dentro da cela com a espada levantada.

Caramon girou apenas para ver a criatura cair para a frente quando a bota de Tika atingiu-a no estômago. Tasslehoff mergulhou sua pequena faca no corpo do segundo guarda, esquecendo, em sua emoção, de tirá-la novamente. Olhando para o cadáver de pedra da outra criatura, o kender deu um mergulho frenético para pegar sua faca. Tarde demais.

— Deixe! — Caramon ordenou e Tas se levantou.

Vozes guturais podiam ser ouvidas acima deles, pés raspando e arranhando as escadas. O hobgoblin chegara à escada e estava balançando as mãos freneticamente, apontando para eles. Seus próprios gritos se elevaram acima do barulho das tropas que desciam.

Com a espada na mão, Caramon olhou incerto para as escadas e depois para o corredor norte, atrás de Berem.

— É isso! Siga Berem, Caramon — disse Tika com urgência. — Vá com ele! Você não entende? "Ela está me chamando", ele disse. É a voz da irmã dele! Ele pode ouvi-la chamando. Por isso ficou louco.

— Sim... — Caramon disse atordoado, olhando para o corredor. Ele podia ouvir os draconianos descendo as escadas sinuosas, a armadura sacudindo, as espadas raspando nas paredes de pedra. Eles tinham apenas alguns segundos. — Vamos...

Tika agarrou Caramon pelo braço. Cravando as unhas em sua carne, ela o forçou a olhar para ela, os cachos vermelhos uma massa de cor flamejante na luz tremeluzente das tochas.

— Não! — Ela disse com firmeza. — Eles vão pegá-lo com certeza e então será o fim! Eu tenho um plano. Temos que nos separar. Tas e eu vamos chamar a atenção. Daremos tempo. Vai ficar tudo bem, Caramon — ela insistiu, o vendo balançar a cabeça. — Existe outro corredor que leva ao leste. Eu vi quando entramos. Eles vão nos perseguir por esse caminho. Agora, depressa, antes que eles o vejam!

Caramon hesitou, seu rosto torcido em agonia.

— É o fim, Caramon! — Tika disse. — Para o bem ou para o mal. Você deve ir com ele! Deve ajudá-lo a chegar até ela! Depressa, Caramon! Você é o único forte o suficiente para protegê-lo. Ele precisa de você!

Tika empurrou o grandalhão. Caramon deu um passo e, depois, olhou para ela.

— Tika... — ele começou, tentando pensar em algum argumento contra esse esquema maluco. Mas antes que pudesse terminar, Tika o beijou rapidamente e, pegando uma espada de um draconiano morto, correu da cela da prisão.

— Eu vou cuidar dela, Caramon! — Tas prometeu, correndo atrás de Tika, suas bolsas saltando descontroladamente ao seu redor.

Caramon olhou para eles por um momento. O carcereiro hobgoblin gritou de terror quando Tika correu direto na sua direção, brandindo a espada. O carcereiro tentou agarrá-la com força, mas Tika o atacou tão ferozmente que o hobgoblin caiu morto com um grito gorgolejante, a garganta cortada.

Ignorando o corpo que caiu no chão, Tika correu pelo corredor, indo para o leste.

Logo atrás dela, Tasslehoff fez uma pausa para parar no pé da escada. Os draconianos estavam visíveis agora e Caramon podia ouvir a voz estridente do kender gritando insultos aos guardas.

— Comedores de cachorro! Amantes de goblins com sangue de lodo!

Então, Tas partiu, correndo atrás de Tika, que desaparecera da vista de Caramon. Os draconianos enfurecidos, enlouquecidos pelas provocações do kender e pela visão de seus prisioneiros fugindo, não pararam para olhar em volta. Correram atrás do kender de pés ligeiros, suas espadas curvas brilhando, suas línguas compridas sacudindo em antecipação à matança.

Em instantes, Caramon se viu sozinho. Ele hesitou por mais um minuto precioso, olhando a escuridão espessa das celas sombrias. Não conseguia ver nada. A única coisa que ouvia era a voz de Tas gritando "comedores de cachorro". Então, silêncio.

— Estou sozinho... — pensou Caramon, sombrio. — Eu os perdi... perdi todos eles. Devo ir atrás deles.

Ele foi em direção à escada, depois parou.

— Não, tem o Berem. Ele também está sozinho. Tika está certa. Ele precisa de mim agora. Ele precisa de mim.

Com a mente finalmente limpa, Caramon se virou e correu desajeitadamente pelo corredor norte atrás do Eterno.

8

A Rainha das Trevas.

O Senhor dos Dragões Toede.

Lorde Ariakas ouviu com desprezo preguiçoso a chamada. Não que estivesse entediado com os procedimentos. Pelo contrário. Reunir o Grande Conselho não fora ideia dele. De fato, ele se opôs. Mas teve o cuidado de não se opor com muita veemência. Isso poderia fazê-lo parecer fraco e Sua Majestade das Trevas não permitia que os fracos vivessem. Não, este Grande Conselho seria tudo menos chato...

Ao pensar em sua Rainha das Trevas, ele se virou e olhou rapidamente para a alcova acima dele. O maior e mais magnífico do Salão, seu grande trono continuava vazio, o portão que o levava perdido na escuridão viva e respirante. Nenhuma escada subia até aquele trono. O portão propriamente dito era a única entrada e saída. E para onde o portão levava, bem, era melhor não pensar em tais coisas. Desnecessário dizer que nenhum mortal passara além de sua grade de ferro.

A Rainha ainda não havia chegado. Ele não ficou surpreso. Esses procedimentos de abertura estavam abaixo dela. Ariakas se reclinou em seu trono. Seu olhar foi, adequadamente, ele pensou com amargura, do trono da Rainha das Trevas ao trono da Dama das Trevas. Kitiara estava ali, claro. Este era o seu momento de triunfo... ou assim ela pensava. Ariakas sussurrou uma maldição sobre ela.

— Faça o seu pior — ele murmurou, quase não escutando o sargento repetir o nome de Lorde Toede mais uma vez. — Estou preparado.

De repente, Ariakas percebeu que algo estava errado. O quê? O que estava acontecendo? Perdido em seus pensamentos, ele não prestou atenção aos procedimentos. O que estava errado? Silêncio... Um silêncio terrível que se seguiu ... O quê? Ele pensou em algo, tentando se lembrar do que acabara de ser dito. Então, lembrou e voltou de seus pensamentos sombrios para encarar o segundo trono à sua esquerda. As tropas no salão, principalmente draconianas, balançavam como um mar mortal abaixo dele, enquanto todos os olhos se voltavam para o mesmo trono.

Embora as tropas draconianas pertencentes a Lorde Toede estivessem presentes, suas bandeiras se misturavam às bandeiras dos outros draconianos que estavam em atenção no centro do Salão de Audiência, o trono em si estava vazio.

De onde estava nos degraus da plataforma de Kitiara, Tanis seguiu o olhar de Ariakas, severo e frio sob a coroa. As orelhas do meio-elfo formigaram ao som do nome de Toede. Uma imagem do hobgoblin surgiu rapidamente em sua mente, como ele o vira parado na estrada empoeirada para Consolação. A visão trouxe de volta os pensamentos daquele dia quente de outono que vira o início dessa jornada longa e sombria. Trouxe de volta memórias de Flint e Sturm... Tanis cerrou os dentes e se forçou a se concentrar no que estava acontecendo. O passado acabou, terminou e, ele esperava fervorosamente, logo seria esquecido.

— Lorde Toede? — Ariakas repetiu com raiva. As tropas no Salão murmuraram entre si. Nunca antes um Senhor desobedeceu a ordem de comparecer ao Grande Conselho.

Um oficial humano do exército dracônico subiu as escadas que levavam à plataforma vazia. De pé no degrau superior (o protocolo proibia que subisse mais), ele gaguejou em um momento de terror, encarando aqueles olhos negros e, pior, a alcova sombria acima do trono de Ariakas. Respirando fundo, começou seu relatório.

— E-eu lamento informar a Vossa Senhoria e à Vossa Majestade das Trevas... — Um olhar nervoso para a alcova sombria que, aparentemente, ainda estava vazia. — que o Senhor dos Dragões To-Toede encontrou uma morte infeliz e prematura.

De pé no degrau mais alto da plataforma onde Kitiara estava no trono, Tanis ouviu um bufo de escárnio por trás do elmo dracônico. Um riso satisfeito correu através da multidão abaixo dele, enquanto oficiais do exército dracônico trocavam olhares sagazes.

Lorde Ariakas não achou graça, no entanto.

— Quem ousou matar um Senhor dos Dragões? — exigiu saber, furioso, e ao som de sua voz e do presságio de suas palavras a multidão ficou em silêncio.

— Foi em M-Morada Kender, senhor — respondeu o oficial, sua voz ecoando na câmara vasta de mármore. O oficial fez uma pausa. Mesmo a essa distância, Tanis podia ver o punho do homem fechando e abrindo. Obviamente, ele tinha más notícias a dar e relutava em continuar.

Ariakas olhou para o oficial com raiva. Limpando a garganta, o homem levantou a voz novamente.

— Lamento informar, senhor, que Morada Kender foi p... — Por um momento a voz do homem cedeu completamente. Somente com um esforço valente conseguiu continuar. — ... Perdida.

— *Perdida*! — repetiu Ariakas em uma voz que poderia ter sido um trovão.

O oficial pareceu aterrorizado. Recuando, ele gaguejou coisas incoerentes por um instante, então, determinado a acabar logo com aquilo, balbuciou.

— O Senhor Toede foi assassinado por um kender chamado Kronin Thistleknott e suas tropas foram expulsas de...

Havia um murmúrio mais profundo da multidão agora, rosnados de raiva e desafio, ameaças da destruição total de Morada Kender. Eles eliminariam aquela raça miserável da face de Krynn...

Com a mão enluvada, Ariakas fez um gesto irritado e abrangente. O silêncio caiu no mesmo instante sobre a reunião.

O silêncio foi quebrado.

Kitiara riu.

Era uma risada sem alegria, arrogante e zombeteira, que ecoou alto nas profundezas da máscara de metal.

Com o rosto torcido de indignação, Ariakas se levantou. Ele deu um passo à frente e, ao fazê-lo, o aço brilhou entre seus draconianos no chão enquanto as espadas deslizavam das bainhas e as madeiras das lanças batiam no chão.

Com a visão, as próprias tropas de Kitiara fecharam fileiras, recuando, de modo a se pressionarem ao redor da plataforma de sua senhora, que estava à direita de Ariakas. Instintivamente, a mão de Tanis se fechou sobre o punho de sua espada e ele se viu se aproximando de Kitiara, embora isso significasse colocar o pé na plataforma onde não deveria pisar.

Kitiara não se mexeu. Ela permaneceu sentada e calma, olhando para Ariakas com desprezo que podia ser sentido, se não visto.

De repente, um silêncio ofegante desceu sobre a reunião, como se a respiração em cada corpo estivesse sendo sufocada por uma força invisível. Os rostos empalideceram quando os presentes pareciam sufocados, ofegando por ar. Pulmões doíam, a visão ficou turva, batimentos cardíacos parados. O ar em si pareceu deixar o salão quando uma escuridão o encheu.

Era uma escuridão física, real? Ou uma escuridão na mente? Tanis não podia ter certeza. Seus olhos viram as milhares de tochas no Salão queimarem brilhantemente, viu milhares de velas cintilarem como estrelas no céu noturno. Mas nem mesmo o céu noturno era mais escuro do que a escuridão que ele percebia.

A cabeça dele flutuou. Desesperado, tentou respirar, mas poderia muito bem estar de novo no Mar de Sangue de Istar. Seus joelhos tremiam, ele estava quase fraco demais para suportar. Sua força falhou, cambaleou e caiu e, enquanto afundava, ofegando, estava vagamente ciente dos outros, aqui e ali, também caindo no chão de mármore polido. Erguendo a cabeça, embora o movimento fosse uma agonia, viu Kitiara afundar na sua cadeira como se estivesse esmagada no trono por uma força invisível.

A escuridão se ergueu. Um ar fresco e doce invadiu seus pulmões. Seu coração deu um pulo e começou a bater forte. O sangue correu para sua cabeça, quase o fazendo desmaiar. Por um momento, não pôde fazer nada além de afundar nas escadas de mármore, fraco e tonto, enquanto a luz explodia em sua cabeça. Quando sua visão clareou, ele viu que os draconianos não foram afetados. Estoicamente, ficaram de pé, todos olhando fixo para um ponto.

Tanis ergueu o olhar para a magnífica plataforma que permanecera vazia durante todo o processo. Vazia até agora. Seu sangue congelou em suas veias, sua respiração quase parou outra vez. Takhisis, a Rainha das Trevas, entrara no Salão de Audiência.

Outros nomes ela tinha em Krynn. De *Rainha Dragoa* ela era chamada em élfico; *Nilat, a Corruptora*, para os bárbaros das Planícies; *Tamex, o Metal Falso*, era como conhecida em Thorbardin entre os anões; *Mai-tat, Aquela de Muitas Faces* era como contavam sobre ela em lendas entre o povo marinheiro de Ergoth. *Rainha de Muitas Cores e de Nenhuma*, os Cavaleiros de Solamnia a chamavam; derrotada por Huma, banida da terra, há muito tempo.

Takhisis, a Rainha das Trevas, havia retornado.

Mas não completamente.

No mesmo instante em que Tanis olhava para a forma sombria na alcova acima com espanto, o terror perfurando seu cérebro, deixando-o entorpecido, incapaz de sentir ou perceber algo além do puro horror e medo, notou que a rainha não estava presente em sua forma física. Era como se a presença dela em suas mentes projetasse uma sombra na plataforma. Ela mesma estava lá apenas enquanto sua vontade forçava os outros a percebê-la.

Algo a segurava, bloqueando sua entrada neste mundo. Uma porta... As palavras de Berem retornaram confusas à mente de Tanis. Onde estava Berem? Onde estavam Caramon e os outros? Tanis percebeu com uma pontada que quase se esquecera deles. Eles foram afastados de sua mente por sua preocupação com Kitiara e Laurana. Sua cabeça girou. Ele sentiu como se tivesse a solução de tudo em sua mão, se pudesse encontrar tempo para pensar com calma.

Mas não foi possível. A forma sombria aumentou de intensidade até sua escuridão parecer criar um buraco frio de nada no salão de granito. Incapaz de desviar o olhar, Tanis foi obrigado a observar aquele buraco terrível até ter a sensação aterrorizante de que estava sendo atraído para ele. Naquele momento, ouviu uma voz em sua mente.

Não os reuni para ver suas brigas mesquinhas e ambições ainda mais mesquinhas estragar a vitória que sinto que está se aproximando rapidamente. Lembre-se de quem governa aqui, Lorde Ariakas.

Lorde Ariakas se abaixou em um joelho, como todos os outros na câmara. Tanis se viu caindo de joelhos em reverência. Não conseguiu evitar. Embora cheio de ódio pelo mal hediondo e sufocante, aquela era uma deusa, uma das forjadoras do mundo. Desde o começo dos tempos, ela governava... E governaria até o tempo acabar.

A voz continuou falando, queimando em sua mente e nas mentes de todos os presentes.

Senhora Kitiara, você nos agradou muito no passado. Agora, seu presente nos agrada ainda mais. Traga a elfa, para que possamos observá-la e decidir seu destino.

Vislumbrando Lorde Ariakas, Tanis viu o homem voltar ao seu trono, mas não antes de lançar um olhar venenoso de ódio a Kitiara.

— Eu trarei, Vossa Majestade das Trevas. — Kitiara se curvou. — Venha comigo — ordenou a Tanis enquanto passava por ele, descendo as escadas.

Suas tropas draconianas recuaram, abrindo um caminho para ela até o centro da sala. Kitiara desceu as escadas em forma de costela da plataforma, com Tanis atrás. As tropas se abriram para deixá-los passar e, depois, fecharam as fileiras quase instantaneamente.

Chegando ao centro do salão, Kitiara subiu as escadas estreitas que se projetavam como esporas das costas esculpidas da naja até ficar no centro da plataforma de mármore. Tanis seguiu mais devagar, achando as escadas estreitas e difíceis de subir, especialmente ao sentir os olhos da forma sombria na alcova mergulharem em sua alma.

De pé no centro da plataforma medonha, Kitiara virou e apontou para o portão ornamentado que se abria para o extremo da ponte estreita que ligava a plataforma às paredes principais do Salão de Audiência.

Uma figura apareceu na porta, uma figura escura vestida com a armadura de um cavaleiro de Solamnia. Lorde Soth entrou no salão e, na sua chegada, as tropas recuaram de ambos os lados daquela ponte estreita como se uma mão tivesse saído do túmulo e as jogado para longe. Em seus braços pálidos, Lorde Soth carregava um corpo envolto em um tecido branco, do tipo usado para embalsamar os mortos. O silêncio na sala era tal que os passos das botas do cavaleiro morto quase podiam ser ouvidos ecoando no chão de mármore, embora todos reunidos ali pudessem ver a pedra através do corpo transparente e sem carne.

Andando para a frente, carregando seu fardo branco, Lorde Soth atravessou a ponte e caminhou devagar até a cabeça da cobra. Em outro gesto de Kitiara, ele colocou o envoltório branco no chão aos pés da Senhora dos Dragões. Ele se levantou e desapareceu repentinamente, deixando todos piscando de horror, se perguntando se ele existia mesmo ou se o viram apenas em sua imaginação febril.

Tanis viu Kitiara sorrir sob o elmo, satisfeita com o impacto causado por seu servo. Então, sacando a espada, Kitiara se inclinou e cortou os tecidos que envolviam a figura como um casulo. Dando um puxão, ela o soltou e depois deu um passo para trás para assistir sua presa lutar no casulo.

Tanis avistou uma massa de cabelos emaranhados cor de mel, o lampejo da armadura prateada. Tossindo, quase sufocada pelas amarras constritoras, Laurana lutou para se libertar do tecido branco emaranhado. Houve uma risada tensa enquanto as tropas observavam os movimentos débeis da prisioneira... Isso era obviamente uma indicação de mais diversão por vir. Reagindo por instinto, Tanis deu um passo à frente para ajudar Laurana. Então, sentiu os olhos castanhos de Kitiara sobre si, observando, lembrando...

"Se você morrer, ela morre!"

Com o corpo tremendo de calafrios, Tanis parou e depois recuou. Por fim, Laurana tentou se levantar. Por um momento, ela olhou vagamente, sem compreender onde estava, piscando os olhos para ver na luz implacável das tochas. Seu olhar focou por fim em Kitiara, sorrindo para ela por trás do elmo dracônico.

Ao ver sua inimiga, a mulher que a traiu, Laurana se ergueu a toda a sua altura. Por um momento, seu medo foi esquecido em sua raiva. Imperiosa, olhou para baixo, depois para cima, seu olhar varrendo o grande salão. Felizmente, ela não olhou para trás. Não viu o meio-elfo barbudo vestido com uma armadura dracônica que a observava. Em vez disso, viu as tropas da Rainha das Trevas, viu os Senhores em seus tronos, viu os dragões pousados acima deles. Finalmente, viu a forma sombria da própria Rainha das Trevas.

"E agora ela sabe onde está," pensou Tanis com tristeza, vendo o rosto de Laurana ficar sem cor. "Agora sabe onde está e o que está prestes a acontecer com ela."

Que histórias devem ter contado a ela nas masmorras abaixo do templo. Atormentando-a com histórias das Câmaras da Morte da Rainha das Trevas. Provavelmente, ela fora capaz de ouvir os gritos dos outros, Tanis imaginou, sentindo sua alma doer com o óbvio terror dela. Ouvira os gritos durante a noite e agora, em algumas horas, talvez minutos, ela se juntaria a eles.

Com o rosto mortalmente pálido, Laurana voltou seu olhar para Kitiara como se ela fosse o único ponto fixo em um universo em turbilhão.

Tanis viu os dentes de Laurana cerrarem, mordendo os lábios para manter o controle. Ela nunca mostraria seu medo a essa mulher, nunca mostraria seu medo a nenhum deles.

Kitiara fez um pequeno gesto.

Laurana seguiu o olhar dela.

— Tanis...

Virando, ela viu o meio-elfo e, quando os olhos de Laurana encontraram os dele, Tanis viu a esperança brilhar. Sentiu o amor dela cercá-lo, abençoando-o como a alvorada da primavera depois da escuridão amarga do inverno. Enfim Tanis percebeu que seu próprio amor por ela era o vínculo entre suas duas metades em guerra. Ele a amava com o amor imutável e eterno de sua alma élfica e com o amor apaixonado de seu sangue humano. Mas a compreensão chegara tarde demais e, agora, ele pagaria com sua vida e sua alma.

Um olhar, foi tudo o que pôde dar a Laurana. Um olhar que deveria levar a mensagem do seu coração, pois podia sentir os olhos castanhos de Kitiara em si, observando atentamente. E outros olhos também estavam nele, por mais escuros e sombrios que fossem.

Ciente desses olhos, Tanis forçou o rosto a não revelar nada de seus pensamentos interiores. Exercendo todo o seu controle, ele apertou a mandíbula, endurecendo os músculos, mantendo o olhar sem expressão. Laurana poderia ter sido uma estranha. Friamente, ele se afastou dela e, ao se virar, viu a luz da esperança tremular e morrer em seus olhos luminosos. Como se uma nuvem tivesse obscurecido o sol, o calor do amor de Laurana se transformou em um desespero sombrio, arrepiando Tanis com sua tristeza.

Agarrando firmemente o punho de sua espada para impedir que sua mão tremesse, Tanis virou para encarar Takhisis, a Rainha das Trevas.

— Majestade das Trevas — gritou Kitiara, agarrando Laurana pelo braço e a arrastando para frente. — Apresento meu presente a você... um presente que nos dará a vitória!

Ela foi momentaneamente interrompida por aplausos tumultuosos. Levantando a mão, Kitiara ordenou silêncio, depois continuou.

— Eu entrego a elfa Lauralanthalasa, princesa dos elfos qualinesti, líder dos asquerosos Cavaleiros de Solamnia. Foi ela quem trouxe de volta as lanças do dragão, quem usou o orbe do dragão na Torre do Alto Clerista. Foi por seu comando que seu irmão e uma dragoa de prata viajaram para

Sanção, onde, pela inaptidão de Lorde Ariakas, conseguiram invadir o templo sagrado e descobrir a destruição dos ovos dos dragões bondosos.

— Ariakas deu um passo ameaçador para a frente, mas Kitiara o ignorou friamente. — Eu a dou a você, minha Rainha, para tratá-la da forma que acreditar que seus crimes mereçam.

Kitiara atirou Laurana na sua frente. Tropeçando, a elfa caiu de joelhos diante da Rainha. Seus cabelos dourados haviam se soltado das amarras e caíam sobre ela em uma onda brilhante que era, para a mente febril de Tanis, a única luz na câmara escura vasta.

Você fez bem, Dama Kitiara, veio a voz inaudível da Rainha das Trevas, *e será bem recompensada. A elfa será escoltada até as Câmaras da Morte, então concederei sua recompensa.*

— Obrigado, Majestade. — Kitiara se curvou. — Antes que nossos negócios terminem, tenho dois favores que peço que me conceda — Estendendo a mão, ela pegou Tanis em seu aperto forte. — Primeiro, gostaria de apresentar quem procura servi-la em seu grande e glorioso exército.

Kitiara colocou a mão no ombro de Tanis, indicando com uma pressão firme que ele deveria se ajoelhar. Incapaz de purgar aquele último vislumbre de Laurana, Tanis hesitou. Ele ainda podia se afastar da escuridão. Poderia ficar ao lado de Laurana e eles enfrentariam o fim juntos.

Então, ele se ridicularizou.

"Quão egoísta me tornei," perguntou-se amargamente, "considerando sacrificar Laurana na tentativa de cobrir minha própria loucura? Não, só eu pagarei pelos meus erros. Mesmo se não fizer mais nada de bom nesta vida, eu a salvarei. E levarei esse conhecimento comigo como uma vela para iluminar meu caminho até que a escuridão me consuma!"

A mão de Kitiara nele apertou dolorosamente, mesmo através da armadura de escama de dragão. Os olhos castanhos atrás do elmo dracônico começaram a arder de raiva.

Lentamente, com a cabeça baixa, Tanis caiu de joelhos diante de Sua Majestade das Trevas.

— Apresento seu humilde servo, Tanis Meio-Elfo — resumiu Kitiara com frieza, embora Tanis pensasse ter detectado um tom de alívio em sua voz. — Eu o nomeei comandante dos meus exércitos, após a morte prematura do meu falecido comandante, Bakaris.

Deixe nosso novo servo se apresentar, veio a voz na mente de Tanis.

Tanis sentiu a mão de Kit em seu ombro quando ele se levantou, o aproximando. Rapidamente ela sussurrou.

— Lembre-se, você pertence à Sua Majestade das Trevas agora, Tanis. Ela deve estar totalmente convencida ou nem mesmo eu serei capaz de salvá-lo e você não poderá salvar sua elfa.

— Eu lembro — disse Tanis sem expressão. Livrando-se do aperto de Kitiara, o meio-elfo avançou para ficar na beira da plataforma, abaixo do trono da Rainha das Trevas.

Levante sua cabeça. Olhe para mim, veio o comando.

Tanis se preparou, pedindo força do seu interior, força que ele não tinha certeza de que possuía. "Se eu vacilar, Laurana está perdida. Pelo bem do amor, devo banir o amor." Tanis levantou os olhos.

Seu olhar foi capturado e mantido. Hipnotizado, ele encarou a forma sombria, incapaz de se libertar. Não havia necessidade de fingir a admiração e uma reverência terrível, pois isso ocorreu a ele como a todos os mortais que vislumbram Sua Majestade das Trevas. Mas, mesmo quando se sentiu obrigado a adorar, percebeu que, no fundo, ainda estava livre. Seu poder não estava completo. Ela não podia consumi-lo contra sua vontade. Embora Takhisis tenha lutado para não revelar essa fraqueza, Tanis estava consciente da grande luta que travou para entrar no mundo.

Sua forma sombria oscilou diante dos seus olhos, revelando-se em todas as suas aparências, provando que ela não tinha controle sobre nada. Primeiro, ela apareceu como o dragão de cinco cabeças da lenda solâmnica. Então, a forma mudou e ela era a Sedutora... Uma mulher cuja beleza poderia fazer os homens morrerem para possuir. Então, a forma mudou mais uma vez. Era a Guerreira das Trevas, um Cavaleira do Mal alta e poderosa, que segurava a morte na mão de cota de malha.

Mas, mesmo quando as formas mudavam, os olhos escuros permaneciam constantes, encarando a alma de Tanis, olhos das cinco cabeças de dragão, olhos da bela Sedutora, olhos da temível Guerreira. Tanis se sentiu encolher sob aquele escrutínio. Ele não suportava, não tinha forças. Abjetamente, caiu de joelhos mais uma vez, rastejando diante da rainha, desprezando-se, pois, atrás dele, ouviu um grito angustiado e sufocado.

9
Trombetas da perdição.

Caminhando pesadamente pelo corredor norte em busca de Berem, Caramon ignorou os gritos e chamados assustados e as mãos dos prisioneiros que se estendiam das celas com barras. Mas não encontrou Berem nem sinal de sua morte. Ele tentou perguntar aos outros prisioneiros se o viram, mas a maioria estava tão desorientada com as torturas sofridas que não faziam sentido e, eventualmente, com a mente cheia de horror e pena, Caramon os deixou sozinhos. Ele continuou andando, seguindo o corredor que o levava sempre para baixo. Olhando em volta, ele se perguntou em desespero como encontraria o homem enlouquecido. Seu único consolo era que nenhum outro corredor se ramificava daquele central. Berem "deve ter vindo por aqui!" Mas, neste caso, onde ele estava?

Espiando dentro das celas, passando por esquinas, Caramon quase não percebeu um grande guarda hobgoblin que se lançou sobre ele. Balançando a espada irritadamente, incomodado com a interrupção, Caramon arrancou a cabeça da criatura e continuou seu caminho antes que o corpo atingisse o chão de pedra.

Deu um suspiro de alívio. Correndo escada abaixo, ele quase pisou no corpo de outro hobgoblin morto. Seu pescoço fora torcido por mãos fortes. Claramente, Berem esteve aqui e não fazia muito tempo. O corpo ainda não estava frio.

Certo de que agora estava na trilha do homem, Caramon começou a correr. Os prisioneiros nas celas pelas quais passou não passavam de borrões para o guerreiro enquanto ele corria. As vozes deles gritaram em seus ouvidos, implorando por liberdade.

"Se soltá-los, terei um exército," Caramon pensou de repente. Ele brincou com a ideia de parar um momento e destrancar as portas da cela, quando, de repente, ouviu um uivo terrível e gritos vindo de algum lugar à sua frente.

Reconhecendo o rugido de Berem, Caramon partiu para frente. As celas chegaram ao fim, o corredor se estreitou em um túnel que cortava uma espiral bem profunda no chão. As tochas brilhavam nas paredes, mas eram poucas e espaçadas entre si. Caramon correu pelo túnel, o rugido ficando mais alto conforme se aproximava. O guerreiro tentou se apressar, mas o chão estava escorregadio e viscoso, o ar ficava mais saturado e pesado com a umidade quanto mais ele descia. Com medo de escorregar e cair, foi forçado a diminuir o ritmo. Os gritos ficaram mais próximos, logo à sua frente. O túnel ficou mais claro, ele devia estar chegando perto do fim.

Então, viu Berem. Dois draconianos o atacavam, as espadas reluzindo à luz das tochas. Berem lutava com eles com as próprias mãos enquanto a luz da pedra verde iluminava a câmara pequena fechada com um brilho misterioso.

Foi por causa da força insana de Berem que ele os manteve afastados por tanto tempo. O sangue corria abundante de um corte em seu rosto e fluía de uma ferida profunda na sua lateral. No momento em que Caramon correu em sua ajuda, escorregando na lama, Berem agarrou a lâmina de uma espada de draconiano em sua mão, exatamente quando sua ponta tocou seu peito. O aço cruel mordeu sua carne, mas ele estava alheio à dor. O sangue escorreu por seu braço quando ele girou a lâmina e, com um suspiro, empurrou o draconiano para trás. Então ele cambaleou, ofegando. O outro guarda draconiano se aproximou para matar.

Concentrados em sua presa, os guardas nunca viram Caramon. Saltando para fora do túnel, Caramon se lembrou bem a tempo de não esfaquear as criaturas ou se arriscaria a perder a espada. Agarrando um dos guardas em suas mãos enormes, ele torceu a cabeça, estalando o pescoço de forma impecável. Deixando o corpo cair, foi de encontro à estocada selvagem do outro draconiano com um rápido movimento de mão na garganta da criatura. Ela caiu para trás.

— Berem, você está bem? — Caramon se virou e estava começando a ajudar Berem quando, de repente, sentiu uma dor lancinante rasgar seu lado.

Ofegando em agonia, cambaleou ao redor para ver um draconiano atrás de si. Aparentemente, este estava escondido nas sombras, talvez ao ouvir a vinda de Caramon. Seu golpe de espada deveria ter matado, mas foi mirado às pressas e desviado pela cota de malha de Caramon. Procurando sua própria espada, Caramon tropeçou para trás para ganhar tempo.

O draconiano não pretendia dar esse tempo. Erguendo a lâmina, ele se lançou contra Caramon.

Houve um borrão de movimento, um clarão de luz verde e o draconiano caiu morto aos pés de Caramon.

— Berem! — Caramon ofegou, pressionando a mão na lateral do corpo. — Obrigado! Como...

Mas o Eterno olhou para Caramon sem reconhecê-lo. Assentindo devagar, ele se virou e começou a se afastar.

— Espere! — Caramon falou. Cerrando os dentes contra a dor, o grandalhão pulou sobre os corpos draconianos e se lançou atrás de Berem. Segurando o braço, ele parou o homem. — Espere, droga! — repetiu, segurando-o.

O movimento repentino teve seu preço. A sala flutuava diante de seus olhos, forçando Caramon a ficar parado por um momento, lutando contra a dor de sua lesão. Quando pôde ver novamente, ele olhou em volta, orientando-se.

— Onde estamos? — perguntou sem esperar uma resposta, apenas querendo que Berem ouvisse o som de sua voz.

— Muito, muito abaixo do Templo — respondeu Berem em um tom vazio. — Estou perto. Muito perto agora.

— Sim — Caramon concordou sem entender. Segurando Berem com firmeza, continuou a olhar em volta. As escadas de pedra que ele descera terminavam em uma pequena câmara circular. Uma sala de guarda, ele percebeu, vendo uma mesa velha e várias cadeiras sob uma tocha na parede. Fazia sentido. Os draconianos aqui embaixo deviam ser guardas. Berem os encontrou acidentalmente. Mas o que os draconianos poderiam estar protegendo?

Caramon olhou rapidamente ao redor da câmara pequena de pedra, mas não viu nada. A sala tinha talvez vinte passos de diâmetro, esculpida na rocha. As escadas em espiral de pedra terminavam nesta sala e, em frente a elas, uma arcada levava para fora. Era por esse arco que Berem estava andando quando Caramon o agarrou. Olhando através do arco, Caramon não viu nada. Estava escuro além dele, tão escuro que Caramon sentia como se estivesse olhando para a Grande Escuridão das lendas. A escuridão que existia no vazio muito antes dos deuses criarem a luz.

O único som que podia ouvir era o borbulhar e o respingo de água. Um córrego subterrâneo, pensou, responsável pelo ar úmido. Recuando um passo, ele examinou o arco acima.

Não foi esculpido na rocha, diferente da câmara pequena onde estavam. Fora construído em pedra, trabalhado por mãos de especialistas. Ele podia ver contornos vagos de entalhes elaborados que outrora o decoraram, mas não conseguiu entender nada. Eles foram desgastados pelo tempo e pela umidade do ar.

Enquanto estudava o arco, esperando uma pista para guiá-lo, Caramon quase caiu quando Berem o agarrou com uma energia repentina e feroz.

— Eu conheço você! — o homem gritou.

— Claro — Caramon resmungou. — O que em nome do Abismo você está fazendo aqui embaixo?

— Jasla me chama... — Berem disse, o olhar selvagem brilhando em seus olhos mais uma vez. Virando, ele olhou para a escuridão além do arco. — Lá dentro, eu devo ir... Guardas... Tentaram me parar. Você vem comigo.

Caramon percebeu que os guardas deviam estar protegendo esse arco! Por que motivo? O que estava além dele? Reconheceram Berem ou estavam simplesmente agindo sob ordens para manter todos fora? Ele não sabia as respostas para nenhuma dessas perguntas e, em seguida, ocorreu que as respostas não importavam. As perguntas também não.

— Você tem que entrar lá — ele disse a Berem. Era uma afirmação, não uma pergunta. Berem assentiu e deu um passo à frente ansiosamente. Ele teria caminhado direto para a escuridão se Caramon não o puxasse de volta.

— Espere, vamos precisar de luz — disse o grandalhão com um suspiro. — Fique aqui! — Dando um tapinha no braço de Berem, mantendo o olhar fixo nele, Caramon recuou até sua mão tateante entrar em contato com uma tocha na parede. Tirando-a da arandela, ele voltou para Berem.

— Eu vou com você — ele disse pesadamente, se perguntando quanto tempo poderia continuar antes de desmaiar de dor e perda de sangue. — Aqui, espere um minuto — Entregando a tocha a Berem, ele arrancou uma tira de pano dos restos irregulares da camisa de Berem e a amarrou firmemente ao redor da ferida na sua lateral. Então, pegando a tocha de volta, ele liderou o caminho sob o arco.

Passando entre os apoios de pedra, Caramon sentiu algo roçar em seu rosto.

— Teia de aranha! — murmurou, tirando-a com nojo. Ele olhou em volta com medo, tendo pavor de aranhas. Mas não havia nada lá. Dando de ombros, não pensou mais nisso e continuou através do arco, puxando Berem atrás dele.

O ar foi partido pelo som de trombetas.

— Armadilha! — Caramon disse sombriamente.

— Tika! — Tas ofegou orgulhoso enquanto corriam pelo corredor sombrio das masmorras. — Seu plano funcionou. — O kender arriscou um olhar por cima do ombro. — Sim — disse sem fôlego. — Acho que todos estão nos seguindo!

— Maravilha — murmurou Tika. De alguma forma, ela não esperava que seu plano funcionasse tão bem. Nenhum outro plano que ela já fizera em sua vida deu certo. Como saberia que este seria o primeiro? Ela também lançou um rápido olhar por cima do ombro. Provavelmente havia seis ou sete draconianos correndo atrás deles, suas longas espadas curvas nas mãos com garras.

Embora os draconianos com pés de garra não pudessem correr tão rapidamente quanto a garota ou o kender, eles tinham uma resistência incrível. Tika e Tas tinham uma boa vantagem, mas não duraria. Ela já estava ofegante e havia uma forte dor na sua lateral que a fez querer se dobrar em agonia.

"Mas cada segundo que eu continuo correndo dá a Caramon um pouco mais de tempo," ela disse a si mesma. "Eu atraio os draconianos um pouco mais longe."

— Diga, Tika — a língua de Tas estava saindo da boca, o rosto, alegre como sempre, pálido de fadiga. — Você sabe para onde estamos indo?

Tika balançou a cabeça. Ela não tinha mais fôlego para falar. Sentiu que estava desacelerando, suas pernas pareciam chumbo. Outro olhar para trás mostrou que os draconianos estavam se aproximando. Ela rapidamente olhou em volta, esperando encontrar outro corredor que se ramificasse a partir daquele principal, ou mesmo um nicho, uma porta... Qualquer tipo de esconderijo. Não havia nada. O corredor se estendia diante deles, silencioso e vazio. Não havia nem celas. Era um túnel de pedra longo, estreito, liso e aparentemente interminável que aos poucos se inclinava para cima.

Então, uma súbita compreensão quase a fez parar. Reduzindo o passo, ofegando, ela olhou para Tas, apenas vagamente visível à luz de tochas de fumaça.

— O túnel... Está subindo... — Ela tossiu.

Tas piscou sem compreender, então seu rosto se iluminou.

— Isso leva para cima e para fora! — gritou de alegria. — Você conseguiu, Tika!

— Talvez... — Tika disse, em dúvida.

— Vamos! — Tas gritou de emoção, encontrando nova energia. Agarrando a mão de Tika, ele a puxou. — Sei que você está certa, Tika! Sinta o cheiro... — Ele inspirou. — Ar fresco! Vamos escapar... E encontrar Tanis... E voltar e... Resgatar Caramon...

Apenas um kender poderia conversar e correr impetuosamente por um corredor enquanto era perseguido por draconianos, pensou Tika, cansada. Ela sabia que estava indo adiante por puro terror. E isso a deixaria logo. Então, ela desabaria ali no túnel, tão cansada e dolorida que não se importaria com o que os draconianos...

Então...

— Ar fresco! — sussurrou.

Ela pensara sinceramente que Tas estava mentindo apenas para continuar. Mas podia sentir um suave sussurro de vento tocar sua bochecha. A esperança aliviou suas pernas de chumbo. Olhando para trás, pensou ter visto os draconianos diminuindo a velocidade. Talvez percebam que nunca vão nos pegar! A exultação tomou conta dela.

— Depressa, Tas! — gritou. Juntos, os dois correram com energia renovada pelo corredor, o ar doce soprando cada vez mais forte.

Virando uma esquina de cabeça erguida, os dois pararam tão bruscamente que Tasslehoff derrapou em pedras soltas no chão e bateu contra uma parede.

— Então foi por isso que diminuíram a velocidade — disse Tika em voz baixa.

O corredor chegou ao fim. Duas portas de madeira trancadas o fechavam. Havia janelas pequenas nas portas, cobertas com grades de ferro, permitindo que o ar noturno soprasse na masmorra. Ela e Tas podiam ver o lado de fora, podiam ver a liberdade... Mas não podiam alcançá-la.

— Não desista! — Tas disse depois de um momento de pausa. Recuperando-se rapidamente, ele correu e puxou as portas. Estavam trancadas.

— Droga — Tas murmurou, olhando as portas. Caramon poderia ter conseguido derrubá-las, ou quebrar a fechadura com um golpe de espada. Mas não o kender, nem Tika.

Quando Tas se inclinou para examinar a fechadura, Tika se encostou na parede, fechando os olhos cansadamente. O sangue pulsava em sua cabeça, os músculos das pernas presos em espasmos dolorosos. Exausta, ela sentiu o gosto amargo das lágrimas na boca e percebeu que estava chorando de dor, raiva e frustração.

— Não, Tika! — Tas disse, correndo de volta para acariciar sua mão. — É uma trava simples. Eu posso nos tirar daqui em pouco tempo. Não chore, Tika. Só vai demorar um pouco, mas você deve estar pronta para esses draconianos, se eles vierem. Apenas os mantenha ocupados...

— Certo — disse Tika, engolindo o choro. Apressadamente, limpou o nariz com as costas da mão e, empunhando a espada, virou o rosto para o corredor atrás deles, enquanto Tas olhava de novo para a fechadura.

Era uma trava bem simples, ele viu com satisfação, protegida por uma armadilha tão simples que se perguntou por que se incomodaram.

Gostaria de saber por que se incomodaram... Trava simples... armadilha simples... As palavras ressoaram em sua mente. Eram familiares! Ele já pensara nelas antes... Olhando surpreso para as portas, Tas percebeu que já estivera ali antes! Mas não, isso era impossível.

Balançando a cabeça, irritado, Tas procurou na bolsa suas ferramentas. Então, ele parou. Um medo frio tomou conta do kender e o sacudiu como um cachorro sacode um rato, deixando-o mole.

O sonho!

Eram as portas que ele viu no sonho de Silvanesti! Aquela era a trava. A trava muito simples com a armadilha simples! E Tika estava atrás dele, lutando... Morrendo...

— Lá vem eles, Tas! — Tika falou, segurando a espada nas mãos suadas. Ela lançou um rápido olhar por cima do ombro. — O que está fazendo? O que está esperando?

Tas não conseguiu responder. Ele podia ouvir os draconianos rindo em suas vozes ásperas enquanto demoravam para chegar aos cativos, certos de que os prisioneiros não iriam a lugar algum. Eles viraram a esquina e Tas ouviu suas risadas aumentarem quando viram Tika segurando a espada.

— Eu... acho que não consigo, Tika — Tas choramingou, olhando horrorizado para a trava.

— Tas — disse Tika rápida e seriamente, recuando para falar com ele sem tirar os olhos dos inimigos. — Não podemos ser capturados! Eles sabem sobre Berem! Vão tentar nos fazer contar o que sabemos sobre ele, Tas! E você sabe o que farão conosco para nos fazer falar...

— Você está certa! — Tas disse, miseravelmente. — Vou tentar.

"Você tem coragem para segui-lo", Fizban o dissera. Respirando fundo, Tasslehoff puxou um arame fino de uma de suas bolsas. "Afinal," disse para as mãos trêmulas com severidade, "o que é a morte para um kender, a não ser a maior aventura de todas? E depois, Flint está por aí, sozinho. Provavelmente entrando em todos os tipos de confusões..." Com as mãos já bastante firmes, Tas inseriu o arame com cuidado na trava e começou a trabalhar.

De repente, houve um rugido áspero atrás dele; ele ouviu Tika gritar e o som do aço colidindo contra o aço.

Tas ousou dar uma olhada rápida. Tika nunca aprendera a arte da esgrima, mas era uma talentosa lutadora de bar. Batendo e cortando com a lâmina, ela chutou, arrancou, mordeu e bateu. A fúria e a ferocidade de seu ataque fizeram os draconianos recuarem um passo. Todos foram cortados e estavam sangrando; um despejava sangue verde no chão, o braço pendendo inutilmente.

Mas ela não poderia detê-los por muito mais tempo. Tas voltou ao trabalho, mas suas mãos tremiam e a ferramenta fina escapou da sua mão úmida. O truque era ativar a fechadura sem ativar a armadilha. Ele podia ver a armadilha — uma pequena agulha mantida no lugar por uma mola enrolada.

"Pare com isso!" Ele ordenou a si mesmo. Era assim que um kender agia? Ele inseriu o fio novamente com cuidado, suas mãos firmes mais uma vez. De repente, quando estava quase conseguindo, foi empurrado por trás.

— Ei — gritou irritado para Tika, virando. — Seja um pouco mais cuidadosa... — Ele parou. O sonho! Ele dissera exatamente aquelas palavras. E, como no sonho, ele viu Tika caída aos seus pés, o sangue fluindo em seus cachos vermelhos.

— Não! — Tas gritou de raiva. O arame escorregou, sua mão bateu na trava.

Houve um clique quando a trava foi aberta. E com o clique veio outro som pequeno, um som frágil, mal ouvido; um som como "tic". A armadilha foi ativada.

De olhos arregalados, Tas olhou para o pequeno ponto de sangue em seu dedo, depois para a pequena agulha de ouro que se projetava da trava. Os draconianos o pegaram, segurando-o pelo ombro. Tas os ignorou. Não importava mesmo. Havia uma dor lancinante no dedo e logo a dor se espalharia pelo braço e por todo o corpo.

"Quando chegar ao meu coração, não sentirei mais," ele disse a si mesmo sonhadoramente. "Não sentirei nada."

Ele ouviu trombetas, trombetas estridentes, trombetas de bronze. Ele já ouvira aquelas trombetas antes. Onde? "É isso. Foi em Tarsis, pouco antes da chegada dos dragões."

Os draconianos que estavam segurando-o se foram, correndo freneticamente pelo corredor.

— Deve ser algum tipo de alarme geral — pensou Tas, notando com interesse que suas pernas não o sustentariam mais. Ele deslizou para o chão, caindo ao lado de Tika. Estendendo a mão trêmula, ele gentilmente acariciou seus lindos cachos vermelhos, agora emaranhados de sangue. O rosto dela estava branco, os olhos fechados.

— Sinto muito, Tika — disse Tas, com a garganta contraída. A dor estava se espalhando rapidamente, seus dedos e pés ficaram dormentes. Ele não conseguia movê-los. — Desculpe, Caramon. Eu tentei, realmente tentei... — Chorando baixinho, Tas se sentou contra a porta e esperou a escuridão.

Tanis não conseguia se mexer e, por um momento, ao ouvir o soluço de coração partido de Laurana, não quis se mexer. Na verdade, ele implorou a um deus misericordioso que o matasse enquanto se ajoelhava diante da

Rainha das Trevas. Mas os deuses não concederam esse favor. A sombra se levantou quando a atenção da Rainha mudou para outro lugar, para longe dele. Tanis ficou de pé, com o rosto vermelho de vergonha. Não conseguia olhar para Laurana, não ousava encontrar os olhos de Kitiara, conhecendo bem o desprezo que veria em suas profundezas castanhas.

Contudo, Kitiara tinha assuntos mais importantes em mente. Este era o seu momento de glória. Seus planos estavam dando certo. Estendendo a mão, ela pegou Tanis com força, quando ele estava prestes a se apresentar para escoltar Laurana. Friamente, ela o empurrou para trás e se moveu para ficar na frente dele.

— Por fim, desejo recompensar um servo meu que ajudou a capturar a elfa. Lorde Soth pediu que fosse concedida a ele a alma desta Lauralanthalasa para que pudesse se vingar da elfa que, há muito tempo, lançou a maldição sobre ele. Se ele está condenado a viver nas trevas eternas, ele pede que essa elfa compartilhe sua vida na morte.

— Não! — Laurana levantou a cabeça, medo e horror penetrando seus sentidos entorpecidos. — Não — repetiu com uma voz abafada.

Dando um passo para trás, ela olhou em volta para escapar, mas era impossível. Abaixo dela, o chão pululava com draconianos observando ansiosamente. Engasgada em desespero, ela olhou uma vez para Tanis. Seu rosto estava sombrio e proibitivo; ele não estava olhando para ela, mas encarava a humana com olhos ardentes. Já lamentando sua explosão miserável, Laurana decidiu que morreria antes de demonstrar mais qualquer fraqueza na frente de qualquer um deles. Nunca mais. Erguendo-se com orgulho, ela levantou a cabeça, no controle mais uma vez.

Tanis nem via Laurana. As palavras de Kitiara bateram como sangue em sua cabeça, obscurecendo sua visão e seus pensamentos. Furioso, ele deu um passo à frente para ficar perto de Kitiara.

— Você me traiu! — engasgou. — Isso não fazia parte do plano!

— Silêncio! — ordenou Kit em voz baixa. — Ou você destruirá tudo!

— O quê...

— Cale-se! — Kitiara retrucou violentamente.

Seu presente muito me agrada, Dama Kitiara. A voz sombria penetrou na raiva de Tanis. *Eu concordo com seus pedidos. A alma da elfa será entregue a Lorde Soth e aceitamos o meio-elfo em nosso exército. Em reconhecimento disso, ele colocará sua espada aos pés de Lorde Ariakas.*

— Bem, siga em frente! — exigiu Kitiara friamente, com os olhos em Tanis. Os olhos de todos na sala estavam no meio-elfo.

Sua mente flutuou.

— O quê? — Ele murmurou. — Você não me contou sobre isso! O que eu faço?

— Suba na plataforma e coloque sua espada aos pés de Ariakas — Kitiara respondeu rapidamente, levando-o até a beira da plataforma. — Ele vai pegá-la e devolvê-la para você, então você será um oficial dos exércitos dracônicos. É um ritual, nada mais. Mas isso me dará tempo.

— Tempo para quê? O que você planejou? — Tanis perguntou sério, com o pé na escada. Ele pegou o braço dela. — Você deveria ter me contado...

— Quanto menos você souber, melhor, Tanis. — Kitiara sorriu encantadora, para quem estava assistindo. Houve algumas risadas nervosas, algumas piadas grosseiras sobre o que parecia ser a despedida de um amante. Mas Tanis não viu sorriso nos olhos castanhos de Kit. — Lembre-se de quem está ao meu lado nesta plataforma — sussurrou Kitiara. Acariciando o punho da espada, Kit lançou um olhar significativo a Laurana. — Não faça nada precipitado. — Afastando-se dele, ela voltou para ficar ao lado de Laurana.

Tremendo de medo e raiva, os pensamentos girando em confusão, Tanis desceu as escadas que levavam da plataforma da cabeça da cobra. O barulho da reunião retumbava ao seu redor como o estrondo dos oceanos. A luz brilhava nas pontas das lanças, as chamas das tochas embaçadas em sua visão. Ele pôs o pé no chão e começou a caminhar em direção à plataforma de Ariakas, sem nenhuma ideia clara de onde estava ou o que estava fazendo. Movendo-se apenas por reflexo, atravessou o chão de mármore.

Os rostos dos draconianos que compunham a guarda de honra de Ariakas flutuavam ao redor dele como um pesadelo hediondo. Ele os via como cabeças sem corpo, fileiras de dentes brilhantes e línguas oscilantes. Eles se separaram diante dele e as escadas se materializaram aos seus pés, como se estivessem saindo do nevoeiro. Erguendo a cabeça, ele olhou para cima, desolado. No topo, estava Lorde Ariakas; um homem enorme, majestoso, armado com poder. Toda a luz da sala parecia atraída para a coroa sobre sua cabeça. Seu brilho ofuscava olhos e Tanis piscou, cego, quando começou a subir os degraus, com a mão na espada.

Kitiara o traíra? Ela manteria sua promessa? Tanis duvidava. Amargamente, ele se amaldiçoou. Mais uma vez, caíra sob o feitiço dela. Mais uma vez, foi feito de bobo, confiando nela. E agora, ela tinha todas as peças do jogo. Não havia nada que ele pudesse fazer... Ou havia?

Tanis teve uma ideia tão repentinamente que parou, um pé em um degrau, o outro no degrau abaixo.

"Idiota! Continue andando", ordenou, sentindo todos olhando para ele. Forçando-se a manter alguma aparência externa de calma, Tanis subiu mais um degrau. À medida que se aproximava cada vez mais de Lorde Ariakas, o plano se tornava cada vez mais claro.

"Quem detém a coroa, governa!" As palavras ecoaram na mente de Tanis.

"Mate Ariakas, pegue a Coroa! Será simples!" O olhar de Tanis brilhou febrilmente na alcova. Nenhum guarda estava ao lado de Ariakas, claro. Ninguém era permitido nas plataformas, exceto os Senhores. Mas ele sequer tinha guardas nas escadas, diferente dos outros Senhores. Aparentemente, o homem era tão arrogante, tão seguro em seu poder, que os dispensara.

Os pensamentos de Tanis dispararam. "Kitiara trocará sua alma por essa coroa. E enquanto eu a tiver, eu mandarei nela! Posso salvar Laurana... Podemos escapar juntos! Quando sairmos daqui em segurança, poderei explicar as coisas para Laurana, poderei explicar tudo! Vou sacar minha espada, mas, em vez de colocá-la aos pés de Lorde Ariakas, eu o atravessarei com ela! Quando a Coroa estiver na minha mão, ninguém se atreverá a me tocar!"

Tanis sentiu que tremia de emoção. Com empenho, ele se forçou a se acalmar. Ele não conseguia olhar para Ariakas, temendo que o homem visse o plano desesperado em seus olhos.

Portanto, manteve o olhar fixo na escada e soube que estava perto de Lorde Ariakas apenas quando viu os cinco degraus restantes entre ele e o topo da plataforma. A mão de Tanis tremeu sobre a espada. Sentindo-se sob controle, ele ergueu o olhar para encarar o rosto do homem e, por um instante, quase perdeu a coragem com o mal ali revelado. Era um rosto que se tornou sem paixão por causa da ambição, um rosto que vira a morte de milhares de inocentes como o meio para apenas um fim.

Ariakas estava observando Tanis com uma expressão entediada, um sorriso divertido de desprezo no rosto. Perdeu completamente o interesse pelo meio-elfo, tendo outros assuntos com que se preocupar. Tanis viu o olhar do homem ir para Kitiara, ponderando. Ariakas tinha a aparência de um jogador debruçado sobre um tabuleiro, contemplando seu próximo movimento, tentando adivinhar o que seu oponente pretende.

Cheio de repulsa e ódio, Tanis começou a deslizar a lâmina da sua espada da bainha. Mesmo que falhasse em sua tentativa de salvar Laurana, mesmo que os dois morressem dentro desses muros, pelo menos faria algo de bom para o mundo ao matar o Comandante dos Exércitos Dracônicos.

Mas, quando ouviu Tanis sacar a espada, os olhos de Ariakas voltaram ao meio-elfo mais uma vez. Seu olhar negro penetrou na alma de Tanis. Ele sentiu o poder extraordinário do homem dominá-lo, atingindo-o como a explosão de calor de uma fornalha. E a compreensão deu em Tanis um golpe quase físico em seu impacto, quase o fazendo cambalear nas escadas.

Aquela aura de poder ao seu redor... Ariakas era um mago!

"Tolo, estúpido, cego!" Tanis se amaldiçoou. Pois ao se aproximar, viu uma parede cintilante ao redor do Lorde. Por isso que não havia guardas! Entre aquela multidão, Ariakas não confiaria em ninguém. Ele usaria sua própria mágica para se proteger!

Ele estava em guarda. Isso Tanis podia ler claramente nos olhos frios e sem paixão.

Os ombros do meio-elfo caíram. Ele foi derrotado.

E então...

— Ataque, Tanis! Não tema a magia dele! Eu o ajudarei!

A voz não passava de um sussurro, mas tão clara e intensa que Tanis praticamente sentiu um hálito quente tocar sua orelha. Seus cabelos se arrepiaram na nuca, um arrepio convulsionou seu corpo.

Tremendo, ele olhou apressadamente ao redor. Não havia ninguém perto dele, ninguém, exceto Ariakas! Ele estava a apenas três passos de distância, carrancudo, obviamente ansioso para que essa cerimônia terminasse. Vendo Tanis hesitar, Ariakas fez um movimento categórico para o meio-elfo colocar a espada aos pés.

Quem falara? De repente, os olhos de Tanis foram atraídos pela visão de uma figura parada perto da Rainha das Trevas. Vestida de preto, escapara de sua atenção antes. Ele a encarava, pensando que parecia familiar. A voz viera dessa figura? Se veio, a figura não fez nenhum sinal ou movimento. O que ele deveria fazer? Ele se perguntava freneticamente.

— Ataque, Tanis! — sussurrou mais uma vez em seu cérebro. — Rápido!

Suando, com a mão trêmula, Tanis desembainhou a espada devagar. Ele estava no nível de Ariakas agora. A parede cintilante da magia do Lorde o cercava como um arco-íris brilhando na água borbulhante.

"Não tenho escolha," disse Tanis para si mesmo. "Se é uma armadilha, que assim seja. Eu escolho esta forma para morrer."

Fingindo se ajoelhar, segurando a espada pela primeira vez para apoiá-la na plataforma de mármore, Tanis repentinamente reverteu o movimento. Transformando-o em um golpe mortal, ele se lançou contra o coração de Ariakas.

Tanis esperava morrer. Rangendo os dentes ao atacar, ele se preparou para o escudo mágico murchá-lo como uma árvore atingida por um raio.

E um raio atingiu, mas não ele! Para sua surpresa, a parede arco-íris explodiu e sua espada penetrou. Ele sentiu que atingiu carne sólida. Um grito feroz de dor e indignação quase o ensurdeceu.

Ariakas cambaleou para trás quando a lâmina da espada deslizou dentro do seu peito. Um homem menor teria morrido com aquele golpe, mas a força e a raiva de Ariakas mantiveram a Morte à distância. Com o rosto retorcido pelo ódio, ele bateu em Tanis, enviando-o para o chão da plataforma.

A dor explodiu na cabeça de Tanis. Vagamente, ele viu sua espada cair ao seu lado, vermelha de sangue. Por um momento, pensou que perderia a consciência e isso significaria sua morte, a sua e a de Laurana. Atordoado, ele balançou a cabeça para melhorar. Ele precisava resistir! Precisava pegar a coroa! Olhando para cima, viu Ariakas pairando acima dele, mãos levantadas, preparado para lançar uma magia que acabaria com a vida de Tanis.

Tanis não podia fazer nada. Não tinha proteção contra a magia e, de alguma forma, sabia que seu ajudante invisível não o ajudaria mais. Já conseguira o que desejava.

Mas, por mais poderoso que Ariakas fosse, havia um poder maior que ele não podia vencer. Engasgou, sua mente vacilou, as palavras de sua magia se perderam com uma dor terrível. Olhando para baixo, viu seu próprio sangue manchar as vestes roxas, a mancha crescia cada vez mais a cada momento que passava enquanto sua vida derramava de seu coração cortado. A Morte estava chegando para reivindicá-lo. Ele não conseguia mais evitar. Desespero, Ariakas lutou contra a escuridão, gritando enfim à sua Rainha das Trevas por ajuda.

Mas ela abandonava os fracos. Assim como ela assistira Ariakas derrubar seu pai, também viu o próprio Ariakas cair, seu nome o último som a passar pelos lábios.

Houve um silêncio inquieto no Salão de Audiência quando o corpo de Ariakas caiu no chão. A Coroa do Poder caiu de sua cabeça com um barulho, jazendo dentro de um emaranhado de sangue e cabelos pretos e grossos.

Quem a reivindicaria?

Houve um grito agudo. Kitiara gritou um nome, chamou alguém.

Tanis não conseguia entender. Ele não se importava. Ele estendeu a mão até a Coroa.

De repente, uma figura de armadura negra se materializou diante dele. Lorde Soth!

Lutando contra um sentimento de puro pânico e terror, Tanis manteve sua mente concentrada. A Coroa estava a centímetros de seus dedos. Desesperado, lançou-se para ela. Felizmente, sentiu o metal frio tocar sua carne quando outra mão, uma mão esquelética, também a agarrou.

Era dele! Os olhos ardentes de Soth brilharam. A mão esquelética estendeu-se para arrancar o prêmio. Tanis podia ouvir a voz de Kitiara, gritando comandos incoerentes.

Mas, quando ergueu o pedaço de metal manchado de sangue acima de sua cabeça, enquanto seus olhos se fixavam sem medo em Lorde Soth, o silêncio abafado no Salão foi dividido pelo som de trombetas, trombetas implacáveis.

A mão de Lorde Soth parou no ar, a voz de Kitiara ficou subitamente silenciosa.

Houve um murmúrio contido e sinistro da multidão. Por um instante, a mente nublada de Tanis pensou que as trombetas soavam em sua homenagem. Mas virando a cabeça para olhar vagamente pelo Salão, ele viu rostos olhando em volta, alarmados. Todo mundo, até Kitiara, olhou para a Rainha das Trevas.

Os olhos sombrios de Sua Majestade das Trevas estavam em Tanis, mas agora o olhar deles era abstrato. Sua sombra cresceu e se intensificou, espalhando-se pelo corredor como uma nuvem negra. Reagindo a algum comando silencioso, os draconianos que usavam sua insígnia negra correram de seus postos pelas laterais do Salão e desapareceram pelas portas. A figura vestida de preto que Tanis vira parada ao lado da Rainha desapareceu.

E as trombetas ainda soavam. Segurando a Coroa na mão, Tanis olhou para ela entorpecido. Duas vezes antes, o som estridente das trombetas trouxe morte e destruição. Qual era o terrível portento da música pavorosa dessa vez?

10

"Quem usa a Coroa, governa".

Tão alto e surpreendente era o som das trombetas que Caramon quase perdeu o equilíbrio na pedra molhada. Reagindo por instinto, Berem o pegou. Os dois homens olhavam em volta, alarmados, enquanto as trombetas soavam alto na pequena câmara. Acima nas escadas, eles ouviam os toques de trombeta em resposta.

— O arco! Tinha uma armadilha! — Caramon repetiu. — Bem, é isso. Todo ser vivo no templo sabe que estamos aqui, onde quer que aqui seja! Pelos deuses, espero que você saiba o que está fazendo!

— Jasla me chama... — Berem repetiu. Com seu temor momentâneo com as trombetas estridentes se dissipando, ele continuou adiante, puxando Caramon atrás de si.

Segurando a tocha no alto, sem saber o que mais fazer ou para onde ir, Caramon o seguiu. Estavam em uma caverna aparentemente aberta na rocha por água corrente. A arcada levava a escadas de pedra e essas escadas, Caramon viu, levavam direto a um riacho escuro e veloz. Ele moveu a tocha ao seu redor, esperando que houvesse um caminho ao longo da margem do riacho. Mas não havia nada, pelo menos dentro do perímetro da luz da sua tocha.

— Espere... — ele gritou, mas Berem já mergulhara na água escura. Caramon prendeu a respiração, esperando ver o homem desaparecer nas profundezas rodopiantes. Mas a água escura não era tão profunda quanto parecia, chegava apenas à panturrilha de Berem.

— Venha! — Ele acenou para Caramon.

Caramon tocou a ferida na sua lateral novamente. O sangramento parecia ter diminuído, o curativo estava úmido, mas não encharcado. No entanto, a dor ainda era intensa. Sua cabeça doía e ele estava tão exausto pelo medo, corrida e perda de sangue que ficou tonto. Pensou brevemente em Tika e Tas, ainda mais brevemente em Tanis. Não, ele precisava tirá-los da cabeça.

O fim está próximo, para o bem ou para o mal, dissera Tika. Caramon estava começando a acreditar nisso. Entrando na água, sentiu a forte correnteza varrê-lo para a frente e teve a sensação vertiginosa de que a corrente era o tempo, levando-o adiante para... o quê? A sua própria perdição? O fim do mundo? Ou a esperança de um novo começo?

Berem avançou avidamente na frente dele, mas Caramon o arrastou de volta.

— Vamos ficar juntos — disse o grandalhão, sua voz profunda ecoando na caverna. — Pode haver mais armadilhas, piores que essa.

Berem hesitou o suficiente para Caramon se juntar a ele. Então, eles se moveram devagar, lado a lado, através da água corrente, testando cada passo, pois o fundo era liso e traiçoeiro, com pedras desmanchando e rochas soltas.

Caramon estava caminhando para frente, respirando com mais facilidade, quando algo atingiu sua bota de couro com tanta força que quase arrancou seus pés. Cambaleando, ele agarrou Berem.

— O que foi isso? — rosnou, segurando a tocha flamejante acima da água.

Aparentemente atraída pela luz, uma cabeça se levantou da escuridão úmida e brilhante. Caramon respirou fundo, horrorizado, e até Berem ficou surpreso.

— Dragões! — Caramon sussurrou. — Filhotes! — O pequeno dragão abriu a boca em um grito estridente. A luz das tochas reluziu nas fileiras de dentes afiados. Então, a cabeça desapareceu e Caramon sentiu a criatura atacar sua bota mais uma vez. Outro golpeou a outra perna. Ele viu a água ferver com caudas agitadas.

Suas botas de couro os impediam de machucá-lo agora, mas, Caramon pensou, "Se eu cair, as criaturas arrancarão a carne dos meus ossos!"

Ele enfrentara a morte de várias formas, mas nada era mais aterrorizante. Por um momento, entrou em pânico. "Vou voltar," pensou freneticamente. "Berem pode continuar sozinho. Afinal, ele não pode morrer."

O grande guerreiro se recompôs. "Não," ele suspirou. "Eles sabem que estamos aqui embaixo agora. Enviarão alguém ou algo para tentar nos impedir. Tenho que segurar o que quer que seja, até que Berem possa fazer o que precisa."

Caramon percebeu que esse último pensamento não fazia sentido. Era tão ridículo que era quase engraçado e, como se zombando de sua decisão, o silêncio foi quebrado pelo som de aço e gritos ásperos vindo por trás deles.

"Isso é loucura!" Ele admitiu cansado. "Eu não entendo! Posso morrer aqui embaixo na escuridão e por quê? Talvez eu esteja aqui embaixo com um louco! Talvez eu esteja ficando louco!"

Berem percebeu os guardas que os perseguiam. Isso o assustou mais do que dragões e ele se jogou para frente. Suspirando, Caramon se forçou a ignorar os ataques escorregadios aos seus pés e pernas enquanto avançava pela correnteza escura, tentando acompanhar Berem.

O homem olhava constantemente à frente na escuridão, fazendo sons de gemidos e torcendo as mãos com ansiedade. O riacho os levou a uma curva em que a água ficou mais profunda. Caramon se perguntou o que faria se a água subisse mais alto do que suas botas. Os jovens dragões ainda os perseguiam freneticamente, o cheiro quente de sangue e carne humanos os levando a um frenesi. Os sons de tilintar de espadas e lanças ficaram mais altos.

Algo mais escuro do que a noite voou até Caramon, atingindo-o no rosto. Debatendo-se e tentando desesperadamente não cair na água mortal, deixou a tocha cair. A luz desapareceu com um chiado quando Berem o agarrou. Os dois se abraçaram por um momento, olhando para a escuridão, perdidos e confusos.

Caramon não poderia estar mais desorientado nem se ficasse cego. Embora não tivesse se mexido, não tinha ideia de qual direção seguia, não conseguia se lembrar de nada sobre o ambiente. Tinha a sensação de que, se desse mais um passo, mergulharia no nada e cairia para sempre...

— Lá está! — Berem disse, recuperando o fôlego com um soluço abafado. — Vejo a coluna quebrada, as joias brilhando! E lá está ela! Ela está esperando por mim, esperou todos esses anos! Jasla! — gritou, fazendo força para ir em frente.

Olhando para a escuridão, Caramon segurou Berem, embora pudesse sentir o corpo do homem tremendo de emoção. Ele não podia ver nada... Ou podia?

Sim! Um sentimento profundo de gratidão e alívio inundou seu corpo dolorido. Ele podia ver as joias cintilando ao longe, brilhando com uma luz que nem aquela escuridão pesada podia reduzir.

Estava apenas a uma distância curta à frente deles, não mais que trinta metros. Relaxando seu aperto sobre Berem, Caramon pensou "Talvez essa seja uma saída, para mim, pelo menos. Que Berem se junte a essa sua irmã fantasmagórica. Tudo o que quero é uma saída, uma maneira de voltar para Tika e Tas."

Com a confiança voltando, Caramon avançou. Uma questão de minutos e terminaria... para o bem... ou para...

— *Shirak* — falou uma voz.

Uma luz brilhante se acendeu.

O coração de Caramon parou de bater por um instante. Devagar, ergueu a cabeça para observar aquela luz brilhante e viu dois olhos dourados, cintilantes e de ampulheta, encarando-o das profundezas de um capuz negro.

A respiração deixou seu corpo em um suspiro que era como o de um moribundo. As trombetas cessaram, uma dose de calma retornou ao Salão da Audiência. Mais uma vez, os olhos de todos no Salão, incluindo a Rainha das Trevas, voltaram-se para o drama na plataforma.

Segurando a Coroa na mão, Tanis se levantou. Não tinha ideia do que os toques da trombeta anunciavam, que perdição estaria prestes a acontecer. Só sabia que precisava jogar o jogo até o fim, por mais amargo que pudesse ser.

Laurana... Era seu único pensamento. Onde quer que Berem, Caramon e os outros estivessem, estavam além de sua ajuda. Os olhos de Tanis se fixaram na figura de armadura prateada parada na plataforma de cabeça de cobra abaixo dele. Quase por acidente, seu olhar se voltou para Kitiara, ao lado de Laurana, o rosto escondido atrás da horrível máscara dracônica. Ela fez um gesto.

Tanis sentiu mais do que ouviu um movimento atrás dele, como um vento frio roçando sua pele. Girando, viu Lorde Soth vindo em sua direção, a morte ardendo nos olhos alaranjados.

Tanis recuou, com a coroa na mão, sabendo que não poderia lutar contra aquele oponente do além-túmulo.

— Pare! — gritou, segurando a Coroa posicionada acima do piso do Salão de Audiência. — Pare-o, Kitiara, ou, com minhas últimas forças moribundas, jogarei isso na multidão.

Soth riu silenciosamente, avançando sobre ele, a mão esquelética que poderia matar apenas com um toque.

— Que "forças moribundas"? — O cavaleiro da morte perguntou suavemente. — Minha magia murchará seu corpo até virar pó e a Coroa cairá aos meus pés.

— Lorde Soth — soou uma voz clara da plataforma do centro do salão. — Pare. Aquele que ganhou a Coroa, traga-a para mim!

Soth hesitou. Com sua mão ainda perto de Tanis, seus olhos flamejantes voltaram o olhar vago para Kitiara, questionando.

Tirando o elmo dracônico da cabeça, Kitiara olhou apenas para Tanis. Ele podia ver seus olhos castanhos brilhando e suas bochechas coradas de emoção.

— Você me trará a coroa, não é, Tanis? — Kitiara chamou.

Tanis engoliu em seco.

— Sim — ele disse, lambendo os lábios secos. — Eu levarei a Coroa até você.

— Meus guardas! — Kitiara ordenou, acenando para a frente. — Uma escolta. Quem o tocar, morrerá pelas minhas mãos. Lorde Soth, faça com que ele chegue até mim em segurança.

Tanis olhou para Lorde Soth, que lentamente abaixou a mão letal.

— Ele ainda é seu mestre, minha senhora — Tanis pensou ter ouvido o cavaleiro da morte sussurrar com um sorriso de escárnio.

Soth deu um passo ao seu lado, o frio fantasmagórico emanando do cavaleiro quase congelando o sangue de Tanis. Juntos, desceram a escada, um par estranho, o cavaleiro pálido na armadura enegrecida, o meio-elfo segurando a coroa manchada de sangue na mão.

Os oficiais de Ariakas, que estavam parados ao pé da escada com armas em punho, recuaram, alguns com relutância. Quando Tanis chegou ao chão de mármore e passou por eles, muitos lançaram olhares sombrios. Ele viu o brilho de uma adaga em uma mão, uma promessa não dita nos olhos escuros.

Com suas próprias espadas sacadas, os guardas de Kitiara o cercaram, mas foi a aura mortal de Lorde Soth que garantiu passagem segura para ele pelo chão lotado. Tanis começou a suar sob a armadura. "Então isso é poder," ele percebeu. "Quem tem a Coroa, governa, mas tudo pode acabar na calada da noite com um golpe da adaga de um assassino!"

Tanis continuou andando e, logo, ele e Lorde Soth chegaram ao pé da escada que levava à plataforma em forma de cabeça da naja. No topo, estava Kitiara, linda em triunfo. Tanis subiu as escadas em forma de esporas sozinho, deixando Soth parado na base, os olhos alaranjados ardendo nas cavidades vazias. Quando Tanis chegou ao topo da plataforma, o topo da cabeça da cobra, ele viu Laurana, de pé atrás de Kitiara. O rosto de Laurana estava pálido, frio, sereno. Ela observou a ele e à Coroa manchada de sangue, depois virou a cabeça. Ele não tinha ideia do que ela estava pensando ou sentindo. Isso não importava. Ele explicaria...

Correndo até ele, Kitiara o agarrou nos braços. Os aplausos ressoaram no salão.

— Tanis! — Ela suspirou. — Você e eu fomos realmente feitos para governar juntos! Você foi maravilhoso, magnífico! Eu lhe darei qualquer coisa... qualquer coisa...

— Laurana? — Tanis perguntou com frieza sob a cobertura do barulho. Seus olhos levemente amendoados, os que revelavam sua herança, encaravam os olhos castanhos de Kitiara.

Kit vislumbrou de relance a elfa, cujo olhar era tão fixo, a pele tão pálida, que poderia ser um cadáver.

— Se você a quiser. — Kitiara deu de ombros e se aproximou, sua voz só para ele. — Mas você me terá, Tanis. Durante o dia, comandaremos exércitos, governaremos o mundo. As noites, Tanis! Elas serão apenas nossas, sua e minha. — A respiração dela acelerou, suas mãos se estenderam para acariciar seu rosto barbudo. — Coloque a Coroa na minha cabeça, amado.

Tanis olhou nos olhos castanhos e os viu cheios de calor, paixão e emoção. Podia sentir o corpo de Kitiara pressionado contra o dele, tremendo, ansioso. Ao seu redor, as tropas gritavam enlouquecidas, o barulho aumentando como uma onda. Lentamente, Tanis levantou a mão que segurava a Coroa do Poder e a ergueu... Não para a cabeça de Kitiara, mas para a sua.

— Não, Kitiara — ele gritou para que todos pudessem ouvir. — Um de nós governará de dia e de noite.... eu.

Houve risos no salão, misturados com estrondos furiosos. Os olhos de Kitiara se arregalaram em choque e depois se estreitaram rapidamente.

— Nem tente — disse Tanis, pegando a mão dela enquanto pegava a faca no cinto. Segurando-a com força, ele a encarou. — Vou sair do salão agora — disse ele baixinho, falando apenas pelos ouvidos dela. — Com Laurana. Você e suas tropas vão nos escoltar para fora daqui. Quando estivermos em segurança fora deste lugar maligno, darei a você a Coroa. Se me trair, você nunca a terá. Você entendeu?

Os lábios de Kitiara torceram em um sorriso de escárnio.

— Então, ela é mesmo tudo o que importa? — sussurrou causticamente.

— Mesmo — respondeu Tanis. Agarrando braço dela com mais força, ele viu dor em seus olhos. — Juro pelas almas de duas pessoas que amei muito... Sturm Brightblade e Flint Forjardente. Você acredita em mim?

— Eu acredito em você — Kitiara disse com uma raiva amarga. Encarando-o, uma admiração relutante brilhou mais uma vez em seus olhos. — Você poderia ter tido tanto...

Tanis soltou-a sem dizer uma palavra. Virando, ele caminhou até Laurana, que estava de costas para eles, olhando sem ver acima da multidão. Tanis agarrou seu braço.

— Venha comigo — ele ordenou friamente. O barulho da multidão cresceu ao seu redor, enquanto acima de si, estava ciente da figura escura e sombria da Rainha, observando com atenção o fluxo de poder, esperando para ver quem emergiria mais forte.

Laurana não se encolheu ao toque dele. Ela não teve reação. Movendo a cabeça devagar, os cabelos loiros cor de mel caindo em uma massa emaranhada em volta dos ombros, ela olhou para ele. Os olhos verdes estavam sem reconhecimento, sem expressão. Ele não viu nada neles, nem medo, nem raiva.

"Vai dar tudo certo," ele disse em silêncio, com o coração doendo. "Eu vou explicar..."

Houve um brilho de prata, um borrão de cabelos dourados. Algo atingiu Tanis com força no peito. Ele cambaleou para trás, agarrando Laurana enquanto tropeçava. Mas não pode segurá-la.

Empurrando-o para o lado, Laurana saltou sobre Kitiara, sua mão agarrando a espada que Kit portava na sua lateral. Seu movimento pegou a humana completamente de surpresa. Kit lutou de forma breve e feroz, mas Laurana já estava com as mãos no punho. Com um movimento suave, arrancou a espada de Kit da bainha e bateu com o cabo da espada no rosto de Kitiara, jogando-a na plataforma. Virando, Laurana correu para a beira.

— Laurana, pare! — Tanis gritou. Pulando para pegá-la, ele sentiu de repente a ponta da espada em sua garganta.

— Não se mova, Tanthalasa — Laurana ordenou. Seus olhos verdes estavam dilatados de excitação, ela segurava a ponta da espada com firmeza inabalável. — Ou você morrerá. Eu vou te matar se for preciso.

Tanis deu um passo à frente. A lâmina afiada perfurou sua pele. Desamparado, ele parou. Laurana sorriu triste.

— Entende agora, Tanis? Não sou a criança apaixonada que você conhecia. Não sou filha de meu pai, vivendo na corte de meu pai. Nem sou a General de Ouro. Eu sou Laurana. E vou viver ou morrer sozinha, sem a sua ajuda.

— Laurana, escute! — Tanis implorou, dando outro passo em sua direção, estendendo a mão para empurrar para o lado a lâmina da espada que cortava sua pele.

Ele viu os lábios de Laurana se apertarem com força, seus olhos verdes brilharem. Então, suspirando, ela abaixou lentamente a lâmina da espada no peito com armadura. Tanis sorriu. Laurana deu de ombros e, com uma estocada rápida, empurrou-o para trás.

Com braços se agitando loucamente no ar, o meio-elfo caiu no chão abaixo. Enquanto caía, viu Laurana, com a espada na mão, pular atrás dele, aterrissando de pé com suavidade.

Ele bateu no chão pesadamente, tirando o fôlego de seu corpo. A Coroa do Poder rolou de sua cabeça com um ruído e deslizou pelo chão de granito polido. Acima, ouviu Kitiara gritar de raiva.

— Laurana! — ofegou sem fôlego para gritar, procurando-a freneticamente. Ele viu um brilho de prata...

— A Coroa! Tragam-me a Coroa! — A voz de Kitiara ressoou em seus ouvidos.

Mas ela não foi a única a gritar. Por todo o Salão de Audiência, os Senhores estavam de pé, ordenando que suas tropas avançassem.

Os dragões saltaram no ar. O corpo de cinco cabeças da Rainha das Trevas encheu o Salão de sombras, exultando com o teste de força que lhe daria os comandantes mais fortes... os sobreviventes.

Pés draconianos com garras, pés goblins com botas, pés humanos com calçados de aço passavam sobre Tanis. Esforçando-se para ficar de pé, lutando desesperadamente para não ser esmagado, ele tentou seguir aquele brilho prateado. Ele o viu uma vez, depois desapareceu, perdido na confusão. Um rosto retorcido apareceu na sua frente, olhos escuros brilhavam. A parte inferior da lança bateu no seu flanco.

Gemendo, Tanis caiu no chão quando o caos irrompeu no Salão de Audiência.

11

"Jasla me chama..."

"Raistlin!" Foi um pensamento não falado. Caramon tentou falar, mas nenhum som saiu de sua garganta.

— Sim, meu irmão — disse Raistlin, respondendo aos pensamentos de seu irmão como sempre. — Sou eu, o último guardião, aquele que você deve superar para alcançar seu objetivo, o que Sua Majestade das Trevas ordenou que estivesse presente se as trombetas soassem. — Raistlin sorriu ironicamente. — E eu deveria saber que você seria o tolo que dispararia a minha armadilha mágica...

— Raist — Caramon começou e engasgou.

Por um momento, não conseguiu falar. Esgotado pelo medo, pela dor e pela perda de sangue, tremendo na água fria, Caramon achou que era quase impossível aguentar. Seria mais fácil deixar as águas escuras fecharem sobre sua cabeça, deixar os dentes afiados dos dragões jovens rasgarem sua carne. A dor não podia ser tão ruim. Então, sentiu Berem se mexer ao lado dele. O homem estava olhando para Raistlin vagamente, sem entender. Ele puxou o braço de Caramon.

— Jasla me chama. Temos que ir.

Com um soluço, Caramon tirou seu braço do alcance do homem. Berem olhou para ele com raiva, depois se virou e começou a avançar por conta própria.

— Não, meu amigo, ninguém vai a lugar nenhum.

Raistlin ergueu a mão fina e Berem parou de repente. O Eterno ergueu o olhar para os olhos dourados e cintilantes do mago, de pé acima dele em uma saliência de pedra. Chorando, torcendo as mãos, Berem fitou ansiosamente a coluna de joias. Mas não conseguia se mexer. Uma força grande e terrível estava bloqueando seu caminho, tão certo quanto o mago sobre a rocha.

Caramon piscou para conter as lágrimas repentinas. Sentindo o poder de seu irmão, lutou contra o desespero. Não havia nada que pudesse fazer... Exceto tentar matar Raistlin. Sua alma se encolheu de horror. Não, ele morreria primeiro!

De repente, Caramon levantou a cabeça. Que assim seja. Se devo morrer, vou morrer lutando... Como sempre pretendi.

Mesmo que isso signifique morrer pela mão do meu próprio irmão.

Lentamente, o olhar de Caramon encontrou o de seu gêmeo.

— Você usa os Mantos Negros agora? — perguntou através dos lábios ressecados. — Não consigo ver... Sob essa luz...

— Sim, meu irmão — respondeu Raistlin, levantando o Cajado de Magius para deixar a luz prateada brilhar sobre ele. Mantos do mais suave veludo caíam de seus ombros magros, cintilando sob a luz, parecendo mais escuros do que a noite eterna que os cercava.

Tremendo ao pensar no que deveria fazer, Caramon continuou.

— E sua voz está mais forte, diferente. Como você... E ainda diferente de você...

— Essa é uma longa história, Caramon — respondeu Raistlin. — A seu tempo, talvez você chegue a conhecê-la. Mas agora, você está em uma situação muito ruim, meu irmão. Os guardas draconianos estão chegando. Suas ordens são capturar o Eterno e levá-lo perante a Rainha das Trevas. Esse será o fim dele. Ele não é imortal, eu garanto. Ela tem magias que acabarão com sua existência, deixando um pouco mais que finos fios de carne e alma flutuando nos ventos da tempestade. Ela devorará sua irmã e, finalmente, a Rainha das Trevas estará livre para entrar em Krynn com todo seu poder e majestade. Ela governará o mundo e todos os planos do paraíso e do Abismo. Nada a impedirá.

— Eu não entendo...

— Não, claro que não, querido irmão — disse Raistlin, com um toque da velha irritação e sarcasmo. — Você está ao lado do Eterno, o único ser em toda a Krynn que pode acabar com esta guerra e levar a Rainha das Trevas de volta ao seu reino sombrio. E você não entende.

Aproximando-se da beira da rocha em que estava, Raistlin se inclinou, apoiado em seu cajado. Ele chamou seu irmão para perto. Caramon tremia, incapaz de se mover, temendo que Raistlin pudesse lançar uma magia sobre ele. Mas seu irmão apenas o observava.

— O Eterno só precisa dar mais alguns passos, meu irmão. Então, se reunirá com a irmã, que passou por agonias indescritíveis durante os longos anos de espera pelo retorno dele, para libertá-la de seu tormento autoimposto.

— E o que vai acontecer depois? — Caramon vacilou, os olhos de seu irmão prendendo-o firmemente com um poder simples, maior do que qualquer magia.

Os olhos dourados de ampulheta se estreitaram, a voz de Raistlin ficou suave. Não mais forçado a sussurrar, o mago ainda achava o sussurro mais cativante.

— A cunha será removida, meu querido irmão, e a porta será fechada com força. A Rainha das Trevas ficará uivando de raiva nas profundezas do Abismo. — Raistlin levantou o olhar e fez um gesto com a mão pálida e esbelta. — Isso... o Templo de Istar renascido, pervertido pelo mal... Cairá.

Caramon ofegou, sua expressão endurecendo em uma carranca.

— Não, eu não estou mentindo — Raistlin respondeu aos pensamentos do irmão. — Não que eu não possa mentir quando for adequado aos meus propósitos. Mas você descobrirá, querido irmão, que ainda somos próximos demais para que eu possa mentir para você. E, de qualquer forma, não preciso mentir... É adequado ao meu propósito que você saiba a verdade.

A mente de Caramon deu um nó. Ele não entendeu nada. Mas não tinha tempo para insistir. Atrás dele, ecoando de volta pelo túnel, podia ouvir o som de guardas draconianos nas escadas. Sua expressão ficou calma, seu rosto firmemente decidido.

— Então, você sabe o que devo fazer, Raist — disse ele. — Você pode ser poderoso, mas ainda precisa se concentrar para fazer sua mágica. E se a usar contra mim, Berem estará livre de seu poder. Você não pode matá-lo — Caramon esperava que Berem estivesse ouvindo e agisse quando chegasse a hora. — Apenas sua Rainha das Trevas pode fazer isso, suponho. Então, resta só...

— Você, meu querido irmão — Raistlin disse suavemente. — Sim, eu posso matar você...

De pé, ele ergueu a mão e, antes que Caramon pudesse gritar, pensar ou mesmo levantar o braço, uma bola de fogo iluminou a escuridão como se um sol tivesse caído nela. Explodindo completamente em Caramon, ela o jogou de costas na água escura.

Queimado e cego pela luz brilhante, atordoado pela força do impacto, Caramon sentiu a consciência esvaindo, afundando sob as águas escuras. Dentes afiados morderam seu braço, arrancando a carne. A dor lancinante trouxe de volta seus sentidos fracos. Gritando de agonia e terror, Caramon lutou freneticamente para sair da correnteza mortal.

Tremendo incontrolavelmente, ele se levantou. Os jovens dragões, tendo provado sangue, atacaram, golpeando suas botas de couro em uma frustração frenética. Segurando o braço, Caramon olhou rapidamente para Berem e viu, para sua consternação, que ele não se mexera nem um centímetro. "Jasla! Estou aqui! Vou libertar você!" Berem gritava, mas ficava parado, congelado no lugar pela magia. Descontrolado, ele batia no muro invisível que bloqueava seu caminho. O homem estava quase louco de aflição.

Raistlin assistia calmamente enquanto seu irmão se levantava, sangue escorrendo da pele cortada em seus braços nus.

— Eu sou poderoso, Caramon — disse Raistlin, olhando friamente nos olhos angustiados de seu gêmeo. — Com a ajuda involuntária de Tanis, fui capaz de me livrar do único homem em Krynn que poderia ter me superado. Agora, sou a força mais poderosa da magia neste mundo. E ainda serei mais poderoso... quando a Rainha das Trevas se for!

Caramon olhou atordoado para o irmão, incapaz de compreender. Atrás dele, ouviu batidas na água e os draconianos gritando em triunfo. Perplexo demais para se mover, não conseguia tirar os olhos do irmão. Apenas vagamente, quando viu Raistlin levantar a mão e fazer um gesto em direção a Berem, Caramon começou a entender.

Com esse gesto, Berem foi libertado. O Eterno lançou um olhar rápido para Caramon e os draconianos que mergulhavam na água, suas espadas curvas brilhando sob a luz do cajado. Finalmente, ele olhou para Raistlin, de pé sobre a rocha em seus mantos negros longos.

Com um grito de alegria que ecoou pelo túnel, Berem saltou para a frente em direção à coluna de joias.

— Jasla, estou chegando!

— Lembre-se, meu irmão — a voz de Raistlin ecoou na mente de Caramon. — Isso acontece porque eu escolhi que acontecesse!

Olhando para trás, Caramon podia ver os draconianos gritando de raiva ao verem sua presa escapar. Os dragões rasgaram suas botas de couro, suas feridas doíam horrivelmente, mas Caramon não percebeu. Virando de novo, ele viu Berem correr em direção à coluna de joias, como se estivesse assistindo um sonho. Na verdade, parecia menos real do que um sonho.

Talvez fosse sua imaginação febril, mas quando o Eterno se aproximou da coluna de joias, a joia verde em seu peito pareceu brilhar com uma luz mais forte do que a explosão de chamas de Raistlin. Sob essa luz, a forma pálida e cintilante de uma mulher apareceu dentro da coluna de joias. Vestida com uma túnica lisa de couro, ela era bonita de uma maneira frágil e vitoriosa, muito parecida com Berem, os olhos eram jovens demais para seu rosto magro.

Então, quando se aproximou dela, Berem parou na água. Por um instante, nada se moveu. Os draconianos ficaram parados, com espadas nas mãos. Vagamente, sem entender, começaram a perceber que seu destino estava na balança e que tudo dependia daquele homem.

Caramon não sentiu mais o frio do ar ou da água ou a dor de suas feridas. Não sentia mais medo, desespero ou esperança. Lágrimas brotaram em seus olhos, havia uma sensação dolorosa de ardência na garganta. Berem encarou a irmã, a irmã que ele assassinou, a irmã que se sacrificou para que ele, e o mundo, pudessem ter esperança. À luz do cajado de Raistlin, Caramon viu o rosto pálido e devastado pelo sofrimento se contorcer de angústia.

— Jasla — ele sussurrou, abrindo os braços. — Você pode me perdoar?

Não havia som, exceto o giro silencioso da água ao redor deles, o gotejamento constante de umidade das rochas que caíra desde tempos imemoriais.

— Meu irmão, entre nós não há nada a ser perdoado. — A imagem de Jasla abriu bem os braços, com o belo rosto cheio de paz e amor.

Com um grito incoerente de dor e alegria, Berem se jogou nos braços de sua irmã.

Caramon piscou e ofegou. A imagem desapareceu. Horrorizado, viu o Eterno jogar seu corpo sobre a coluna de pedra com tanta força que sua carne foi empalada nas bordas afiadas da rocha irregular. Seu último grito foi terrível... Terrível, mas triunfante.

O corpo de Berem tremeu convulsivamente. O sangue escuro derramou sobre as joias, apagando sua luz.

— Berem, você falhou. Não foi nada! Uma mentira — gritando roucamente, Caramon mergulhou na direção do moribundo, sabendo que Berem não morreria. Aquilo tudo foi uma loucura! Ele iria...

Caramon parou.

As pedras ao seu redor estremeceram. O chão tremeu sob seus pés. A água escura cessou seu fluxo rápido e, de repente, ficou lenta, incerta, batendo contra as rochas. Atrás dele, ouviu os draconianos gritando em alerta.

Caramon olhou para Berem. O corpo estava esmagado nas rochas. Ele se mexeu um pouco, como se estivesse dando um suspiro final. E não se mexeu mais. Por um instante, duas figuras pálidas brilharam dentro da coluna de joias. Então, sumiram.

O Eterno estava morto.

Tanis levantou a cabeça do chão do corredor e viu um hobgoblin, de lança erguida, prestes a mergulhá-la em seu corpo. Rolando rapidamente, ele agarrou o pé da criatura e puxou. O hobgoblin caiu no chão, onde outro, vestido com um uniforme de cor diferente, arrebentou sua cabeça com uma maça.

Tanis se levantou apressado. Ele precisava sair dali! Precisava encontrar Laurana. Um draconiano investiu contra ele. Enfiou sua espada através da criatura, impaciente, lembrando bem a tempo de puxá-la antes que o corpo se transformasse em pedra. Ouviu uma voz gritar seu nome. Virando, viu Lorde Soth, parado ao lado de Kitiara, cercado por seus esqueletos guerreiros. Os olhos de Kit estavam fixos com ódio em Tanis enquanto apontava para ele. Lorde Soth fez um gesto, enviando seus seguidores esqueléticos fluindo da plataforma com cabeça de cobra como uma onda de morte, destruindo tudo dentro de seu caminho.

Tanis se virou para fugir, mas estava preso na multidão. Ele lutou freneticamente, ciente da força desumana atrás de si. O pânico inundou sua mente, quase privando-o de seus sentidos.

Houve um som agudo de estalo. O chão tremeu sob seus pés. A briga ao seu redor parou abruptamente enquanto todos se concentravam em ficar de pé. Tanis olhou em volta, incerto, imaginando o que estava acontecendo.

Um pedaço enorme de pedra coberta de mosaico desabou do teto, caindo em uma massa de draconianos que se esforçaram para sair do caminho. A pedra foi seguida por outra, e mais outra. Tochas se soltavam das paredes, velas caíam e eram apagadas em sua própria cera. O estrondo do chão ficou mais forte. Tanis viu que até os esqueletos guerreiros pararam, olhos flamejantes procurando os de seu líder com medo e dúvida.

De repente, o chão se inclinou debaixo de seus pés. Agarrando uma coluna em busca de apoio, Tanis olhou maravilhado. A escuridão caiu sobre ele como um peso esmagador.

Ele me traiu!

A raiva da Rainha das Trevas bateu na mente de Tanis, a raiva e o medo tão fortes que quase partiram seu crânio. Gritando alto de dor, ele agarrou a cabeça. A escuridão aumentou quando Takhisis, vendo o perigo, procurou desesperadamente manter a porta do mundo entreaberta. Sua escuridão vasta extinguiu a luz de todas as chamas. Asas da noite encheram o Salão de escuridão.

Ao redor de Tanis, soldados draconianos tropeçavam e cambaleavam na escuridão impenetrável. As vozes de seus oficiais se levantaram para tentar evitar a confusão, conter o pânico crescente que sentiam se espalhando entre suas tropas quando sentiram a força de sua Rainha ser retirada. Tanis ouviu a voz de Kitiara soar estridente de raiva e depois ser cortada abruptamente.

Um impacto terrível, seguido de gritos de agonia, deu a Tanis a primeira indicação de que toda a construção parecia prestes a cair em cima deles.

— Laurana! — Tanis gritou. Tentando desesperadamente se levantar, ele cambaleou para frente às cegas, apenas para ser jogado no chão de pedra por draconianos. O aço colidiu. Em algum lugar, ouviu a voz de Kitiara novamente, reunindo suas tropas.

Lutando contra o desespero, Tanis se levantou de novo. A dor ardia em seu braço. Furioso, defletiu para o lado o golpe de espada apontado para ele na escuridão, chutando com toda a força a criatura que o atacava.

Um som brutal e estridente interrompeu a batalha. Por um instante ofegante, todos no templo olharam para cima, a escuridão densa. Vozes silenciaram em reverência. Takhisis, a Rainha das Trevas, pairava sobre eles em sua forma viva neste plano. Seu corpo gigantesco brilhava em uma miríade de cores. Tantas, tão cegantes, tão confusas, que os sentidos não podiam compreender sua majestade terrível e apagavam as cores das mentes dos mortais... *De Muitas Cores e Nenhuma*, assim parecia Takhisis. As cinco cabeças abriram bem suas bocas, fogo queimando na profusão de olhos, como se cada uma delas pretendesse devorar o mundo.

"Tudo está perdido," Tanis pensou em desespero. "Este é o momento de sua vitória derradeira. Nós falhamos."

As cinco cabeças erguidas em triunfo... O teto abobadado se partiu.

O Templo de Istar começou a girar e se contorcer, reconstruindo, reformando, retornando à forma original que conhecia antes que a escuridão o pervertesse.

Dentro do próprio Salão, a escuridão vacilou e, então, foi partida pelos raios prateados de Solinari, chamados pelos anões de a Vela da Noite.

12

A dívida paga.

E agora, meu irmão, adeus. Raistlin tirou um pequeno globo redondo das dobras de seus mantos negros. O orbe do dragão.

Caramon sentiu sua força escoar. Colocando a mão no curativo, encontrou-o ensopado e pegajoso de sangue. Sua cabeça flutuou, a luz do cajado de seu irmão vacilou diante de seus olhos. Longe, como se estivesse sonhando, ouviu os draconianos se libertarem do terror e se aproximarem. O chão tremia sob seus pés, ou talvez fossem suas pernas tremendo.

— Me mate, Raistlin. — Caramon olhou para o irmão com olhos que perderam toda a expressão.

Raistlin fez uma pausa, os olhos dourados se estreitaram.

— Não me deixe morrer nas mãos deles — disse Caramon calmamente, pedindo um favor simples. — Acabe comigo agora, rapidamente. Você me deve isso...

Os olhos dourados arderam.

— Devo a você! — Raistlin respirou fundo. — Devo a você! — repetiu com uma voz abafada, o rosto pálido na luz mágica do cajado. Furioso, ele se virou e estendeu a mão para os draconianos. Um raio saiu da ponta de seus dedos, atingindo o peito das criaturas. Gritando de dor e espanto, eles caíram na água que rapidamente se tornou uma espuma verde de sangue enquanto os dragões filhotes canibalizavam seus primos.

Caramon assistia sem emoção, fraco e cansado demais para se importar. Ele ouviu mais espadas chacoalhando, mais vozes gritando. Caiu para a frente, seus pés perderam o equilíbrio, as águas escuras surgiram sobre ele...

E então ele estava em terreno sólido. Piscando, olhou para cima. Estava sentado na pedra, ao lado de seu irmão. Raistlin se ajoelhou ao seu lado, com o cajado na mão.

— Raist! — Caramon respirou, lágrimas vindo aos olhos. Estendendo a mão trêmula, ele tocou o braço do irmão, sentindo a suavidade aveludada dos mantos negras.

Friamente, Raistlin afastou o braço.

— Saiba disso, Caramon — ele disse, sua voz tão fria quanto as águas escuras ao seu redor. — Eu salvarei sua vida desta vez e, assim, a conta está paga. Não devo mais nada a você.

Caramon engoliu em seco.

— Raist — ele disse baixinho. — Eu... eu não quis dizer...

Raistlin o ignorou.

— Consegue se levantar? — perguntou com rispidez.

— A-acho que sim — disse Caramon, hesitante. — Você não, não pode simplesmente usar isso, essa coisa, para nos tirar daqui? — Ele apontou para o orbe do dragão.

— Poderia, mas você não gostaria muito da viagem, meu irmão. Além disso, já esqueceu daqueles que vieram com você?

— Tika! Tas! — Caramon arfou. Agarrando as pedras molhadas, ele se levantou. — E Tanis! E quanto a...

— Tanis está por conta própria. Paguei dez vezes minha dívida com ele — disse Raistlin. — Mas talvez eu possa quitar minhas dívidas com os outros.

Gritos e berros soaram no final da passagem, uma massa sombria de tropas invadiu a água escura, obedecendo aos comandos finais de sua Rainha.

Cansado, Caramon pôs a mão no punho da espada, mas um toque dos dedos frios e ósseos de seu irmão o deteve.

— Não, Caramon — Raistlin sussurrou. Seus lábios finos se abriram em um sorriso sombrio. — Não preciso de você agora. Não precisarei de você... nunca mais. Veja!

Instantaneamente, a escuridão da caverna subterrânea foi iluminada com um brilho diurno com o poder ardente da magia de Raistlin. Com a espada na mão, Caramon só podia ficar ao lado de seu irmão vestido de preto e observar com admiração inimigo após inimigo cair perante as magias de Raistlin. Raios crepitaram na ponta de seus dedos, chamas ardiam de suas mãos, fantasmas pareciam tão terrivelmente reais para aqueles que os observavam que podiam matar apenas pelo medo.

Os goblins caíram gritando, perfurados pelas lanças de uma legião de cavaleiros que encheram a caverna com seus cânticos de guerra a pedido de Raistlin e, depois, desapareceram sob seu comando. Os dragões filhotes fugiram aterrorizados de volta aos lugares escuros e secretos de suas incubações, os draconianos murcharam escuros nas chamas. Clérigos das trevas, que desceram as escadas pelo último pedido da sua Rainha, foram empalados por uma revoada de lanças cintilantes, suas últimas orações mudando para lamentos de agonia.

Finalmente, vieram os Mantos Negros, os mais velhos da Ordem, para destruir esse jovem novato. Mas eles descobriram, para seu desespero, que, por mais velhos que fossem, Raistlin ainda era mais velho de alguma maneira misteriosa. Seu poder era fenomenal. Souberam em um instante que ele não poderia ser derrotado. O ar estava cheio dos sons de cânticos e, um por um, desapareceram tão rapidamente quanto haviam chegado, muitos se curvando para Raistlin com profundo respeito ao partirem sob as asas das magias de desejo.

E, por fim, silêncio, o único som era o lento bater da água. O Cajado de Magius emitia luz do seu cristal. A cada poucos segundos, um tremor sacudia o Templo, fazendo Caramon olhar para cima, alarmado. Aparentemente, a batalha durou apenas alguns momentos, embora parecesse febril à mente de Caramon que ele e seu irmão estivessem naquele lugar horrível a vida toda.

Quando o último mago se fundiu com a escuridão, Raistlin se virou para encarar o irmão.

— Viu, Caramon? — disse friamente.

Sem palavras, o grande guerreiro assentiu, os olhos arregalados.

O chão tremia ao redor deles, a água do riacho batia sobre as rochas. No final da caverna, a coluna de joias tremeu e depois se partiu. Riachos de pó de rocha escorriam pelo rosto virado de Caramon enquanto ele olhava para o teto em ruínas.

— O que isso significa? O que está acontecendo? — ele perguntou assustado.

— Isso significa o fim — afirmou Raistlin. Dobrando as vestes negras ao seu redor, ele olhou para Caramon, irritado. — Devemos deixar este lugar. Você tem força suficiente?

— Sim, me dê um segundo — Caramon resmungou. Afastando-se das pedras, ele deu um passo à frente, depois cambaleou, quase caindo.

— Estou mais fraco do que eu pensava — ele murmurou, apertando seu flanco com dor. — Apenas me deixe... recuperar o fôlego. — Endireitando-se, com os lábios pálidos, o suor escorrendo pelo rosto, Caramon deu outro passo à frente.

Sorrindo sombriamente, Raistlin viu seu irmão tropeçar em sua direção. Então, o mago estendeu o braço.

— Apoie-se em mim, meu irmão — ele disse baixinho.

O vasto teto abobadado do Salão de Audiência se abriu. Blocos enormes de pedra caíram no Salão, esmagando tudo o que era vivo embaixo deles. Instantaneamente, o caos no salão se transformou em pânico aterrorizado. Ignorando os comandos severos de seus líderes, que os reforçaram com chicotes e golpes de espada, os draconianos lutaram para escapar da destruição, massacrando brutalmente qualquer um, incluindo seus próprios camaradas, que atrapalhasse seu caminho. Ocasionalmente, algum Senhor do Dragão muito poderoso conseguia manter seu guarda-costas sob controle e fugir. Mas vários caíram, atacados por suas próprias tropas, esmagados pela queda de pedras ou pisoteados até a morte.

Tanis abriu caminho pelo caos e, de repente, viu o que ele rezara para encontrar, uma cabeça de cabelos dourados que brilhavam na luz de Solinari como a chama de uma vela.

— Laurana! — gritou, embora soubesse que não podia ser ouvido no tumulto. De modo frenético, abriu caminho em direção a ela. Uma lasca voadora de pedra rasgou uma bochecha. Tanis sentiu o sangue quente escorrer por seu pescoço, mas o sangue e a dor não tinham gravidade e ele logo se esqueceu disso enquanto batia, estocava e chutava os draconianos em sua luta para alcançá-la. Repetidas vezes ele se aproximou dela, apenas para se deixar levar por uma onda na multidão.

Ela estava parada perto da porta de uma das antecâmaras, lutando contra draconianos, empunhando a espada de Kitiara com a habilidade adquirida em longos meses de guerra. Ele quase a alcançou quando, com seus inimigos derrotados, ela parou sozinha por um momento.

— Laurana, espere! — gritou acima do caos.

Ela o ouviu. Olhando para ele, do outro lado da sala iluminada pela lua, ele viu seus olhos calmos, seu semblante inabalável.

— Adeus, Tanis — Laurana o chamou em élfico. — Eu te devo minha vida, mas não minha alma.

Com isso, ela se virou e o deixou, passando pela porta da antecâmara, desaparecendo na escuridão além.

Um pedaço do teto do templo caiu no chão de pedra, cobrindo Tanis de detritos. Por um momento, ele parou cansado, olhando a saída dela. O sangue pingava em um olho. Distraído, enxugou e, de repente, começou a rir. Riu até as lágrimas se misturarem com o sangue. Então, ele se recompôs e, segurando sua espada manchada de sangue, desapareceu na escuridão atrás dela.

— Este é o corredor que eles desceram, Raist... Raistlin. — Caramon engasgou no nome de seu irmão. De alguma forma, o antigo apelido não parecia mais se adequar a figura silenciosa vestida de preto.

Eles estavam ao lado da mesa do carcereiro, perto do corpo do hobgoblin. Ao redor deles, as paredes estavam agindo de maneira insana, mexendo, desmoronando, torcendo, reconstruindo. A visão encheu Caramon de um horror vago, como um pesadelo que não lembrava. Ele manteve os olhos fixos no irmão, com a mão segurando o braço fino de Raistlin, agradecido. Isso, pelo menos, era carne e osso, realidade no meio de um sonho aterrorizante.

— Você sabe onde isso leva? — Caramon perguntou, espiando pelo corredor leste.

— Sim — Raistlin respondeu sem expressão.

Caramon sentiu o medo tomar conta.

— Você sabe... aconteceu algo com eles...

— Eles foram tolos — disse Raistlin amargamente. — O sonho os avisou... — Olhou para o irmão. — Como avisou outros. Ainda assim, posso chegar a tempo, mas precisamos nos apressar. Escute!

Caramon olhou para a escada. Acima dele, ouvia o som de pés com garras correndo para impedir a fuga das centenas de prisioneiros libertados pelo colapso das masmorras. Caramon colocou a mão na espada.

— Pare com isso — Raistlin retrucou. — Pense um momento! Você ainda está vestido com armadura. Não estão interessados em nós. A Rainha das Trevas se foi. Eles não a obedecem mais. Estão atrás apenas do espólio. Fique ao meu lado. Ande com firmeza, com propósito.

Respirando fundo, Caramon fez como foi dito. Ele recuperou parte de suas forças e conseguia andar sem a ajuda de seu irmão. Ignorando os draconianos, que deram uma olhada neles e logo passaram, os dois irmãos desceram o corredor. Aqui as paredes ainda mudavam de forma, o teto tremia e o chão se levantava. Atrás deles, podiam ouvir gritos terríveis enquanto os prisioneiros lutavam por sua liberdade.

— Pelo menos ninguém estará protegendo esta porta — refletiu Raistlin, apontando para a frente.

— Como assim? — Caramon perguntou, parando e encarando seu irmão em alerta.

— Ela tem uma armadilha — Raistlin sussurrou. — Lembra do sonho?

Ficando mortalmente pálido, Caramon correu pelo corredor em direção à porta. Balançando a cabeça encapuzada, Raistlin seguiu lentamente depois. Ao virar a esquina, encontrou o irmão agachado ao lado de dois corpos no chão.

— Tika! — Caramon gemeu. Afastando os cachos vermelhos do rosto imóvel e branco, ele sentiu a batida da vida em seu pescoço. Seus olhos se fecharam um momento em agradecimento e ele estendeu a mão para tocar o kender.

— E Tas... Não!

Ao ouvir seu nome, os olhos do kender se abriram lentamente, como se as pálpebras fossem muito pesadas para ele se levantar.

— Caramon... — Tas disse em um sussurro quebrado. — Sinto muito...

— Tas! — Caramon gentilmente pegou o corpo pequeno e febril nos braços grandes. Segurando-o com força, ele o balançou para frente e para trás. — Quieto, Tas, não fale.

O corpo do kender contraiu-se em convulsões. Olhando em volta com tristeza e de coração partido, Caramon viu as bolsas de Tasslehoff caídas no chão, O conteúdo espalhado como brinquedos na sala de jogos de uma criança. Lágrimas encheram os olhos de Caramon.

— Eu tentei salvá-la... — Tas sussurrou, tremendo de dor. — Mas não consegui...

— Você a salvou, Tas! — Caramon disse, engasgando. — Ela não está morta. Apenas machucada. Ela vai ficar bem.

— Mesmo? — Ardendo de febre, os olhos de Tas brilharam com uma luz mais calma e depois escureceram. — T-temo que não esteja bem, Caramon. Mas... mas está tudo bem, sério. Vou ver o Flint. Ele está me esperando. Ele não deveria estar lá fora, sozinho. Não sei como... ele poderia ter partido sem mim de qualquer maneira...

— O que ele tem? — Caramon perguntou a seu irmão quando Raistlin se curvou rapidamente sobre o kender, cuja voz sumira em murmúrios incoerentes.

— Veneno — disse Raistlin, seus olhos olhando para a agulha dourada brilhando à luz das tochas. Estendendo a mão, Raistlin empurrou suavemente a porta. A fechadura cedeu e a porta girou nas dobradiças, abrindo uma fresta.

Do lado de fora, ouviam gritos e berros enquanto os soldados e escravos de Neraka fugiam do templo agonizante. Os céus acima ressoavam com o rugido dos dragões. Os Senhores lutaram entre si para ver quem chegaria ao topo neste novo mundo. Ouvindo, Raistlin sorriu para si mesmo.

Seus pensamentos foram interrompidos por uma mão segurando seu braço.

— Você pode ajudá-lo? — Caramon questionou.

Raistlin lançou um olhar para o kender moribundo.

— Ele está muito mal — disse o mago friamente. — Isso vai minar um pouco da minha força e ainda não saímos dessa, meu irmão.

— Mas você pode salvá-lo? — Caramon persistiu. — Você é poderoso o suficiente?

— Claro — respondeu Raistlin, dando de ombros.

Tika se mexeu e se sentou, segurando a cabeça dolorida.

— Caramon! — gritou de alegria, então seu olhar caiu sobre Tas. — Ah, não... — ela sussurrou. Esquecendo sua dor, ela colocou a mão manchada de sangue na testa do kender. Os olhos do kender se abriram ao toque dela, mas ele não a reconheceu. Ele gritou em agonia.

Acima dos seus gritos, eles ouviram o som de pés com garras descendo pelo corredor.

Raistlin olhou para o irmão. Ele o viu segurando Tas nas mãos grandes que podiam ser tão gentis.

"Era assim que ele me segurava," pensou Raistlin. Seus olhos foram para o kender. Memórias vívidas de seus dias mais jovens, de aventuras despreocupadas com Flint... Agora morto. Sturm, morto. Dias de sol quente, das folhas verdes brotando nas copadeiras de Consolação... Noites na Hospedaria do Lar Derradeiro... Agora enegrecido e em ruínas, as copadeiras queimadas e destruídas.

— Esta é minha dívida final — disse Raistlin. — Paga integralmente. — Ignorando o olhar de gratidão que inundava o rosto de Caramon, ele instruiu. — Deite-o. Você precisa lidar com os draconianos. Esta magia terá toda a minha concentração. Não permita que me interrompam.

Caramon gentilmente deitou Tas no chão em frente a Raistlin. Os olhos do kender estavam imóveis em sua cabeça, seu corpo se enrijeceu em suas lutas convulsivas. Sua respiração arranhava na garganta.

— Lembre-se, meu irmão — Raistlin disse friamente enquanto enfiava a mão em um dos muitos bolsos secretos em suas vestes negras — você está vestido como um oficial do exército dracônico. Seja sutil, se possível.

— Certo. — Caramon lançou um olhar final a Tas e depois respirou fundo. — Tika — ele disse. — Fique parada. Finja que está inconsciente...

Tika assentiu e se deitou obedientemente, fechando os olhos. Raistlin ouviu Caramon seguindo pelo corredor, ouviu a voz alta e estrondosa de seu irmão, então esqueceu seu irmão, esqueceu os draconianos que se aproximavam, esqueceu tudo enquanto se concentrava em seu feitiço.

Removendo uma pérola branca luminosa de um bolso interno, Raistlin a segurou firmemente em uma mão enquanto tirava uma folha verde-acinzentada da outra. Abrindo as mandíbulas cerradas do kender, ele colocou a folha sob a língua inchada de Tasslehoff. O mago estudou a pérola por um momento, lembrando as complexas palavras da magia, recitando-as mentalmente até ter certeza de que as colocara na ordem correta e conhecia a pronúncia correta de cada uma. Ele teria uma chance, apenas uma. Se falhasse, não apenas o kender morreria, mas ele também poderia morrer.

Colocando a pérola em seu próprio peito, sobre o coração, Raistlin fechou os olhos e começou a repetir as palavras da magia, entoando os versos seis vezes, fazendo as devidas mudanças na inflexão a cada vez. Com uma emoção de êxtase, sentiu a magia fluir através de seu corpo, extraindo uma parte de sua própria força vital, capturando-a dentro da pérola.

Com a primeira parte da magia concluída, Raistlin segurou a pérola sobre o coração do kender. Fechando os olhos mais uma vez, ele recitou a magia complexa novamente, desta vez de trás para frente. Devagar, esmagou a pérola na mão, espalhando o pó iridescente sobre o corpo rígido de Tasslehoff. Raistlin terminou. Cansado, abriu os olhos e observou em triunfo as linhas de dor desaparecerem das feições do kender, deixando-as cheias de paz.

Os olhos de Tas se abriram.

— Raistlin! Eu... *ptu*! — Tas cuspiu a folha verde. — Eca! Que tipo de coisa desagradável era essa? E como isso entrou na minha boca? — Tas se sentou, tonto, depois viu suas bolsas. — Ei! Quem estava mexendo com minhas coisas? — Olhando para o mago acusadoramente, seus olhos se arregalaram. — Raistlin! Você está nos Mantos Negros! Que maravilha! Posso tocá-los? Ah, tudo bem. Você não precisa me encarar assim. É que eles parecem tão macios. Então, isso significa que você é realmente mau agora? Você pode fazer alguma maldade por mim, para que eu possa assistir? Eu sei! Eu vi um mago convocar um demônio uma vez. Você poderia fazer isso? Apenas um demônio pequeno? Você poderia mandá-lo de volta. Não? — Tas suspirou em decepção. — Bem... Ei, Caramon, o que esses draconianos estão fazendo com você? E qual é o problema com Tika? Ah, Caramon, eu...

— Cale-se! — Caramon berrou. Franzindo a testa ferozmente para o kender, ele apontou para Tas e Tika. — O mago e eu estávamos trazendo esses prisioneiros para o nosso Senhor quando eles se voltaram contra nós. São escravos valiosos, principalmente a garota. E o kender é um ladrão inteligente. Não queremos perdê-los. Eles alcançarão um preço alto no mercado em Sanção. Agora que a Rainha das Trevas se foi, é cada um por si, não é?

Caramon cutucou um dos draconianos nas costelas. A criatura rosnou de acordo, seus olhos reptilianos escuros fixados avidamente em Tika.

— Ladrão! — gritou Tas, indignado, sua voz estridente ecoando pelo corredor. — Eu sou... — Ele engoliu em seco, de repente ficando em silêncio quando uma Tika supostamente em coma deu uma cutucada rápida nas suas costelas.

— Vou ajudar a garota — disse Caramon, olhando furioso para o draconiano. — Fique de olho no kender e, você ali, ajude o mago. Sua conjuração o deixou fraco.

Curvando-se com respeito diante de Raistlin, um dos draconianos o ajudou a se levantar.

— Vocês dois — Caramon estava organizando o resto de suas tropas. — Vão na frente e vejam se não teremos problemas em chegar à periferia da cidade. Talvez vocês possam vir conosco até Sanção... — continuou Caramon, levantando Tika. Balançando a cabeça, ela fingiu recuperar a consciência.

Os draconianos sorriram de acordo quando um deles agarrou Tas pela gola e o empurrou em direção à porta.

— As minhas coisas! — lamentou Tas, girando.

— Siga em frente! — Caramon rosnou.

— Ah, bem — o kender suspirou, seus olhos se demorando com carinho em suas preciosas possessões espalhadas no chão manchado de sangue. — Este provavelmente não é o fim da minha aventura. E, afinal, bolsos vazios guardam mais coisas, como minha mãe costumava dizer.

Arrastando-se atrás dos dois draconianos, Tas olhou para o céu estrelado.

— Sinto muito, Flint — disse baixinho. — Apenas espere por mim um pouco mais.

13

Kitiara.

Quando Tanis entrou na antecâmara, a mudança foi tão surpreendente que, por um minuto, foi quase incompreensível. No instante anterior, ele estava lutando para ficar de pé no meio de uma multidão, naquele, estava em um quarto escuro e fresco, semelhante ao em que ele, Kitiara e suas tropas esperaram antes de entrar no Salão de Audiência.

Olhando em volta rapidamente, viu que estava sozinho. Embora todos os instintos quisessem que saísse da sala em sua busca frenética, Tanis se forçou a parar, recuperar o fôlego e enxugar o sangue que fechava seu olho. Tentou lembrar do que vira da entrada no templo. As antecâmaras que formavam um círculo ao redor do Salão de Audiência principal estavam ligadas à parte da frente do templo por uma série de corredores sinuosos. Uma vez, há muito tempo em Istar, esses corredores devem ter sido projetados em algum tipo de ordem lógica. Mas a distorção do Templo os havia transformado em um labirinto sem sentido. Os corredores terminavam abruptamente quando ele esperava que continuassem, enquanto aqueles que levavam a lugar algum pareciam seguir para sempre.

O chão balançou sob seus pés enquanto a poeira caía do teto. Uma pintura caiu da parede com um estrondo. Tanis não tinha ideia de onde Laurana poderia ser encontrada. Ele a viu entrar ali, só isso.

Ela fora aprisionada no Templo, mas abaixo do solo. Ele se perguntou se ela tinha conhecimento do ambiente quando a trouxeram, se tinha alguma ideia de como sair. Tanis percebeu que ele próprio tinha apenas uma vaga ideia de onde estava. Encontrando uma tocha ainda acesa, ele a agarrou e iluminou a sala. Uma porta coberta de tapeçaria se abriu, pendurada em uma dobradiça quebrada. Espiando através dela, viu que levava a um corredor pouco iluminado.

Tanis perdeu o seu fôlego. Sabia como encontrá-la!

Uma lufada de ar se agitou no corredor, ar fresco, pungente com os odores da primavera, fresco com a abençoada paz da noite, que tocou sua bochecha esquerda. Laurana deve ter sentido esse sopro e imaginou que levaria à saída do Templo. Tanis correu rapidamente pelo corredor, ignorando a dor em sua cabeça, forçando seus músculos cansados a responder aos seus comandos.

Um grupo de draconianos apareceu de repente na frente dele, vindo de outra sala. Lembrando que ainda usava o uniforme de dragão, Tanis os deteve.

— A elfa! — gritou. — Ela não deve escapar. Vocês a viram?

Aparentemente, esse grupo não a viu, pelo tom dos rosnados apressados. Tampouco o próximo grupo que Tanis encontrou. Mas dois draconianos vagando pelos corredores em busca de saques a tinham visto, disseram eles. Eles apontaram vagamente na direção que Tanis já estava seguindo. Sua animação subiu.

A essa altura, os combates dentro do salão haviam terminado. Os Senhores dos Dragões que sobreviveram haviam escapado e estavam entre suas próprias forças dispostas fora dos muros do Templo. Alguns lutaram. Alguns recuaram, esperando para ver quem sairia vencedor. Duas perguntas estavam na cabeça de todos. A primeira: os dragões permaneceriam no mundo ou desapareceriam com sua Rainha, como aconteceu após a Segunda Guerra dos Dragões?

E, segundo: se os dragões permanecessem, quem seria seu mestre?

Tanis se viu refletindo confuso sobre essas perguntas enquanto corria pelos corredores, às vezes dando voltas erradas e xingando amargamente ao encontrar uma parede sólida e ser forçado a refazer seus passos para onde pudesse sentir o ar em seu rosto de novo.

Mas, por fim, ficou cansado demais para refletir sobre qualquer coisa. A exaustão e a dor estavam cobrando seu preço. Suas pernas ficaram pesadas, era um esforço dar um passo. Sua cabeça latejava, o corte no olho começou a sangrar novamente. O chão tremia sem parar sob seus pés. Estátuas tombaram de suas bases, pedras caíram do teto, cobrindo-o com nuvens de poeira.

Ele começou a perder a esperança. Embora estivesse certo de que seguia na única direção que ela poderia ter tomado, os poucos draconianos pelos quais passou agora não a viram. O que pode ter acontecido? Ela estava... Não, não pensaria nisso. Ele continuou, consciente do sopro perfumado de ar em seu rosto ou da fumaça passando por ele.

As tochas começaram incêndios. O Templo estava começando a queimar.

Enquanto lidava com um corredor estreito e escalava uma pilha de escombros, Tanis ouviu um som. Ele parou, prendendo a respiração. Sim, lá estava novamente... Logo à frente. Espiando através da fumaça e poeira, ele segurou a espada na mão. O último grupo de draconianos que encontrara estava bêbado e ansioso para matar. Um oficial humano solitário parecia um alvo fácil, até que um deles se lembrou de ter visto Tanis com a Dama das Trevas. Mas, da próxima vez, poderia não ter tanta sorte.

Diante dele, o corredor estava em ruínas, parte do teto desmoronando. Estava muito escuro, a tocha que ele segurava fornecendo a única luz, e Tanis lutava com a necessidade de luz e o medo de ser visto. Finalmente, ele decidiu arriscar mantê-la acesa. Nunca encontraria Laurana se tivesse que vagar por esse lugar na escuridão.

Ele teria que confiar em seu disfarce mais uma vez.

— Quem vem lá? — rugiu com uma voz áspera, brilhando sua tocha no corredor arruinado.

Ele vislumbrou uma armadura reluzente e uma figura correndo, mas fugiu para longe, não em sua direção. Estranho para um draconiano... Seu cérebro cansado parecia estar se arrastando a cerca de três passos atrás. Ele podia ver a figura claramente agora, ágil e esbelta, correndo muito rápido...

— Laurana! — Ele gritou, depois em élfico: — *Quisalas*!

Amaldiçoando as colunas quebradas e os blocos de mármore em seu caminho, Tanis tropeçou, correu, tropeçou, caiu e forçou seu corpo dolorido a obedecê-lo até que a alcançasse. Agarrando-a pelo braço, ele a arrastou até parar, então só pôde segurá-la com força enquanto caía contra uma parede.

Cada respiração que dava era uma dor ardente. Estava tão tonto que pensou por um momento que poderia desmaiar. Mas ele a agarrou com um aperto mortal, segurando-a com os olhos e a mão.

Agora sabia por que os draconianos não a viram. Ela tirara a armadura de prata, cobrindo-se com uma armadura draconiana que retirara de um guerreiro morto. Por um momento, ela só conseguiu olhar para Tanis. Ela não o reconheceu a princípio e quase o atravessou com sua espada. A única coisa que a deteve foi a palavra élfica, *quisalas*, "amada". Isso e o olhar intenso de angústia e sofrimento em seu rosto pálido.

— Laurana — Tanis engasgou, a voz tão abalada quanto a de Raistlin fora. — Não me deixe. Espere... Escute, por favor!

Com um giro do braço, Laurana se libertou do aperto dele. Mas ela não o deixou. Ela começou a falar, mas outro tremor do prédio a silenciou. Enquanto poeira e detritos caíam ao seu redor, Tanis puxou Laurana para perto, protegendo-a. Eles se agarraram um ao outro com medo e, então, tudo acabou. Mas eles estavam na escuridão. Tanis deixara a tocha cair.

— Temos que sair daqui — disse ele, com a voz trêmula.

— Você está ferido? — Laurana perguntou friamente, tentando se libertar de suas mãos mais uma vez. — Se estiver, eu posso ajudá-lo. Caso contrário, sugiro renunciarmos a mais despedidas. Tanto faz...

— Laurana — Tanis disse suavemente, respirando com dificuldade. — Não peço que você entenda... Eu não entendo. Nem peço perdão.... Nem mesmo eu consigo me perdoar. Eu poderia dizer que te amo, que sempre te amei. Mas não seria verdade, pois o amor deve vir de alguém que se ama, e agora não suporto ver meu próprio reflexo. Tudo o que posso dizer, Laurana, é que...

— Silêncio! — Laurana sussurrou, colocando a mão sobre a boca de Tanis. — Eu ouvi alguma coisa.

Por um longo momento, ficaram parados, pressionados juntos na escuridão, ouvindo. A princípio, não ouviram nada além do som de sua própria respiração. Não podiam ver nada, nem mesmo um ao outro, mesmo estando tão perto. Então, a luz da tocha acendeu, cegando-os, e uma voz falou.

— Dizer o que a Laurana, Tanis? — perguntou Kitiara com uma voz agradável. — Continue.

Uma espada desembainhada brilhava em sua mão. Sangue molhado, vermelho e verde, reluzia na lâmina. O rosto dela estava branco de poeira de pedra, uma gota de sangue escorria pelo queixo a partir de um corte no lábio. Seus olhos estavam sombreados pelo cansaço, mas seu sorriso ainda era encantador como sempre. Embainhando a espada ensanguentada, ela limpou as mãos na capa esfarrapada e, depois, passou-as distraidamente pelos cabelos encaracolados.

Os olhos de Tanis se fecharam de exaustão. Seu rosto pareceu envelhecer. Ele parecia muito humano. Dor e exaustão, tristeza e culpa deixariam para sempre sua marca na eterna juventude élfica. Ele podia sentir Laurana enrijecer, a mão dela se mover para a espada.

— Deixe-a ir, Kitiara — disse Tanis calmamente, segurando Laurana com firmeza. — Mantenha sua promessa e eu cumprirei a minha. Deixe-me levá-la para fora dos muros. Então eu voltarei...

— Realmente acredito mesmo que sim — comentou Kitiara, encarando-o com admiração divertida. — Ainda não lhe ocorreu, Meio-Elfo, que eu poderia beijá-lo e matá-lo sem fazer uma pausa? Não, acho que não. Na verdade, posso te matar agora, simplesmente porque sei que seria a pior coisa a fazer com a elfa. — Ela segurou a tocha flamejante perto de Laurana. — Não... Olhe para o rosto dela! — Kitiara zombou. — Que coisa fraca e debilitante é o amor!

A mão de Kitiara amassou seu cabelo novamente. Dando de ombros, ela olhou em volta.

— Mas não tenho tempo. As coisas estão se movendo. Coisas boas. A Rainha das Trevas caiu. Outra se levantará para ocupar o lugar dela. E agora, Tanis? Eu já comecei a estabelecer minha autoridade sobre os outros Senhores dos Dragões. — Kitiara deu um tapinha no cabo da espada. — O meu império será vasto. Poderíamos governar juntos...

Ela parou abruptamente, seu olhar se deslocando pelo corredor de onde acabara de chegar. Embora Tanis não pudesse ver nem ouvir o que atraíra sua atenção, sentiu um calafrio espantoso se espalhar pelo corredor. Laurana o agarrou de repente, o medo a dominou e Tanis soube quem se aproximava antes mesmo de ver os olhos laranja tremularem acima da armadura fantasmagórica.

— Lorde Soth — murmurou Kitiara. — Tome sua decisão logo, Tanis.

— Minha decisão foi tomada há muito tempo, Kitiara — disse Tanis calmamente. Parando na frente de Laurana, ele a protegeu o melhor que pôde com seu próprio corpo. — Lorde Soth terá que me matar para chegar a ela, Kit. E mesmo sabendo que minha morte não impedirá que ele, ou você, a mate quando eu cair, com meu último suspiro, rezarei a Paladine para proteger sua alma. Os deuses me devem uma. De alguma forma, sei que essa minha oração final será concedida.

Atrás dele, Tanis sentiu Laurana encostar a cabeça nas suas costas, ouviu-a soluçar baixinho e seu coração se acalmou, pois não havia medo no soluço dela, apenas amor, compaixão e pesar por ele.

Kitiara hesitou. Eles podiam ver Lorde Soth descendo o corredor despedaçado, seus olhos laranja como pontos de luz na escuridão. Então, ela colocou a mão manchada de sangue no braço de Tanis.

— Vão! — ordenou severamente. — Corram depressa, voltem pelo corredor. No final, há uma porta na parede. Vocês podem senti-la. Ela os levará às masmorras. De lá, vocês podem escapar.

Tanis olhou para ela sem entender por um instante.

— Corram! — Kit retrucou, dando um empurrão.

Tanis lançou um olhar para Lorde Soth.

— Uma armadilha! — sussurrou Laurana.

— Não — disse Tanis, voltando os olhos para Kit. — Não dessa vez. Adeus, Kitiara.

As unhas de Kitiara cravaram em seu braço.

— Adeus, Meio-Elfo — disse ela com uma voz suave e apaixonada, seus olhos brilhando intensamente à luz da tocha. — Lembre, eu faço isso por amor a você. Agora vá!

Lançando sua tocha, Kitiara desapareceu na escuridão tão completamente como se tivesse sido consumida por ela.

Tanis piscou, cego pela escuridão repentina, e começou a estender a mão procurando-a. Recuou. Girando, sua mão encontrou a de Laurana. Juntos, eles tropeçaram nos destroços, tateando ao longo da parede. O medo frio que fluía do cavaleiro da morte entorpecia seu sangue. Olhando para o corredor, Tanis viu Lorde Soth se aproximando cada vez mais, parecendo olhar diretamente para eles. Desesperado, sentiu a parede de pedra, as mãos procurando a porta. Então, sentiu a pedra fria virar madeira. Segurando a maçaneta de ferro, ele a girou. A porta se abriu ao seu toque. Puxando Laurana atrás de si, os dois mergulharam através da abertura, a luz súbita das tochas iluminando as escadas quase tão cegantes quanto a escuridão acima.

Atrás dele, Tanis ouviu a voz de Kitiara, saudando Lorde Soth. Ele se perguntou o que o cavaleiro da morte, tendo perdido sua presa, faria com ela. O sonho retornou a ele vividamente. Mais uma vez, viu Laurana caindo... Kitiara caindo... E ele ficou impotente, incapaz de salvar qualquer uma delas. Então, a imagem desapareceu.

Laurana estava esperando por ele na escada, a luz da tocha brilhando em seus cabelos dourados. Apressadamente, ele fechou a porta e desceu as escadas correndo atrás dela.

— Aquela é a elfa — disse Lorde Soth, seus olhos flamejantes rastreando facilmente os dois enquanto corriam dele como ratos assustados. — E o meio-elfo.

— Sim — disse Kitiara sem interesse. Tirando a espada da bainha, ela começou a limpar o sangue com a barra da capa.

— Devo ir atrás deles? — Soth perguntou.

— Não. Temos assuntos mais importantes a tratar agora — respondeu Kitiara. Olhando para ele, ela deu seu sorriso torto. — A elfa nunca seria sua de qualquer maneira, nem mesmo na morte. Os deuses a protegem.

O olhar trêmulo de Soth se voltou para Kitiara. Os lábios pálidos se curvaram em escárnio.

— O meio-elfo ainda continua sendo seu mestre.

— Não, acho que não — respondeu Kitiara. Virando, ela procurou Tanis quando a porta se fechou atrás dele. — Às vezes, nas vigias silenciosas da noite, quando estiver deitado na cama ao lado dela, Tanis se encontrará pensando em mim. Lembrará das minhas últimas palavras, será tocado por elas. Eu dei a eles sua felicidade. E ela deve viver com o conhecimento de que eu sempre morarei no coração de Tanis. O amor que eles poderiam encontrar juntos, já envenenei. Minha vingança contra os dois está completa. Agora, você trouxe o que eu pedi?

— Sim, Dama das Trevas — respondeu Lorde Soth. Com uma palavra mágica falada, ele tirou um objeto e o estendeu para ela em sua mão esquelética. Reverentemente, ele o colocou aos pés dela.

Kitiara prendeu a respiração, seus olhos brilhavam na escuridão, quase tão brilhantes quanto os de Lorde Soth.

— Excelente! Retorne para o Forte Dargaard. Reúna as tropas. Assumiremos o controle da cidadela voadora que Ariakas enviou a Kalaman. Então, recuaremos, nos reagruparemos e esperaremos.

O rosto hediondo de Lorde Soth sorriu quando ele apontou para o objeto que brilhava em sua mão sem carne.

— Isso agora é seu por direito. Aqueles que se opuseram a você estão mortos, como você ordenou, ou fugiram antes que eu pudesse alcançá-los.

— A destruição deles foi apenas adiada — disse Kitiara, embainhando a espada. — Você me serviu bem, Lorde Soth, e será recompensado. Sempre haverá elfas neste mundo, imagino.

— Aqueles que você quiser que morram, morrerão. Aqueles que você quiser que vivam... — O olhar de Soth cintilou para a porta. — Viverão. Lembre-se disso, de todos os que a servem, Dama das Trevas, só eu posso oferecer lealdade eterna. Isso faço agora, com prazer. Meus guerreiros e eu retornaremos ao Forte Dargaard, como pede. Lá, aguardaremos nossa convocação.

Curvando-se diante dela, ele pegou a mão da dama em suas mãos esqueléticas.

— Adeus, Kitiara — ele disse, depois fez uma pausa. — Como é, minha querida, saber que você trouxe prazer aos condenados? Deixou meu reino sombrio da morte interessante. Gostaria de tê-la conhecido como um homem vivo! — O rosto pálido sorriu. — Mas meu tempo é eterno. Talvez eu espere por alguém que possa compartilhar meu trono...

Os dedos frios acariciaram a carne de Kitiara. Ela estremeceu convulsivamente, vendo noites intermináveis e sem dormir bocejando à sua frente. Tão vívida e aterrorizante era a imagem que a alma de Kitiara se encolheu de medo quando Lorde Soth desapareceu nas trevas.

Ela estava sozinha na escuridão e, por um momento, ficou aterrorizada. O Templo estremeceu ao seu redor. Kitiara se encolheu contra a parede, assustada e sozinha. Tão sozinha! Então, seu pé tocou em algo no chão do Templo. Se abaixando, seus dedos fecharam-se em torno dele agradecidamente. Ela o ergueu nas mãos.

Essa era a realidade, dura e sólida, ela pensou, respirando aliviada.

Nenhuma luz de tochas brilhava em sua superfície dourada ou reluzia em suas joias em tons de vermelho. Kitiara não precisava da luz das tochas para admirar o que segurava.

Por um longo momento, ela ficou no corredor em ruínas, os dedos passando pelas bordas ásperas de metal da Coroa manchada de sangue.

Tanis e Laurana desceram as escadas de pedra em espiral até as masmorras abaixo. Parando ao lado da mesa do carcereiro, Tanis olhou para o corpo do hobgoblin.

Laurana o encarou.

— Vamos — ela insistiu, apontando para o leste. Ao ver sua hesitação, olhando para o norte, ela estremeceu. — Você não quer ir lá embaixo! Foi para lá que eles... me levaram... — Ela se virou rapidamente, seu rosto ficando pálido ao ouvir gritos e gemidos vindos das celas da prisão.

Um draconiano de aparência perturbada passou correndo. Provavelmente um desertor, Tanis adivinhou, vendo a criatura rosnar e encolher ao ver a armadura de um oficial.

— Eu estava procurando Caramon — Tanis murmurou. — Eles devem tê-lo trazido para cá.

— Caramon? — exclamou Laurana, atônita. — O quê...

— Ele veio comigo — disse Tanis. — Assim como Tika e Tas e... Flint — Ele parou, depois balançou a cabeça. — Bem, se estavam aqui, já se foram. Vamos.

O rosto de Laurana ficou vermelho. Ela olhou de volta para as escadas de pedra, depois para Tanis novamente.

— Tanis... — ela começou, vacilante. Ele colocou a mão sobre a sua boca.

— Teremos tempo para conversar mais tarde. Agora, precisamos encontrar nossa saída!

Para enfatizar suas palavras, outro tremor sacudiu o Templo. Este foi mais agudo e forte que os outros, jogando Laurana contra uma parede. Branco de fadiga e dor, o rosto de Tanis ficou ainda mais pálido enquanto ele lutava para manter o equilíbrio.

Um ruído alto e uma batida estrondosa vieram do corredor norte. Todo o som nas celas da prisão cessou abruptamente quando uma grande nuvem de poeira e sujeira surgiu no corredor.

Tanis e Laurana fugiram. Detritos caíam ao redor deles enquanto corriam para o leste, tropeçando em corpos e pilhas de pedras irregulares.

Outro tremor abalou o Templo. Eles não podiam suportar. Caindo de joelhos e mãos, não podiam fazer nada além de assistir aterrorizados enquanto o corredor mudava lentamente e se movia, curvando e torcendo como uma cobra.

Rastejando sob uma viga caída, eles se abraçaram, observando o chão e as paredes do corredor pularem e se moverem como ondas sobre o oceano. Acima deles, ouviam sons estranhos, como de pedras enormes se esfregando... Não desmoronando, e sim mudando de posição. Então o tremor parou. Tudo estava quieto.

Trêmulos, eles se levantaram e começaram a correr novamente, com o medo levando seus corpos doloridos muito além da resistência. A cada poucos minutos, outro tremor abalava as fundações do Templo. Mas por mais que Tanis esperasse que o teto desabasse sobre suas cabeças, ele permanecia firme. Os sons acima deles eram tão estranhos e aterrorizantes que os dois poderiam receber o desabamento do teto como um alívio.

— Tanis! — Laurana exclamou de repente. — Ar! Ar da noite!

Cansados, reunindo as últimas forças, os dois fizeram o seu caminho através do corredor sinuoso até chegarem a uma porta pendurada nas dobradiças. Havia uma mancha de sangue avermelhada no chão e...

— A bolsas de Tas! — Tanis murmurou. Ajoelhado, ele examinou os tesouros do kender espalhados por todo o chão. Então, seu coração apertou. Pesaroso, balançou a cabeça.

Laurana ajoelhou ao lado dele, a mão fechada sobre a dele.

— Pelo menos ele esteve aqui, Tanis. Chegou até aqui. Talvez ele tenha escapado.

— Ele nunca teria deixado seus tesouros — disse Tanis. Caindo no chão trêmulo, o meio-elfo olhou para Neraka do lado de fora. — Veja — disse ele a Laurana seriamente, apontando. — Este é o fim, assim como foi o fim para o kender. Veja! — exigiu com raiva, vendo o rosto dela se acalmar em sua calma teimosa, vendo-a se recusar a admitir a derrota.

Laurana olhou.

A brisa fresca em seu rosto parecia uma zombaria, pois trazia apenas cheiros de fumaça e sangue e os gritos angustiados dos moribundos. Chamas alaranjadas iluminavam o céu, onde dragões voadores lutavam e morriam enquanto seus Senhores tentavam escapar ou se esforçavam para vencer. O ar da noite ardia com o crepitar dos raios e queimava com as chamas. Os draconianos vagavam pelas ruas, matando qualquer coisa que se mexesse, massacrando-se em seu frenesi.

— O mal se volta contra si — sussurrou Laurana, colocando a cabeça no ombro de Tanis, observando o espetáculo terrível com admiração.

— O que é isso? — perguntou, cansado.

— Algo que Elistan costumava dizer — ela respondeu. O Templo tremeu ao redor deles.

— Elistan! — Tanis riu amargamente. — Onde estão seus deuses agora? Assistindo de seus castelos entre as estrelas, desfrutando do espetáculo? A Rainha das Trevas se foi, o Templo destruído. E aqui estamos... Presos. Não sobreviveríamos três minutos lá fora...

Sua respiração ficou presa na garganta. Gentilmente, ele empurrou Laurana para longe dele enquanto se inclinava, sua mão procurando nos tesouros espalhados de Tasslehoff. Apressadamente, ele afastou um pedaço brilhante de cristal azul quebrado, uma lasca de madeira de copadeira, uma esmeralda, uma pena suave de galinha branca, uma rosa negra murcha, um dente de dragão e um pedaço de madeira esculpida com habilidade de anão para se parecer com o kender. Entre tudo isso, havia um objeto de ouro, brilhando na luz flamejante do fogo e destruição lá fora.

Pegando-o, os olhos de Tanis se encheram de lágrimas. Ele o segurou firmemente na mão, sentindo as pontas afiadas cortarem sua carne.

— O que é isso? — perguntou Laurana, sem entender, sua voz embargada pelo medo.

— Perdoe, Paladine — Tanis sussurrou. Puxando Laurana para perto, ele estendeu e abriu a palma da mão.

Na mão dele, havia um anel delicadamente entalhado, com folhas de hera douradas. E enrolado no anel, ainda preso em seu sono mágico, havia um dragão dourado.

14

O fim. Para o bem ou para o mal.

Bem, estamos fora dos portões da cidade — Caramon murmurou para seu gêmeo em voz baixa, com os olhos nos draconianos que estavam o observando em expectativa. — Você fica com Tika e Tas. Vou voltar para encontrar Tanis. Vou levar esse grupo comigo...

— Não, meu irmão — Raistlin disse suavemente, seus olhos dourados brilhando na luz vermelha de Lunitari. — Você não pode ajudar Tanis. Seu destino está em suas próprias mãos. — O mago olhou para o céu flamejante e cheio de dragões. — Você ainda está em perigo, assim como os que dependem de você.

Tika estava cansada ao lado de Caramon, com o rosto cheio de dor. E, embora Tasslehoff sorrisse tão alegremente como sempre, seu rosto estava pálido e havia uma expressão de tristeza melancólica em seus olhos que nunca fora vista nos olhos de um kender antes. O rosto de Caramon ficou sombrio quando ele os fitou.

— Tudo bem — disse ele. — Mas para onde nós vamos daqui?

Erguendo o braço, Raistlin apontou. Os mantos negros reluziam, sua mão se destacava nitidamente contra o céu noturno, pálido e magro, como o osso nu.

— Sobre aquela cordilheira brilha uma luz...

Todos se viraram para olhar, até os draconianos. Do outro lado da planície árida, Caramon podia ver a sombra escura de uma colina se erguendo da vastidão enluarada. Em seu cume, raiava uma pura luz branca, brilhando firme como uma estrela.

— Alguém espera por vocês lá — disse Raistlin.

— Quem? Tanis? — Caramon disse, ansioso.

Raistlin olhou para Tasslehoff. O rosto do kender não se desviou da luz, olhando fixamente para ela.

— Fizban... — ele sussurrou.

— Sim — respondeu Raistlin. — E agora, devo ir.

— O quê? — Caramon vacilou. — Mas, venha comigo... conosco... Você precisa! Ver Fizban...

— Um encontro entre nós não seria agradável. — Raistlin balançou a cabeça, as dobras do capuz negro se movendo ao seu redor.

— E quanto a eles? — Caramon apontou os draconianos.

Com um suspiro, Raistlin encarou os draconianos. Levantando a mão, ele falou algumas palavras estranhas. Os draconianos recuaram, expressões de medo e horror torcendo seus rostos reptilianos. Caramon gritou logo quando um raio estalou das pontas dos dedos de Raistlin. Berrando de agonia, os draconianos pegaram fogo e caíram, se contorcendo, no chão. Seus corpos se transformaram em pedra quando a morte os levou.

— Você não precisava fazer isso, Raistlin — disse Tika, com a voz trêmula. — Eles teriam nos deixado em paz.

— A guerra acabou — Caramon acrescentou sério.

— Mesmo? — Raistlin perguntou sarcasticamente, removendo uma pequena bolsa preta de um dos bolsos escondidos. — São baboseiras fracas e sentimentais como essa, meu irmão, que garante a continuação da guerra. Estes... — Ele apontou para os corpos em forma de estátua. — Não são de Krynn. Foram criados usando o mais sombrio dos ritos sombrios. Eu sei. Eu testemunhei sua criação. Eles não teriam deixado vocês em paz. — A voz dele ficou estridente, imitando a de Tika.

Caramon ficou vermelho. Ele tentou falar, mas Raistlin o ignorou friamente e, por fim, o grandalhão ficou em silêncio, vendo seu irmão perdido em sua magia.

Mais uma vez, Raistlin segurou o orbe do dragão na mão. Fechando os olhos, entoou baixinho. As cores rodaram dentro do cristal, depois ele começou a brilhar com um feixe de luz cintilante e radiante.

Raistlin abriu os olhos, examinando os céus, esperando. Ele não esperou muito. Em instantes, as luas e as estrelas foram apagadas por uma sombra gigantesca. Tika recuou, assustada. Caramon a abraçou para confortá-la, embora seu corpo tremesse e sua mão fosse para a espada.

— Um dragão! — disse Tasslehoff, admirado. — Mas é enorme. Nunca vi um tão grande... Ou vi? — Ele piscou. — Parece familiar, de alguma forma.

— Você viu — Raistlin disse friamente, recolocando o orbe de cristal escurecendo em sua bolsa preta. — No sonho. Este é Ciano Ruína Sangrenta, o dragão que atormentou o pobre Lorac, o Rei Elfo.

— Por que ele está aqui? — Caramon arfou.

— Ele veio ao meu comando — respondeu Raistlin. — Veio me levar para casa.

O dragão circulava cada vez mais baixo, sua envergadura gigantesca espalhando uma escuridão assustadora. Até Tasslehoff (embora mais tarde ele se recusasse a admitir) se viu agarrado a Caramon, tremendo, enquanto o dragão verde monstruoso se acomodava no chão.

Por um momento, Ciano olhou para o grupo lamentável de humanos amontoados. Seus olhos vermelhos brilharam, sua língua cintilou entre as mandíbulas úmidas enquanto os observava com ódio. Constrangido por uma vontade mais poderosa que a sua, o olhar de Ciano foi desviado, repousando em ressentimento e raiva no mago de manto negro.

A um gesto de Raistlin, a grande cabeça do dragão abaixou até descansar na areia.

Apoiando-se cansado no Cajado de Magius, Raistlin caminhou até Ciano Ruína Sangrenta e subiu no pescoço enorme e serpenteante.

Caramon olhou para o dragão, lutando contra o medo dracônico que o dominava. Tika e Tas se agarraram a ele, tremendo de pavor. Então, com um grito rouco, ele afastou os dois e correu em direção ao grande dragão.

— Espere! Raistlin! — Caramon gritou, em um estado lastimável. — Eu vou com você!

Ciano levantou sua grande cabeça em alerta, fitando o humano com um olhar flamejante.

— Viria? — Raistlin perguntou suavemente, colocando uma mão tranquilizadora no pescoço do dragão. — Você viria comigo para a escuridão?

Caramon hesitou, seus lábios ficaram secos, o medo ressecou sua garganta. Ele não conseguiu falar, mas assentiu duas vezes, mordendo o lábio em agonia ao ouvir Tika soluçando atrás dele.

Raistlin olhou para ele, com os olhos dourados dentro da escuridão profunda.

— Eu realmente acredito que você o faria — o mago falou admirado, quase para si mesmo. Por um momento, Raistlin ficou sentado nas costas do dragão, ponderando. Então ele balançou a cabeça, decisivamente.

— Não, meu irmão, onde vou, você não pode me seguir. Por mais forte que seja, isso o levaria à sua morte. Finalmente, somos como os deuses queriam que fôssemos, Caramon... Duas pessoas inteiras. E aqui, nossos caminhos se separam. Você deve aprender a andar sozinho, Caramon... — Por um instante, um sorriso fantasmagórico apareceu no rosto de Raistlin, iluminado pela luz do cajado. — Ou com aqueles que possam optar por andar com você. Adeus, meu irmão.

Com uma palavra de seu mestre, Ciano Ruína Sangrenta abriu as asas e subiu no ar. O brilho da luz do cajado parecia uma pequena estrela em meio à escuridão profunda da envergadura do dragão. E então, ela também se apagou, a escuridão engolindo-a completamente.

— Aí vem aqueles que você esperava — disse o velho gentilmente.

Tanis levantou a cabeça.

À luz da fogueira do velho, surgiram três pessoas, um guerreiro enorme e poderoso, vestido com uma armadura dracônica, andando de braço dado com uma jovem de cabelos cacheados. O rosto dela estava pálido de exaustão e manchado de sangue e havia um olhar de profunda preocupação e tristeza em seus olhos quando olhou para o homem ao seu lado. Finalmente, andando desajeitado atrás deles, tão cansado que mal podia ficar em pé, veio um kender desarrumado de calça azul esfarrapada.

— Caramon! — Tanis se levantou.

O grandalhão levantou a cabeça. O rosto dele se iluminou. Abrindo os braços, apertou Tanis contra o peito com um soluço. Afastada, Tika assistiu à reunião dos dois amigos com lágrimas nos olhos. Então, viu o movimento perto do fogo.

— Laurana? — disse hesitante.

A elfa avançou para a luz do fogo, seus cabelos dourados brilhando intensamente como o sol. Embora vestida com uma armadura surrada e manchada de sangue, ela tinha o porte, o olhar real da princesa élfica que Tika conhecera em Qualinesti há muitos meses.

Inconscientemente, Tika colocou a mão no cabelo imundo e sentiu que estava emaranhado de sangue. A blusa branca de garçonete de mangas bufantes pendia dela em trapos, quase indecente, sua armadura improvisada era tudo o que a mantinha unida em alguns lugares. Cicatrizes inconvenientes estragavam a carne macia de suas pernas bem torneadas e havia muita perna bem torneada visível.

Laurana sorriu e, depois, Tika sorriu. Isso não importava. Aproximando-se dela rapidamente, Laurana abriu os braços e Tika a abraçou.

Sozinho, o kender ficou parado por um momento na beira do círculo de luz da fogueira, com os olhos no velho que estava perto dele. Atrás do velho, um grande dragão dourado dormia esparramado na cordilheira, seus flancos pulsando com os roncos. O velho chamou Tas para se aproximar.

Soltando um suspiro que parecia vir da ponta dos sapatos, Tasslehoff inclinou a cabeça. Arrastando os pés, caminhou lentamente para ficar diante do velho.

— Qual é o meu nome? — O velho perguntou, estendendo a mão para tocar o topete do kender.

— Não é Fizban — Tas disse miseravelmente, recusando-se a encará-lo.

O velho sorriu, acariciando o topete. Ele puxou Tas para perto, mas o kender se conteve, seu pequeno corpo rígido.

— Até agora, não era — disse o velho suavemente.

— Então, qual é? — Tas murmurou, seu rosto desviado.

— Eu tenho muitos nomes — respondeu o velho. — Entre os elfos, eu sou E'li. Os anões me chamam de Thak. Entre os humanos, sou conhecido como Lâmina Celeste. Mas meu favorito sempre foi aquele pelo qual sou conhecido entre os Cavaleiros da Solamnia... Draco Paladin.

— Eu sabia! — Tas gemeu, jogando-se no chão. — Uma divindade! Eu perdi todo mundo! Todo mundo! — Ele começou a chorar amargamente.

O velho o observou com carinho por um momento, até passando a mão retorcida nos próprios olhos úmidos. Então, se ajoelhou ao lado do kender e o abraçou para confortá-lo.

— Olha, meu garoto — ele disse, colocando o dedo sob o queixo de Tas e virando os olhos dele para o céu. — Está vendo a estrela vermelha que brilha acima de nós? Você sabe para qual deus essa estrela é sagrada?

— Reorx — Tas disse em voz baixa, engasgando-se com as lágrimas.

— É vermelha como o fogo de sua forja — disse o velho, olhando para ela. — É vermelha como as faíscas que voam de seu martelo enquanto molda o mundo derretido repousando em sua bigorna. Ao lado da forja de Reorx, há uma árvore de beleza inigualável, a qual nenhum ser vivo jamais viu. Debaixo daquela árvore, há um anão velho e resmungão, relaxando depois de muitos trabalhos. Uma caneca de cerveja gelada está ao seu lado, o fogo da forja é quente sobre seus ossos. Ele passa o dia inteiro descansando debaixo da árvore, esculpindo e modelando a madeira que ama. E, todo dia, alguém que passa por aquela bela árvore começa a se sentar ao lado dele.

— Encarando-os com desgosto, o anão olha para eles com tanta seriedade que rapidamente se levantam de novo.

— "Este lugar está reservado," resmunga o anão. "Existe um kender com cérebro de lesma manca se aventurando em algum lugar, colocando a si mesmo e àqueles infelizes o suficiente para estar com ele em um mar de problemas. Grave minhas palavras. Um dia, ele aparecerá aqui e admirará minha árvore e dirá: 'Flint, estou cansado. Acho que vou descansar um pouco aqui com você'. Então, ele se sentará e dirá: 'Flint, você já ouviu falar da minha última aventura? Bem, havia esse mago de mantos negros, seu irmão e eu e nós fizemos uma jornada no tempo e as coisas mais maravilhosas aconteceram', e eu vou ter que ouvir alguma história maluca", e ele continua resmungando. Aqueles que se sentariam embaixo da árvore escondem seus sorrisos e o deixam em paz.

— Então... Ele não está sozinho? — Tas perguntou, passando a mão sobre os olhos.

— Não, criança. Ele é paciente. Ele sabe que você ainda tem muito o que fazer em sua vida. Ele vai esperar. Além disso, ele já ouviu todas as suas histórias. Você precisará criar algumas novas.

— Ele ainda não ouviu essa — disse Tas com entusiasmo. — Ah, Fizban, foi maravilhoso! Eu quase morri de novo. E eu abri meus olhos e lá havia Raistlin nos Mantos Negros! — Tas tremia de prazer. — Ele parecia tão... assim... Maligno! Mas ele salvou minha vida! E... Oh! — Ele parou horrorizado, depois baixou a cabeça. — Desculpe. Eu esqueci. Acho que não devo mais chamá-lo de Fizban.

Levantando, o velho deu-lhe um tapinha gentil.

— Me chame de Fizban. De agora em diante, entre os kender, esse será o meu nome. — A voz do velho ficou melancólica. — Para dizer a verdade, eu passei a gostar muito dele.

O velho caminhou até Tanis e Caramon e ficou perto deles por um momento, ouvindo a conversa.

— Ele se foi, Tanis — disse Caramon com tristeza. — Não sei para onde. Eu não entendo. Ele ainda é frágil, mas não é fraco. Aquela tosse horrível se foi. A voz era a dele, mas diferente. Ele é...

— Fistandantilus — disse o velho.

Tanis e Caramon se viraram. Vendo o velho, ambos se curvaram reverentemente.

— Ah, parem com isso! — Fizban retrucou. — Não posso suportar toda essa reverência. De qualquer maneira, vocês dois são hipócritas. Eu ouvi o que disseram sobre mim pelas minhas costas — Tanis e Caramon coraram, culpados. — Deixem pra lá. — Fizban sorriu. — Vocês acreditaram no que eu queria que acreditassem. Agora, sobre o seu irmão. Você está certo. Ele é ele mesmo e não é mais. Como foi predito, ele é o mestre do presente e do passado.

— Eu não entendo. — Caramon balançou a cabeça. — O orbe do dragão fez isso com ele? Nesse caso, talvez possa ser quebrado ou...

— Nada fez isso com ele — disse Fizban, encarando Caramon seriamente. — Seu irmão escolheu esse destino sozinho.

— Eu não acredito! Como? Quem é esse Fistan... Sei lá o que? Eu quero respostas...

— As respostas que você procura não são minhas para dar — disse Fizban. Sua voz ainda era suave, mas havia uma pitada de aço em seu tom que interrompeu Caramon. — Cuidado com essas respostas, jovem — acrescentou Fizban suavemente. — Cuidado mais ainda com suas perguntas! — Caramon ficou em silêncio por um longo momento, olhando para o céu atrás do dragão verde, embora este já tivesse desaparecido há muito tempo.

— O que será dele agora? — ele perguntou, por fim.

— Eu não sei — respondeu Fizban. — Ele faz seu próprio destino, assim como você. Mas eu sei disso, Caramon. Você deve deixá-lo ir. — Os olhos do velho foram para Tika, que havia parado ao lado deles. — Raistlin estava certo quando disse que seus caminhos se dividiram. Siga para a sua nova vida em paz.

Tika sorriu para Caramon e se aninhou ao seu lado. Ele a abraçou, beijando seus cachos vermelhos. Mas mesmo quando devolveu o sorriso e despenteou os cabelos, seu olhar se desviou para o céu noturno, onde, acima de Neraka, os dragões ainda travavam batalhas em chamas pelo controle do império em ruínas.

— Então, este é o fim — disse Tanis. — O bem triunfou.

— Bem? Triunfo? — Fizban repetiu, virando para encarar o meio-elfo astutamente. — Não é assim, Meio-Elfo. O equilíbrio foi restaurado. Os dragões malignos não serão banidos. Eles permanecem aqui, assim como os dragões bondosos. Mais uma vez, o pêndulo oscila livremente.

— Todo esse sofrimento, só por isso? — Laurana perguntou, ficando ao lado de Tanis. — Por que o bem não pode vencer, afastando a escuridão para sempre?

— Você não aprendeu nada, minha jovem? — Fizban repreendeu, sacudindo um dedo ossudo para ela. — Houve um tempo em que o bem dominava. Você sabe quando foi isso? Logo antes do Cataclismo!

— Sim — ele continuou, vendo o espanto deles. — O Rei-Sacerdote de Istar era um homem bom. Isso surpreende vocês? Não deveria, porque vocês dois viram o que essa bondade pode fazer. Viram isso nos elfos, a antiga personificação do bem! Gera intolerância, rigidez, uma crença de que, porque estou certo, aqueles que não acreditam como eu estão errados.

— Nós deuses vimos o perigo que essa complacência estava trazendo sobre o mundo. Vimos que muita bondade estava sendo destruída, simplesmente porque não foi entendida. E vimos a Rainha das Trevas esperando, aguardando seu momento; pois isso não poderia durar, é claro. As balanças com excesso de peso devem tombar e cair e assim ela voltaria. A escuridão desceria sobre o mundo muito rapidamente.

— E então, o Cataclismo. Lamentamos pelos inocentes. Lamentamos pelos culpados. Mas o mundo tinha que estar preparado ou a escuridão que caiu talvez nunca pudesse ser levantada. — Fizban viu Tasslehoff bocejar. — Mas chega de falatório. Eu tenho que ir. Coisas para fazer. Uma noite movimentada pela frente. — Virando-se abruptamente, ele cambaleou em direção ao dragão dourado que roncava.

— Espere! — Tanis disse de repente. — Fizban.. .er... Paladine, você já esteve na Hospedaria do Lar Derradeiro, em Consolação?

— Uma hospedaria? Em Consolação? — O velho parou, acariciando a barba. — Uma hospedaria... São tantas. Mas eu me lembro de batatas apimentadas... É isso! — O velho olhou para Tanis, seus olhos brilhando. — Eu costumava contar histórias para as crianças. Um lugar bem animado, aquela estalagem. Lembro de uma noite... Uma bela jovem entrou. Era uma bárbara, com cabelos dourados. Cantou uma música sobre um cajado de cristal azul que provocou um tumulto.

— Era você, gritando pelos guardas! — Tanis exclamou. — Você nos meteu nisso!

— Eu preparei o palco, rapaz — disse Fizban astutamente. — Eu não dei a vocês um roteiro. O diálogo foi todo seu. — Olhando para Laurana, depois de volta para Tanis, ele balançou a cabeça. — Devo dizer que eu teria melhorado um pouquinho aqui e ali, mas... Não importa. — Afastando-se mais uma vez, ele começou a gritar com o dragão. — Acorde, seu animal preguiçoso, cheio de pulgas!

— Cheio de pulgas! — Os olhos de Pirita se abriram. — Ora, seu mago velho e decrépito! Você não poderia transformar água em gelo no auge do inverno!

— Ah, não posso? — Fizban gritou furioso, cutucando o dragão com seu cajado. — Bem, eu vou te mostrar. — Puxando um livro de feitiços surrado, ele começou a folhear as páginas. — Bola de fogo... Bola de fogo... Sei que está aqui em algum lugar.

Distraído, ainda murmurando, o velho mago subiu nas costas do dragão.

— Você está pronto? — perguntou o dragão ancião em tons gélidos, então, sem esperar uma resposta, abriu as asas rangentes. Batendo-as dolorosamente para aliviar a rigidez, ele se preparou para decolar.

— Espere! Meu chapéu! — Fizban gritou de forma selvagem.

Tarde demais. Com as asas batendo furiosamente, o dragão subiu instável no ar. Depois de balançar, pairando precariamente sobre a beira do penhasco, Pirita pegou a brisa noturna e subiu no céu noturno.

— Pare! Seu maluco...

— Fizban! — Tas gritou.

— Meu chapéu! — Lamentou o mago.

— Fizban! — Tas gritou novamente. — Está...

Mas os dois já estavam além da audição. Logo, não eram mais do que faíscas minguantes de ouro, as escamas do dragão brilhando na luz de Solinari.

— Está na sua cabeça — murmurou o kender com um suspiro.

Os companheiros assistiram em silêncio, depois se afastaram.

— Me ajude com isso, sim, Caramon? — Tanis pediu. Soltando a armadura dracônica, ele a jogou girando, peça por peça, sobre a borda da cordilheira. — E a sua?

— Acho que vou manter a minha por mais um tempo. Ainda temos uma longa jornada pela frente, e o caminho será difícil e perigoso. — Caramon acenou com a mão em direção à cidade em chamas. — Raistlin estava certo. Os homens-dragão não vão parar as maldades só porque a Rainha se foi.

— Para onde vocês vão? — Tanis perguntou, respirando profundamente. O ar da noite era suave e quente, perfumado com a promessa de novo crescimento.

Agradecido por se livrar da armadura odiada, ele se sentou cansado sob um bosque de árvores que ficava na cordilheira, com vista para o Templo. Laurana veio se sentar perto dele, mas não ao seu lado. Os joelhos estavam dobrados sob o queixo, os olhos pensativos enquanto ela contemplava as planícies.

— Tika e eu conversamos sobre isso — disse Caramon, os dois sentados ao lado de Tanis. Ele e Tika se entreolharam, não parecendo dispostos a falar. Depois de um momento, Caramon pigarreou. — Vamos voltar para Consolação, Tanis. E eu... Acho que isso significa que estaremos nos separando desde que... — Ele fez uma pausa, incapaz de continuar.

— Sabemos que você voltará para Kalaman — Tika acrescentou suavemente, olhando para Laurana. — Nós conversamos sobre ir com você. Afinal, ainda existe uma cidadela enorme flutuando, além de todos esses homens-dragão renegados. E gostaríamos de ver Vento Ligeiro, Lua Dourada e Gilthanas novamente. Mas...

— Eu quero ir para casa, Tanis — disse Caramon pesadamente. — Sei que não será fácil voltar, ver Consolação queimada, destruída — acrescentou, impedindo as objeções de Tanis. — Mas pensei em Alhana e nos elfos, para o que eles devem voltar em Silvanesti. Sou grato por meu lar não estar assim, um pesadelo distorcido. Eles vão precisar de mim em Consolação, Tanis, para ajudar na reconstrução. Eles precisam da minha força. Eu... Estou acostumado a... ser necessário...

Tika deitou a bochecha em seu braço e ele gentilmente mexia em seus cabelos. Tanis assentiu em entendimento. Ele gostaria de ver Consolação de novo, mas não era seu lar. Não mais. Não sem Flint e Sturm e... e outros.

— E você, Tas? — Tanis perguntou ao kender com um sorriso quando ele veio caminhando até o grupo, carregando um odre que enchera em um riacho próximo. — Você voltará para Kalaman com a gente?

Tas ficou vermelho.

— Não, Tanis — ele disse desconfortavelmente. — Como estou tão perto, pensei em visitar minha terra natal. Matamos um Senhor dos Dragões, Tanis — Tas ergueu o queixo com orgulho. — Sozinhos. As pessoas vão nos tratar com respeito agora. Nosso líder, Kronin, provavelmente se tornará um herói na cultura de Krynn.

Tanis coçou a barba para esconder o sorriso, evitando dizer a Tas que o Senhor que os kender mataram fora o inchado e covarde Baixo Mestre Toede.

— Acho que um kender se tornará um herói — Laurana disse seriamente. — O que quebrou o orbe do dragão, o kender que lutou no cerco da Torre do Alto Clerista, o kender que capturou Bakaris, o kender que arriscou tudo para resgatar uma amiga da Rainha das Trevas

— E quem é ele? — Tas perguntou ansiosamente. — Ah! — De repente, percebendo o que Laurana quis dizer, Tas corou de rosa nas pontas das orelhas e sentou-se com um baque, bastante emocionado.

Caramon e Tika se recostaram contra um tronco de árvore, os dois rostos cheios de paz e tranquilidade por enquanto. Ao observá-los, Tanis os invejou, imaginando se ele teria essa paz alguma vez. Ele se virou para Laurana, que estava sentada olhando para o céu flamejante, seus pensamentos distantes.

— Laurana — Tanis disse, instável, sua voz vacilando quando seu lindo rosto se voltou para o dele. — Laurana, você me deu isso uma vez. — Ele segurava o anel de ouro na palma da mão. — Antes que qualquer um de nós soubesse o que o amor verdadeiro ou o compromisso significava. Agora, ele significa muito para mim, Laurana. No sonho, esse anel me trouxe de volta da escuridão do pesadelo, assim como seu amor me salvou da escuridão em minha própria alma. — Ele fez uma pausa, sentindo uma pontada de arrependimento enquanto falava. — Gostaria de ficar com ele, Laurana, se ainda quiser que eu o tenha. E gostaria de dar um para você usar, para se corresponder a este.

Laurana olhou para o anel por longos momentos sem falar, depois o tirou da palma de Tanis e, com um movimento repentino, jogou-o sobre a cordilheira. Tanis ofegou, meio que se levantando. O anel brilhou na luz vermelha de Lunitari, depois desapareceu na escuridão.

— Acho que essa é a minha resposta — disse Tanis. — Não posso culpá-la.

Laurana se voltou para ele, com o rosto calmo.

— Quando eu dei esse anel, Tanis, foi o primeiro amor de um coração indisciplinado. Você estava certo em devolver para mim, entendo isso agora. Eu tive que crescer para aprender o que era o amor verdadeiro. Eu passei por chamas e trevas, Tanis. Matei dragões. Chorei sobre o corpo de alguém que amei. — Ela suspirou. — Eu era uma líder. Tinha responsabilidades. Flint me disse isso. Mas joguei tudo fora. Caí na armadilha de Kitiara. Percebi, tarde demais, o quanto meu amor era superficial. O amor constante de Vento Ligeiro e Lua Dourada trouxe esperança ao mundo. Nosso amor mesquinho chegou perto de destruí-lo.

— Laurana — começou Tanis, com o coração doendo.

A mão dela se fechou sobre a dele.

— Silêncio, só mais um momento — ela sussurrou. — Eu te amo, Tanis. Eu te amo agora porque eu te entendo. Te amo pela luz e pelas trevas dentro de você. Por isso joguei o anel fora. Talvez um dia, nosso amor seja uma base forte o suficiente para construirmos algo sobre ele. Talvez um dia, eu te dê outro anel e aceite o seu. Mas não será um anel de folhas de hera, Tanis.

— Não — ele disse, sorrindo. Estendendo o braço, ele colocou a mão no ombro dela para puxá-la para perto. Balançando a cabeça, ela começou a resistir. — Será um anel feito metade do ouro e metade do aço. — Tanis a abraçou com mais firmeza.

Laurana o fitou nos olhos, depois sorriu e cedeu, afundando para descansar ao lado dele, a cabeça no seu ombro.

— Talvez eu faça a barba — disse Tanis, coçando-a.

— Não — murmurou Laurana, passando a capa de Tanis pelos ombros. — Me acostumei com ela.

Durante toda a noite, os companheiros ficaram vigiando juntos sob as árvores, esperando o amanhecer. Cansados e feridos, não conseguiram dormir, sabendo que o perigo não havia terminado.

De onde estavam, podiam ver bandos de draconianos fugindo dos confins do Templo. Livres de seus líderes, os draconianos logo se voltariam para assaltos e assassinatos para garantir sua própria sobrevivência. E ainda havia Senhores do Dragão. Embora ninguém tenha mencionado o nome, cada um dos companheiros sabia que era certo que uma conseguira sobreviver ao caos que fervia ao redor do Templo. E, talvez, haveria outros males de enfrentar, males mais poderosos e terríveis do que os amigos ousavam imaginar.

Mas, por enquanto, havia alguns momentos de paz e eles estavam relutantes em acabar com eles. Pois, com o amanhecer, chegariam as despedidas.

Ninguém falou, nem mesmo Tasslehoff. Não havia a necessidade de palavras. Tudo já foi dito ou estava esperando para ser dito. Eles não estragariam o que aconteceu antes, nem apressariam o que estava por vir. Pediram que o Tempo parasse um pouco para deixá-los descansar. E, talvez, ele tenha parado.

Pouco antes do amanhecer, quando apenas um indício do sol brilhava pálido no céu oriental, o Templo de Takhisis, Rainha das Trevas, explodiu.

O chão tremeu com a explosão. A luz era brilhante, cegante, como o nascimento de um novo sol.

Com os olhos ofuscados pela luz flamejante, eles não podiam ver claramente. Mas tiveram a impressão de que os fragmentos cintilantes do Templo subiam ao céu, sendo varridos por um turbilhão celestial vasto. Os fragmentos cintilavam mais e mais enquanto se lançavam na escuridão estrelada, até brilharem tão radiosamente quanto as próprias estrelas.

E, então, eles se tornaram estrelas. Um por um, cada pedaço do Templo destruído tomou seu lugar no céu, preenchendo os dois vazios negros que Raistlin vira no outono passado, quando olhou do barco no Lago Cristalmir.

Mais uma vez, as constelações brilhavam no céu.

Mais uma vez, o Guerreiro Valente, Paladine, o Dragão de Platina, ocupou o seu lugar em metade do céu noturno, enquanto diante dele apareceu a Rainha das Trevas, Takhisis, a Dragoa de Cinco Cabeças e Muitas Cores. E assim, eles retomaram suas voltas intermináveis, um sempre vigiando o outro, enquanto giravam eternamente em torno de Gilean, Deus da Neutralidade, as Balanças do Equilíbrio.

A Volta ao Lar

Não havia ninguém para recebê-lo quando entrou na cidade. Ele veio na calada de uma noite tranquila e negra; a única lua no céu sendo uma que apenas seus olhos podiam ver. Mandara o dragão verde embora, para aguardar seus comandos. Não passou pelos portões da cidade; nenhum guarda testemunhou sua chegada.

Não era necessário passar pelos portões. Os limites destinados aos mortais comuns não o preocupavam mais. Invisível, desconhecido, ele andou pelas ruas silenciosas e adormecidas.

E, no entanto, havia alguém que estava ciente de sua presença. Dentro da grande biblioteca, concentrado em seu trabalho, Astinus parou de escrever e levantou a cabeça. Sua caneta permaneceu pronta por um instante sobre o papel, então, com um encolher de ombros, retomou o trabalho em suas crônicas mais uma vez.

O homem andou pelas ruas escuras rapidamente, apoiando-se em um cajado decorado no topo por uma bola de cristal em uma garra dourada de dragão. O cristal estava escuro. Ele não precisava de luz para iluminar o caminho. Sabia para onde estava indo. Andara por esse caminho na sua mente por longos séculos. Mantos negras balançavam suavemente em torno de seus tornozelos enquanto avançava. Seus olhos dourados brilhando nas profundezas de seu capuz escuro pareciam as únicas faíscas de luz na cidade adormecida.

Ele não parou quando chegou ao centro da cidade. Nem olhou para os prédios abandonados com as janelas escuras abertas como as órbitas de uma caveira. Seus passos não vacilaram quando ele passou entre as sombras frias dos carvalhos altos, embora apenas essas sombras tivessem sido suficientes para aterrorizar um kender. As mãos do guardião sem carne que se estenderam para agarrá-lo caíram em pó a seus pés e ele as pisou sem se importar.

A Torre alta surgiu, negra contra o céu escuro, como uma janela cortada na escuridão. E ali, finalmente, o homem de manto preto parou. De pé diante dos portões, ele olhou para a torre; seus olhos considerando tudo, avaliando friamente os minaretes em ruínas e o mármore polido que brilhava na luz fria e penetrante das estrelas. Ele assentiu devagar, satisfeito.

Os olhos dourados baixaram o olhar para os portões da Torre, para os mantos horríveis esvoaçantes que pendiam daqueles portões.

Nenhum mortal comum poderia estar diante daqueles terríveis portões cobertos sem enlouquecer com o terror sem nome. Nenhum mortal comum poderia ter passado ileso pelos carvalhos guardiões.

Mas Raistlin estava lá. Ficou lá calmamente, sem medo. Erguendo a mão fina, ele agarrou os mantos negros rasgados e ainda manchados com o sangue de quem os tinha usado e os arrancou dos portões.

Um lamento penetrante de indignação surgiu das profundezas do Abismo. Foi tão alto e horrível que todos os cidadãos de Palanthas acordaram, estremecendo até do sono mais profundo, e se deitaram em suas camas, paralisados pelo medo, esperando o fim do mundo. Os guardas nas muralhas da cidade não podiam mover as mãos nem os pés. Fechando os olhos, eles se encolheram nas sombras, aguardando a morte. Os bebês choramingavam de medo, os cães se encolhiam e se escondiam embaixo das camas, os olhos dos gatos brilhavam.

O grito soou novamente e uma mão pálida se estendeu dos portões da Torre. Um rosto medonho, torcido em fúria, flutuava no ar úmido.

Raistlin não se mexeu.

A mão se aproximou, o rosto prometeu as torturas do Abismo, onde ele seria arrastado por sua grande loucura ao enfrentar a maldição da Torre. A mão esquelética tocou o coração de Raistlin. Então, tremendo, ela parou.

— Saiba disso — disse Raistlin calmamente, olhando para a Torre, lançando sua voz para que pudesse ser ouvida por aqueles que estavam lá dentro. — Eu sou o mestre do passado e do presente! Minha vinda foi profetizada. Para mim, os portões se abrirão.

A mão esquelética se encolheu e, com um lento movimento de convite, dividiu a escuridão. Os portões se abriram sobre dobradiças silenciosas.

Raistlin passou por eles sem olhar para a mão ou para o rosto pálido que se baixou em reverência. Quando entrou, todas as coisas escuras e disformes, tenebrosas e sombrias que habitavam a Torre se curvaram em deferência.

Então, Raistlin parou e olhou em volta.

— Estou em casa — disse ele.

A paz tomou conta de Palanthas, o sono aliviou o medo.

Um sonho, o povo murmurou. Virando em suas camas, eles voltaram a dormir, abençoados pela escuridão que traz descanso antes do amanhecer.

Despedida de Raistlin

Caramon, os deuses enganaram o mundo
Em ausências, em presentes e todos nós
Estamos alojados dentro de suas crueldades. A sagacidade
Essa era a nossa herança, eles se alojaram em mim,
O suficiente para ver todas as diferenças: a luz
Nos olhos de Tika quando ela olha para outro lugar,
O tremor na voz de Laurana quando ela
Fala com Tanis, e a passagem graciosa
Do cabelo de Lua Dourada quando Vento Ligeiro se aproxima.
Eles olham para mim e, até com sua mente,
Eu pude discernir a diferença. Aqui estou,
Um corpo frágil como ossos de pássaros.
Em troca
Os deuses nos ensinam compaixão, nos ensinam misericórdia,
Essa compensação. Às vezes, eles conseguem,
Pois senti a escarrada quente da injustiça
Passar por aqueles fracos demais para lutar contra seus irmãos
Para sustento ou amor, e nesse sentimento
A dor acalmou e diminuiu para um brilho,
Eu tive pena como vocês tiveram pena e, com isso
Se erguendo acima do mais fraco da ninhada.

Você, meu irmão, em sua graça impensada,
Aquele mundo especial em que o braço da espada gira
O arco selvagem da ambição e os olhos
Dão uma orientação impecável para a mão impecável,
Você não pode me seguir, não pode observar
A paisagem de espelhos rachados na alma,
A doçura dolorida na presdigitação.

E ainda assim você me ama, simples como o movimento
E o equilíbrio do nosso sangue cegamente misturado,
Ou como uma espada quente se arqueando pela neve:
É a necessidade mútua que o intriga,
A profunda complexidade alojada nas veias.
Selvagem na dança da batalha, quando você para,

Um escudo diante do seu irmão, é então
Que seu alimento surge do coração
De todas as minhas fraquezas.
Quando eu me for,
Onde você encontrará a plenitude do seu sangue?
Apoiada nos túneis altos do coração?
Eu ouvi
A canção suave da Rainha, Sua serenata
E chamar para a batalha se misturando à noite;
Essa música me chama para o meu trono silencioso
No fundo do Seu reino sem sentido.
Senhores do Dragão
Pensaram em trazer a escuridão à luz,
A corromperem com as manhãs e as luas,
Em equilíbrio, toda a pureza é destruída,
Mas na escuridão voluptuosa, jaz a verdade,
A dança final e graciosa.
Mas não para você:
Você não pode me seguir até a noite,
No labirinto de doçura. Para você ficar
Aninhado pelo sol, em terras sólidas,
Esperando nada, tendo perdido o seu rumo
Antes que a estrada se tornasse indizível.

Está além de explicar, e as palavras
Farão você tropeçar. Tanis é seu amigo,
Meu pequeno órfão, e ele explicará
Aquelas coisas que ele vislumbra no caminho da sombra,
Pois ele conhecia Kitiara e o brilho
Da lua escura sobre seus cabelos mais escuros,
E, no entanto, ele não pode ameaçar, pois noite
Respira um vento úmido no meu rosto em espera.

A saga de DRAGONLANCE continua em *Lendas*

Para acompanhar as novidades da JAMBÔ e acessar conteúdos gratuitos de RPG, quadrinhos e literatura, visite nosso site e siga nossas redes sociais.

www.jamboeditora.com.br

facebook.com/jamboeditora

twitter.com/jamboeditora

youtube.com/jamboeditora

Para ainda mais conteúdo, incluindo colunas, resenhas, quadrinhos, contos, podcasts e material de jogo, faça parte da *Dragão Brasil*, a maior revista de cultura nerd do país.

www.apoia.se/dragaobrasil

JAMBÔ
Livros divertidos

Rua Coronel Genuíno, 209 • Centro Histórico
Porto Alegre, RS • 90010-350
(51) 3391-0289 • contato@jamboeditora.com.br